Weitere Titel der Autorin:

Eine Farm im Outback

Über die Autorin:

Alissa Callen lebt im Westen von New South Wales, Australien. Ihr Interesse gilt den Lebensgeschichten von Menschen sowie historischen Häusern und Gärten, für die sie stundenlang über ihren Kontinent fährt. Wenn sie nicht gerade schreibt, kümmert sie sich um ihre vier Kinder, drei Hunde, zwei Pferde und eine ständig weglaufende Kuh, die sie zusammen mit der ländlichen Umgebung um sich herum inspirieren.

Alissa Callen

Eine Liebe im Outback

Roman

Aus dem australischen Englisch
von Irene Anders

BASTEI LÜBBE TASCHENBUCH
Band 17 615

Dieser Titel ist auch als E-Book erschienen.

Vollständige Taschenbuchausgabe

Deutsche Erstausgabe

Für die Originalausgabe:
Copyright © 2013 by Alissa Callen
Titel der australischen Originalausgabe: »Beneath Outback Skies«
First published by Penguin Random House Australia Pty Ltd,
Sydney, Australia. This edition published by arrangement with
Penguin Random House Australia Pty Ltd via
Michael Meller Literary Agency GmbH, München.

Für die deutschsprachige Ausgabe:
Copyright © 2018 by Bastei Lübbe AG, Köln
Textredaktion: Christiane Geldmacher, Wiesbaden
Titelillustration: Nele Schütz Design, München unter Verwendung
von Motiven von © shutterstock/Martin Froyda2. © shutterstock/
Jason Benz Benee; shutterstock/mariait; shutterstock/albinoni;
shutterstock/Chuchawan
Umschlaggestaltung: Nele Schütz Design, München
Satz: Urban SatzKonzept, Düsseldorf
Gesetzt aus der Garamond
Druck und Verarbeitung: CPI books GmbH, Leck – Germany
Printed in Germany
ISBN 978-3-404-17615-1

5 4 3 2 1

Sie finden uns im Internet unter www.luebbe.de
Bitte beachten Sie auch: www.lesejury.de

Ein verlagsneues Buch kostet in Deutschland und Österreich jeweils überall dasselbe.
Damit die kulturelle Vielfalt erhalten und für die Leser bezahlbar bleibt,
gibt es die gesetzliche Buchpreisbindung. Ob im Internet, in der Großbuchhandlung,
beim lokalen Buchhändler, im Dorf oder in der Großstadt – überall bekommen Sie Ihre
verlagsneuen Bücher zum selben Preis.

1

»Falls dieser Bursche aus der Stadt nicht zufällig mit den Regengöttern auf Du und Du ist, werde ich ihn auf keinen Fall auf Banora Downs herumführen.«

Paige Quinns ruhige, wohl erwogene Worte fielen wie der so dringend benötigte Regen in die Stille, die im Büro ihres Vaters herrschte.

»Ich weiß, wie hart du arbeitest, wie viel du zu tun hast, aber ich habe mein Wort gegeben, dass dieser Mann hier bei uns übernachten kann.« Zeichen der Anspannung zeigten sich auf Connor Quinns zerfurchten Zügen. Unter dem rot karierten Baumwollstoff seines besten Hemds wölbten sich seine kräftigen Schultern. »Possum ... es tut mir leid.«

Sie knetete ihren Akubra-Hut mit festem Griff. Sie hatte die letzten zwei Wochen hungrige Rinder über die große Weidefläche getrieben. In Zeiten wie diesen kam es ihr vor, als wäre ihr Vater um ein Jahrzehnt gealtert.

»Ist schon gut, Dad. Du hast das Schicksal nicht in der Hand. Das Leben ist nicht fair.«

Ihrem liebevollen Tonfall gelang es nicht, etwas Farbe in die hohlen Wangen ihres Vaters zurückzubringen. Sie wussten beide, dass es nicht der endlose, glühend heiße Sommer war, von dem sie sprach.

»Wir können es schaffen. Wir können überleben.« Zuversicht hallte in ihren Worten wie das Geräusch ihrer Schritte auf den Bodendielen, als sie sich dem Schreibtisch ihres Vaters näherte. »So wie wir es immer getan haben. Nur wir beide.«

Sie legte ihren Hut auf das abgeschabte Mahagoni. »Wir sind nicht auf das Geld von irgendeinem zahlenden Gast angewiesen.«

Sie hätte genauso gut zu einer der Gartenskulpturen sprechen können, die jetzt über das alte Werkzeug im Schuppen wachten, statt sich über üppig grünem Rasen und duftenden Blumenbeeten zu erheben. Das Einzige, was sich in der Miene ihres Vaters bewegte, war sein Blick, der von ihrem Gesicht hinunter auf ihren Filzhut wanderte. Sie trat von einem Fuß auf den anderen. Der von der Sonne ausgeblichene Hut musste geradezu tadellos wirken im Vergleich zu ihrer übrigen zerrauften Erscheinung. Ihr verblichenes smaragdgrünes Hemd strotzte vor ockerfarbenem Staub, und ihre Jeans waren so steif, dass sie von alleine in die Wäsche hätten laufen können.

Ihr Vater senkte seine Hände auf die beiden stählernen Radkränze an seinen Seiten. Die Sehnen seiner Unterarme zuckten, während er seinen Rollstuhl hinter dem Schreibtisch hervormanövrierte und vor ihr zum Halten brachte. »Doch, wir brauchen das Geld. Wir haben seit fünf Jahren keine Getreideernte mehr gehabt. Es sind nicht mehr viele Rinder übrig, die wir verkaufen können.«

Sie riss sich zusammen, damit sich auf ihrem Gesicht nicht abzeichnete, wie wenig sie in Wirklichkeit übrig hatten.

»Diese Trockenperiode hat uns schwer getroffen. Wir brauchen Geld, um zu essen ... um zu leben.«

Sie schluckte ihren Hunger herunter. Die kümmerliche Scheibe Toast, die sie bei Sonnenaufgang an ihrem Lagerfeuer gegessen hatte, war nicht viel mehr als eine schwache Erinnerung.

»Wir werden uns schon durchschlagen. Du weißt doch, wie es mit dem letzten Wichtigtuer aus der Stadt gelaufen ist. Er hat dreimal am Tag geduscht und den gesamten Tank leer gemacht. Ganz zu schweigen von unserer Telefonrechnung, weil sein Handy keinen Empfang hatte. Oder der Tag, an dem er eine Wanderung machen wollte und wir einen verdammten Suchtrupp losschicken mussten ...« Sie kniete nieder und nahm die Hände ihres Vaters in die ihren. »Dieser Mann wird genauso sein. Er wird uns nichts als Probleme bereiten. Wir haben kein Benzin, um ihn in die Stadt zu kutschieren. Und für seinen Hummer und seinen Kaviar haben wir kein Geld.«

»Falls das einen Unterschied macht«, ließ sich eine tiefe Stimme von der Tür in ihrem Rücken vernehmen. »Ich bin allergisch gegen Meeresfrüchte.«

Paige erstarrte. Nur der feste Griff ihres Vaters hinderte sie daran herumzufahren. »Paige«, murmelte ihr Vater, als wäre sie wieder sechs Jahre alt, »sei nett.« Ein Funken Humor blitzte in seinen Augen auf. »Wir wollen, dass unser Gast mit schönen Erinnerungen abreist, nicht mit einem Arm in Gips, okay?«

Sie zog eine Braue hoch. »Du erinnerst dich ja wohl noch daran, dass Cousin Charles ganz von selbst von dem Baum gefallen ist, oder etwa nicht?«

Ihr Vater zwinkerte ihr zu und lockerte den Griff seiner Hände. Sie richtete sich auf, fuhr auf den Absätzen herum und sah einen hochgewachsenen Mann in den Raum treten. Sie blickte in Augen, die so blau waren wie das Wasser, das sie in ihren Träumen verfolgte. Eine Nanosekunde lang versank sie in dieser kühlen, klaren Tiefe. Dann traf sie der Duft des Fremden. After Shave der obersten Preisklasse. Handgearbeitetes Leder. Geld. Drei Dinge, die ihrer Welt so fremd waren wie Staub, Wassermangel und Verzweiflung der seinen.

Es zählte nicht, dass das Geld, das es kostete, sein dichtes dunkles Haar großstädtisch kurz zu halten, sie mehrere Tage lang ernährt hätte. Es zählte nicht, dass die Muskeln, die unter dem feinen Gewebe seines blauen Batisthemds spielten, genau das waren, was sie zum Reparieren des kaputten Zauns gebraucht hätten. Dieser zahlende Gast war nicht willkommen. Das Outback war kein Ort für Menschen, die keine Erfahrung, dafür umso mehr Leichtsinn mitbrachten. Schon gar nicht, wenn es keinen Regen gab. Alles war durstig und kurz vor dem Explodieren. Das Vieh. Die Schlangen. Die Menschen. Unter keinen Umständen konnte dieser Mann über das Wochenende hierbleiben.

Er stand vor ihr und streckte ihr seine Hand hin. »Tait Cavanaugh.«

Sie hob den Arm, der sich anfühlte, als hinge ein schweres Gewicht daran. »Paige Quinn.«

Seine saubere, glatte Handfläche rieb über ihre schmalere, die von der Arbeit rau war. Ein Lächeln füllte seine Augen mit Lachen und Licht. Sie zog ihre Hand weg. Solange der Charme dieses Mannes nicht für Regen sorgte, war sein Hundert-Watt-Grinsen so nützlich wie Pfennigabsätze auf einer Rinderkoppel.

Sie machte eine Kopfbewegung in Richtung Connor. »Ich nehme an, Sie haben mit meinem Vater, Connor Quinn, gesprochen?«

»Ja, ich hatte bereits am Telefon das Vergnügen.« Er streckte dem älteren Mann die Hand entgegen. »Sie haben genau richtig geschätzt. Der V12-Motor hat die Fahrt in knapp unter acht Stunden geschafft.«

Die Männer tauschten einen langen, kräftigen Handschlag. Paige knirschte mit den Zähnen. Bezeugungen männlicher Zuneigung passten ganz und gar nicht in ihren Plan für Taits Hinauswurf. Er würde nicht nur ihre Wasservorräte aufbrauchen, er würde auch ihre Zeit stehlen – Zeit, die sie benötigte, um die Wahrheit über den Zustand von Banora Downs vor ihrem Vater zu verbergen. Sie hatte ihrer Mutter versprochen, dass sie sich um ihn kümmern würde, und er hatte genug, mit dem er fertig werden musste, auch ohne die zusätzliche Bürde der Farm. Dass er seinen Gehstock gegen den Rollstuhl eingetauscht hatte, verriet ihr, wie sehr seine Beine ihm zu schaffen machten. V12-Motor hin oder her – dieser Mann, sein schickes Auto und sein lässiges Lächeln hatten zu verschwinden. Ganz egal, wie viel Geld er bezahlte. Und egal, wie sehr die Miene ihres Vaters sich in den letzten paar Minuten aufgehellt hatte.

Erschöpfung drückte ihr die Schultern nieder. »Mr. Cavanaugh, dass Sie allergisch gegen Meeresfrüchte sind, macht in der Tat einen Unterschied. Wir sind nicht versichert. Es ist also in unser beiderseitigem Interesse, wenn Sie sich eine andere Unterkunft suchen.« Sie zog ihre Lippen in eine Form, von der sie hoffte, dass sie als Lächeln durchgehen würde. »Ich werde mich persönlich um ein Quartier auf einer anderen Farm bemühen, die näher bei der Stadt gelegen ist.«

»Ich möchte Ihnen keinen Umstände machen.«

»Das macht keine Umstände. Glauben Sie mir.« Sie neigte den Kopf zum Telefon auf dem Bürotisch. Ihre Finger ballten sich zur Faust, so groß war der Drang, nach dem Hörer zu greifen. »Zufällig trifft es sich, dass ich die Nummer der Farm in der Schnellwahl eingegeben habe.«

»Aber sicher haben Sie das.« Sein Lachen verbarg nicht die Entschlossenheit, die seinen Tonfall scharf machte. »Aber Sie werden überhaupt keine Versicherung brauchen. Ich bin ein guter Pfadfinder und habe mir für Notfälle meinen Adrenalin-EpiPen mitgebracht.« Sein Mundwinkel verzog sich zu einem halben Grinsen. »Ich bin sicher, Sie hätten keine Schwierigkeiten, mich mit einer Nadel zu stechen.«

Sie zwang ihren Lippen ein steifes Lächeln ab. Gutaussehend. Clever. Daran gewöhnt, seinen Willen zu bekommen. Dieser hübsche Junge aus der Stadt würde nicht einmal einen einzigen Tag lang hierbleiben.

Tait Cavanaugh zweifelte nicht daran, dass Paige Quinn nichts lieber getan hätte, als ein spitzes Objekt in ihn hineinzustechen. Der Blick ihrer goldgesprenkelten braunen Augen fuhr ihm geradewegs in den linken Oberarm, als hätte sie darauf gezielt. Er hatte noch nie einen so schmutzigen und zugleich noch nie einen so schönen Menschen gesehen. Ihr kaffeefarbenes Haar mochte zu einem unordentlichen Pferdeschwanz zusammengefasst sein. Ihren zartknochigen Zügen mochte jegliches Make-up fehlen. Ihre Kleider mochten an ihrem zierlichen Körper herunterhängen ... aber ihr Geist strahlte so hell wie der Lack auf seinem Luxus-Auto. Beinahe hätte er die Stirn gerunzelt, aber er war nicht diesen ganzen Weg hier herausgefahren, um sich von einem hübschen Gesicht ablenken zu lassen. Er hatte eine Aufgabe zu erledigen. Geheimnisse zu bewahren. Er lockerte seine verspannten Schultern. Was er brauchte, waren ein Kaffee und eine warme Dusche, und zwar in exakt dieser Reihenfolge. Keinen Widerstand von jemandem, der ihm höchstens knapp bis ans Kinn reichte.

Er lächelte sein unwiderstehliches Lächeln. »Ich brauche Urlaub und bin bereit, dafür zu zahlen. Ich bin mir außerdem bewusst, dass in diesem Gebiet Dürre herrscht und Ihre Ressourcen knapp sein müssen. Ich bin nicht hier, weil ich Hummer oder Kaviar suche ... nur Einsamkeit.«

Paiges Antwort kam schnell wie ein Lauffeuer. »Egal, welche Summe Sie mit meinem Vater vereinbart haben – zahlen Sie das Doppelte.«

Taits Kiefer verspannte sich. Da war sie also wieder. Die allumfassende Wahrheit dieser Welt. Sogar hier im Outback behielt sie ihre Gültigkeit. Was immer er auch anbot, es war einfach nicht genug. Eine betäubte Sekunde lang hatte er geglaubt, diese unbefangene Frau mit ihren ehrlichen Augen und dem Mund, der Klartext redete, würde sich als Ausnahme erweisen. Er hatte geglaubt, er könnte ihre Worte für bare Münze nehmen und keine verborgenen Kämpfe ausfechten, aber auch sie wollte mehr, als im Angebot war. Genau wie die anderen Frauen in seinem Leben. Seine Stiefmutter. Seine Stiefschwester. Das Gefühl der Schuld versetzte ihm einen Stoß. Bronte.

»Sind wir im Geschäft, Mr. Cavanaugh?«, fragte Paige scharf.

»Paige«, fuhr Connor ihr ins Wort, »das reicht jetzt.«

»Bitte nennen Sie mich Tait, Paige, und ja, wir sind im Geschäft.« Sie mochte aussehen, als könnte der heiße, trockene Wind sie davonblasen, aber an ihrer Haltung war keine Spur von Schwäche zu erkennen. Sie würde von ihrem Standpunkt nicht abweichen, und jede Sekunde, die er auf den Kampf mit ihr verschwendete, war eine weitere Sekunde ohne Koffein. In seinem Kopf hämmerte es bereits wie ein Presslufthammer auf der Baustelle vor seiner Wohnung an der Küste von Sydney.

»Connor, der Preis, den Sie mir genannt haben, dürfte die Kosten für meinen Aufenthalt nicht einmal annähernd decken. Die Forderung Ihrer Tochter ist also nur fair.«

Tait fischte sein Handy aus seiner Hemdtasche, prüfte den Empfang und wählte eine Nummer. »Hi, Cheryl. Ja, ich bin angekommen, ich habe die Fahrt überlebt. Was ich bisher für einen Eindruck habe? Nun ja ... die Flora und Fauna waren ziemlich unterhaltsam.«

Unter der Staubschicht schoss Farbe in Paiges Wangen.

»Die Überweisung, die du heute früh über das Internet gemacht hast, könntest du die verdreifachen? Ja, verdreifachen. Danke. Ach, und Cheryl, könntest du mir noch einen EpiPen schicken? Wie es aussieht, kann sich das Outback als ein gefährlicher Ort erweisen.«

Paige biss sich so hart auf die Innenseite ihrer Lippen, dass sie Blut schmeckte. Tait Cavanaugh brauchte keinen weiteren EpiPen. Er brauchte verdammt nochmal einen Leibwächter. Mit seinen leuchtenden blauen Augen und seinem lässigen Lächeln war er hier hereingetanzt, hatte Connor innerhalb eines Herzschlags erobert und ihren Plan zunichtegemacht, ihn loszuwerden. Ihr blieb nichts anderes übrig, als anzuerkennen, dass Tait die erste Runde gewonnen hatte. Sein Geld mochte ihr nichts bedeuten, aber für Connor bedeutete es eine Menge. Sie hatte von Tait lediglich den doppelten Zimmerpreis verlangt, weil sie gehofft hatte, er würde sich weigern, so viel zu bezahlen, und abreisen.

Die Hände ihres Vaters tasteten nach ihren, und ihr Herz wurde warm. Er war alles, was sie hatte. Sie war alles, was er hatte. Sie würde freundlich sein und Zeit von ihrem bereits völlig überladenen Tagesplan abzweigen, damit dieser privilegierte Bursche aus der Stadt seinen »Urlaub« haben konnte.

Was hätte sie nicht für einen Urlaub gegeben!

Was brachte sie auf solche Gedanken? Ihr Vater und Banora Downs waren ihr Leben. Sie bereute kein einziges Opfer, das sie für die beiden gebracht hatte, aber es wurde zunehmend schwieriger, sich an der Hoffnung festzuhalten, dass sie es durch die Dürreperiode schaffen würden. Sie musste stark bleiben, auch wenn an manchen Tagen jeder ihrer Muskeln um eine Pause bettelte. An Tagen wie heute.

Sie ließ die Hand ihres Vaters los und furchte die Stirn. Hatte etwa Mitleid das Blau in Taits Augen verdunkelt? Unmöglich. Ein Mann, der über unbegrenzte Mittel verfügte, würde nicht begreifen, wie es sich anfühlte, selbst um das Lebensnotwendigste kämpfen zu müssen. Ein Mann, der seinen Charme benutzte, um sich durchs Leben zu navigieren, konnte nicht darüber hinaus auch noch ein Herz besitzen. Sie wusste aus erster Hand, dass glattzüngige Worte nicht gleichbedeutend mit Gefühlen waren, sondern lediglich leere Versprechungen.

Sie hob das Kinn. »Ein Geschäft ist ein Geschäft, Mr. Cavanaugh. Willkommen auf Banora Downs.«

»Vielen Dank. Und nun, wo wir die Formalitäten hinter uns gebracht haben, könnten Sie mir vielleicht mein Zimmer zeigen?«

»Selbstverständlich. Aber ich warne Sie, Banora Downs ist ein Farmbetrieb, kein Luxushotel mit Rundum-Service. Sie werden sich Ihr Bett selbst machen müssen.«

»Kein Problem. Ich bin ja schließlich hergekommen, um ein echtes Outback-Abenteuer zu erleben.« Seine Lippen zuckten, ob in einer Grimasse oder in einem Lächeln, vermochte sie nicht zu entscheiden. »Aber bevor ich irgendetwas in Angriff nehme, brauche ich einen Kaffee.«

»Ich könnte auch einen gebrauchen«, sagte ihr Vater. »Gehen Sie Ihr Gepäck holen, und Paige wird Sie herumführen. Den Kaffee mache ich.«

Ihr Vater steuerte im Rollstuhl hinaus in den Flur, und Paige starrte auf seinen Rücken. Seit wann war sie hier als Touristenführerin beschäftigt? Er war doch der Gesellige von ihnen. Er liebte dieses weitläufige, im viktorianischen Stil eingerichtete Haus und füllte jeden Raum durch seine Geschichten mit Leben. Ihr unerwarteter Gast würde nun von Glück sagen können, wenn er eine Führung durch die Staubwolke bekam, in die sich ihr Vorgarten verwandelt hatte. Eine Führung durchs Haus konnte er vergessen. Sie würde zusehen, dass er in seinem Zimmer unterkam. Und damit Schluss.

Connor Quinn brachte seinen Rollstuhl in der Küchentür zum Stehen und atmete tief aus. Anspannung ließ seine Finger zittern, und er umfasste die Seiten des Stuhls, um sie zu beruhigen. Nie hatte er sich davor gedrückt, Paige die Wahrheit zu sagen. Nicht, als ihre Mutter krank wurde, und auch nicht, als er nach seinem Unfall mit dem Traktor begriffen hatte, dass er nie wieder der Mann werden würde, den sie kannte.

Gerade eben aber hatte er es getan.

Draußen schlug die Tür von Taits Auto zu. Connor umfasste den Stahl des Rollstuhls noch fester. Und es war nicht allein seine Tochter, vor der er die Wahrheit verbergen musste.

Tait kam auf sie zu, trug sein Gepäck, als wäre es mit nichts als warmer Luft gefüllt. Sie betrachtete die Designer-Taschen, die aussahen, als wären sie außerhalb der Kabine eines Charter-Flugzeugs noch nie gereist. Zwei Taschen? Wie viel Zeug konnte so ein hübscher City Boy für ein einziges Wochenende brauchen?

Er blieb vor ihr stehen, stellte die Taschen auf dem Boden ab und nahm sich die Sonnenbrille von den Augen. Sein Lächeln strahlte. »Sie gehen voran!«

Mit einem Gefühl des Schwindels griff sie nach dem Pfosten der Veranda. Sie musste hungriger sein, als sie gedacht hatte. Mangel an Nahrung hatte für gewöhnlich nicht eine solche

Wirkung auf sie, und die Tage, in denen das Lächeln eines Mannes sie noch aus dem Gleichgewicht gebracht hatte, waren lange vorüber. Sie ließ den Pfosten los. »Ich würde Ihnen die Taschen tragen, aber wie es aussieht, haben Sie alles unter Kontrolle.«

Er musterte ihre Arme, von denen sie wusste, dass sie unter ihrem zu großen Hemd kaum kräftiger als Zweige wirken würden. »Sicher würden Sie das. Aber Sie haben ganz recht. Ich habe alles unter Kontrolle.«

Sie biss sich auf die Lippe, um sich eine Erwiderung zu verkneifen. Auch sie hatte alles unter Kontrolle, aber eine nicht endende Trockenperiode und jetzt ein unwillkommener Gast, der sie zur Weißglut reizte, hätten die Geduld eines jeden auf die Probe gestellt. Wäre sie körperlich dazu in der Lage gewesen, wäre sie von der Veranda gestiegen und hätte ihm seine lächerlichen Taschen die Treppe hinaufgetragen. Sie wandte sich zur Vordertür. »Folgen Sie mir.«

Sie stieß die Tür aus Zedernholz auf, trat in die willkommene Kühle der Eingangshalle und atmete den vertrauten Duft nach Holz und gealtertem Leder ein. Ihr Vater war nicht der Einzige, der dieses zeitlose, historische Farmhaus liebte. Vorbei an der Galerie der Schwarz-Weiß-Fotos, die das Haus in seinen glorreichen Tagen der Kolonialzeit zeigte, ging sie auf die gewundene Treppe zu. Dicht hinter sich vernahm sie Taits Schritte auf den italienischen Mosaikfliesen. Auf der Treppe beschleunigte sie ihren Schritt, um dann auf dem Absatz stehenzubleiben. Die Dielenbretter knirschten, als Tait neben ihr ebenfalls stehenblieb. Sie nahm den Duft seines Aftershaves wahr.

Wo sollte sie ihn unterbringen? Im unteren Stockwerk war die Domäne ihres Vaters, hier oben die ihre. Unter der Staubschicht prickelte ihr die Haut. Sie war es nicht gewohnt, in nächster Nähe mit jemandem zusammenzuwohnen, schon gar nicht mit jemandem, der so aufreizend war wie Tait Cavanaugh. Oder so attraktiv ... Aus dem Augenwinkel nahm sie die markante Form seiner Lippen wahr.

Sie konnte ihn unmöglich in das Zimmer auf dem Dachboden stecken, das die Größe eines Schuhkartons hatte, über keine Klimaanlage verfügte und eine Tageswanderung vom Badezimmer entfernt lag. Er bezahlte den dreifachen Preis. Außerdem hatte sie ihrem Vater ihr Wort gegeben, dass ihr Gast mit glücklichen Erinnerungen abreisen würde.

Sie seufzte. »Kommen Sie hier entlang. Ihre Suite liegt zwar hinter der letzten Tür am Ende des Gangs, aber sie hat den besten Ausblick auf den Sonnenuntergang.« Er würde ihr Heiligtum nur für zwei Nächte in Anspruch nehmen. Sie würde ihm einen eigenen Flügel geben. Ihre Pfade würden sich nicht kreuzen.

Als er keine Antwort gab und keine Anstalten machte, ihr zu folgen, drehte sie sich um.

Er nickte. Oder war es ein Zucken? Sein leichtherziger Charme und sein Lachen waren einer grimmigen Härte gewichen. Hoffnung regte sich in ihr. Kamen ihm jetzt vielleicht doch Zweifel an seinem Vorhaben, so weit weg von der Zivilisation zu übernachten? So extravagant das Farmhaus einst auch gewesen war, es konnte mit dem modernen Luxus der Städte nicht mithalten. Sie würde ihn loswerden. Sie ging schneller.

Am Ende des Gangs drehte sie den Türknauf aus Messing um und stieß die schwere Holztür auf. Ihre Hand schnitt durch die Luft, als würde sie den Preis in einer Spielshow präsentieren. »Da wären wir. Ihr Zimmer. Genießen Sie die Aussicht.«

Er würde das Zimmer betreten und bleiben. Oder sich auf dem Absatz umdrehen und abreisen. So oder so hatte sie ihre

Pflicht getan. Innerhalb von fünf Minuten würde sie sich den Staub aus den Haaren und das Bild seiner lächelnden blauen Augen aus dem Gedächtnis fegen.

Er blieb im Gang stehen. »Vielen Dank ... aber ...« Er unterbrach sich, um seinen Blick durch das geräumige Zimmer schweifen zu lassen.

Vorfreude drängte ihre Nervosität beiseite. Er würde nicht bleiben.

»... aber ein Zimmer mit Aussicht hat für mich nicht gerade Priorität. Das Einzige, was ich mir normalerweise anschaue, sind mein Laptop und mein Telefon.«

Überrascht hielt sie inne. Eine unmissverständliche Bitterkeit schwang in seinen Worten, und tiefe Erschöpfung zeichnete sich in scharfen, gefurchten Linien auf seinem Gesicht ab. Es war, als würde sie ihr eigenes Spiegelbild in dem schwindenden Wasser der Rindertränke betrachten.

Tait Cavanaugh mochte sie wütend machen, aber sie erkannte emotionale Erschöpfung, wenn sie ihr begegnete. Eine Erschöpfung, die tiefer ging als körperliche Entkräftung. Er hatte nicht gelogen, als er gesagt hatte, dass er einen Urlaub nötig hatte. Und sie hätte das letzte Stück ihres Notvorrats an Schokolade darauf verwettet, dass der Grund dafür mit einer Frau zu tun hatte. Warum sonst würde ein Mann wie er den Lichterglanz der Großstadt hinter sich lassen?

Ohne nachzudenken, betrat sie das Zimmer und schaltete die Klimaanlage an der Wand ein. Sie erwachte mit einem Brummton zum Leben. Paige wusste, wie es sich anfühlte, wenn man eine Zuflucht benötigte, weit entfernt von Erinnerungen und Schmerzen. Es spielte keine Rolle, dass Tait nichts als Probleme mit sich bringen würde. Einen flüchtigen Augenblick lang teilten sie eine Gemeinsamkeit: Sie hatten beide keine Kraftreserven mehr.

»Nun«, sagte sie, »hier werden Sie Gelegenheit haben, sowohl den Sonnenuntergang als auch den Sonnenaufgang zu genießen. Sie sind hier am stillsten Ort diesseits der Berge gelandet.«

Er folgte ihr in die Suite. »Wenn ich bedenke, dass ich zwischen hier und der letzten Stadt, Glenalla, lediglich an zwei Autos vorbeigekommen bin, glaube ich Ihnen das gerne.« Sein raues Lachen überrollte sie und übte eine merkwürdige Wirkung auf die Geschwindigkeit ihres Pulsschlags aus. Mitten im Zimmer blieb er stehen und sah sich um. »Sehr schön.«

»Danke. Meine Großmutter hat hier geschlafen, nachdem mein Großvater gestorben war.«

Paige blickte sich in der feminin eingerichteten Suite um, als betrachte sie sie mit den Augen eines Neuankömmlings. Das Himmelbett aus Mahagoni, das Wandfries mit Blumenmuster, der zierliche Kronleuchter aus Kristall, der Kamin aus Marmor, die Farbe, die abbröckelte, das Betttuch aus verblichenem grünen Brokat...

Trauer überfiel sie. Einst war der Raum königlich gewesen und erfüllt von Leben und Lachen. Eines Tages würde er es wieder sein.

»Ihre Großmutter mochte Blumen?«

Paiges Traurigkeit verflog, sobald sie die Wärme der unschätzbaren Erinnerungen spürte. »Ja, das tat sie.« Sie schenkte dem Gemälde mit den rosafarbenen Rosen, das über dem Kamin hing, ein Lächeln. »Rosen waren ihre Lieblingsblumen.«

Sie warf einen Blick hinüber zu Tait, der nicht das Gemälde, sondern sie betrachtete. »Sauber ist das Zimmer, aber es ist eine Weile lang nicht benutzt worden. Falls Sie irgendwo Spinnenweben entdecken, betrachten Sie sie als Teil Ihres echten Outback-Abenteuers.«

Sein Mund verzog sich zu einem Lächeln, das die Schatten in seinen Augen verscheuchte. »Solange der Kaffee heiß und stark ist, kann ich mein Zimmer gern mit ein paar ungeladenen Gästen teilen.«

Sie nickte und zwang sich zu einem Lächeln. Keine Flut von glatten Worten würde sie erobern. Sie hatte sich ein Mal erlaubt, sich von Charme blenden zu lassen, und sie würde es nie wieder tun.

»Wir haben schon lange keine Gäste mehr aufgenommen«, sagte sie. »Wie sind Sie auf uns gekommen? Ich dachte, wir hätten sämtliche Anzeigen aus dem Internet entfernt.«

»Meine Sekretärin hat Ihre Adresse gefunden. Ich habe keine Ahnung, wie und wo.« Er stellte sein Gepäck auf dem Boden ab. »Nun lassen Sie uns diese vielzitierte Aussicht begutachten.«

Er trat vor das Fenster, dessen Vorhänge zugezogen waren, ehe sie in seiner Miene lesen konnte. Abwehr hatte in seiner Stimme gelegen. Genau dieselbe Note, die den Tonfall ihres Vaters veränderte, wenn er ihr versicherte, dass er keine Schmerzen habe. Sie erkannte einen abrupten Themenwechsel, wenn sie einen zu hören bekam. Sobald sie das nächste Mal nach Glenalla kam, würde sie den Internetzugang in der Bibliothek benutzen, um festzustellen, ob sie im Web überhaupt noch präsent waren.

Sie trat ebenfalls ans Fenster und wischte sich die Hände an ihrer Jeans ab, ehe sie an der Schnur der Vorhänge zog. Der schwere goldene Samt glitt zur Seite. Sie starrte hinaus und verlor sich in der Einsamkeit, die sich vor ihr ausbreitete.

Vor einem halben Leben hatte sie das Fenster für ihre Großmutter geöffnet, damit der Duft des Rosengartens das Zimmer erfüllte. Jetzt gab es keinen Rosengarten mehr. Die einzige Oase aus Grün im Meer aus verbranntem Braun war ein Topf mit welken Kräutern, der an der Hintertür der Küche auf der Veranda stand. Schmiedeeiserne Bögen, die einst von weißen Kletterrosen überwuchert gewesen waren, standen jetzt leer da wie Skelette. Verwitterte Bänke hielten resolut die Stellung und warteten, hofften darauf, dass ein lebendiger Garten sie eines Tages von Neuem umgeben würde.

Was tat sie hier? Warum vergeudete sie ihre Zeit mit einem Fremden, dessen Willensstärke garantiert dafür sorgen würde, dass sie Probleme bekam? Sie hatte einen Lieferwagen zu entladen und Kleider zu waschen.

Sie wandte sich vom Fenster ab. »Bei Tag sieht es nach nicht viel aus, aber in der Nacht ist der ganze Himmel von Licht überflutet. Hier drinnen«, sie berührte einen antiken Kleiderschrank, »finden Sie Bettzeug und Handtücher. Durch die Tür dort geht es ins Badezimmer, und da drüben liegt das Ankleidezimmer.« Sie legte eine Pause ein. »Sie haben gesagt, Sie sind darüber informiert, dass wir eine Dürreperiode durchmachen, also achten Sie bitte darauf, wie viel Wasser Sie benutzen.«

»Keine Sorge, ich werde Ihre Gastfreundschaft nicht missbrauchen.« Seine Mundwinkel kräuselten sich. »Und auch nicht dreimal am Tag duschen.«

Sie blinzelte, um die Kraft seines Lächelns abzuschwächen und um das Bild von seinem Körper, über den Wasserströme rannen, auszuradieren. »Danke.« Um ihn herum ging sie zu Tür. »Dad hat sicher inzwischen den Kaffee fertig. Packen Sie aus. Entspannen Sie sich. Ehe Sie sich's versehen, wird es Zeit sein, wieder nach Hause zu fahren.«

»So bequem mein Auto auch ist, nach acht Stunden Fahrt habe ich es nicht eilig, wieder abzureisen.«

In der Tür drehte sie sich um. »Dann ist es ja gut, dass Sie den ganzen Tag morgen Zeit haben, um sich auszuruhen, bevor Sie am Sonntag heimkehren.«

Er stellte seine Taschen auf das Bett, und sein Grinsen wurde breiter.

Sie verschränkte die Arme. Sie war hungrig, müde und brauchte eine Dusche. Was fand er so komisch? Hatte sie etwas nicht mitbekommen?

»Ich garantiere Ihnen, dass ich vollkommen ausgeruht sein werde, wenn ich am Sonntag abreise«, sagte er. »Am Sonntag in zwei Wochen.«

2

Taits Miene verfinsterte sich beim Anblick der geraden Straße, die sich vor seinen Augen am Horizont in einem schillernden Trugbild auflöste. Er hatte kaum Zeit, die Nachrichten abzuarbeiten, die sich auf seiner Voicemail angesammelt hatten, geschweige denn anderthalb Stunden lang nach Glenalla zu fahren, um Lebensmittel einzukaufen. Obwohl er sich auf Banora Downs für zwei Wochen eingemietet hatte, hatte er keineswegs vor, länger als eine Woche zu bleiben.

Er warf einen Blick zur Seite, wo Paige zusammengerollt auf dem Beifahrersitz seines Wagens schlief. Nicht dass er plante, seiner streitbaren Gastgeberin die Nachricht über seine vorzeitige Abreise bereits jetzt zu eröffnen. Der Schock, der sich gestern Nachmittag auf ihrem Gesicht abgezeichnet hatte, als sie begriff, dass er länger als nur ein Wochenende bleiben würde, war unbezahlbar gewesen. Er nahm an, dass man sie nicht gerade häufig sprachlos erlebte. Aber genau das war sie gewesen. Ganze zehn Sekunden lang.

Er konnte sich ihre Reaktion ausmalen, wenn sie herausfinden würde, dass er nicht allein um der Einsamkeit willen in den Westen hinausgekommen war. Connor hatte ihn zudem beauftragt, einen Geschäftsplan für die Farm aufzustellen. Als Vorstand der Beratungsfirma AgriViz fuhr Tait normalerweise nicht auf Farmen, aber Connors Anfrage war genau zum richtigen Zeitpunkt eingetroffen. Banora Downs war so weit von der Stadt und ihren Komplikationen entfernt, wie Tait es sich nur wünschen konnte. Also hatte er sich darauf eingerichtet, einen Plan zu erstellen, und als Connor ihn eingeladen hatte, auf der Farm zu übernachten, hatte er das Angebot angenommen, aber nur wenn er als zahlender Gast kommen könnte. Er hatte außerdem Connors Wunsch akzeptiert, dass seine Tochter nicht erfahren sollte, warum er hier war. Jetzt, da er die selbstgenügsame Paige kennengelernt hatte, hegte er keine Zweifel mehr daran, dass sie jeden Versuch, ihr die Last zu erleichtern, von sich weisen würde, selbst wenn er von ihrem eigenen Vater käme.

Tait spannte die Schultern unter einem Gewicht an, das abzuschütteln er nie imstande zu sein schien. Aber der Geschäftsplan, von dem Paige nichts wissen durfte, war nicht das einzige Geheimnis, das er zu verbergen hatte. Es gab einen weit tieferen, viel persönlicheren Grund, der ihn nach Banora Downs gezogen hatte.

Sein ohnehin fester Griff um das Steuerrad des Wagens verstärkte sich noch. Da Paige den Grund nicht kennen sollte, aus dem er hier war, musste er sich die Informationen für den Geschäftsplan auf kreativere Weise beschaffen. Und die erste Information, die er benötigte, war die Antwort auf die Frage, ob Connors Angabe, Paige sei mit Banora Downs praktisch verheiratet, den Tatsachen entsprach. War sie so entschlossen, an der Zukunft der Farm teilzuhaben, wie ihr Vater sagte?

Er ließ den Blick über die Landschaft schweifen, die sie umgab, und sah wenig mehr als roten Staub, verblichenes Gras und sich hartnäckig haltende Bäume. Man mochte ihn einen Realisten oder einen Zyniker nennen, aber Paiges unbedingte Treue zu ihrer Heimat konnte unmöglich echt sein. Sah sie hier wirklich eine Zukunft für sich? Welche schöne, ledige Frau von Mitte zwanzig würde sich freiwillig mitten im Nirgendwo begraben lassen? Sie musste einen Plan haben, mit verborgenen Absichten arbeiten. Mit der Verdoppelung seines

Zimmerpreises war sie schnell bei der Hand gewesen. Und doch ...

Wieder wandte er ihr sein Gesicht zu. Die nackten Konturen ihrer Lippen wirkten ohne die Schicht Lippenstift, die in der Stadt üblich war, seltsam verwundbar. Weiche Locken entschlüpften ihrem schlichten Pferdeschwanz. In Momenten wie diesem erhaschte er unter all dem Staub einen Eindruck von seltenem Anstand, eine ungewohnte Aufrichtigkeit, die ihn verwirrte. Er war es nicht gewohnt, mit Frauen umzugehen, die meinten, was sie sagten.

Sein Fuß hob sich ein wenig vom Gaspedal, als das Auto am Ortsschild von Glenalla vorbeifuhr. Die Straße führte über einen Schutzdamm, der die Stadt umgab wie eine mittelalterliche Festung. Es war schwer, sich vorzustellen, dass es in dieser ausgetrockneten Landschaft jemals zu viel Wasser gäbe. Er parkte vor einem Laden, von dem er annahm, dass es sich um ein Lebensmittelgeschäft handelte, und ließ seinen Motor auslaufen, ehe er ihn ausschaltete.

Stille erfüllte das Auto. Er wandte sich seiner Beifahrerin zu, die noch immer schlief. »Paige?«

Sie rührte sich nicht.

»Paige, wir sind da.«

Er unterdrückte ein Seufzen. Genauso gut hätte er mit sich selbst sprechen können. Sein Blick ruhte auf ihr. Abgesehen von ein paar verstreuten Sommersprossen um ihre Nase war ihre Haut makellos. Wie konnte sie so frisch wirken, wo sie unter einer Sonne arbeitete, die genug Kraft besaß, ein Spiegelei zu braten? Ihr Akubra, der seine besten Tage hinter sich hatte und auf dem glänzenden Leder seines Rücksitzes fehl am Platz wirkte, war nicht einfach nur Ausdruck ihres Modegeschmacks. Sie brauchte wirklich einen neuen.

»Paige. Zeit zum Aufwachen.«

Keine Antwort.

Er packte ihre schmale Schulter und schüttelte sie sanft.

»Nein. Lass mich schlafen.« Ihr Kopf flog von einer Seite zur andern. »Es kann doch nicht schon Morgen sein ...«

»Das ist es aber. Sie haben jedes schlafende Dornröschen in den Schatten gestellt. Es ist schon fast Mittag.«

»Mittag ... aber ich habe Dad noch nicht sein Frühstück gebracht.« Sie stemmte sich in die Höhe und wehrte sich gegen Taits Griff. »Wo ist Dad? Was ist passiert?« Sie fuhr zu ihm herum.

Taits freie Hand blieb auf ihrer Schulter, um sie zu beruhigen. »Wir sind in Glenalla, um Vorräte einzukaufen.« Ohne nachzudenken, streifte er mit den Daumen ihre zarten Schlüsselbeine. »Connor ist zu Hause. Es geht ihm gut.«

Einen Moment lang schien es ihm, als hätte sie ihn nicht gehört. Dann verebbte der Schrecken auf ihrem Gesicht, und die Anspannung wich aus ihrem Körper. »Ach ja, richtig. Wir wollten einkaufen.«

Wieder versteifte sie sich, ehe sie sich von ihm losmachte und nach dem Türgriff langte. Seine Hände fielen auf seine Schenkel nieder und fühlten sich ohne ihre Wärme seltsam leer an.

»Wir gehen besser rein«, warf sie ihm über ihre Schulter zu und war schon halb aus dem Auto gestiegen. Sie zog die hintere Tür auf und beugte sich hinein, um ihren Hut vom Sitz zu fischen.

Er drehte sich im Sitz um, um sie anzusehen.

»Schnell, schnell«, sagte sie harsch. »Wir haben nicht den ganzen Tag Zeit. Der Lebensmittelladen sieht ziemlich voll aus.«

Er stieg aus und folgte ihr auf den Parkplatz. Aus der Sicherheit hinter seiner polarisierten Sonnenbrille sah er drei Autos, die auf dem betonierten Platz vor dem Geschäft geparkt waren. Ziemlich voll? Wenn das hier Glenalla zur Stoßzeit war, wollte er die Stadt lieber nicht an einem ruhigen Tag sehen.

Sie war in jeder Hinsicht eine Idiotin. Paige marschierte in den klimatisierten Lebensmittelladen. Eine kühle Brise spielte ihr über das Gesicht, brachte es jedoch nicht fertig, die Hitze der Selbstverachtung aus ihren Wangen zu vertreiben. Ihr erster Fehler war es gewesen, in Taits Auto einzuschlafen. Sie hätte die Fahrt nutzen sollen, um klarzustellen, wie sich seine zwei cappuccinofreien Wochen gestalten würden. Es war nur eine Frage der Zeit, bis er die Annehmlichkeiten der Stadt so sehr vermissen würde, dass keine Outback-Einsamkeit ihn länger hierhalten würde.

Ihr zweiter Fehler hatte darin bestanden, dass sie vergessen hatte, wo und mit wem sie zusammen war. Eine unverzeihliche Sekunde lang hatte sie der Kraft und Sanftheit der Hände, die sich um ihre Schultern geschlossen hatten, gestattet, ihr vorzugaukeln, dass alles in Ordnung wäre. Dass Connor nicht länger körperliche Schmerzen litte und dass Banora Downs die Dürreperiode überleben würde. Dann hatte sie begriffen, dass die männlichen Hände, die sie hielten, nicht Teil irgendeines Wunschtraums waren. Sie gehörten vielmehr zu ihrem Albtraum – zu dem Schönling aus der Stadt!

Sie beschleunigte ihre Schritte. Sie mochte zwar keine Ahnung haben, wann es endlich regnen würde, aber sie wusste, dass sie sich nicht noch einmal erlauben würde, Tait gegenüber nicht auf der Hut zu sein.

Sie griff im selben Augenblick nach dem Einkaufswagen wie Tait. Ihre Hände trafen sich auf dem Griff.

»Danke«, sagte sie. »Ich habe ihn.«

»Ich schiebe den Wagen«, sagte er und schob seine Designer-Sonnenbrille hoch.

»Nein, ich habe ihn.«

Taits Hand rührte sich nicht von der Stelle. »Ich bestehe darauf.«

Kunden wandten neugierig die Köpfe in ihre Richtung. Das Letzte, was sie gebrauchen konnte, war ein Machtkampf mit Tait um diesen Einkaufswagen. Sie hatte vorgehabt, so schnell wie möglich in die Stadt hineinzufahren und genauso schnell wieder heraus. Mit seinem Filmstar-Aussehen und seinem schicken Auto würde Tait von Glück sagen können, wenn er morgen nicht auf der Titelseite des *Glenalla Advocate* landete.

Sie nahm die Hand vom Griff des Einkaufswagens. »Er gehört Ihnen.«

»Danke.«

»Nicht der Rede wert.« Sie schnappte sich einen zweiten Wagen und schenkte ihm ein süßes Lächeln. »Ich schiebe den hier.«

Ohne seine Reaktion abzuwarten, strebte sie dem nächstgelegenen Gang entgegen. Von Zeit zu Zeit blieb sie stehen, um etwas in ihren Einkaufswagen zu werfen. Am Rand ihres Sichtfelds konnte sie erkennen, wie Tait Waren in den seinen warf. Sein fortgesetztes Lächeln erweckte beinahe den Eindruck, als amüsiere er sich. Er wählte ein Paket Tim-Tam-Kekse und fügte dann zwei weitere dem Inhalt seines Wagens hinzu. Ohne Zweifel hatte er eine Haushälterin oder eine Freundin, die für gewöhnlich den Einkauf für ihn erledigte.

Sie steuerte auf den Gang mit den Süßigkeiten zu, und vor den Reihen mit Schokolade verlangsamte sich ihr Gang. Sie versuchte, den Trotzanfall ihrer Geschmacksnerven zu ignorieren. Trotz der enormen Summe, die Tait für seinen Aufenthalt bezahlte, hatte sie für Luxusartikel kein Geld.

Sie bog um die Ecke in die Abteilung mit den Körperpflegeartikeln. Ihre Füße wurden schwer, als sie an den Reihen mit parfümierter Seife entlangging. Die in rosa Papier gehüllten Seifen, die in Augenhöhe lagen, würden wie Seide über ihre Haut gleiten, ganz anders als die grobkörnige, billige Sorte, die sie sich leisten konnte. Sie blieb stehen und hob einen Karton mit Waschpulver in ihren Wagen, dann begab sie sich auf den Weg zur Kasse. Sie lächelte das junge Mädchen an und lud ihre Waren auf das Laufband.

»Hallo, Sarah. Seit dem Schlussverkauf habe ich dich nicht mehr gesehen. Wie läuft es denn jetzt, wo ihr in der Stadt wohnt?«

»Gut, danke. Mum lässt dir ausrichten, dass es Dad viel besser geht. Er ist immer noch wütend auf die Bank und die Zwangsvollstreckung, aber er verlässt jetzt das Haus. Du hattest recht: Anne brauchte wirklich jemanden, der ihr die Regale in der Bibliothek einbaut. Ich glaube, nächste Woche fängt er mit dem Schuppen für den Garten an.«

»Gut. Ich wusste, Anne würde seine Hilfe wirklich zu schätzen wissen.« Sie versuchte, in Sarahs scheuem Gesicht zu lesen. »Und wie sieht es bei dir selbst und mit der neuen Schule aus? Wie ist das gelaufen?«

Sarah grinste, während sie Paiges Waren scannte. »Am Anfang hat es sich komisch angefühlt. Ich war ja nicht daran gewöhnt, mit echten anderen Jugendlichen zu reden oder einen Lehrer aus Fleisch und Blut vor mir zu haben. Im Fernunterricht habe ich normalerweise alles nur über Satellit zu sehen bekommen! Aber jetzt habe ich mich daran gewöhnt, in einem Klassenzimmer zu sitzen, und es gefällt mir richtig gut.«

Paige lächelte. »Diese Lewisham-Jungs haben nicht zufällig etwas damit zu tun, dass dir die Schule gefällt, oder?«

»Vielleicht.« Sarah errötete. »Aber nur der ältere.«

Taits Aftershave warnte Paige, dass er näher kam, noch ehe sie die Räder seines Einkaufswagens rattern hörte. Ihre Finger verkrampften sich um das Glas, das sie festhielt, bis der Metalldeckel in ihre Haut schnitt.

Er schenkte Sarah ein tödliches Grinsen. Das arme Mädchen war dermaßen überwältigt, dass es aufhörte, die Packung Zucker zu scannen, mit der es gerade beschäftigt war.

Paige legte die letzten Lebensmittel auf das Laufband. Es war nur gut, dass sie sich von einem schnellen Auto oder einem geübten Lächeln nicht den Kopf verdrehen ließ. Chris und die kurze Zeit, die sie in der Stadt gelebt hatte, hatten ihr gezeigt, was für eine wenig beeindruckende Realität unter einer glänzenden Lackschicht liegen konnte. Sie trennte ihre Waren von denen von Tait durch einen Warentrenner.

Er nahm den Trenner weg. »Das geht auf mich.«

»Danke. Aber nein danke.« Sie stellte den Teiler zurück an seinen Platz.

Er nahm den Teiler wieder weg und reichte ihn Sarah. »Bitte sorgen Sie dafür, dass dies alles auf eine Rechnung geht. Ich bezahle.«

Sarah signalisierte lächelnd ihre Zustimmung. Ihre Augen leuchteten.

Paige unterdrückte ein Knurren. Verdammt. Nochmal. Großartig. Diese Lewisham-Jungs sollten sich besser auf etwas gefasst machen. Innerhalb von zwanzig Minuten würde die Nachricht, dass ein heißer neuer Traummann sich in der Stadt befand, das Handy und den Computer jedes einzelnen Teenagers in Glenalla erreicht haben.

»Nein, das werden Sie nicht tun.« Paiges Blick fixierte Tait, während Sarah von Neuem damit begann, die Lebensmittel einzuscannen.

»Doch, das werde ich. Es ist das Mindeste, das ich tun kann, da das ja alles für mich ist.«

Sie griff nach einer Schachtel Pralinen in Übergröße, vor der selbst der süchtigste Schokoholiker die Waffen gestreckt hätte. »Das soll alles für Sie sein?«

Er zuckte mit den Schultern. »Ich habe eben eine Schwäche für Süßes.«

Sie stellte die Schachtel zurück und hob ein unverwechselbares Päckchen in pinkes Papier verpackter Seife auf. »Und das ist auch für Sie?«

»Aber sicher doch. Es ist schließlich nichts dagegen zu sagen, dass auch ein Mann den Wunsch hegt...«, er las den Werbeslogan auf der Verpackung der Seife, »... eine Haut so weich wie eine Rose zu haben.«

Sarah kicherte. Sogar Paige hatte Mühe, ein Lächeln zu unterdrücken. Aber sie war nicht bereit, seinem gedankenlosen Charme zu verfallen. Sie war kein romantischer Teenager. Und sie würde ihm auch nicht erlauben, die Lebensmittelrechnung zu begleichen. Er hatte bereits den dreifachen Preis für seinen Aufenthalt bezahlt. Bevor sie aber ein Wort herausbrachte, hatte Tait sich zu ihr niedergebeugt. Wärme, die mit der Sommerhitze wenig zu tun hatte, stahl sich in ihre Wangen. Er war ihr allzu nahe, und er roch zu sauber, zu gut.

»Ich bezahle«, flüsterte er ihr ins Ohr. Sein Atem glitt wie eine körperliche Berührung über ihre Haut. »Noch ein Widerspruch von Ihnen und – sehen Sie die Dame, die uns nicht aus den Augen lässt, seit sie den Laden betreten hat?«

Paige blickte auf und wäre am liebsten tausend Tode gestorben. Es war Mrs. Jessop, die Bienenkönigin des gesellschaftlichen Lebens von Glenalla. Sie brauchte keine Handynachrichten und auch keinen Blog, um Klatsch zu verbreiten. Ihre Waffe war die gute alte Telefonleitung. Das letzte Mal, als sie Paige aus dem Lieferwagen eines Nachbarn hatte steigen sehen, hatte sie sie noch vor Weihnachten heiraten und Zwillinge erwarten lassen.

Paige schluckte. Mrs. Jessop konnte nicht wissen, dass sie zahlende Gäste aufnahmen. Paige hatte sich alle Mühe gegeben, den Schein aufrechtzuerhalten und so zu tun, als würden sie und ihr Vater die Trockenheit gut überstehen, als ginge auf Banora Downs alles seinen gewohnten Gang.

Wieder machte sich Taits Stimme an ihrem Ohr bemerkbar. »Sie scheint sehr interessiert an Ihnen ... und mir.«

Noch während er sprach, schob Mrs. Jessop ihren Einkaufswagen auf sie zu, und auf ihrem pflaumenfarbenen Mund zeigte sich ein neugieriges Lächeln, während sie betrachtete, wie Paige Hüfte an Hüfte mit einem attraktiven Fremden stand.

Paige entfernte sich einen Schritt von Tait. Sie musste wählen, welche Schlachten sie schlagen konnte, und in diesem Moment blieb ihr nur der strategische Rückzug. »In Ordnung, Sie können dieses Mal die Lebensmittel bezahlen. Aber wenn irgendetwas dabei ist, das Sie nicht persönlich benutzt haben, bis Sie abreisen«, sie warf einen Blick auf die pinke Seife, die Sarah in die Tüte schob, »dann werde ich Ihnen das Geld zurückgeben.«

»Einverstanden.«

Paige hörte Taits Antwort kaum, sondern beschäftigte sich damit, die Einkaufstüten zusammenzusammeln. »Alles Gute, Sarah, und bestell deinen Eltern Grüße von mir. Sag deinem Vater, wenn diese Dürrezeit endlich ein Ende nimmt, werde ich nicht vergessen, ihn anzurufen und um seine Hilfe zu bitten.«

Mit vollen Armen machte sie sich auf den Weg zur Automatiktür. Paige setzte ein höfliches Lächeln auf, als sie an Mrs. Jessop vorbeikam. »Sorry, Myra, ich habe heute leider keine Zeit. Dad braucht mich zu Hause.« Dann stürmte sie durch die Tür, ohne Mrs. Jessop auch nur die Chance zu geben, Protest einzulegen.

Die Hitze umfing sie. Zikaden in den nahestehenden Bäumen zirpten ohrenbetäubend. Das Gewicht der Tüten zerrte ihr an den Händen, doch sie verlangsamte ihr Tempo nicht. Was war schon dabei, wenn Mrs. Jessop glaubte, Paige sei aus dem Turm ihrer Jungfräulichkeit heruntergestiegen? Sollten die Leute doch glauben, was sie wollten. Jedes Gerücht über ihr Liebesleben war besser, als die Leute wissen zu lassen, dass es ihr und Connor schlecht ging und dass sie zahlende Gäste aufnehmen mussten.

Die Familie ihrer Mutter, die Reillys, und einst auch die Sinclairs, waren die ältesten, angesehensten Familien der Gegend. Seit Generationen hatten sie sich durch Überschwemmungen, Dürreperioden, Heuschreckenplagen und schwankende Marktbedingungen gekämpft und doch alles überstanden. Sie waren der lebende Beweis für die Widerstandsfähigkeit des Outback-Geistes. Wenn allgemein bekannt würde, dass sie zu kämpfen hätten, würde das die Überzeugung der übrigen Farmer zunichtemachen, dass auch sie es schaffen könnten. Paige blickte in Richtung des Stadtfriedhofs, der fünf Minuten vom Lebensmittelladen entfernt lag. Sie und Connor hatten schon zu viele Begräbnisse von Farmern und Farmerssöhnen besuchen müssen, die in den Händen Schusswaffen und in den Herzen keine Hoffnung mehr gehabt hatten.

Taits Schritte hallten auf dem Betonbelag des Parkplatzes wider. Er passte seinen Gang dem ihren an, nahm seine Tüten in die linke Hand und streckte die rechte aus. »Geben Sie mir die schweren Sachen.«

Sie ignorierte die schmerzenden Muskeln ihrer Arme und den fragenden Ausdruck in seinen Augen. »Ich bin es gewohnt, schwer zu tragen. Außerdem ist Ihr Auto ja gleich da vorn.«

Sie stellte die Tüten auf dem Boden ab und sorgte dafür, dass die Krempe des Akubra ihren Gesichtsausdruck verbarg. Sie wusste, wenn sie sich umdrehen würde, würde sie das Gesicht von Mrs. Jessop an die Schaufensterscheibe des Geschäfts gepresst finden. Je schneller die Lebensmittel eingeladen waren, desto eher konnte sie ihren schlagzeilentauglichen Gast zurück in die Sicherheit von Banora Downs befördern.

Das schlüsselfreie Öffnungssystem des Autos piepte, und sie öffnete den Kofferraum, um den blauen Kühlbehälter herauszunehmen.

»Wie gut, dass Sie den für all die Sachen mitgenommen haben, die gekühlt werden müssen«, sagte Tait und gab ihr eine Flasche Milch, damit sie sie in den Kühler stellte. »Jetzt haben wir Zeit für einen Kaffee.«

»Sie machen wohl Witze.« Sie straffte den Rücken. »Sie haben doch erst zum Frühstück einen Becher getrunken.«

»Das Frühstück ist Stunden her. Anders als Sie funktioniere ich nicht allein mit frischer Luft.« Er legte eine Packung Butter in den Kühler.

»Wir haben keine Zeit. Ich muss nach Hause zu Dad.«

»Wenn ich mich recht erinnere«, erwiderte er in lässigem Ton, »dann lauteten die Abschiedsworte Ihres Vaters: ›Lasst euch so viel Zeit, wie ihr braucht.‹«

»Nein, so lauteten sie nicht.« Ihre Antwort klang wie ein Angriff. »Er hat gesagt: ›Wir sehen uns dann zum Mittagessen.‹ Und Mittagszeit ist jetzt.«

Tait schloss den Deckel der Kühlbox. »Genau. Ein Grund mehr, warum ich unbedingt einen Kaffee brauche.«

Er stellte den Kühler in den Kofferraum, verstaute die übrigen Lebensmittel auf dem verbleibenden Platz und knallte die Heckklappe zu. »Was würden Sie empfehlen?«

»Ich trinke keinen Kaffee.«

Er drehte sich um und blickte die Hauptstraße hinunter, die bis auf ein paar staubige Lieferwagen mit Frontschutzbügeln und schlafenden Hunden auf der Ladefläche verlassen wirkte. Er brauchte keine Handy-App, um den nächsten Caffè Latte ausfindig zu machen. »Sehen Sie, da zwischen der Drogerie und dem Zeitungsladen ist ein Café.« Ohne ihre Antwort abzuwarten, überquerte er die Straße.

»Verdammte City Boys«, murmelte Paige unhörbar und folgte ihm. Er hatte sich nicht einmal nach dem Verkehr umgesehen, ehe er die Straße betreten hatte, als gehöre sie ihm. Woher wollte er wissen, dass es in Glenalla keine vormittägliche Stoßzeit gab? An Schultagen war der Verkehr morgens und auch an den Nachmittagen dafür berüchtigt, dass die Autos sich Stoßstange an Stoßstange um einen gesamten Block stauten. Hinter ihrer Stirn pochte es. Ihre Füße waren schwer. Der Tag konnte unmöglich noch schlimmer werden.

Trink das, Paige. Du weißt, du willst es.

Tait zwang sich, seinen Blick von dem Becher heiße Schokolade abzuwenden, der unberührt vor ihr stand. Er nahm einen Schluck von seinem Kaffee und wartete darauf, dass das Koffein sich in seinen Venen ausbreitete. Paige war ohne Zweifel einzigartig. Nie war ihm solche maultierartige Dickköpfigkeit begegnet und genauso wenig ein derart ausdrucksvolles Gesicht. Während er ihr durch den Lebensmittelladen gefolgt war, war es ihm nicht schwergefallen, genau die Dinge ausfindig zu machen, die in ihrem Leben fehlten. Im Gang mit der Schokolade hatte sie sich die Lippen geleckt. Als sie die Seifen betrachtete, flatterten ihr die Augenlider. Sie flatterten auch, als die Kellnerin einen Geflügelsalat vor sie hin stellte. Aber den ereilte nun dasselbe Schicksal wie die heiße Schokolade. Er stellte seinen Becher auf den Tisch und zählte bis zehn.

»Wie wollen Sie denn der netten Kellnerin, die ja eine Freundin von Ihnen zu sein scheint, erklären, dass Sie nicht einen einzigen Happen gegessen haben?«

Paige sah ihn kühl an. »Ich bin nicht hungrig.«

»Oh doch, das sind Sie. Sie haben eine kleine Scheibe Toast zum Frühstück gegessen, und im zweiten Gang mit Lebensmitteln hat Ihr Magen zu knurren begonnen.«

Ihre Finger würgten die Gabel und legten sie dann zur Seite. »Ich. Bin. Nicht. Hungrig.«

Er trank seinen Kaffeebecher leer. Glühende Hitze fuhr ihm die Speiseröhre hinunter, aber das war nichts im Vergleich zu der Frustration, die seinen Blutdruck in die Höhe trieb. Ihr Starrsinn war einfach atemberaubend.

»Machen Sie, was Sie wollen. Aber die Mahlzeit ist bezahlt, ich hab schon gegessen, und wie Sie gesagt haben, sollten wir uns auf den Rückweg machen.« Er stand auf. »Ich gehe auf einen Sprung ins Geschäft nebenan, während Ihr Kopf seinen Kampf mit Ihrem Magen fortsetzt.«

Kaum hatte er das Café verlassen, verlangsamte Tait seinen Schritt ausreichend, um zu sehen, wie Paige die Gabel erneut aufnahm und der Kellnerin zulächelte, die sich auf den Platz gleiten ließ, den er gerade verlassen hatte. Kurze Zeit später folgte ihm Paige ins Geschäft nebenan und nickte ihm zu, ehe sie auf das andere Ende des Ladens zustrebte. Von Zeit zu Zeit berührten ihre Finger ein Kleidungsstück. Das Deckenlicht betonte die kastanienbraunen Strähnen in dem langen braunen Pferdeschwanz, der unter ihrem Akubra hervorschaute.

Er nahm eine Weste aus Ölhaut von einem Bügel und probierte sie an. Wenn sie schon in so einem kleinen Raum eines schmalen Gebäudes so weit von ihm entfernt stand wie möglich, würde sie es nach ihrer Rückkehr auf Banora Downs genauso machen, daran hegte er keinen Zweifel. Aber damit, ihn zu schneiden, würde sie nicht davonkommen. Er musste einen Weg finden, sie in den Griff zu bekommen. Er musste herausfinden, was für ein Mensch sich wirklich unter dem zerknautschten Akubra und hinter all dem Widerspruchsgeist befand. Er schüttelte die Weste ab und hängte sie sich über den Arm.

Paige änderte die Richtung und machte vor dem Ladentisch halt. Sie lächelte den älteren Ladenbesitzer an, der damit beschäftigt war, Kleidungsstücke in eine große Kiste zu legen. »Brauchen Sie Hilfe, Steve?«

»Nein, danke, meine Liebe.« Die Falten in seinem Gesicht verschwanden, als er ihr Lächeln erwiderte. »Sie haben bei mir genug Regale gefüllt, wann immer Sie aus dem Internat nach Hause kamen.« Seine Stimme wurde weicher. »Wie geht es Ihnen? Und was macht Ihr Vater?«

Ihr Kopf neigte sich, als sie ein Paar Arbeitshandschuhe aus der Kiste zog und sie betrachtete. Tait gelang es nicht, den Gesichtsausdruck unter der Krempe des Hutes zu lesen. Er ging zu einem Stapel gefalteter dunkelblauer Arbeitshemden auf einem Regal in der Nähe, um ihre Antwort aufzuschnappen.

»Es geht uns gut, danke. Dad sendet Grüße.«

Der Ladenbesitzer nickte mit seinem grauhaarigen Kopf. »Wenn es etwas gibt, das Sie brauchen ...«

Sie hob den Kopf und legte die Handschuhe wieder in die Kiste zurück. Dann nahm sie die Hand des alten Mannes. Ihr süßes Lächeln war strahlender als eine der silbernen Gürtelschnallen in dem Kabinett, das Tait nun zu studieren vorgab.

»Danke. Es wird schon wieder regnen. Irgendwann. Und in der Zwischenzeit kommen wir zurecht. Wie sieht es bei Ihnen aus? Ich weiß, die Geschäfte gehen schleppend.«

Steves schmale Schultern hoben sich mit einem Seufzen. »Das tun sie, und allzu bald werden sie wohl auch kaum in Fahrt kommen. Aber was soll ich Ihnen sagen ...« Er lächelte von Neuem. »Heute ist mein Glückstag.«

»Ihr Glückstag?«

»Ja.« Er klopfte auf den Stapel Kleidungsstücke in der Kiste. »Sehen Sie sich das mal an: fünf Paar Handschuhe. Fünf Paar Jeans. Shirts. Akubra. Arbeitsstiefel. Stiefel für den Abend. Das habe ich alles verkauft.«

»Verkauft? Aber an wen denn?«

Auf leisen Sohlen näherte sich Tait. »An mich.«

Sie fuhr herum, als hätte er ihr eine der Nadeln an seinem EpiPen in die Schulter gejagt.

»Das ist Arbeitskleidung«, zischte sie zwischen den Zähnen hervor. »Um sich schmutzig zu machen. Wozu um alles in der Welt brauchen denn Sie ...?« Ihre bernsteinfarbenen Augen weiteten sich, ehe sie den Mund schloss.

»Das ist richtig. Ich brauche mehr als Spinnenweben, um das echte Outback-Leben kennenzulernen.« Er fügte die Weste den Sachen in der Kiste hinzu und grinste. »Was soll ich denn sonst anziehen, wenn ich mit Ihnen auf den Koppeln arbeite?«

3

Der schmale Lichtschein, der sich durch die Jalousie vor seinem Schlafzimmerfenster stahl, verriet Connor, dass die Sonne bald aufgehen würde. Er rieb sich über den scharfen Schmerz in seinem Bein, der so sehr ein Teil von ihm geworden war wie die Narben auf seinem rechten Oberschenkel. Aber es war nicht der Schmerz, der ihn um den Schlaf brachte, es war der Zweifel. Ein Zweifel, der so hartnäckig, so rebellisch war, dass er sich weigerte, ihn anzuhören.

Sein schwerer Seufzer hallte von den Wänden des Raumes wider. Wenn nur Molly hier wäre – sie hätte gewusst, was sie hätte sagen müssen, damit er sich wegen dem, was er getan hatte, nicht mehr so schlecht fühlen müsste. Molly hatte immer gewusst, was sie sagen musste, sogar mit ihrem letzten Atemzug. Sie hatte zu ihm aufgeblickt und geflüstert: »Es ist so weit. Ich liebe dich.« Während das Leben in ihren liebevollen Augen seinen Glanz verlor, hatte sie sich an seinen Arm geklammert. »Erlaube der Vergangenheit nicht, deine und Paiges ... Zukunft zu vergiften.«

Und dann war sie fort gewesen und hatte ihn mit nichts als einer verwundeten Seele und einem stummen Schatten von Tochter zurückgelassen. Paige mochte zwar zu einer schönen, widerstandsfähigen Frau herangewachsen sein, die ihrer Mutter glich. In diesem letzten Jahr aber hatte er zusehen können, wie ihr Strahlen allmählich verlosch und die Schatten der Müdigkeit um ihre Augen zu festen Gesichtszügen wurden. Sie hatte abgenommen, schlief kaum, und er war machtlos gewesen, hatte ihr die Last nicht erleichtern können, bis Anne, die örtliche Bibliothekarin, ihm eine Kiste voller Zeitungen zum Lesen geschickt hatte. Und dort, auf den Gesellschaftsseiten aus Sydney, hatte er in farbigem Druck die Antwort auf seine Gebete gefunden. Das Leben mochte ihm nicht immer das beste Blatt zugeteilt haben, aber als er auf das Bild von Tait Cavanaugh, Inhaber von AgriViz, einem der führenden landwirtschaftlichen Beratungsunternehmen, starrte, hatte er gewusst, dass das Leben versuchte, es wiedergutzumachen. Wenn irgendjemand seiner dickköpfigen Tochter helfen konnte, so war es dieser Mann, der so selbstbewusst in die Kamera blickte, als könnte er es mit der ganzen Welt aufnehmen.

Es hatte zahlreiche Versuche gekostet, aber irgendwann war er mit Taits Privatanschluss verbunden worden. Nach ein paar Schlüsselworten, von denen er wusste, dass sie Taits Interesse wecken würden, hatten sie eine Vereinbarung zur Erstellung eines Geschäftsplans für die Farm getroffen. Wie es schien, passte es Tait gut, auf die entlegene Banora-Downs-Farm zu kommen, denn er hatte nicht nur angeboten, den Plan höchstpersönlich zu erstellen, sondern sich außerdem bereit erklärt, die Arbeit gratis zu machen. Allem Anschein nach war Taits Marketingabteilung äußerst scharf darauf, eine Referenz von einem Besitz zu erhalten, der so symbolträchtig war wie Banora Downs.

Wieder seufzte Connor. Er wollte doch nur, dass Paige wieder ein Leben führen und ein bisschen Spaß haben konnte. Nicht alle Männer waren so feige und selbstsüchtig wie Chris, ihr Exfreund aus der Stadt. Aber hatte er das Richtige getan, als er Tait in ihr Leben gelassen hatte? Gestern, als Tait und Paige aus der Stadt heimgekehrt waren, hatte er es gedacht. Zwar war Paige aus dem Auto gestürmt, als stünden ihre Füße in Flammen, aber sie hatte Farbe in den Wangen gehabt. Und obwohl sie gegen Taits Anwesenheit nach dem Abendessen eine solche Abneigung hegte, war sie ein wenig länger als sonst geblieben. Er rieb sich das Bein. In der Dunkelheit kurz vor Sonnenaufgang, wenn die Dämonen des Zweifels herankrochen und nach ihm schnappten, war er sich nicht mehr so sicher.

Sie gab ihm *einen Tag*.

Paige stand im dunklen Flur und hämmerte an die Tür zu Taits Schlafzimmer.

Sagen wir lieber einen halben Tag. Mr. Ich-will-Abenteuer-im-Outback-erleben würde nicht mehr als eine Stunde auf den Koppeln durchhalten. Sofern er überhaupt je aufwachte. Ihre Hand hob sich gerade von Neuem, als die Tür mit einem Knirschen aufschwang.

Von der Lampe des Schlafzimmers angestrahlt füllten Taits nackte Schultern den Türrahmen. »Paige? Was ist passiert?«

Die Worte schrumpften ihr auf der Zunge zusammen. Sie wusste nicht, was sie zum Schweigen brachte – das golden getönte Fleisch über einem Paar blauer Boxershorts aus Baumwolle oder die Sorge, die seine verschlafene Stimme schwer machte.

»Nichts. Es ist Zeit zum Aufwachen.«

»Aufwachen?«

»Allerdings. Wir können ja Ihre schicke neue Arbeitsmontur nicht im Schrank verkommen lassen, oder?«

Seine linke Hand fuhr in hypnotischen Kreisen über seinen Brustkorb, als müsse er sich versichern, dass dieser Augenblick der Wirklichkeit und nicht irgendeinem bösen Traum entsprang. Ihr Blick folgte seiner Hand. Ihr Fachgebiet mochte die Verteilung der Muskulatur bei Vieh sein, doch sogar sie vermochte die Perfektion von Taits Oberkörper einzuschätzen.

Sie konzentrierte sich wieder auf sein Gesicht.

»Auf, auf!« Sie hielt ihm den dampfenden Kaffeebecher unter die Nase. »Es gibt Vieh zu füttern und Dämme zu überprüfen.«

Tait griff nach dem Becher. Seine Handflächen schlossen sich darum, als hätte sie ihm gerade die Schlüssel zu einem Sportwagen in Maßanfertigung übergeben. Sie ertappte sich bei einem Lächeln. Sobald sie Tait einen Kaffee gab, war er Wachs in ihren Händen. Der Tag würde sich am Ende vielleicht doch nicht als eine solche Katastrophe erweisen.

»Unten gibt es Nachschub und Frühstück obendrein. Falls Sie sich von der Kaffeekanne losreißen können, treffen wir uns in zehn Minuten am Lieferwagen.«

Das Echo von Taits Stöhnen folgte ihr die Treppe hinunter. Sie erreichte die hintere Veranda und atmete die klare Luft ein. Dies war die schönste Zeit des Tages. Sie warf einen schnellen Blick zum Horizont im Osten. Schon bald würden die ersten vorsichtigen Sonnenstrahlen die kühle Dunkelheit davonjagen und rasch an Stärke gewinnen, bis sie zur Mittagszeit die glühende Hitze ebenso zu bekämpfen hatte wie Taits eisernen Willen.

Sie beugte sich nieder, um Dustys metallene Hundeschüssel aufzuheben. Warum bestand Tait darauf, ihr zu helfen? Für jemanden, der einen Spitzenpreis für Einsamkeit bezahlt hatte, tat er erstaunlich viel, um in den Genuss ihrer Gesellschaft zu kommen. Sie hätte darauf gewettet, dass es ihm nicht um ihre gewitzte Gesprächigkeit und auch nicht um ihren weiblichen Charme ging. Vorsichtig, um keinen Tropfen zu verschütten, füllte sie die Schüssel mit Wasser aus dem Hahn und stellte sie wieder auf die Dielen. Hätte sie in einer Rockband gespielt, wären ihre zerfetzten Jeans modisch gewesen, aber hier draußen diente ihre Garderobe lediglich als eine ständige Erinnerung daran, wie verzweifelt die Lage inzwischen war.

Sie richtete sich auf, um sich den steifen Rücken zu reiben. Eine ungewohnte Ruhelosigkeit zerrte an ihr. Sie hatte sich nie groß darum gekümmert, was sie anzog. Es war zu spät, jetzt damit anzufangen. Tait war sicherlich an Frauen gewöhnt, die in Haute Couture gehüllt daherkamen, nicht in Staub; Frauen, die nach Parfüm dufteten, nicht nach Benzin.

Von der Veranda stieg sie hinunter auf den harten Boden. Nein, Tait konnte sich unmöglich wie eine Klette an ihre Satteldecke an ihre Fersen geheftet haben, weil ihm etwas an ihrer Gesellschaft lag. Dieser eigenartige, zugeknöpfte Tonfall in seiner Stimme, als er ihre Frage beiseitegefegt hatte, wie er von Banora Downs erfahren hatte, setzte ihr immer noch zu. Sie drückte sich den Hut fester auf den Kopf. Es musste noch etwas anderes im Gange sein.

Tait verlagerte sein Gewicht in einem vergeblichen Versuch, es sich auf dem klumpigen Sitz des Lieferwagens bequem zu machen. Seine Hüftmuskulatur würde ihm in der nächsten Zeit kaum Dankbarkeit erweisen.

Paige glitt auf den Vordersitz neben ihm. Unter ihrem Hut schwang der Pferdeschwanz um ihre Schultern. Flüchtig wurde der Geruch nach Staub vom Duft ihres Apfelshampoos überlagert. Mit einem Husten erwachte der Motor des Lieferwagens zum Leben. Die Vögel hatten noch nicht einmal aufgehört zu schnarchen. Aber wenn Paige sich blitzäugig und hellwach präsentierte, dann würde er es auch sein, zumindest nach zwei weiteren Tassen Kaffee.

Sie jagte den Lieferwagen einen schmalen Pfad hinunter. Er

rückte seinen neuen Akubra zurecht, der in Gefahr geriet, ihm von den Knien zu rutschen.

»Ich fürchte, die Fahrt entspricht nicht ganz dem, was Sie gewohnt sind«, sagte sie.

Er antwortete mit einem Brummen. Das Koffein hatte das Kontrollzentrum seines Gehirns noch nicht ganz erreicht. Er klammerte sich an der Armlehne fest, als der Lieferwagen durch einen Graben rumpelte. In einem anderen Leben musste Paige eine Rallye-Fahrerin gewesen sein. Eine Bodenwelle, die Knochen hätte brechen können, schleuderte ihn aus seinem Sitz. Er stieß sich den Kopf an der Decke und unterdrückte einen Fluch. Wenn Paige versuchte, ihm auf diese Weise Vernunft einzubläuen, vergeudete sie ihre Kraft. Er würde den Plan, mit ihr zusammenzuarbeiten, nicht aufgeben, sondern ein für alle Mal in Erfahrung bringen, ob ihre Hingabe an ihr Zuhause aufrichtig war.

Das Muhen von Rindern übertönte das Röhren des Motors, als Paige neben einer kleinen Koppel anhielt. Tait öffnete seine Tür. Der lange vergessene Methangeruch von Kühen begrüßte ihn zusammen mit ihrem Hungergebrüll. Doch sobald die Futterbehälter mit Korn und Heu gefüllt waren, breitete sich eine zufriedene Stille in der Herde aus. Als der letzte Wassertrog geprüft war, stützte Tait seine Ellenbogen oben auf das Stahlgatter. Ein eigenartiges Gefühl der Befriedigung erfüllte ihn. Für kurze Zeit war in der Welt der eckig gebauten Tiere vor ihm alles in Ordnung.

Paige stellte sich neben ihn und stützte ihre Arme ebenfalls auf das Gatter. Ein leichter Wind blies ihr locker sitzendes blau gestreiftes Hemd an ihre Brust. Das Sonnenlicht des frühen Morgens spielte über den Teil ihres Gesichts, der nicht von ihrem Hut beschattet wurde. Für einen Moment betrachtete er sie, dann wandte er sich ab. Er hatte einen Geschäftsplan zu erstellen und sodann mit einer Vergangenheit abzuschließen. Er durfte sich nicht von weiblichen Formen oder einem Mund, der zum Küssen einlud, ablenken lassen.

»Es ist immer so friedlich, wenn sie endlich fressen.« Bei ihren Worten riss sich eine der Kühe vom Futtertrog los und kam herübergetrottet, um ihre Nase in Paiges Hand zu drücken.

Paige rieb ihr das weiße Gesicht. »Dir auch einen guten Morgen, Miss Polly.«

»Ich hatte keine Ahnung, dass Farmer ihren Kühen Namen geben.«

»Das musst du Connor sagen. Ich weiß, Tiere werden manchmal als Burger auf Beinen betrachtet, aber für meinen Vater sind sie immer mehr gewesen als das. Ich nehme an, für mich auch. Um die Wahrheit zu sagen, haben sie alle zwei Namen.«

Miss Polly drehte den Kopf von Paige fort. Zu seiner Überraschung wandte sie sich Tait zu und blies ihren warmen Atem auf seine Finger. Er hob die Hand, um ihr das krause Haar auf der breiten Stirn zu streicheln. »Und wie lautet der zweite Name dieser Kuh?«

»Princess Polly.«

Ehe er sich Gedanken über Paiges Grinsen machen konnte, das mit ihren Worten einherging, stieß ihm die Kuh den Kopf in die Hand. Hart. *Zum Teufel nochmal!* Er riss sie weg und schüttelte seine Finger aus. »Ich finde, ›Kraftbolzen Polly‹ würde als Name besser passen. Sie hat ohne Frage einen üblen Schlag drauf.«

Wieder lachte Paige. »Sie hat nicht die leiseste Spur von Bosheit in sich. Sie glaubt einfach nur, dass sie etwas Besonderes ist und dass besondere Kühe ein Anrecht auf besondere Behandlung haben. Und nebenbei haben Sie sie nicht an der richtigen Stelle gekrault.«

Paige beugte sich näher zu Tait. Wieder umhüllte der Duft von Äpfeln seine Sinne. »Sehen Sie diese Stelle hier? Da mag Miss Princess Polly ihr Morgenkraulen gern.«

Tait legte seine Hand dorthin, wo Paige es ihm zeigte. Er konzentrierte sich darauf, Miss Pollys Lieblingsstelle zu streicheln, und nicht auf die Frage, wo Paiges eigene Lieblingsstelle wohl sein mochte. Er hatte keinen Zweifel daran, dass der Hieb, den die Kuh ihm gerade versetzt hatte, nichts gegen den Schwinger sein würde, den er von Paige kassieren würde, hätte er danach gesucht.

Sie seufzte. »Sie sehen alle so zufrieden aus. Ich ertrage es nicht, daran zu denken, dass zwei Tage vergehen werden, bis ich sie wieder füttere.«

Tait hörte auf, Miss Polly zu kraulen, und brachte seine Hand hinter dem Tor in Sicherheit. Die Kuh schlug verärgert mit dem Schwanz und stolzierte dann mit einer unmissverständlichen Aura von Würde zurück an ihren Futtertrog.

Er prüfte Paiges Profil. War dies das erste Zeichen, dass ihre Verbundenheit mit ihrem Zuhause ins Wanken geriet? Dass sie sich eine Zukunft fern von Banora Downs wünschte, weit weg von den Fliegen, der Hitze und dem Überlebenskampf?

»Morgen werden Sie eine andere Herde füttern?«, fragte er.

»Ich wünschte, das könnte ich. Diese jungen Zuchttiere sind alles, was uns geblieben ist. Generationen von Genetik und Zuchtauswahl in eine kleine Standkoppel gequetscht.«

»Das Ausbleiben des Regens muss Sie enorm viel kosten.«

»Ja, das tut es. Auf so vielen Ebenen.« Ihre Schultern sackten herunter. »Glauben Sie mir, es ist kein Vergnügen, mit Rechnungen zu jonglieren. Oder zuzusehen, wie Menschen das Land verlassen, das ihre Familien von jeher bewirtschaftet haben. Zu sehen, wie sich eine einst so lebendige Ortschaft in eine Geisterstadt verwandelt. Was würde ich nicht dafür geben, im Lotto zu gewinnen!«

»Was würden Sie machen, wenn Sie es täten?«

Schweigend blickte sie auf die Herde. Er glaubte schon, sie würde ihm nicht antworten, dann aber begann sie zu sprechen, so leise, dass er sich näher zu ihr beugen musste, um ihre Antwort zu hören.

»Wo soll ich anfangen?« Ihr Ton wurde wehmütig. »Die Liste wäre endlos.«

»Wie wäre es, wenn Sie mit dem anfingen, das Sie für sich selbst kaufen würden?«

»Oh, das ist leicht. Nichts.«

»Nichts?«

Das entsprach genau der Menge an Information, die er derzeit über die Frage in Erfahrung brachte, wo sie ihre Zukunft sah. »Ach, kommen Sie. Einen Traum hat doch jeder Mensch.«

»Nein. Tut mir leid. Ich nicht. Mir fehlt nichts. Ich würde meinen gesamten Lottogewinn für Dad und die Leute ausgeben, die ihn dringender brauchen als ich.«

Er schüttelte den Kopf. »Niemand würde einen kompletten Lottogewinn verschenken. So selbstlos kann kein Mensch sein.«

»Ich würde es tun.« Ihr ernster Blick traf seinen. »Ist es wirklich so schwer, sich vorzustellen, dass für jemanden Geld gar nicht von Bedeutung ist?«

»Ja, das ist es. Na kommen Sie – in einer perfekten Welt, was würden Sie haben, das jetzt außerhalb Ihrer Reichweite liegt?«

»Das habe ich Ihnen doch schon gesagt. Nichts. Es gibt nichts. Das hier ist meines. Ich bin glücklich.«

Er nahm seine Arme vom Gatter und sah sie an. Er musste noch einmal nachhaken. Er musste herausfinden, was sie antrieb und was ihr wichtig war. »Nennen Sie mich einen Zyniker, aber es muss doch etwas geben, das Sie sich wünschen.«

»Bei all diesen Fragen komme ich mir vor, als würde ich an einer Quizshow teilnehmen.« Auch sie nahm die Arme vom Gatter und wandte sich ihm zu. »Ich rede normalerweise nicht so viel, wissen Sie?«

»Und ich stelle normalerweise nicht so viele Fragen.« Er lächelte. »Mir ist nur noch nie jemand begegnet, der freiwillig einen Lottogewinn weggegeben hätte. Jemand, der keinen einzigen Traum hat.«

»Dann müssen Sie mehr reisen.«

»Vielleicht.« Er fuhr sich mit der Hand über den angespannten Kiefer. Der Versuch, eine direkte Antwort von ihr zu bekommen, war, als bohre man in dieser wüstenhaft trockenen Landschaft nach Wasser.

»Wie sieht es denn mit Ihnen aus?«, fragte sie. »Was würden Sie tun, wenn Sie im Lotto gewonnen hätten?«

»Netter Ablenkungsversuch, aber ich brauche nicht im Lotto zu gewinnen.«

»In Ordnung, Mr. Geldsack.« Sie zog eine Braue hoch. »Ihrer Lieblingstheorie nach, in der jeder einen Traum hat, müssten Sie ja auch einen haben.«

Er runzelte die Stirn. Allzu bald würde er hier nicht an Boden gewinnen. Was seine Träume betraf, so fand er es schwierig, sie sich selbst einzugestehen, geschweige denn einem anderen Menschen. Aber irgendetwas musste er sich einfallen lassen, sonst hätte Paige ihn sauber schachmatt gesetzt.

»Um genau zu sein, habe ich mehr als nur einen.«

»Wovon träumt ein Mann, der alles hat?«

Er kämpfte gegen die Anspannung, die seine Schultern steif machte. Er durfte Paige nicht spüren lassen, wie falsch sie mit ihrer Annahme lag. »Also, für den Anfang hätte ich nichts gegen ein europäisches Superauto einzuwenden.«

»Das habe ich kommen sehen. Diesen Traum haben Sie mit Connor gemeinsam.«

»Und zweitens«, Tait legte eine Pause ein, »Frieden auf Erden.«

»Jetzt weiß ich alles.« Paige lächelte, verdrehte die Augen und wandte sich dem Lieferwagen zu. »Sind Sie sicher, dass Sie in Ihrem früheren Leben keine Schönheitskönigin waren?«

Tait schloss sich ihr an und stopfte seine Hände in die Taschen seiner Jeans. Vorläufig würde er seinen Kollegen in der Stadt nichts davon erzählen, dass sich ein störrisches Mädchen vom Lande als der erste Mensch erwiesen hatte, den er nicht durchschaute. Paige wandelte auf dem Pfad der Selbstlosigkeit, aber er konnte seine innere Stimme nicht zum Schweigen bringen, die ihm vorhielt, dass ein wirklich selbstloses Opfer nicht existierte. War sie wirklich bereit, den Rest ihrer Tage auf Banora Downs zu verbringen? Würde sie damit zufrieden sein, auf solche Dinge wie ein gesellschaftliches Leben, einen Mann und Kinder zu verzichten, um ihrem Vater und ihrem Zuhause gegenüber ihre Pflicht zu erfüllen?

»Wissen Sie, da wir von europäischen Superautos und von Europa gesprochen haben...« Ihre leisen Worte schnitten durch die Frustration, die in ihm brannte. »Wenn ich doch etwas haben könnte?« Flüchtig warf sie ihm einen Blick zu. »Ich nehme an, es gibt doch etwas, das ich mir aussuchen würde...«

Er zog die Hände aus den Hosentaschen und wartete darauf, dass sie weitersprach.

»Als ich ein Kind war, hat meine Mutter mir eine Geschichte über ein französisches Mädchen namens Madeleine vorgelesen. Wir haben darüber gesprochen, dass wir gern einen Sommer in Frankreich verbringen würden.« Als sie den Lieferwagen erreichten, blieb Paige stehen und betrachtete in Erinnerungen verloren das verbeulte Fahrzeug. »Wir haben es nie getan.«

Endlich hatte Tait einen Blick in Paiges innere Welt erhascht, aber es kam ihm vor, als hätte er in seine eigene dunkle Seele gespäht. Er wusste alles über den Schmerz, die Mutter zu verlieren und nicht die Chance zu bekommen, all die Dinge zu verwirklichen, von denen man gesprochen hatte. »Es tut mir leid, dass Ihre Mutter nicht mehr da ist, um Ihren Traum zu teilen. Aber ein solcher Traum braucht für Sie nicht zu Ende zu sein. Sie könnten einen Sommer über irgendwohin fahren ... oder auch länger. Sie brauchen nicht den Rest Ihres Lebens hier zu verbringen.«

»Meinen Vater und mein Zuhause verlassen für eine kindische Idee? Und wer würde sich dann um Banora Downs kümmern?«

Er wählte seine Worte mit Bedacht, wohl wissend, dass das, was er gleich sagen würde, einen Sturm entfesseln könnte. »Niemand. Verkaufen Sie es.«

Ihre Augen wurden schmal. »Was?«

»Sie können Banora Downs verkaufen. Sich anderswo eine Leben aufbauen. Ein historischer Besitz wie dieser bleibt auch in der gegenwärtigen Trockenperiode verkäuflich.«

Einen emotionsgeladenen Moment lang gab sie keine Antwort. Dann schossen ihr goldene Funken in die Augen.

»Also deshalb sind Sie in Wirklichkeit hier!« Sie spie die Worte aus, als wären sie Gift auf ihrer Zunge. »Sie sind hergekommen, um zu sehen, ob Banora Downs zum Verkauf steht? Meine Großeltern, meine Mutter und mein Bruder liegen auf der Familiengrabstätte begraben. Mein Zuhause wird *niemals* zum Verkauf stehen.« Sie brach ab, als wäre sie nicht imstande fortzufahren. An ihren Flanken ballte sie die Hände zu Fäusten. »Und in diesem Zuhause sind Sie nicht länger willkommen. Ganz egal, wie viel Sie verdammt nochmal dafür bezahlen!«

4

Das Urteil lag vor. Paige war echt. Tait musste sie bei seinem Geschäftsplan für Banora Downs berücksichtigen. Ihre Treue zu dem historischen Besitz und zu ihrem Vater war aufrichtig. Ihr emotionaler Einsatz war in jede Linie ihres Körpers eingeprägt, so wie sie sich jetzt vor ihm aufbaute, die Hände in die Hüften gestemmt, rasend vor Zorn. Banora Downs war ihre Zukunft.

Aber ihm blieb keine Zeit zu feiern, dass er endlich herausgefunden hatte, wer Paige Quinn wirklich war, oder die Erkenntnis zu verarbeiten, dass wahre Selbstlosigkeit doch existierte. Er musste die Situation entschärfen. Andernfalls würde er den sehr langen Weg zum Farmhaus in der glühenden Hitze zu Fuß zurückgehen müssen.

»Paige, ich bin nicht hier, um Banora Downs zu kaufen.« Er legte eine Hand aufs Herz. »Ehrlich nicht.«

Das Feuer in ihren Augen erlosch nicht.

»Aber Sie haben recht. Ich bin auch nicht einfach nur der Einsamkeit wegen gekommen.«

Sie hatte mit ihrem Verdacht ins Schwarze getroffen, als sie ihm seine hastige Erklärung über seine Sekretärin, die seinen Urlaub angeblich für ihn arrangiert hatte, nicht geglaubt hatte. Er schuldete Paige die Wahrheit. Oder wenigstens so viel davon, wie er erzählen konnte. Er nahm sich einen kurzen Augenblick Zeit, sich vorzubereiten. Einen Streit in der Führungsetage hätte er jederzeit einer Diskussion über sein Privatleben vorgezogen.

»Lassen Sie mich raten. Sie brauchen einen sicheren Ort, um sich zu verstecken?«, fragte sie in knochentrockenem Tonfall.

Er runzelte die Stirn. Er war sich nicht sicher, ob ihre Bemerkung ihm gefiel, auch wenn ihr Zorn sich zu legen schien.

»Ganz so würde ich es nicht formulieren. Ich brauche lediglich einen Tapetenwechsel.« Er schlug eine hartnäckige Fliege zur Seite. »Und Banora Downs hat alle Voraussetzungen erfüllt.«

»Also, wie heißt sie?«

Er konnte gerade noch ein Zusammenzucken unterdrücken. Dass von Paige eine derart unverblümte Frage kommen würde, hätte er sich denken können. Aber er würde ihr entweder erklären müssen, warum er froh gewesen war, Sydney zu verlassen, oder seine Vereinbarung mit Connor brechen, das Versprechen, ihr über den wahren Grund seiner Anwesenheit nichts zu verraten.

»Bronte.«

Paige nickte.

Er verschränkte die Arme. »Allem Anschein nach hatten wir unterschiedliche Erwartungen an unsere Beziehung.«

»Dann lassen Sie mich noch einmal wild ins Blaue raten: Bronte wollte Ernst machen, und Sie waren noch nicht so weit, sich für immer an die Kette legen zu lassen.«

Paiges Ton war merkwürdig rau. Etwas an der Frage, warum er die Stadt verlassen hatte, hatte einen Nerv in ihr berührt.

»Ja, das kommt ungefähr hin. Sie wollte heiraten. Ich nicht.«

Paige wandte sich abrupt ab, doch nicht, ehe er die verkrampften Muskeln ihres Kinns gesehen hatte. Die Art, in der sie die Tür des Lieferwagens aufriss, ließ ihn nicht daran zweifeln, dass sie ihrer sowieso schon illustren Liste von Schimpfwörtern gerade ein weiteres wenig schmeichelhaftes Adjektiv für ihn hinzugefügt hatte. Er schlug nach einer weiteren Fliege und öffnete seine eigene Tür. Noch ehe er auf seinen Sitz geglitten war, erwachte der Motor aufheulend zum Leben. Paige trat auf das Gaspedal, und der Lieferwagen schoss durch eine tiefe Furche im Pfad.

Er rieb sich den Kopf an der Stelle, wo er sich an der Decke gestoßen hatte. »Wissen Sie, ich mag Geschwindigkeit gern – aber nur, wenn es dazu die entsprechende Federung gibt.«

»Tut mir leid.« Ihr Tonfall klang so reuevoll wie der eines Kindes, das mit dem Mund voller Süßigkeiten erwischt worden war. »Es ist eine Weile her, dass ich einen Beifahrer hatte.«

»Was Sie nicht sagen.«

Sie warf ihm einen finsteren Blick zu. »Hören Sie, Sie werden sich kaum für immer hier draußen verstecken wollen. Irgendwann werden Sie zurück nach Hause zu Bronte fahren müssen.«

»Das stimmt. Aber bis dahin...« Er blickte in den Seitenspiegel und sah die rote Wolke hinter ihnen. »Bis dahin hat sich der aufgewirbelte Staub hoffentlich gelegt.«

Paiges einzige Antwort war ein Knurren.

»Und bis dahin«, fuhr er fort, »ist Bronte vielleicht auch klar geworden, dass sie ehrlich zu mir hätte sein sollen.«

»Ich hätte darauf wetten können, dass Sie ihr die Schuld geben.« Paige stemmte ihren Fuß noch fester auf das Gaspedal.

Er bekam seinen Hut gerade noch zu fassen, ehe er ihm von den Knien rutschte. »Paige. Ich weiß, was ich bin. Ein Workaholic, der für Beziehungen wenig Zeit hat, und ich habe dafür gesorgt, dass Bronte das von Anfang an wusste. Ich hätte es zu schätzen gewusst, wenn sie ebenfalls all ihre Karten auf den Tisch gelegt hätte.«

»Ihre Karten?«

»Eine blonde Karte, die zwei Jahre alt ist.«

Die Geschwindigkeit des Autos verlangsamte sich, und Paiges Lippen formten sich zu einem stummen »O«. »Sie hatte ein Kind, von dem sie Ihnen nichts erzählt hat?«

»Richtig. In den sechs Monaten, die wir zusammen waren, habe ich das kleine Mädchen zweimal zu Gesicht bekommen. Beide Male hat sie es mir als ihre Nichte vorgestellt. Letzte Woche ließ Bronte mich dann wissen, sie habe eine besondere Überraschung. Unnötig zu sagen, dass meine Vorstellungen von einem romantischen Abend zu Hause keinen Gedanken an spontane Vaterschaft beinhaltet hatten.«

Der Lieferwagen verlangsamte sein Tempo noch weiter. »Es tut mir leid. Ich hätte es besser wissen müssen, statt vorschnelle Schlüsse zu ziehen. Ich habe einfach angenommen, Sie müssten der Schuldige sein.«

»Keine Sorge. Das stecke ich ein. Wir Männer werden ja so missverstanden.«

»Das ist sehr nobel von Ihnen.«

»Was soll ich sagen? Ich bin ein nobler Workaholic.« Er hielt inne und sah zu, wie ihre Mundwinkel nach oben gingen. »Ich kann doch nicht zulassen, dass Sie weiter an den schlechten Ruf glauben, der uns Männer als Bindungsphobiker abstempelt.«

»Dafür ist es ein bisschen zu spät.« Sie presste die Lippen aufeinander. Das Thema war damit für sie erledigt, und ihr Privatleben stand nicht zur Diskussion.

Auch er hätte dem Gespräch ein Ende setzen sollen, doch aus unerfindlichen Gründen war er noch nicht fertig. Auf einmal schien es wichtig zu sein, dass sie ihn nicht mit den anderen Männern in einen Topf warf, die sie kannte und die vor Bindungen zurückschreckten.

»Wir sind nicht alle gleich, wissen Sie? Es ist nicht so, dass ich mir nicht vorstellen kann, eines Tages eine feste Beziehung zu führen, sondern so, dass eine Ehefrau und ein Stiefkind mehr brauchen, als ich ihnen im Augenblick zu geben hätte.« Er machte eine Pause, um zu Paige hinüberzusehen. »Nicht jeder hat das Glück, einen Vater zu haben, der im eigenen Leben eine aktive Rolle einnimmt.«

Paiges Blick streifte den seinen. »Ich nehme an, Sie sprechen aus Erfahrung.«

»So könnte man es ausdrücken.« Er grinste, wohlwissend, dass sein Lächeln seine Augen nicht ganz erreichen würde, und starrte aus dem Fenster auf die vertrockneten Felder. Er hatte viel mehr gesagt, als er hätte sagen sollen. Und nun war das Gespräch tatsächlich zu Ende.

Die Reifen knirschten auf dem Kies. Connor Quinn blickte von den Papieren auf, die er über dem Küchentisch ausgebreitet hatte. Er hatte sich dafür entschieden, in der Küche zu arbeiten, nicht nur weil der offen geschnittene Raum kühler war als sein Arbeitszimmer, sondern auch weil ihm das riesige Fenster die beste Aussicht für den Moment verschaffte, in dem Paige und Tait zurückkehren würden. Connor schob sämtliche Rechnungen und Einkommenstabellen in die Ordner, in die sie gehörten, und versteckte sie in einer Schublade des Küchenschranks. Tait würde einen Blick auf die Geschäftsbücher der Farm werfen müssen, und Connor wollte, dass damit alles seine Ordnung hatte.

Obwohl es den Anschein hatte, als hätte Paige Taits Anwesenheit als zahlender Gast inzwischen akzeptiert, nagte die Entscheidung, ihr Taits wahre Identität zu verschweigen, an Connors Gewissen. War es richtig, Paige zu beschützen? Wie um ihm zu antworten, legte sich eine beinahe unheimliche Stille um ihn. In dieser Küche, die einst das Herz des Farmhauses gewesen war, pulsierte nun, wo Mollys Lachen verklungen war, die Einsamkeit. Er packte die Räder seines Stuhls und schwang in Richtung Tür herum. Dieselbe bittere Einsamkeit hatte er als Kind erduldet, und er hätte alles dafür getan, dass Paige eine Einsamkeit wie diese nie erleben musste. Er straffte seine Schultern. Er musste sicherstellen, dass nicht nur für ihre finanziellen Bedürfnisse gesorgt war, wenn er nicht mehr da war. Sie musste jemanden haben, mit dem sie die Höhen und Tiefen ihres Lebens teilen konnte.

Die Schritte von zwei Paar Stiefeln polterten über die hintere Veranda, ehe die Küchentür aufgestoßen wurde. Sobald Paiges besorgter Blick den seinen suchte, wusste Connor, dass beileibe nicht alles in Ordnung war. Seine Finger zuckten auf dem kalten Stahl seiner Radkappen. Über Paiges Schulter hinweg erhaschte er ein kurzes Nicken von Tait. Seine Hände entspannten sich. Es war doch alles in Ordnung. Paige ahnte nichts von dem Geschäftsplan. Wenn sie die Wahrheit aber noch nicht herausgefunden hatte, konnte es nur Tait sein, der sie in Aufruhr versetzt hatte.

»Wie ist es gelaufen?«, fragte Connor, als Paige ihren Hut abgenommen hatte und ihm einen Kuss auf die Wange drückte.

»Prima«, sagte sie, doch ihre Stimme erzählte ihm etwas anderes. Er wandte seinen Blick Tait zu, der sich um sie herum seinen Weg zum elektrischen Wasserkocher bahnte. Sein Rücken wirkte ungewöhnlich steif.

»Möchte jemand Kaffee?«, fragte er und schaltete den Kessel ein.

»Rechnen Sie mich mit ein.« Connor sah Paige an. »Tee, Possum?«

Sie schüttelte den Kopf. »Ich kann nicht. Ich bin nur gekommen, um Gidgets Bürsten aus der Sattelkammer zu holen, bevor ich sie füttere.«

Hätte er eine Neigung zum Glücksspiel gehabt, so hätte er darauf gewettet, dass Paiges allzu kurzes Auftreten weit weniger damit zu tun hatte, dass das Pony, das sie seit Kindertagen besaß, gestriegelt werden musste, als vielmehr mit dem Wunsch, ihren Begleiter loszuwerden.

»In Ordnung«, sagte er. »Es wird heiß draußen. Tait, hätten Sie Lust, sich meine alten Autos anzusehen?«

Tait löffelte Kaffeepulver in zwei Tassen. »Das hört sich nach einem Plan an.«

»Nach einem guten Plan.« Erleichterung zeichnete sich auf Paiges Gesicht ab. »Aber sehen Sie sich vor, Tait. Dads Schuppen ist ein bisschen wie das Bermudadreieck: Manche Dinge kommen nie wieder zum Vorschein.«

»Nur keine Sorge, so leicht werden Sie mich nicht wieder los. Wenn ich Miss Princess Polly überlebe, bringt mich auch eine gute alte Männerhöhle nicht um.«

Einen Augenblick lang dachte Connor, seine Tochter würde lächeln, doch stattdessen legte sie den Kopf in den Nacken und setzte sich ihren Hut auf. Sie drückte ihm die Hand. »Ich bin spät zu Hause.«

Er nickte in Richtung der beiden blauen Kühlbehälter an der Tür. In einen hatte er die Dinge gepackt, von denen sie sich hauptsächlich ernährte: Vegemite-Sandwiches, eine Wasserflasche und einen Apfel. »Die Kühlbox rechts ist für dich. Pass auf dich auf, und vergiss nicht zu essen.«

Sie lächelte ihr wunderschönes, dem von Molly so ähnliches Lächeln. »Ja, Dad, und ich werde auch nicht vergessen, dich wissen zu lassen, wenn ich zu Hause bin.«

Früh am nächsten Morgen schöpfte Paige Wasser aus einem Eimer auf den Topf mit den Kräutern, der an der Hintertür der Küche stand. Schon nach zwei Kellen des wiederaufbereiteten Duschwassers hätte sie schwören können, dass die schlaffen Halme von Schnittlauch und Petersilie sich wieder gerader aufrichteten. Sie seufzte. Wenn Wasser bei ihr doch nur dieselbe Wirkung gehabt hätte! Trotz ihrer Dusche spät am vergangenen Abend fühlte sie sich noch immer ausgelaugt. Sie sprenkelte eine weitere Kelle Wasser über den ausgetrockneten Topf.

Ihre Hals- und Schultermuskeln schmerzten. Es fühlte sich an, als wäre sie gestern von einem wilden Bullen überrannt worden. Nie hatte sie in so rascher Folge so viele Gefühle hintereinander empfunden. Trauer. Zorn. Mitgefühl.

Zuerst hatte Tait Erinnerungen an ihre Mutter wachgerufen. Als Nächstes hatte er ihr vorgeschlagen, ihr Zuhause zu verkaufen. Dann, bei der Erwähnung seines Vaters, war das Lächeln aus seinen Augen verschwunden. Und genau wie die Erschöpfung, die sie am Tag seiner Ankunft an ihm wahrgenommen hatte, hatte auch sein Schmerz sie miteinander verbunden. Aber sie wollte nicht, dass eine solche Verbindung existierte. Sie konnte sich nicht durch die Schatten im Blick irgendeines City Boys ablenken lassen. Ganz egal, ob seine Kindheit alles andere als idyllisch gewesen war und ob er eine Freundin hatte, die ihn betrog. Sie hatte ein Heim, das sie retten musste, und einen Vater, der der Pflege bedurfte. Sie schüttete den letzten Rest Wasser aus dem Eimer auf die eingetopften Kräuter. Und nun musste sie machen, dass sie hier wegkam, ehe Tait zum Frühstück erschien.

Sie stellte den Eimer auf der Veranda ab. Gleich darauf verließ Dusty seinen Lieblingsplatz unter dem Regenwassertank, um sich ihr anzuschließen. Mit seinen steifen Beinen brauchte er einige Zeit, um die Stufen hinaufzusteigen. Traurigkeit durchfuhr sie. Sie wusste, ihr treuer roter Cattle Dog wartete darauf, dass sie ihn mit einem Pfiff zum Lastwagen rief, aber sie hatte ihn hart rangenommen, als sie zum Viehtrieb mit ihm draußen war. Sie hätte einen jüngeren Hund dafür trainieren müssen, aber das würde bedeuten, dass sie ein weiteres Maul zu stopfen hatten und noch mehr Geld brauchten. Sie schuldete ihrem Tierarzt noch immer das Geld für Dustys letzte Impfauffrischungen.

»Heute nicht, Kumpel.« Sie streichelte das dichte Fell an seinem Hals. »Du ruhst dich aus und passt für mich auf Dad auf, okay?«

Dustys Ohren schnellten nach vorn, er sah an ihr vorbei und wedelte mit dem Schwanz.

Mist! Sie hatte Gesellschaft bekommen. Sie hatte sich zu viel Zeit gelassen. Die Küchentür fiel ins Schloss, und sie sah Tait mit einem Eimer Wasser auf sich zukommen. Staubiger Denim schmiegte sich um seine Hüften, und ein zerknittertes dunkelblaues Arbeitshemd spannte sich über seinem Brustkorb. Sein zerzaustes Haar, das noch nass vom Duschen war, stand an den Enden ab, als genieße es seine neu entdeckte Freiheit. Paige hob den Eimer zu ihren Füßen auf und zog ihn zu sich. Tait wirkte längst nicht mehr so städtisch glatt poliert und mehr und mehr zu Hause in ihrer Welt.

Er sandte ihr ein strahlendes Lächeln. »Ich habe Sie von meinem Zimmer aus gesehen und dachte mir, Sie könnten noch einen Eimer gebrauchen.« Er stellte den blauen Eimer neben dem Topf mit den Kräutern ab.

»Danke.« Sie starrte in das Wasser, das im Eimer schwappte. Dankbarkeit regte sich in ihr. Er hatte begriffen, dass jeder Tropfen wie flüssiges Gold war, und hielt sein Versprechen, mit dem Wasser sparsam umzugehen.

»Mir war nicht klar, wie viel Wasser den Abfluss hinunterläuft, während sich der Heißwasserhahn aufwärmt«, sagte er und starrte ebenfalls in den Eimer.

»Und dabei haben wir bereits einen wassersparenden Duschkopf.«

»Wassersparend?« Wieder lächelte er. »Ist das ein anderes Wort für Duschen unter einem feinen Sprühnebel?«

»Beschweren Sie sich etwa, mein Herr aus der Stadt?« Sie erwiderte sein Lächeln. »Ich finde, er funktioniert ausgezeichnet.«

»Beschweren? Ich? Nie im Leben.« Er betrachtete ihr lose fallendes Haar, das sie am vergangenen Abend gewaschen und noch nicht wieder zu ihrem üblichen Pferdeschwanz zusammengebunden hatte. »Aber ich bin froh, dass ich ums Haarewaschen nicht allzu viel Aufhebens mache.«

»Es funktioniert wirklich, auch wenn Sie Aufhebens machen.«

Ihre Blicke trafen sich und blieben eine Weile verzahnt, ehe er sich abwandte. »Wo wollen Sie das zusätzliche Wasser haben?«

Sie schüttelte den Kopf, fühlte sich merkwürdig atemlos. Was hatte Tait an sich, das sie so aufregte? Sicher konnte sie doch ein ganz normales Gespräch mit ihm führen, ohne ihn sich nackt unter der Dusche vorzustellen?

»An der Seite vom Haus wäre es gut. Da steht ein alter Orangenbaum, den ich versuche am Leben zu halten.«

Sie ging die Stufen der Veranda hinunter, aber Dusty war der Einzige, der ihr folgte. Sie blieb stehen und sah sich über ihre Schulter um. Tait starrte in den leeren Topf, der neben dem stand, den sie gerade gegossen hatte. Warum sorgte nackte Erde dafür, dass sich ein Muskel in seinem Kiefer spannte?

»Warum pflanzen Sie nicht noch ein paar andere Kräuter in

diesen Topf?«, fragte er, ohne aufzublicken. »Ich hatte den Eindruck, dass Connor sie beim Kochen gern benutzte.«

»Ich hatte welche, aber sie sind mir eingegangen, und ich habe sie noch nicht ersetzt.«

»Wir könnten heute welche kaufen.«

»Heute?«

Tait nickte, während er seinen Eimer nahm und ihr endlich die Stufen hinunterfolgte. Hätte sie es nicht besser gewusst, wäre sie sicher gewesen, dass er ihrem Blick auswich. »Ja, ich fahre in die Stadt. Warum kommen Sie nicht mit?«

Sie ging ihm voran zu dem Gelände neben dem Haus, wo die letzten Überreste des Obstgartens ihrer Mutter um ihr Leben kämpften. »Vielen Dank, aber mein Tagesplan ist bereits voll.«

»Sind Sie sicher? Ich könnte eine Reiseführerin gebrauchen.«

»Wenn ich zweimal pro Woche in die Stadt fahre und mich obendrein noch mit Ihnen sehen lasse, verursache ich einen Skandal.« Sie öffnete ein schmiedeeisernes Tor und nickte in Richtung eines knotigen Baumes. »Wenn Sie das Wasser dort auskippen würden, wäre der Orangenbaum Ihnen dankbar.«

Tait tat, worum sie ihn gebeten hatte. Dann richtete er sich auf. »Ich bin sicher, die Einwohner würden sich von dem Schock, Sie in der Stadt zu sehen, auch wieder erholen. Kommen Sie mit. Für das Benzin bezahle ich, und ich wette, es gibt Dinge, die Sie dort erledigen können. Ich muss für eins von Connors Autos ein Ersatzteil besorgen. Außerdem hat eine Dame namens Anne angerufen, um Bescheid zu sagen, dass sie ein paar Zeitungen und Bücher für Ihren Vater hat.«

Paige schüttelte den Kopf. Weniger als Antwort auf Taits Worte als auf das verführerische Geflüster, das in ihrem Kopf anschwoll. Sie könnte noch einmal in die Stadt fahren. Es gab jede Menge Dinge, die sie dort zu erledigen hatte. Zum Beispiel die Tierarztrechnung mit dem Geld begleichen, das Tait auf ihr Konto eingezahlt hatte.

»Ich kann wirklich nicht.«

»Warum nicht?«

Sie blinzelte. Nie verlangte jemand von ihr, dass sie ihre Handlungen rechtfertigte. Sie würde nicht jetzt auf einmal damit anfangen. Sie machte sich auf den Weg zurück zum Wohnhaus. »Ich habe *hier* Dinge zu tun.«

Nachdem sie das Tor des Obstgartens durchquert hatte, blieb sie stehen, um auf Tait und Dusty zu warten.

Tait zog das Tor hinter sich zu. »Ich verspreche, es wird ein kurzer Ausflug. Ohne Kaffeetrinken.«

Er kraulte Dusty hinter den Ohren, der sich zu seinen Füßen niedergesetzt hatte. »Du meinst auch, Paige sollte mit mir kommen, nicht wahr?«

Der rötliche Hütehund klopfte mit dem Schwanz auf die Erde. Eine Idee erwachte zum Leben.

»In Ordnung. Ich komme. Aber nur, wenn Sie zwei Passagiere statt einem mitnehmen.«

»Ich würde liebend gern auch Connor mitnehmen, aber er hat bereits gesagt, er fühlt sich nicht wohl genug.«

»Ich spreche nicht von Connor.« Paige senkte betont den Blick hinunter auf Dusty, der mit einem Hundelächeln zu ihnen aufsah.

Tait senkte eine Hand auf seine Flanke. »Der Hund. Sie wollen den Hund in *meinem Auto* mit nach Glenalla nehmen.«

Paige bemühte sich, nicht zu lächeln. »Ja, in Ihrem superschicken, superschnellen Auto. Er liebt Fahrten in die Stadt. Er spielt so gern mit Bella, dem Hund der Bibliothekarin.«

»Sie haben das schon gemacht?«

Sie nickte. »Es ist ganz einfach: Wenn er mitfährt, fahre ich mit.«

Flüchtig schloss Tait die Augen. »Ich muss nicht ganz richtig im Kopf sein, aber ich bin einverstanden.«

»Prima.« Sie ließ dem Lachen, das in ihr rumorte, freien Lauf. »Sie werden es nicht bereuen.«

»Ich bereue es jetzt schon. Bitte sagen Sie mir, dass es in Glenalla einen Autowaschdienst gibt.«

Paige schüttelte den Kopf und stieg die Stufen zur Veranda hinauf. »So schlimm wird es nicht werden. Ich lege eine Decke über Ihren kostbaren Rücksitz. Dusty wird ein vorbildlicher Passagier sein.«

»Und was ist mit meinem kostbaren Vordersitz?«

Sie hielt ihm die Tür auf. »Ich verstehe nicht, was Sie meinen. Vordersitz?«

Statt einzutreten, blieb er stehen. »Für den werde ich auch eine Decke brauchen, es sei denn, Sie haben vor, sich andere Jeans anzuziehen.«

Am Morgen hatte sie mit sich gerungen, ob ihre Jeans in die Wäsche gehörten oder nicht. Sie würden sowieso nur wieder schmutzig werden, also hatte sie sie letzten Endes aus der Schmutzwäsche wieder hervorgezogen.

»Mein Hemd ist sauber, und meine Jeans waren es auch.«

»In einem früheren Leben vielleicht. Aber der Schmutz ist nicht so sehr das Problem.« Ein Lachen hallte in seinen Worten. »Wo Sie sich doch solche Sorgen darum machen, was die Leute sagen könnten, wenn sie Sie mit mir in der Stadt sehen – warten Sie ab, was sie erst sagen, wenn sie diesen Riss in Ihren Jeans bemerken.«

»Riss?« Mit lautem Knall schlug die Tür, die sie losgelassen hatte, zu. Ihre Hände schossen ans Hinterteil ihrer Jeans, um herauszufinden, wo genau dieser Riss sich befand. Sie hatte es aufgegeben, jede kleine Schadstelle zu flicken, und bemerkte das Geräusch von reißendem Stoff praktisch gar nicht mehr. Der einzige Grund für sie, eine Jeans wegzuwerfen, war, wenn ihr Hintern mehr oder minder frei lag. Ihre linke Hand stieß auf warmes, nacktes Fleisch. Sie erstarrte. Hitze stieg ihr in die Wangen. Die ganze Zeit, während Tait hinter ihr in den Obstgarten gegangen und die Stufen hinaufgestiegen war, hatte er nicht ein Wort gesagt.

»Und das sagen Sie mir jetzt?«, zischte sie.

Tait hob die Handflächen, während ihm der Eimer in der Armbeuge hing. »Was soll ich sagen? Ich dachte, wenn es Sie nicht stört, ist es keine Erwähnung wert.«

Sie begnügte sich mit einem Stirnrunzeln, das ihr Missfallen am besten zum Ausdruck brachte, und öffnete von Neuem die Tür, um Tait eintreten zu lassen.

Er trat nicht ein, sondern verbeugte sich. »Erst die Dame.«

Mit hoch erhobenem Kopf schritt sie durch die Tür. Tait hatte ohnehin bereits alles gesehen, was es zu sehen gab.

Paige ging nach oben, um sich eine andere Jeans anzuziehen und ihr Arbeitshemd gegen eine ärmellose weiße Leinenbluse einzutauschen, die ihr einst wie eine zweite Haut gepasst hatte. Jetzt schlackerte sie um ihren Körper. Sie stopfte sich das Hemd in die Hose, zog ihren geflochtenen Ledergürtel zu und weigerte sich, in den Spiegel zu sehen. Im letzten Moment fuhr sie sich mit den Fingern durch die Haare. Sie machte sich diese Mühe, präsentabel zu erscheinen, nur weil sie den Eindruck erwecken wollte, dass die Quinns problemlos durch die Trockenheit kamen. Die zusätzliche Aufmerksamkeit, die sie Details ihrer Erscheinung widmete, hatten nichts mit diesem provozierenden Mann zu tun, der darauf wartete, mit ihr und Dusty nach Glenalla zu fahren.

Sie schnappte sich ihren Hut und Dustys Leine vom Hutständer in der Vordiele und trat hinaus in die Sonne. Hinter Taits Auto waren Tait und ihr Vater in ein Gespräch vertieft, während Dusty den mit einer Decke bedeckten Rücksitz bereits in Besitz genommen hatte. Ihr wurde warm ums Herz. Der rote Hütehund würde in der ersten Klasse und mit klimatisiertem Komfort reisen, nicht wie sonst in der Holzklasse auf der Ladefläche ihres Lieferwagens. Als sie sich näherte, glitt Tait auf den Fahrersitz. Sie küsste ihren Vater auf die Wange und hätte schwören können, dass ein Gefühl ihm die Augen feucht machte.

»Grüß Anne von mir«, sagte er mit belegter Stimme.

»Mache ich.«

Sie setzte sich auf den Beifahrersitz. Hinter ihr winselte Dusty vor Aufregung. Der Ausflug tat dem alten Hund bereits jetzt gut. Tait beendete die Textnachricht, die er in sein Handy tippte, ehe er es wieder in die Freisprechanlage des Autos schob.

»Alles bereit zur Abfahrt?«, fragte er und ließ schon den Motor an.

Sie winkte Connor zu, ehe sie Tait antwortete: »Noch nicht ganz.«

Mit den Händen am Steuerrad wandte Tait sich ihr zu. Was immer er gerade hatte sagen wollen, kam ihm nicht über die Lippen, da Dusty sich vom Rücksitz vorbeugte, um seinen Kopf auf Taits Schulter zu legen.

Paige sah Taits perplexen Gesichtsausdruck und unterdrückte ein Kichern. Dusty liebte es, während der Fahrt durch die Windschutzscheibe hinauszusehen und dabei die linke Schulter des Fahrers als Kopfstütze zu benutzen. Glücklicherweise litt er nicht unter dem typischen Hunde-Mundgeruch.

»Jetzt sind wir bereit zur Abfahrt«, sagte sie und hoffte, dass ihr Gesichtsausdruck als ernst durchging.

5

Trotz des ungewohnten Gewichts von Dustys Kopf auf seiner Schulter und der Frage, wie viele Hundehaare wohl an seinen Polstern kleben würden, gelang es Tait, sich zu entspannen.

Er hatte erreicht, was er sich vorgenommen hatte. Es war ihm gelungen, Paige an einem festen Punkt zu fixieren, wenn auch nur für die nächsten anderthalb Stunden. Sie konnte ihm nirgendwohin entfliehen, sondern musste sich mit dem Lauf, den ihr Gespräch nehmen würde, abfinden. Und er würde dafür sorgen, dass es die Richtung nehmen würde, die er brauchte.

Gestern hatte alles gut funktioniert, obwohl der Tag einen so steinigen Anfang genommen hatte. Am Morgen hatte er feststellen können, dass Paiges Hingabe an Banora Downs aufrichtig war, und anschließend hatte er den Nachmittag damit verbracht, mit Connor die Finanzberichte durchzugehen. Er war jetzt im Großen und Ganzen darüber im Bilde, wo der Besitz derzeit stand. Der nächste Schritt bestand darin festzulegen, welchen Weg der Farmbetrieb zukünftig einschlagen würde, einen Weg, den nur Paige ihm nennen konnte. Was stellte sie sich für die kommenden Jahre vor? Wie sahen ihre Wünsche und Träume für ihr Zuhause aus? Wenn der Tag zu Ende ging, würde er seine Antworten haben, selbst wenn er – hier warf er einen Blick auf die Hundeschnauze auf seiner Schulter – auf dem ganzen Weg nach Glenalla als Dustys persönliches Kissen herhalten musste.

Seine Nerven spannten sich an. Hier, im gottverlassenen Nirgendwo, hatte er das Unvorstellbare gefunden: eine Frau, die nicht mehr wollte, als im Angebot war. Tatsächlich wollte Paige überhaupt nichts von dem, was er ihr anbot. Keine Schokolade, keine Hilfe, keine Kräuter. Sie verfügte über einen Altruismus und eine Selbstlosigkeit, die ihm so fremd waren wie ein Sieben-Sterne-Service dem Outback. Sie handelte nach anderen Spielregeln, als er in seinem Spiel gewohnt war. Ihre Maßstäbe von Loyalität und Integrität kamen in seiner Welt des Konkurrenzkampfs und des Egoismus nicht vor. Und jetzt, wo er sie durchschaute, war ihm auch klar, dass es nicht die Geldgier gewesen war, die sie dazu gebracht hatte, den Preis für sein Zimmer auf das Doppelte zu erhöhen.

Er konzentrierte sich auf die schnurgerade Straße. Es spielte keine Rolle, dass der Umgang mit Paige ihn aus seiner Komfortzone trieb oder dass ein Blick auf ihre Kurven unter ihrer zerrissenen Jeans sein Blut in Wallung brachte. Er hatte einen Geschäftsplan fertigzustellen, Geheimnisse zu bewahren und Antworten zu finden.

»Hören Sie, Paige, Connor hat mir erzählt, dies ist die schlimmste Trockenperiode, die er je erlebt hat.«

»Ja, und Dad hat schon einige miterlebt.«

»Er hat auch erwähnt, dass er Banora Downs dürresicher machen wollte, aber ich habe nicht ganz begriffen, was er meinte.«

Tait glaubte, er habe Paige nicken sehen, aber er hatte Schwierigkeiten, an Dustys Kopf vorbeizuschauen. Zudem hatte er den Verdacht, dass ihm Dusty voller Zuneigung das Gesicht lecken würde, falls er seinen Kopf allzu stark drehte.

»Dad hat hart daran gearbeitet, Banora Downs auf die

nächste Dürre vorzubereiten. Er hat in neue Bohrungen und Pumpen investiert und sich darauf konzentriert, die Qualität der Weiden zu verbessern, sodass sie auch bei Trockenheit verlässlich bleibt. Verglichen mit anderen, die nicht länger auf ihren Farmen leben, schlagen wir uns nicht schlecht.« Sie seufzte. »Aber diese Trockenheit nimmt einfach kein Ende.«

»Sie wird enden. Und wenn es so weit ist – wo wird es Ihrer Meinung nach mit Banora Downs dann hingehen?«

Sie stöhnte. »Keine weiteren hypothetischen Fragen.«

»Entschuldigung. Ich bin nur neugierig und wüsste gern, wie Sie Banora Downs' Zukunft sehen. Selbst ein City Boy wie ich bekommt mit, dass es ein ganz besonderer Ort ist.«

»Ja, da haben Sie recht. Es ist ein ganz besonderer Ort, und er muss für künftige Generationen bewahrt werden.«

»Und für die künftigen Generationen werden Sie sorgen?«

Tait knirschte mit den Zähnen. Er hatte sich auf den Geschäftsplan zu konzentrieren, statt in Paiges Privatleben herumzuwühlen.

»Sagen wir einfach, als einziges Kind trage ich die Verantwortung dafür, den Familiennamen fortzuführen.« Obwohl er sie nicht richtig sehen konnte, war ihm klar, dass Paige die Stirn runzelte. Ihre Finger waren in ihrem Schoß fest miteinander verschränkt. »Aber auch wenn ich das so sage«, fuhr sie fort, »ich habe keine konkreten Pläne in dieser Hinsicht. Für mich ist das Wichtigste, mich um Dad zu kümmern, und wenn es keine nächste Generation geben sollte, haben wir ja noch Cousin Charles. Er hat letzten Sommer geheiratet, und ich bin sicher, dass bald ein kleiner Charles unterwegs sein wird.«

»Ist Charles der Junge, den Ihr Vater erwähnt hat? Der vom Baum gefallen ist?«

»Ja, genau der, auch wenn er genau genommen nur mein Cousin zweiten Grades ist. Aus irgendwelchen Gründen glaubt mir niemand, wenn ich erkläre, dass sein Sturz vom Baum nichts mit mir zu tun hatte.«

Tait riskierte einen Blick auf Paiges Profil. Dustys heißer Atem brachte ihn umgehend dazu, sich wieder der Straße zuzuwenden. »Darf ich fragen, warum?«

»Nein, Sie dürfen nicht.« Paige lachte. »Lassen Sie uns einfach sagen, ein Wildfang von Mädchen ist einem Jungen, der Pfeil und Bogen schwingt, beim Klettern überlegen.«

»Ich vermute, danach hat Cousin Charles das Bogenschießen aufgegeben?«

»Nicht ganz. Als sein gebrochener Knochen geheilt war, ist er dazu übergegangen, auf Ziele zu schießen, die sich nicht bewegen.«

»Eine kluge Entscheidung.«

»Das habe ich auch gedacht.« Sie legte eine Pause ein. »Waren Sie je ein auf Bäume kletternder Bogenschütze?«

Tait kämpfte gegen die Anspannung, die sich in seinen Schultern breitmachte. Er scheiterte. Dusty hob seinen Kopf und senkte ihn wieder, um dagegen zu protestieren, dass seine Kopfstütze auf einmal so ungemütlich wurde.

Tait wählte seine Worte mit Bedacht. Seine Kindheit war verbotenes Gebiet, aber er konnte nicht riskieren, dass Paige allzu neugierig wurde. »Auf Bäume bin ich eine kurze Zeitlang geklettert, ja. Aber ein Bogenschütze war ich nicht.«

»Schön, dass Sie einen Baum zum Klettern hatten. Nicht viele kleine Jungen, die in der Stadt aufwachsen, haben eine solche Möglichkeit. Hatten Sie einen großen Garten?«

Seine Hände schlossen sich fester um das Steuerrad. »Erzählen Sie mir doch ein bisschen mehr darüber, wie Banora Downs für kommende Generationen bewahrt werden könnte.«

Wenn Paige seinen Themawechsel bemerkt hatte, so war in ihrer bedächtigen Antwort nichts davon zu merken. »Ich denke, vor allem müssen wir die Farm finanziell wieder auf die Füße bekommen. Wir müssen uns aber zugleich weiter darum bemühen, sie dürreresicher zu machen. Und wir müssen unsere Zuchtherde wieder aufbauen. Und wenn die Farm erst einmal in der Lage ist, sich wieder selbst zu tragen, wird es darum gehen, das Farmhaus zu bewahren.«

»Sie haben also nicht vor, auf alternative Branchen auszuweichen, zum Beispiel auf Olivenbau oder die Zucht von Emus oder Alpakas?« Noch ehe er zu Ende gesprochen hatte, wurde ihm klar, dass er viel zu gut informiert klang.

Paige beugte sich vor und sandte ihm an Dusty vorbei einen Blick. »Für einen Anzugträger wissen Sie eine ganze Menge über Landwirtschaft.«

Er suchte den Straßenrand nach einem Schild ab, das ein Hotel, eine Autowerkstatt oder irgendetwas anderes ankündigte und damit darauf hinwies, dass sie demnächst die Stadtgrenze von Glenalla erreichen würden. Was als Autofahrt zur Informationsbeschaffung geplant gewesen war, entwickelte sich gerade zu einer Höllenfahrt. Paige verfügte über die unheimliche Fähigkeit, an Dinge zu rühren, über die er nicht sprechen wollte.

Er räusperte sich. Ein weiteres Mal konnte er ihr nicht die Wahrheit sagen, höchstens einen Teil davon. »Ich betreibe eine Investmentfirma, die sich mit Landwirtschaft befasst.«

Offenbar befriedigt lehnte sie sich in ihrem Sitz zurück. »Und die Leute investieren in so etwas wie Emus und Oliven?«

»Ja.«

»Wie zahlt sich das aus?«

»Manchmal gut und manchmal weniger gut.«

»Dann freue ich mich für die, bei denen es gut läuft, und bedaure die, bei denen es nicht gut läuft. Ich gehe nicht gern ein Risiko ein, also ziehe ich es vor, bei dem zu bleiben, was ich kenne.«

Er atmete wieder leichter. Die Fahrt war also doch kein kompletter Reinfall gewesen. Wenigstens eine seiner Fragen war beantwortet worden. Paige hatte kein Interesse daran, sich von den traditionellen Gebieten der Schafzucht, Rinderzucht und des Getreideanbaus allzu weit zu entfernen.

»Sie haben Erfahrungen mit dem Tourismus. Das könnte eine Möglichkeit für Banora Downs sein.«

»Um ehrlich zu sein, nicht. Wie Sie ohne Zweifel mitbekommen haben, ist Dad der Geselligere von uns beiden, und auch wenn er es nicht zugeben will, steht es um seine Gesundheit nicht mehr so gut wie einst. Erst seit diesem Jahr ist er auf den Rollstuhl angewiesen, statt auf seinen Gehstock. Außerdem wäre ich nicht in der Lage, die Farm zu betreiben und mich gleichzeitig um Gäste zu kümmern. Das ist auch der Grund, warum Dad das Kochen übernimmt.«

»Sie sehen also Banora Downs auch in Zukunft als ein traditionelles Farmunternehmen, oder haben Sie noch einen Notfallplan in der Hinterhand?«

Diesmal war es Paige, die der direkten Frage auswich. »Wissen Sie was? Mir ist noch immer nicht klar, wie Sie eigentlich von uns erfahren haben. Ich bin sicher, unsere Anzeigen sind aus dem Internet entfernt worden. Es würde mir helfen, wenn ich wüsste, wo Ihre Sekretärin auf unseren Namen gestoßen ist, damit ich dafür sorgen kann, dass der Hinweis entfernt wird. Wir sind wirklich nicht in der Lage, weiterhin Gäste aufzunehmen.«

In Gedanken kreuzte er die Finger, um Vergebung für die

Lüge zu erlangen, die er ihr gleich auftischen würde. »Aber sicher. Ich werde meine Sekretärin danach fragen.«

Ein Schild, das für eine Frühstückspension im Ort warb, huschte vorbei. Erleichterung schwächte das Klopfen an seinen Schläfen ab. Bald würden sie in der Stadt sein. Er brauchte unbedingt einen Kaffee – und eine Pause von Paiges Beobachtungsgabe. Die Mauern, die er um seine Geheimnisse errichtet hatte, waren bereits dünn wie Papier.

»Langsam, ihr zwei!«, rief Paige lächelnd, während Dusty und Bella in Annes kleinem Innenhof um die Wette rannten. Aber die hechelnden Hunde hörten sie nicht einmal. Es war einen Monat her, dass sie sich das letzte Mal zum Spielen getroffen hatten, und sie ließen sich ihr Vergnügen nicht von der Hitze verderben. Noch immer lächelnd wandte sie sich Tait zu, der neben ihr stand, doch statt das Spiel der Hunde zu genießen, spielte er selbst mit seinem Handy. Sie verdrehte die Augen zum Himmel. Jungen und ihr Spielzeug!

»Wir sind bestens versorgt«, sagte sie. »Sie können gehen und tun, was Sie zu erledigen haben. In einer Stunde treffen wir uns dann wieder hier.«

Tait ließ das Handy in seine Hemdtasche gleiten. Seine Sonnenbrille verdeckte seine Augen, aber die Falten, die sich auf beiden Seiten seines Mundes eingegraben hatten, sprachen Bände. Er brauchte Koffein. Sie wies zur Rechten: »Wenn Sie drei Straßenzüge weiter in diese Richtung gehen, stoßen Sie auf eine Gärtnerei und ein Café, von dem ich gehört habe, dass es guten Cappuccino anbietet.«

»Vielen Dank, aber im Augenblick möchte ich nichts.« Sein Mund entspannte sich ein wenig. »Ich bin nicht völlig kaffeesüchtig, wissen Sie? Eher ein Kaffee-Enthusiast.«

Sie konnte einen Lachanfall nicht aufhalten. »Ein Kaffee-Genießer?«

Die letzte Spannung löste sich in einem Grinsen auf. »Ja, genau, jemand, der einen guten Kaffee zu schätzen weiß.«

»In Ordnung, Mr. Kaffee-Genießer.« Sie zeigte nach links. »Ich gehe in diese Richtung, um Anne in der Bibliothek zu besuchen, und dann will ich zum Tierarzt, um ein paar Rechnungen zu bezahlen. Wenn Sie möchten, können Sie mit mir kommen, oder Sie können losziehen und sich einen Kaffee suchen, den Sie zu schätzen wissen.«

»Bis zur Bibliothek komme ich mit Ihnen. Da dort ja Zeitungen und Bücher für Connor abzuholen sind, werde ich sie tragen.«

Ehe sie ihm sagen konnte, dass sie keine Hilfe benötigte, hatte Tait sich schon auf den Weg zu dem roten Backsteingebäude an der Ecke gemacht, auf dessen großem weißen Türschild »Bibliothek« stand. Paige warf noch einen prüfenden Blick auf Dusty und Bella, dann folgte sie ihm. Als sie zu Tait aufschloss, zog er von Neuem sein Handy aus der Tasche.

»Geben Sie mir Ihre Nummer, dann kann ich Ihnen eine SMS schreiben und fragen, ob Sie bereit für die Heimfahrt sind.«

»Das ist nicht nötig.«

»Wir können uns trotzdem in einer Stunde treffen, aber es mag von Nutzen sein, Nummern auszutauschen für den Fall, dass etwas dazwischenkommt.«

»Nein.« Paige stieg über eine Spalte im Gehsteig, wo die Wurzel eines nahestehenden Gummibaums den Beton aufgesprengt hatte.

Tait runzelte die Stirn, während er sich die Sonnenbrille auf den Kopf schob. »Nein, wir treffen uns nicht in einer Stunde, oder nein, es ist nicht von Nutzen, Nummern auszutauschen?«

»Nein.« Sie wandte sich zur Auffahrt zur Bibliothek und trat auf den schmalen Weg. »Ich habe kein Handy.«

Taits Finger schlossen sich um ihr Handgelenk. Sie blieb stehen und schwang herum, die Worte des Protests erstarben ihr auf den Lippen. Er starrte sie mit solcher Sorge, solchem Unglauben an, dass sie nichts tun konnte, als seinen Blick zu erwidern.

»Sie haben kein Handy?«

Sie schaffte es, den Kopf zu schütteln. Er war ihr so nahe, dass sie den Duft der Rosenseife wahrnehmen konnte, die sie bei ihrem letzten Besuch in der Stadt gekauft hatten, und sah, wie dunkel seine Wimpern waren. So nah, dass sie wie erstarrt auf der Stelle stehenblieb wie ein vom Scheinwerferlicht geblendetes Wallaby, obwohl er sie nicht länger festhielt.

»Paige, Sie müssen ein Handy haben.«

»Ich komme gut ohne zurecht. Es macht mir nichts aus, ein technischer Dinosaurier zu sein.«

»Ich meine es ernst. Zu Ihrer eigenen Sicherheit sollten Sie ein Handy bei sich tragen.«

Sie trat einen Schritt zurück, und das Metallgeländer, das den Pfad zur Bibliothek säumte, drückte sich in ihren unteren Rücken. »Warum? Damit ich einen Abschleppwagen rufen kann, wenn ich eine Panne habe? Oder um den Hilfsdienst zu bestellen, damit er mir einen platten Reifen wechselt? Ich kann auf mich selbst aufpassen.«

»Ich habe keinen Zweifel daran, dass Sie das können, aber es mag der Tag kommen, an dem Sie das Handy brauchen. Oder an dem jemand Sie kontaktieren muss.«

»Der Funk im Lieferwagen funktioniert bestens.«

»Und was ist, wenn Sie gar nicht in Ihrem Lieferwagen sind, wenn Sie, sagen wir, in der Stadt herumlaufen? Wie sollen die Leute Sie dann erreichen?«

»Kein Problem.« Sie ging weiter den Pfad entlang. »Sie würden Anne anrufen. Sie weiß immer, wo ich bin.«

Sie hörte Tait stöhnen. »Sie mögen ja auf alles eine Antwort haben, aber ich kaufe Ihnen trotzdem ein Handy.«

Paige blieb stehen und sah ihn an. Hinter ihr glitten die automatischen Türen der Bibliothek auf. Sie bemerkte den Schwall kühler Luft, der an ihr vorbeizog, kaum. Warum bestand Tait darauf, den guten Samariter zu spielen? Weder brauchte noch wollte sie seine Hilfe und seine Großzügigkeit.

»Warum? Ich bin nicht Ihre Freundin. Ich bin auch nicht mit Ihnen verwandt. Wenn die nächste Woche vorbei ist, werden Sie mich nie wieder sehen. Warum um alles in der Welt sollten Sie mir ein Handy kaufen?«

Der Blick seiner blauen Augen fixierte den ihren. »Weil mir ein Handy das Leben gerettet hat. Und eines Tages könnte es auch Ihres retten.«

Sie blinzelte. Vor ihr stand kein geschniegelter, hübscher Junge aus der Stadt. Nur ein Mann, der es ernst meinte und dem die Erschöpfung in den Augen stand.

In die Spannung hinein ertönte die ruhige, leise Stimme einer Frau: »Paige, er hat recht. Und du weißt es.«

Paige schwang auf dem Absatz herum. Anne hatte sie vom Fenster aus gesehen und ihren Platz hinter dem Schalter verlassen, um sie zu begrüßen. Paige lächelte und trat vor, um die Bibliothekarin zu umarmen.

»Ich glaube mich daran zu erinnern, dass ich vor ein paar Jahren schon einmal ein ähnliches Gespräch mit dir geführt habe«, sagte Anne, während sie sich von Paige löste.

»Das habe ich nicht vergessen, aber was ich damals gesagt habe, gilt noch immer: Wenn die Dürre zu Ende ist, kaufe ich mir ein Handy. Bis dahin komme ich ohne zurecht.« Sie blickte zwischen Anne und Tait hin und her. »Anne, darf ich dir Tait vorstellen. Er ist...«

Anne ergriff Taits ausgestreckte Hand. »Schon gut. Ich weiß, wer Sie wirklich sind.« Sie zwinkerte ihm zu.

Zu Paiges Überraschung gefror Taits Lächeln. »Tun Sie das?«

»Ja. Connor hat es mir erzählt. Er hat gesagt, ich soll nichts auf irgendwelche Gerüchte geben, die über Sie und Paige in der Stadt erzählt werden. Er hat gesagt, in Wahrheit sind Sie auf Urlaub auf Banora Downs.«

Taits Lächeln strahlte wieder wie die helle Sonne. »Ja, das ist richtig. Ich bin gekommen, weil ich einen Tapetenwechsel brauchte.« Er warf Paige einen raschen Blick zu. »Und um der Wirtschaft vor Ort auf die Sprünge zu helfen, indem ich ein Handy kaufe.«

Paige biss die Zähne zusammen. Taits glatter, leichtherziger Charme war zurückgekehrt.

»Das ist sehr aufmerksam von Ihnen«, sagte Anne. »Aber ich glaube, wir haben es hier mit einer hartnäckigen Handy-Verweigerung zu tun. Und zufällig weiß ich die perfekte Lösung dafür.«

Annes bequeme Schuhe schlurften über den Teppich, als sie auf den Schalter zueilte. Paige folgte ihr mit langsamen Schritten. Sie sah sich zwischen den mit Büchern gefüllten Regalen um und verlor sich in der Vergangenheit. Dort drüben in der Kinderecke hatte sie sich ihren Korb mit Büchern gefüllt, sich in einen der bunten Stühle gesetzt und das magische Königreich der Feen und Happy Ends betreten. Die Berührung der sanften Hand ihrer Mutter hatte sie dann schließlich zurück in die reale Welt gerufen. Zusammen hatten sie den Berg von Büchern zum Schalter getragen, wo Anne ihnen entgegengelächelt, die Bücher registriert und ihr einen roten Stern auf den Handrücken gestempelt hatte.

Paiges Schritte wurden schleppend. Sie ging noch immer denselben ausgetretenen Pfad bis zum Schalter. Noch immer würde ein Lächeln Annes altersloses Gesicht zum Leuchten bringen. Emotionen ballten sich schmerzhaft in Paiges Kehle. Heute aber würde ihre schöne Mutter nicht mehr hier sein, um ihr die Hand zu halten, wenn eine Geschichte sie zum Weinen brachte, oder ihr zu versichern, dass Happy Ends wirklich existierten. Paige blieb vor dem Schalter stehen. Wenn Sie doch nur den Rückspulknopf drücken könnte, der die Unschuld ihrer Kindheit zurückbrachte, als die Hoffnung noch Hand in Hand mit dem Glauben an die Ewigkeit ging! Als es noch keinen Tod gab und noch keine Trockenheit.

»Paige?« Wie von weit her ließ sich Annes Stimme vernehmen. Im Handumdrehen gewann die Welt ihre Konturen zurück.

»Tut mir leid. Ich war ins Feenland entschwunden.«

»Ich hoffe, es hat im Feenland geregnet«, erwiderte Anne mit sachter Stimme.

Paige lächelte ein Lächeln, nach dem ihr nicht zumute war. »Doch, doch. Das hat es.«

»Nun dazu.« Anne stellte eine kleine Schachtel auf die Theke und zog ein schwarzes Handy heraus. »Das hier wird zwar nicht dafür sorgen, dass es schneller regnet, aber es löst zumindest unsere Telefonprobleme.«

Paige öffnete den Mund, um etwas zu sagen, aber Anne war schneller: »Paige, bevor du etwas sagst, hör mir bitte zu. Du würdest mir einen Gefallen tun, wenn du dieses Handy benutzen würdest. Es hat ein Prepaid-Guthaben von neun Monaten, das sonst verschwendet ist. Es ist eine lange Geschichte, aber ich habe es mir gekauft, als ich mein altes Handy verloren hatte. Unnötig zu erwähnen, dass das alte Handy wieder auftauchte, sobald ich Ersatz beschafft hatte.«

Paige fasste das schwarze Handy ins Auge, als würde es jeden Moment aus Annes Händen springen und ihr ein Stück aus dem Arm beißen. »Kannst du das Guthaben nicht auf dein anderes Handy transferieren lassen?«

Tait nahm Anne das Handy ab und drückte den Einschaltknopf. Musik ertönte, während das Mobiltelefon zum Leben erwachte.

»Haben Sie Ihr anderes Handy beim selben Anbieter wie dieses?«, fragte er Anne.

Sie schüttelte den Kopf.

»Da haben Sie Ihre Antwort, Paige.«

Sie schürzte die Lippen. In der Universität hatte sie ein uraltes Handy besessen, das sich von den moderneren Geräten ihrer Freunde unterschied, sie war also alles andere als technisch versiert. Dennoch erregte etwas in der Art, mit der Anne und Tait sie ansahen, ihren Argwohn. Sie wusste nicht, ob sie den beiden Glauben schenken konnte oder nicht. Es war, als hätten sie spontan eine gemeinsame Front gegen sie gebildet. Sie führten etwas im Schilde. Paige konnte sich nur einfach nicht denken, was.

Tait drückte ein paar Knöpfe, und sein eigenes Handy begann in seiner Tasche zu singen. Er nahm es heraus, tippte eine Nummer ein, und Annes Handy klingelte. Er drückte noch ein paar Knöpfe, dann nahm er Paiges Hand und legte ihr das Handy hinein. Das Gerät fühlte sich kalt an, verglichen mit der Wärme seiner kurzen Berührung.

»Alles geregelt. Die Nummern sind ausgetauscht und unter

›Kontakte‹ gespeichert, und der Akku wird noch etwa eine Stunde lang reichen.«

Paige starrte das Handy an. »Anne, bist du dir sicher?«

»Ja, meine Liebe. Bitte nimm es.«

Seit ihre Mutter gestorben war, hatte Anne getan, was sie konnte, um ein Auge auf sie zu haben. Paige verstand nicht, warum die warmherzige Bibliothekarin nie wieder geheiratet hatte. Sie war erst ein Jahr mit einem ortsansässigen Farmer verheiratet gewesen, als sie ihren Mann verlor: Ein Getreidesilo, auf das er gestiegen war, war zusammengebrochen. Anne war daraufhin in die Stadt gezogen, und Paige nahm an, dass die Bibliothek ihr zum Lebensinhalt geworden war.

»Danke.«

»Es ist mir ein Vergnügen. Was hältst du davon, wenn ich dir jetzt die Zeitungen und Bücher für deinen Vater hole? Ich bin sicher, du hast jede Menge zu erledigen.«

Anne hastete davon, aber Paige war sich sicher, dass sie es nicht aus Zeitnot so eilig hatte. Sie hatte den stillen Verdacht, dass Anne so schnell verschwand, damit Paige es sich nicht anders überlegen konnte.

Tait schnappte sich die Schachtel vom Ladentisch und reichte sie ihr. Die Schachtel schwebte einen Augenblick in der Luft, wie eine körperliche Verbindung zwischen ihnen, ehe Tait sie langsam losließ.

»Danke«, sagte sie.

»Kein Problem.« Ein ernster Ausdruck stand in seinen Augen, und um seinen Mund gruben sich wieder Falten. »Sagen Sie mir jetzt nochmal, wo ich dieses Café finde?«

Drei Textnachrichten und zwei Tassen Kaffee später parkte Tait vor der Praxis des örtlichen Tierarztes. Aus Dustys Gezappel auf dem Rücksitz konnte er schließen, dass sie an dem Ort angekommen waren, an dem Paige sich mit ihnen treffen wollte. Er öffnete das Fenster bis zur Hälfte, um den aufgeregten Hütehund abzulenken. Sofort zeigten sich Streifen von Hundespeichel auf dem Glas. Flüchtig schloss er die Augen. Sein Auto würde nie wieder sein, wie es gewesen war.

Dusty bellte aus dem Fenster, als Paige aus der Tierarztpraxis kam. Sie überquerte den Gehsteig, lächelte den Hund an und ließ sich auf den Beifahrersitz gleiten. Tait konnte nicht anders, als zu bemerken, dass ihr Lächeln den Glanz verlor, als sie zu ihm herübersah.

»Ist alles in Ordnung?« Wenn er in den vergangenen Tagen überhaupt etwas gelernt hatte, dann, auf der Hut zu sein, sobald sie ihr Kinn vorstreckte.

»Ja. Ich meine, nein. Ganz und gar nicht.« Sie fixierte ihn mit einem Blick, auf den seine alte Schuldirektorin stolz gewesen wäre. »Sie sind nicht zufällig heute Morgen beim Tierarzt gewesen, oder?«

»Sie können mir glauben, dies ist mein erster und letzter Besuch.«

Wie auf ein Zeichen begann Dusty zu winseln, sprang von einer Seite des Autos zur anderen und streckte wieder seinen Kopf aus dem Fenster.

»Entschuldigung.« Paige lehnte sich zwischen den Vordersitzen nach hinten, um zu prüfen, ob die Decke den Rücksitz noch schützte. »Er geht ziemlich gern zum Tierarzt. Sie haben dort die besten Leckerbissen. Machen Sie das Fenster zu, und lassen Sie uns fahren, dann beruhigt er sich gleich.«

An Dustys Schnauze vorbei versuchte Tait, Paige anzusehen. »Warum haben Sie gefragt, ob ich beim Tierarzt war?«

»Verstehen Sie mich bitte nicht falsch, aber ich wollte sichergehen, dass Sie nicht schon wieder versucht haben, mir zu helfen.«

Dabei betonte sie das Wort »helfen« so, als meine sie eigentlich »einmischen«.

»Helfen?«

»Ja.« Sie zögerte. »Nicht dass wir Ihre Großzügigkeit nicht zu schätzen wissen. Dad hat die Schokolade und die Tim-Tam-Kekse genossen, aber Sie sind hergekommen, um Urlaub zu machen, nicht, um Leuten zu helfen, die Sie gar nicht kennen.«

»Ich würde nicht so weit gehen, zu sagen, dass ich Sie und Connor nicht kenne. Ich habe in diesen drei Tagen mehr über Sie beide gelernt als in drei Jahren über den Nachbarn, mit dem ich in der Stadt Tür an Tür wohne.«

»Das bedeutet noch lange nicht, dass Sie sich verpflichtet fühlen müssen, unsere Probleme zu lösen. Sie haben Ihre eigenen, um die Sie sich kümmern müssen.«

»Das stimmt, aber ich fühle mich ja gar nicht verpflichtet.« Dieses Mal zögerte er. »Jemand hat mir einst geholfen, jemand, der Connor sehr ähnlich ist, und indem ich Connor helfe, habe ich das Gefühl, ich helfe diesem Mann.« Tait brauchte Paiges Gesicht nicht zu sehen, um ihre Neugier zu spüren. Ihre Knie hatten sich bewegt, als sie ihr Gewicht in ihrem Sitz verlagert hatte, um ihn genauer zu betrachten. Er wechselte schnell das Thema. »Jetzt erzählen Sie mir, was beim Tierarzt passiert ist.«

»Um die Wahrheit zu sagen, ich bin nicht sicher. Ich bin hingegangen, um eine Rechnung zu bezahlen, und musste feststellen, dass sie nicht war, wie ich erwartet hatte.«

»So schlimm?«

»Im Gegenteil. Die Rechnung betrug höchstens ein Drittel von dem, was üblich ist. Ich habe nach der Summe gefragt, aber Laura bestand darauf, das sei alles, was ich ihnen schulde, obwohl ich ihr die Originalrechnung zum Beweis vorlegen konnte. Sie behauptete, es hätte eine Verwechslung gegeben und die kleinere Summe sei der richtige Betrag. Also habe ich bezahlt, aber ich bin mir sicher, dass es so eine Verwechslung gar nicht gab.«

»Was glauben denn Sie, was passiert ist?«

»Ich bin mir nicht sicher. Wenn Sie es nicht waren, dann muss jemand anders die Rechnung beglichen haben.« Sorge unterstrich ihre Worte. »Jemand, der das Geld gebraucht hätte, um seine eigenen Rechnungen zu bezahlen.«

Connor Quinn saß im Schatten auf der vorderen Veranda und überblickte das, was einst ein Garten gewesen war. Jetzt säumten ein paar zähe Schmucklilien den Weg, und ein trocken wirkender einheimischer Zylinderputzer-Strauch stellte den einzigen Blickfang auf dem ansonsten leeren, öden Gelände dar. Es hätte Molly das Herz gebrochen, wenn sie gewusst hätte, wie die Trockenheit ihr Lebenswerk zerstört hatte.

Er warf einen Blick auf seine Uhr. Tait hatte ihn angerufen, um ihn wissen zu lassen, wann sie in Glenalla aufgebrochen waren, und sie mussten bald hier sein. Er blickte die lange Zufahrt hinunter, die sich bis zu dem alten Briefkasten in Form einer Milchkanne erstreckte. Seine Augen schlossen sich.

Vor einem halben Leben war er diese Zufahrt hinaufgeschlendert, all seine irdischen Besitztümer in einem Bündel auf der Schulter. Der Postbote hatte ihn ein Stück mitgenommen und gesagt, auf Banora Downs würde ein Hilfsarbeiter gesucht. An seinen Füßen hatten sich in den schlecht sitzenden Stiefeln Blasen gebildet, und so war er auf das aus der Ferne erkennbare Dach des Farmhauses zugegangen. Er hatte keine Ahnung gehabt, was ihn in diesem Haus erwarten würde, aber es musste einfach besser sein als das Elend und die Erniedrigung, die hinter ihm lagen.

Connors Lider flatterten, als sich Bilder von seiner Kindheit den Weg durch seine Erinnerungen bahnten. Bilder seiner letzten Tage auf englischem Boden, Silberbesteck, mit dem er in dem großen Landhaus gegessen hatte, wo all die »glücklichen Waisen« versammelt worden waren, ehe sie ihr neues Leben in Australien beginnen sollten. Aber die Verheißungen, auf einem Pferd zur Schule reiten und in der Sonne Orangen pflücken zu dürfen, hatten sich für die kindlichen Einwanderer schon bald in einem Jahrzehnt der Misshandlungen aufgelöst. Unmittelbar nach seinem sechzehnten Geburtstag hatte er die Somerdale Farm verlassen, um sich Arbeit bei der Eisenbahn zu suchen. Weiter und weiter hatte er sich nach Westen treiben lassen, wo das weite, offene Land ihm Anonymität und Frieden schenkte.

Die Zufahrt war ihm damals endlos erschienen, bis er schwindlig vor Durst den Punkt erreicht hatte, wo die Straße sich in Richtung des weitläufigen Hauses krümmte. Er war stehengeblieben, hatte sein Bündel sinken lassen und sich den Schweiß von der Stirn gewischt. Als er wieder klar sehen konnte, entdeckte er eine schlanke, dunkelhaarige junge Frau, die in einem weißen Kleid auf der Veranda stand. Molly.

Connors Lider hoben sich. Er rollte seinen Stuhl an den Rand der Veranda und schluckte die Traurigkeit hinunter, die sich noch immer so frisch anfühlte wie an dem Tag, an dem er seine Frau zu Grabe getragen hatte. Eine Wolke roten Staubes wirbelte am Horizont auf. Er ignorierte den Klumpen in seiner Kehle und warf noch einen Blick auf seine Uhr. Tait und sein V12 lagen ausgezeichnet in der Zeit. Er verfolgte die anwachsende Staubwolke. Er hätte klüger sein sollen, als sich in seinen Erinnerungen zu verlieren. Aus den Gedanken an die

Vergangenheit entstand nie etwas Gutes. Es war die Zukunft, auf die er sich konzentrieren und die er beschützen musste. Eine Zukunft, in der er dafür sorgen musste, dass Paige die Freiheit haben würde, in der Sonne Orangen zu pflücken.

6

Sie hatte es geschafft.

Paige schnallte sich auf dem Sitz des Lieferwagens der Farm an und blies den Atem aus, von dem sie gar nicht gemerkt hatte, dass sie ihn angehalten hatte. Sie hatte es endlich geschafft, Tait im Farmhaus zurückzulassen. Als er an diesem Morgen noch vor ihr aufgestanden war und darauf bestanden hatte, er wolle ihr helfen, die Rinder zu füttern, war sie sicher gewesen, dass er ihr den ganzen Tag wie ein Schatten folgen würde. Zu ihrem Glück war Tait jedoch in Bezug auf alte Autos ein ebensolcher Genießer wie bei Kaffee, und einmal mehr hatte er sich ihrem Vater im Schuppen angeschlossen.

Von Zeit zu Zeit warf sie einen Blick auf den freien Beifahrersitz an ihrer Seite, während sie den Lieferwagen den unebenen Weg entlangsteuerte. Aus unerfindlichen Gründen fühlte es sich merkwürdig an, Tait nicht bei sich zu haben. Sie war sicher, wenn sie tief genug einatmete, konnte sie einen Hauch von seinem Aftershave erhaschen, der im Gurt des Beifahrersitzes hing. Wieder blickte sie zur Seite, doch diesmal zu dem Handy, das in einem Korb auf dem Boden lag. Glänzend und brandneu wie ein Diamant hob es sich vom Staub und der Unordnung des Lieferwagens ab. Der Unterschied zwischen ihrer Welt und der von Tait hätte sich nicht deutlicher zeigen können.

Sie drosselte das Tempo, als sie unter einer Gruppe schattiger Bäume nahe bei der Straße ein Rudel Kängurus entdeckte. Das Problem bestand darin, dass es schwieriger wurde, die

Linien, die ihre und Taits Welt voneinander trennten, nicht verwischen zu lassen. Je öfter Tait die Trennlinie überschritt und ihr half, desto heftiger drängten ihre Instinkte sie, ihn zurückzustoßen. Sie hatte sich schon einmal für einen Mann aus der Deckung gewagt, der versprochen hatte, immer für sie da zu sein, um dann, als sie ihn gebraucht hatte, festzustellen, dass sie den untersten Platz auf seiner Prioritätenliste einnahm.

Die abgenutzte Gangschaltung ächzte, als Paige die Gänge wechselte. Wenn sie ehrlich war, hatte Taits Sorge darüber, dass sie kein Handy besaß, tief in ihr etwas berührt. Etwas, das sie für immer begraben geglaubt hatte. Sie durfte dem Flüstern ihrer Sehnsucht nach jemandem, mit dem sie ihr Leben teilen konnte, nicht erlauben, lauter zu werden. Was war schon dabei, dass er ihr die körperliche Arbeit erleichtert hatte, indem er heute früh alles Heu und Getreide getragen hatte? Was war dabei, dass er nicht nur ein Körbchen Basilikum und Minze in die Töpfe an der Hintertür der Küche gepflanzt hatte, sondern obendrein eine Reihe von hübschen pinken Nelken? Und was war dabei, dass er durch seine freundschaftliche Kabbelei mit Connor darüber, wer von ihnen den besten V8-Superauto-Fahrer abgab, ein Funkeln in den Augen ihres Vaters wiedererweckt hatte? Sie durfte sich einfach nicht daran gewöhnen, ihn hier zu haben. Schon bald würde Tait in sein Stadtleben zurückkehren, und mit ihm würden auch alles Licht und Lachen gehen, das er in ihr Leben gebracht hatte.

Sie durfte nicht noch mehr Hilfe von Tait annehmen. Selbst wenn er sich mit Klebstoff im Sitz des Lieferwagens befestigte, durfte er nicht länger mit ihr auf die Weiden fahren. Er hatte schon genug Probleme verursacht. Sie musste ihn körperlich und emotional auf Abstand halten. Sie war für Banora Downs verantwortlich, und sie würde keinem Mann gestatten, sie davon abzulenken, egal, wie entwaffnend sein Lächeln und wie ehrenwert seine Absicht sein mochten. Ihr Vater und die Tiere waren von ihr abhängig.

Zu ihrer Rechten kam eine kaputte Windmühle in Sicht, aber im Schatten des rostigen Tanks stand kein weißes Pony und schlug mit dem Schweif die Fliegen weg. Paige hielt an, um ein Tor zu öffnen. Die Mittagssonne brannte durch die dünne Baumwolle des blauen Hemds, das ihrem Vater gehört hatte. Gidget musste an ihrem zweitliebsten Ort auf ihre tägliche Fütterung warten, auf der anderen Seite des Damms, unter dem Eukalyptusbaum. Für gewöhnlich besuchte Paige ihr Pony nicht so spät, aber sie hatte bei der Suche nach einer Kiste mit Auto-Gebrauchsanweisungen für Connor und Tait die Zeit vergessen.

Der Lieferwagen rumpelte über die Weide auf den weit auswuchernden Eukalyptusbaum zu, doch auch hier war keine Spur des Ponys zu entdecken. Paiges Daumen klopften auf das Steuerrad. Während sie Rinder getrieben hatte, war der Sohn eines Nachbarn, ein Junge im Teenageralter, so freundlich gewesen, von der benachbarten Farm herüberzukommen, um die Stute zu füttern. Aber Paige war sicher, dass er sie an den üblichen Plätzen gefüttert hatte, also würde Gidget wohl kaum anderswo auf sie warten. Wo konnte sie nur sein?

Paiges Finger erstarrten. Kalte Panik wallte in ihr auf wie eine Flutwelle in einem ausgetrockneten Kanal. Der Damm! Gidget hatte einen Wassertrog, aus dem sie trinken konnte, aber vielleicht war sie zu dem beinahe ausgetrockneten Dammbecken gelaufen, um sich abzukühlen.

Der Motor des Lieferwagens dröhnte, als Paige auf das Gaspedal trat. Gidget war die letzte Verbindung mit ihrer Mutter, die sie besaß. Alles andere war fort. Die Blumen, die sie an ihrem Grab gepflanzt hatte. Der Kelpie-Welpe. Das blaue Perserkätzchen. Dem alten Waliser Pony durfte nichts geschehen sein!

Paige erreichte das Dammbecken, trat auf die Bremse und sprang aus dem Lieferwagen. Aber mit jedem Schritt am verschlammten Ufer entlang und mit jedem Atemzug in der heißen Luft, die ihr das Leben aus der Lunge saugte, glaubte sie sicherer zu wissen, was sie finden würde. Sie stieg auf die Mauer, und ein Schluchzer brach sich Bahn, obwohl sie sich die Hand auf den Mund presste.

Ein kleines, einst weißes Pferd steckte bis über den Rücken unter dickem, braunem Sumpfschlamm.

Paige drehte auf dem Absatz um und eilte den Hang hinunter, ohne sich darum zu scheren, dass lockere Erde und Steine sie um ein Haar mit dem Gesicht voran zu Fall gebracht hätten. Sie glitt auf den Sitz des Lieferwagens und griff nach dem Handy. Wenn sie doch nur Empfang hätte! Sie hätte das Funkgerät benutzen können, aber Connor und Tait waren im Schuppen, sie würden ihren Notruf nicht hören. Die Balken, die anzeigten, ob sie Empfang hatte, blinkten auf, und mit zitternden Fingern wählte sie Taits Nummer. Dann benutzte sie ihre Schulter, um das klingelnde Handy an ihrem Ohr einzuklemmen, und jagte in dem rumpelnden Lieferwagen auf das Farmhaus zu.

Tait brachte den altersschwachen Lieferwagen an seine Grenzen, während er Paiges Wegbeschreibung folgte. Mit blutleeren Lippen hatte sie dagestanden und nicht protestiert, als er darauf bestanden hatte, das Steuer zu übernehmen. Ihr Fahrstil war selbst in den besten Zeiten nervenaufreibend. Er riskierte einen Blick von der kaum erkennbaren Straße weg hinüber zu ihr. Sie saß vornüber gekrümmt im Beifahrersitz, die

Stricke über ihren Schoß gebreitet, als könnte sie die Fahrt des Autos beschleunigen, indem sie sich vorbeugte.

Der Rand einer Dammmauer ragte vor ihnen auf. Ohne viel Federlesens würgte er den Motor ab und folgte Paige den steilen Schlammberg hinauf. Er drückte sich den Hut auf den Kopf, während die Hitze ihm alle Flüssigkeit aus den Poren saugte. Neben ihr blieb er stehen. Er verstand nicht viel von Pferden, aber selbst er erkannte, dass das Tier vor seinen Augen am Ende seiner Kräfte war. Das einzige Lebenszeichen, das es von sich gab, war ein Zucken der kleinen weißen Ohren, als Paige zu ihm sprach.

»Es tut mir so leid, Gidget. Wir holen dich gleich da raus, das verspreche ich dir.«

Paige wandte sich ihm zu. Doch so ruhig und zuversichtlich ihre Worte auch geklungen hatten, ihre Brust hob und senkte sich vor verzweifelter Erregung.

»Ich habe folgenden Plan: Ein Seil werde ich um ihren Hals befestigen, ein weiteres um ihren Rumpf.« Während sie sprach, hatte Paige bereits ihre Stiefel und Strümpfe ausgezogen. Ihre Finger flogen über ihre Hemdknöpfe. »Wenn Sie dort herumfahren könnten, bis zu der Stelle, wo die Mauer flacher wird, versuchen wir, sie herauszuziehen.«

Während sie sich das Hemd abstreifte, gab Tait sich alle Mühe, sich auf das zu konzentrieren, was sie sagte, nicht auf das dunkelblaue Unterhemd, das wie eine zweite Haut an ihr klebte.

»Wir müssen uns beeilen, sie steckt womöglich schon seit gestern Nachmittag da drin.«

Tait nickte und sah zu, wie Paige ihr Hemd um das Ende des Strickes schlang, das sie zu einer Schlinge geformt hatte.

»Alles wird gut«, sagte er leise. »Wir holen sie da raus.«

Unsicherheit, Angst und Entschlossenheit flogen über

Paiges Gesicht, bis sie nickte und sich das Seil auf die Schulter lud. »Machen wir uns dran.«

Tait lief zurück zum Lieferwagen und entdeckte einen flacheren Abschnitt in der Dammmauer, der ihm die beste Zugkraft ermöglichen würde, um das Pony herauszuziehen. Er ging hinüber zum schlammigen Ende. Hinter ihm lag ein ausgedörrtes Bett voll mit aufgesprungenem Schlamm, vor ihm ein Sumpf, in dessen Mitte sich ein kleines Wasserloch befand. Rechts von dem Wasserloch saß inzwischen Paige neben Gidget, hatte ihre Arme um den Hals des Ponys geschlungen und ihr Gesicht in der schlammigen Mähne vergraben. Paige gab kein Geräusch von sich, ihre Schultern waren reglos, doch sie weinte ganz sicher. Ihre Finger klammerten sich mit solcher Verzweiflung in die schlaffe Mähne, dass er wusste, in den Schlick würden Tränen fließen.

»Paige?« Sie rührte sich nicht. Er rief lauter: »Paige?«

Sie hob den Kopf. In ihren Augen waren alles Licht und alle Hoffnung ausgelöscht.

»Gidget ist so alt. So schwach. Und sie steckt so tief drinnen. Ich hätte ihre Fütterung nicht so lange verschieben dürfen.« Paiges Stimme bebte. Sie lehnte ihren Kopf an den Hals des Ponys. »Ich bin nicht sicher, ob ich sie befreien kann.«

»Sehen Sie mich an. Wir schaffen das. Wir haben einen Plan, denken Sie daran.«

Statt ihr Zuversicht zu verleihen, schienen seine Worte ihre Qualen noch zu vergrößern. Sie schloss die Augen.

»Paige Quinn, sagen Sie mir, was ich tun soll, ansonsten komme ich verdammt nochmal zu Ihnen rüber, und sogar mir ist klar, dass das keine gute Idee ist.«

Die nächsten zwei Stunden über kämpfte Tait gegen Hitze, Fliegen und Frustration. Beim dritten Versuch, Gidget mithilfe des Lieferwagens herauszuziehen, rutschte das Pony jedoch nach vorn und befreite seine Vorderbeine. Der Schlamm schmatzte und saugte, als wehre er sich dagegen, sein Opfer freizugeben, aber Paige war nun in der Lage, an dem Strick zu ziehen, den sie um Gidgets Hinterbeine geschlungen hatte, und mit einem weiteren Ruck glitt das Pony in die Freiheit. Die Stute stolperte auf den festen Boden und blieb mit zitternden Beinen stehen, während Paige ihr mit beiden Händen über den Leib fuhr, um nach Verletzungen zu suchen. Die Nüstern des Ponys flatterten. Es schleppte sich auf den Lieferwagen zu. Paige war vor ihm bei der Ladefläche, hievte einen verschlossenen Eimer herunter und entfernte den Deckel. Das Pony trank von dem Wasser, und der Schlamm, der ihm von der Schnauze tropfte, trübte die klare Flüssigkeit. Dann trug Paige ein hellgelbes Gefäß herbei, das sie im Schatten des Lieferwagens abgestellt hatte. Gidget wieherte, ehe sie ihre Nase in den Futtereimer senkte.

Paige ließ sich auf den Boden sinken, lehnte sich an den Reifen des Lieferwagens und stützte die Ellenbogen auf die Knie, während sie zusah, wie das Pony fraß. Tait setzte sich neben sie.

»Danke«, sagte Paige, ohne ihn anzusehen.

»Keine Ursache.«

Stille senkte sich zwischen sie, unterbrochen nur durch die zufriedenen Kaugeräusche des Ponys.

Tait stand auf und holte zwei Wasserflaschen aus dem Lieferwagen. Er setzte sich wieder hin, benutzte einen sauberen Streifen seines Hemds, um die beiden Flaschen aufzudrehen, und gab Paige eine davon.

Sie nahm einen Zug, spuckte schlammiges Wasser aus und

trank dann ausgiebig. Dann ließ sie die Flasche sinken und blickte ihn von der Seite an. »Ich hoffe, Sie hatten nicht geplant, diesen Hut heil wieder mit nach Hause zu nehmen.«

Er nahm den Akubra ab. Rötlicher Schlamm bedeckte den rehbraunen Filz. Er fuhr sich mit der Hand übers Gesicht und spürte die Schlammkruste, die unter seinen Fingerspitzen krümelte.

Paige lachte leise. »Ich will nichts sagen, aber wenn ich auf mir so viel Schlamm habe wie in meinem Mund, dann sehe ich noch schlimmer aus als Sie.«

Er pflückte einen Zweig aus dem Schmutz in ihrem Pferdeschwanz, der ihr verklebt auf der Schulter lag. Sie mochte vom Kopf bis zu den nackten Zehen mit Dreck bedeckt sein, aber sie war noch immer schön. »Sagen wir, Sie brauchen nicht in ein Wellness-Hotel zu fahren, um ein Schlammbad zu nehmen.«

Wieder lachte sie. Ein leichtes, fröhliches Geräusch, erfüllt von Erleichterung. »Ich glaube, nach diesem Erlebnis haben Schlammbäder für mich ihren Reiz verloren.« Ihr Blick wurde ernst. »Noch einmal danke. Ohne Ihre Hilfe hätte ich Gidget nicht befreien können.«

Paige zitterte, ehe sie ihre Knie an die Brust zog und sie umklammerte. Der Schock tat seine Wirkung. Ohne nachzudenken, legte er ihr den Arm um die schmalen Schultern. Sie versteifte, aber sie rückte nicht von ihm ab.

»Keine Sorge.«

Paige zitterte wieder. Er zog sie näher zu sich.

»Es ist ja vorbei«, sagte er. »Gidget ist in Sicherheit, und nebenbei nimmt sie gerade ihren Lunch ein. Es ist nichts passiert.«

Nichts passiert.

Wenn nichts passiert war – warum saß sie dann an Tait geschmiegt und kämpfte gegen den Drang, ihren Kopf an seine Schulter zu lehnen?

Nichts passiert. Es war unendlich viel passiert. Sie hätte seine Hilfe ablehnen sollen, ihre Grenzen strikt aufrechthalten. Weder körperlich noch emotional hätte sie sich an ihn lehnen dürfen. Sie musste selbstgenügsam und stark sein. Sie würde nicht noch einmal die Trümmer aufsammeln, nachdem ein weiterer Süßholzraspler ihre Barrieren übertreten hatte.

Sie befreite sich aus seiner Umarmung und stand mit wackeligen Knien auf. »Wir machen uns besser auf den Weg. Ich fahre mit dem Transporter zurück und bringe Gidget zum Farmhaus. Sie wird ihr weites, offenes Land gegen eine kleine Koppel eintauschen, wo sie sicherer ist.«

Langsam rappelte Tait sich hoch. Die breite Krempe seines Hutes schirmte seine Augen ab, aber unter all dem Schlamm konnte sie sehen, wie seine Kieferlinie sich verhärtete.

»In Ordnung.« Er wandte sich den Seilen zu, die in der Sonne trockneten.

Paige trottete hinüber zu ihren Stiefeln. Mit jedem Schritt schmatzte der Schlamm zwischen ihren Zehen. Sie sammelte ihre Stiefel ein, und nach einer letzten Umarmung für Gidget kehrte sie zum Lieferwagen zurück.

Tait stand an der offenen Tür auf der Fahrerseite. Er hob eine seiner dunklen Brauen. »Sie wollen nicht wirklich so in das Auto steigen, oder?«

Sie blieb vor ihm stehen. »Doch. Warum denn nicht?«

Er räusperte sich und wies mit einer Kopfbewegung auf ihre Jeans.

»Es ist ein Farm-Lieferwagen, nicht Ihr schickes Auto. Ich bin schon viel schmutziger darin gefahren.«

Taits Lächeln schien gegen den Schlamm, der sein Gesicht bedeckte, noch strahlender. »Ich habe keine Ahnung, wie Sie noch schmutziger werden könnten, als Sie jetzt sind. Was wir bräuchten, wäre ein Feuerwehrschlauch oder einen Swimmingpool, um Sie hineinzuwerfen.«

Mit gespielter Empörung stemmte Paige die Hände in die Hüften. »Herzlichen Dank. Genau zu diesem Zweck fahre ich jetzt nach Hause.«

Tait ließ die Schlüssel des Lieferwagens in seiner Hand klimpern. »Nein, das werden Sie nicht tun.« Er betrachtete ihre schlammigen Füße. »Ihre Sohlen würden auf dem Gaspedal abrutschen, und ich weiß ja bereits, wie schnell Sie fahren. Sind Sie sicher, dass ich Sie nicht irgendwo abspritzen kann?«

»Es herrscht Trockenheit, Tait. Wir haben keine gefüllten Wasserbecken oder Quellen, in die man eintauchen kann.« Mit nachdenklichem Gesicht warf sie ihre Stiefel auf die Ladefläche des Wagens. »Allerdings gibt es in der Tat einen Ort, wo wir auf dem Rückweg halten könnten. Wir haben ein altes Bohrloch, das wir nicht nutzen können, weil die Wasserqualität zu schlecht ist. Wenn ich es zum Sprudeln bringen kann, können wir uns dort waschen.«

»Ist es weit?«, fragte Tait und kam auf sie zu.

»Nein? Warum?«

Ehe ihr klar wurde, was er vorhatte, packte Tait sie um die Taille und hob sie auf die Ladefläche des Lieferwagens.

»Weil Sie dann *hier* fahren können.«

Paige drehte den Hahn an dem Metallrohr, aber er weigerte sich, sich zu bewegen. Sie blickte zur Windmühle, dann auf den Wellblechtank, der sich über einer schrägen hölzernen

Plattform erhob. Das Knistern des weißen Rückstands unter ihren nackten Füßen verriet ihr, dass der Tank Wasser enthielt. Aus einer Reihe von kleinen Löchern war Wasser ausgetreten, das dann auf dem Boden verdampft war und Salz zurückgelassen hatte. Sie untersuchte das dicke Rohr, das einst in einen Trog geführt hatte, der nicht länger existierte. Wenn sie den Hahn nur bewegen könnte, dann würde es jede Menge Wasser geben, um sich zu waschen.

Tait kam und blieb hinter ihr stehen. »Soll ich es mal versuchen?«

»Nein danke, das schaffe ich schon.«

Aus dem Augenwinkel sah sie, wie er die Arme verschränkte.

»Sind Sie sicher?«

»Ja. Völlig.«

Tait fuhr mit der Spitze seines Stiefels durch die weißen Kristalle auf dem Boden. »Ist das Salz?«

»In der Tat.« Paige blickte sich um. »Kein Wunder, dass das Wasser aus diesem Bohrloch zu salzig ist, als dass Tiere oder Menschen es trinken könnten.«

Sie entdeckte, was sie gesucht hatte, und bückte sich, um einen großen Stein aufzuheben. »Passen Sie auf. Wenn das Wasser mit dem Druck der Schwerkraft herausgeschossen kommt, dann kommt es schnell.«

Sie schlug auf den Hahn und war überzeugt, dass er sich bewegte. Sie holte mit dem Stein zu einem weiteren Schlag aus und drosch zu. Das Metall knirschte. Luft gurgelte in den uralten Rohren, dann brach rostfarbenes Wasser heraus. Paige trat einen Schritt zurück und versicherte sich, dass Tait dem Wasser nicht im Weg stand.

»Sie wollten doch einen Feuerwehrschlauch«, sagte sie über den Wasserstrahl hinweg. »Das hier kommt dem ziemlich nahe.«

Das schmutzige Wasser wich einem klaren, stetigen Strom. Paige nahm ihren Hut ab, warf ihn auf den trockenen Boden und trat in den brusthohen Strudel. Nach der Hitze der Sonne hieb ihr die Kälte des Wassers die Luft aus der Lunge. Sie drehte sich im Kreis, um sicherzustellen, dass jeder Schlammspritzer abgewaschen wurde. Dann, mit dem Rücken zum Strom, lehnte sie sich nach hinten und ließ das Wasser ihre Haare säubern. Der entspannende Druck auf ihrer Kopfhaut brachte sie zum Lächeln. Es schien eine Ewigkeit her zu sein, seit sie sich das letzte Mal beim Friseur eine Kopfmassage gegönnt hatte.

Überzeugt, endlich wieder sauber zu sein, trat sie aus dem Wasserstrom und sah Tait an der Windmühle lehnen. Er hatte seine Sonnenbrille aufgesetzt und den Hut tief in die Stirn gezogen.

»Gehen Sie nicht hinein?«, fragte sie.

Er schüttelte den Kopf. »Mein Schlamm ist zum größten Teil getrocknet und lässt sich abbürsten.« Er wies auf ihre Füße. »Außerdem glaube ich, dass Sie noch nicht ganz fertig sind.«

Paige blickte auf das, was eine Minute zuvor noch blassrosa Zehen gewesen waren. Sie waren bereits wieder braun, denn aus ihren Jeans rann schlammiges Wasser über ihre Füße. Dasselbe geschah an ihrer Taille, wo es aus ihrem Unterhemd bis auf ihre Jeans hinunterrann. Außen mochte sie sauber sein, nicht aber unter ihren Kleidern.

Sie seufzte. Sie musste so viel Schlamm wie möglich hier und jetzt abwaschen, um nachher im Farmhaus Wasser zu sparen. Sie spannte die Schultern, als eine kleine, schleimige Kreatur zwischen ihren Schulterblättern hinunterglitt. Sie legte auch keinen Wert darauf, ungebetene Gäste aus dem Dammbecken mit nach Hause zu schleppen. Ihre Spitzenbüstenhalter waren lange verschwunden, übrig geblieben waren ihre praktischen Büstenhalter, von denen sie jetzt einen trug. Bevor Verlegenheit ihre Intentionen zunichtemachen konnte, zog sie sich das Unterhemd über den nassen Kopf. Ihr schwarzer Büstenhalter würde nicht anders aussehen als ein Bikini-Oberteil. Wieder trat sie in den Wasserstrom. Als sie sicher war, dass ihr Oberkörper vom Schlamm befreit war, senkte sie ihre Hand auf den Knopf ihrer Jeans. Sie zögerte. Auch wenn der City Boy keinen zweiten Blick auf die Farmerstochter in ihrer nicht zusammenpassenden Baumwoll-Unterwäsche verschwenden würde, riss sie sich nicht darum, sich vor ihm zu präsentieren.

Durch das Sprudeln des Wasser hörte sie, wie jemand ihren Namen rief. Tait hatte seinen Platz an der Windmühle verlassen und winkte ihr. Sie trat aus dem Wasserstrom, strich sich mit der Hand übers Gesicht und berührte ihre salzige Unterlippe mit der Zunge.

»Hier, ziehen Sie das an.« Tait zerrte sich sein khakifarbenes Hemd herunter und hielt es ihr hin. »Dann können Sie sich die Jeans ausziehen, sich sauber waschen, und vielleicht lasse ich Sie dann ja wieder in den Wagen.«

»Okay.« Sie griff nach dem Hemd, das noch warm von seinem Körper war und nach Aftershave und Schlamm roch. »Aber ich erinnere Sie besser daran, dass ich die Einzige bin, die den Weg nach Hause kennt. Wenn Sie also nicht laufen wollen, fahre ich im Wagen, ob ich nun tropfe oder nicht.«

Tait wandte sich ab, um nicht länger zuzusehen, wie Paige sich sein Hemd über den Kopf zog. Der Galerie vor seinem geistigen Auge brauchte er keine weiteren Bilder hinzuzufügen. Das Bild einer lächelnden, entspannten Paige, die wenig mehr als ein nasses, eng anliegendes Paar Jeans und einen schwarzen

Büstenhalter trug, würde seiner Erinnerung auch nach seiner Abreise unauslöschlich eingebrannt sein. Als sie sich die Unterlippe geleckt hatte, hatte es ihn all seine Willenskraft gekostet, sie nicht an sich zu ziehen und zu küssen.

Er ging hinüber zum Lieferwagen, nahm den Hut ab und fuhr sich mit der Hand durchs Haar. Was war nur mit ihm los? Noch nie hatte er einer Frau erlaubt, dem System seiner Selbstbeherrschung einen solchen Kurzschluss zu versetzen. Nie zuvor war er so kurz davor gewesen, etwas Leichtsinniges, Impulsives zu tun. Und er würde jetzt nicht auf einmal damit anfangen. Er hatte sich an seinen Plan zu halten. Aus zwei Gründen war er nach Banora Downs gekommen, bei dem einen ging es ums Geschäft und bei dem anderen um etwas Persönliches. Nirgendwo auf seiner Liste stand irgendetwas davon geschrieben, dass er das Geschäftliche mit dem Persönlichen vermischen durfte, und ganz bestimmt erst recht nichts über einen Kuss auf Paiges salzige Lippen.

7

»Träum schön, Gidgy«, sagte Paige und lehnte ihre Hüfte an den hölzernen Zaun der Ponykoppel, die dem Farmhaus am nächsten lag. Mit geschlossenen Augen döste das inzwischen saubere Pony im schwindenden Licht der Abenddämmerung vor sich hin, als wäre es nicht nur Stunden zuvor dem Tode nah gewesen. Eines Tages würde Paige sich mit dem Verlust von Gidget abfinden müssen, aber dieser Tag war nicht heute.

Sie war zwölf Jahre alt gewesen, als ihre Mutter ihr das Pony geschenkt hatte. Sie konnte sich noch immer daran erinnern, wie fest die Arme ihrer Mutter sich um sie geschlossen hatten, als sie ihr »Happy Birthday« ins Ohr geflüstert hatte, und ebenso an die leuchtend rote Farbe des Kopftuchs, das ihren kahlen Kopf nach der ersten Chemotherapie versteckt hatte. Vier Jahre lang hatten sie gekämpft, um den Krebs in die Schranken zu weisen. Dann jedoch, drei Tage vor Paiges sechzehntem Geburtstag, in einer schwarzen, hoffnungslosen Winternacht, hatte die Krankheit den Sieg davongetragen. Paige war nicht fähig gewesen zu weinen, sie hatte keine Tränen mehr gehabt – aber ihre Seele hatte geweint, genau wie ihr Vater hinter der verschlossenen Tür seines Arbeitszimmers.

Sie schluckte, um den Schmerz zu lindern, der selbst jetzt noch in ihrer Kehle brannte. Sie wusste, dass sie hineingehen sollte, denn ihr Vater würde das Abendessen bald fertig haben. Aber sie konnte sich nicht rühren. Etwas, das stärker war als ihre Erschöpfung, verankerte ihre Füße im Boden.

Sie hätte heute um ein Haar versagt. Versagt vor Gidget, versagt vor ihrer Mutter und versagt in ihrer Pflicht, für Banora Downs zu sorgen. Es gab keine Entschuldigung dafür, dass sie ihren Tagesplan geändert und Gidget so spät gefüttert hatte. Es durfte nicht noch einmal passieren. Sie durfte Tait nicht erlauben, ihren Alltag noch mehr zu stören. Auf bleiernen Füßen wandte sie sich dem Farmhaus zu. Auch wenn sie ihren Schwur, keine Hilfe von ihm anzunehmen, bereits gebrochen hatte – morgen war ein neuer Tag.

Die Tür schlug hinter ihr zu, und sie trat in die dunkle Vordiele.

»Paige?«

Taits breite Schultern blockierten das wenige Licht, das aus der Küche fiel. Dann ertönte ein Klicken, und er hatte das Licht in der Diele eingeschaltet.

»Wie geht es Gidget?«, fragte er im Näherkommen.

Paige wappnete sich gegen die Sorge, die seine Stimme weich machte, und ignorierte das Geschirrhandtuch, das er sich über die Schulter gelegt hatte. Es spielte keine Rolle, wie teilnahmsvoll er sich anhörte oder wie attraktiv er aussah, sie konnte sich nicht erlauben, ihn als irgendetwas anderes als einen zahlenden Gast zu betrachten.

»Gut. Vielen Dank.« Sie zuckte zusammen, als Taits Augen sich verengten. Sie hatte nicht vorgehabt, so förmlich zu klingen. »Sie schläft auf ihrer alten Weide und erholt sich von ihren Abenteuern.«

Paige ging hinüber zu der Treppe aus Zedernholz. Auf der zweiten Stufe blieb sie stehen und griff nach dem glatten Geländer. »Bitte sagen Sie meinem Vater, ich komme nach dem Duschen hinunter und sage ihm gute Nacht.«

Tait stellte sich neben die Treppe. Durch die Höhe der beiden Stufen befanden sie sich genau auf Augenhöhe. Die Entschlossenheit, die sich in seiner angespannten Mundmuskulatur zeigte, machte sie reglos, als hätte er sie wie vorhin am Handgelenk festgehalten. »Was ist mit dem Abendessen?«

»Ich bin erschöpft. Dad wird wissen, dass er mir etwas für später aufheben soll.«

»Sie haben nur ein Sandwich gegessen, vorhin, bei unserem verspäteten Lunch. Sie müssen etwas zu sich nehmen.«

Sie setzte seinem Blick den ihren entgegen. »Ich esse, wenn ich Hunger habe, und im Augenblick habe ich keinen.«

»Schön. Aber wenn Sie nicht herunterkommen und mit uns zu Abend essen, bleiben die Schlüssel des Lieferwagens in meiner Jeanstasche.«

Paige blickte hinunter auf den sauberen, dunklen Denimstoff, der sich um seine schlanken Hüften schmiegte. »Das ist Erpressung.«

»Genau. Essen Sie. Oder Sie werden morgen zu Fuß gehen müssen.« Er drehte sich um, um seine Schritte zurück in die Küche zu lenken.

Ihre andere Hand langte nach dem soliden, stützenden Geländer. »Tait ... warten Sie ... Ich bin zu müde für das hier. Bitte geben Sie mir die Schlüssel.«

»Keine Chance.«

Sie dachte an die Weichheit ihrer Matratze. Sie würde sich auf sein kleines Spiel nicht einlassen. Es ging ihn nichts an, wie viele Mahlzeiten sie zu sich nahm. Sie kannte ihre Grenzen. Schlaf, nicht Nahrung war das, was sie nötig hatte. Sie würde essen, wenn sie Hunger bekäme.

Sie warf einen Blick zur Tür, durch die er verschwunden war. Sie musste an diese Schlüssel kommen! Die Ersatzschlüssel waren bereits vor Jahren mit dem letzten Farmarbeiter, den sie gehabt hatten, verschwunden, und Paige hatte sich nie dazu durchringen können, Geld für neue auszugeben. Sie war die Einzige, die den Lastwagen fuhr, und sie wusste immer, wo ihre Schlüssel waren. Sie ging die Stufen wieder hinunter. Ohne die Schlüssel würde sie die Küche nicht verlassen, selbst wenn es dazu nötig war, ihre Hand in Taits enge Jeans zu stecken und sie eigenhändig hervorzuholen.

Sie betrat die große Küche und wurde von dem Duft gerösteten Lamms empfangen, den sie bereits fast vergessen hatte. Aber es waren der Glanz von Silber und der Schimmer von Kristall auf dem gedeckten Tisch, die ihren Schritt verlangsamten. Connor musste an diesem Nachmittag Stunden damit verbracht haben, das Besteck und die Kerzenhalter zu polieren. Für ihn war es offenbar wichtig, dass ein ordentliches Abendessen für ihren Gast sie in eine Zeit zurückversetzte, als das Haus noch von Lachen widerhallte – in eine Zeit, in der ihre Mutter noch gesund gewesen war.

Paige legte Connor die Hand auf die Schulter. »Das sieht wunderbar aus.«

»Ja, es ist schon eine Weile her, seit wir all die schönen Sachen zum letzten Mal abgestaubt haben. Obwohl ich die Saucenschüssel deiner Mutter nicht finden konnte.«

»Sie ist hier.« Paige ging zu einem der Hängeschränke, reckte sich auf die Zehenspitzen und nahm eine Saucenschüssel aus weißem Porzellan heraus. Vorsichtig rieb sie sie sauber, ehe sie sie auf den übervollen Tisch stellte. Sie warf einen Blick auf das dritte Gedeck. Dann sah sie Tait an, der an der Anrichte lehnte und sie beobachtete. Kein Wunder, dass er so darauf bestanden hatte, dass sie zum Essen erschien, aber er hätte ihr ja wohl erzählen können, dass ihr Vater sich besondere Mühe gemacht hatte, statt ihre Schlüssel zu stehlen.

Sie lächelte Connor an. »Kann ich schnell noch duschen?«

»Ja, das Gemüse sollte in zehn Minuten fertig sein.«

»Perfekt.« Sie näherte sich Tait und streckte die Hand aus.

Er stieß sich von der Anrichte ab, langte jedoch nicht in seine Jeanstasche. »Nicht so schnell. Ich will einen Beweis.«

»Einen Beweis?«

»Ja, einen Beweis, dass etwas gegessen wurde, bevor die Schlüssel zurückgegeben werden.«

Sie biss sich auf die Lippen.

Er schob die Hand in seine Tasche, und das Klimpern von Schlüsseln ertönte. »Sie gehen dann wohl besser mal duschen.« Sein Mundwinkel hob sich. »Sie haben nur noch acht Minuten Zeit, und Sie wollen doch nicht, dass Ihr Abendessen kalt wird.«

Taits Amüsement verschwand, während er Paige mit gerunzelter Stirn in der Vordiele verschwinden sah. Der heutige Kampf, um ihr Pony zu retten, hatte seinen Tribut gefordert. Die dunklen Schatten der Müdigkeit unter ihren Augen waren deutlich sichtbar, und es kam ihm vor, als bereite ihr jeder Schritt, den sie tat, Mühe. Als sie die Stufen im Flur hinaufgestiegen war, hatte sie geschwankt. Er war näher herangetreten, überzeugt, dass sie stürzen würde. Sie würde sich noch zu Tode rackern, um ihr Zuhause zu retten und ihren Vater zu versorgen, ohne einen Gedanken an ihre eigenen Bedürfnisse zu verschwenden.

Rastlosigkeit erfüllte ihn, und er schwang zum Abtropfbrett neben dem Spülbecken herum, wo eine Anzahl abgewaschener Kochtöpfe auf ihn wartete. Er zog sich das Geschirrtuch von der Schulter und trocknete den nächstbesten ab. In seinem Rücken konnte er hören, wie Connor Sachen aus dem Kühlschrank nahm.

Was wäre geschehen, wenn er heute nicht zur Stelle gewesen wäre, um ihr zu helfen? Er hegte keinen Zweifel, dass Paige sich mehr auferlegt hätte, als sie ertragen konnte, um Gidget zu retten, und wenn ihr Versuch gescheitert wäre, hätte sie ihren Schmerz allein auf ihre Schultern genommen. Ihm war aufgefallen, wie sie mit Connor über die Farm sprach. Immer erwähnte sie die positiven Punkte und ging über die kleineren Details hinweg, so zum Beispiel über die Anzahl der Rinder, die sie fütterte. Die kleine Standkoppel enthielt weit weniger Vieh als die Zahl, die Connor ihm gezeigt hatte. Wie lange würde sie ihren Vater noch schützen können? Wie lange konnte sie den finanziellen Stress und die Sorge noch aushalten, ehe sie zusammenbrach?

Er stellte den Kochtopf auf die Arbeitsfläche. Die Antworten auf diese Fragen gingen ihn im Grunde nichts an. Alles, was Connor von ihm verlangte, war die Erstellung eines Finanzplans und ein objektiver Blick auf die Lage von Banora Downs. Warum also beschäftigte Paige seine Gedanken statt Geldeinnahmen und Bestandslisten?

Er starrte durch das Fenster über dem Spülbecken in einen Nachthimmel, der nicht von Flugverkehr, sondern von Sternen erleuchtet war. Aus seinem klimatisierten Auto war er hinaus in den roten Staub von Banora Downs getreten, war in eine andere Welt gelangt und ein anderer Mann geworden. Er hatte die Orientierung verloren und musste wieder in den Tritt finden. Bis er nach Sydney zurückkehren musste, blieben ihm jetzt nur noch drei Tage, und er hatte noch nicht einmal angefangen, sich dem wahren Grund zu widmen, der ihn hierher in den Westen gebracht hatte. Er musste beginnen, die Fragen zu stellen, auf die er Antworten brauchte, ehe die Vergangenheit ihn noch fester in den Griff bekam.

»Tait?«, fragte Connor. »Mit dem Abendessen dauert es jetzt nicht mehr lange.«

Tait lockerte den Griff, mit dem er den Rand des Spülbeckens umklammert hatte. »Entschuldigen Sie. Ich habe die Sterne bewundert. Die Dinge sehen hier draußen anders aus.«

»Ja, das tun sie ohne Zweifel.« Connor winkte ihn mit der Hand zum Tisch, aber sein Blick ließ Taits Gesicht nicht los. »Setzen Sie sich. Ich höre Paige die Treppe herunterkommen.«

»Mache ich.« Tait breitete das Geschirrtuch über die verbliebenen Kochtöpfe. »Erst einmal werde ich den Wein einschenken.« Er nahm eine Flasche seines liebsten Cabernet Sauvignon, den er geöffnet auf die Anrichte gestellt hatte. Trotz der Schlaglöcher und Viehgitter, über die sein Auto gerumpelt war, hatte die Flasche die Reise aus seinem Weinkeller nach Banora Downs unbeschadet überstanden. Er hob den Wein an seine Nase und sog das vollmundige Aroma ein. Das aromatische Bukett verband ihn mit allem, das vertraut und kalkulierbar war. Seine Anspannung legte sich wie die Wellen bei Ebbe. Der starke Geruch von Äpfeln überlagerte den Duft des Weines. Paige musste beim Waschen ihres Haars jeden Geschwindigkeitsrekord gebrochen haben und war in weniger als acht Minuten zurückgekehrt.

Er blickte auf. Nicht nur ihr Haar war sauber, sie hatte auch ihr formloses Arbeitshemd gegen ein schwarzes Oberteil eingetauscht, das an den richtigen Stellen eng anlag und die zarte Grube an ihrer Kehle freigab. Gerade noch rechtzeitig senkte er den Blick auf das Weinglas, das er unbemerkt weiter gefüllt hatte. Er richtete den Flaschenhals rasch nach oben, ehe der Kelch überlief. So viel zu seinem Entschluss, sich auf seine Aufgaben zu konzentrieren. Nichts sprach deutlicher für einen Kontrollverlust als ein Cabernet Sauvignon besten Jahrgangs, der auf einem schneeweißen Tischtuch verschüttet wurde.

Er warf einen verstohlenen Blick auf Paige, aber sie blätterte durch die Seiten des Wandkalenders neben dem Kaminsims. Er füllte das letzte Weinglas, dann setzte er sich an den Tisch. Paige setzte sich an den Platz, an dem ihr Vater für sie gedeckt hatte. Sein Instinkt regte sich. Ihre Augen glitzerten mehr als das Kristallglas, das er beinahe überfüllt hatte. Er hätte seinen geliebten V12 darauf verwettet, dass sie etwas im Schilde führte.

Ein schlichter Braten hatte noch nie so gut geschmeckt. Paige schob sich die letzte Gabel Lamm in den Mund und kaute, genoss diesen letzten Bissen.

Natürlich hatte ihr Genuss allein etwas mit den Kochkünsten ihres Vaters zu tun und herzlich wenig mit dem Charmeur aus der Stadt, der ihr am Tisch gegenübersaß. Es spielte keine Rolle, wie viel Wein Tait ihr ins Glas schenkte oder wie amüsant seine Geschichten waren, sie hatte das Ende ihrer Mahlzeit nur herausgezögert, weil sie ihren Vater seit langer Zeit nicht mehr richtig hatte lachen hören. Sie würde zu ihrer Entscheidung stehen, von Tait Abstand zu halten, und nachdem sie einen Termin im Kalender überprüft hatte, war ihr die perfekte Lösung eingefallen.

»Was haben Sie denn morgen für uns geplant?«, fragte Tait und führte sein Weinglas an die Lippen.

Paige legte ihr Messer und ihre Gabel auf ihren leeren Teller. Mit einem Kopfnicken wies sie auf die Schlüssel, die neben Taits Teller lagen. »Das Wichtigste zuerst: Ich habe gegessen.«

Langsam ließ er die Schlüssel zu ihr hinübergleiten. Sie zog sie zu sich.

»Nichts.«

»Nichts?«

Sie nickte und schob die Schlüssel sicher in ihre Jeanstasche. »*Nada.*«

»Habe ich irgendetwas verpasst? Gab es da nicht einen kaputten Zaun, der repariert werden musste?«

Connor entschuldigte sich und fuhr in seinem Rollstuhl in den Vorratsraum, wo die Tiefkühltruhe untergebracht war.

»Mit dem Zaun werde ich allein fertig«, erwiderte sie. »Sie und Dad werden anderweitig beschäftigt sein.«

»Anderweitig beschäftigt?«

»Ja. Es sind Schulferien, und morgen findet ein geselliges Beisammensein in der Schule statt, die zwischen der Farm und Glenalla liegt.«

»Und Connor und ich gehen da hin?«

»Genau.«

»Was ist mit Ihnen?«

Sie schüttelte den Kopf. »Ich hatte ja bereits zwei Tage in der Stadt, weg von der Farm. Jetzt ist Connor an der Reihe, mal rauszukommen.«

»Was ist, wenn Connor und ich nur hingehen, wenn Sie uns begleiten?«

»Ich würde antworten, dass das nicht Ihre Entscheidung ist. Dad und Sie sind vollkommen in der Lage, allein zu gehen.«

»Was halten Sie davon, Connor zu fragen, ehe wir feste Pläne machen?« Er schob seinen Stuhl zurück, um aufzustehen und ihren Vater zu suchen.

Paige schob eine Hand in die Tasche ihrer Jeans und lächelte süß. »Alle Antworten, die Sie brauchen, finden Sie hier.« Sie öffnete ihre Finger und gab den Blick auf seine Autoschlüssel frei. »Und ehe Sie fragen – ja, ich habe beide Schlüsselpaare.«

Eine Nanosekunde lang verdunkelten sich seine Augen.

Dann ließ ein Lachen sie in klarem Blau strahlen. »Das wird mich lehren, meine Zimmertür nicht noch einmal unverschlossen zu lassen.«

»Sie fahren also mit Dad, oder ich mache in Ihrem Auto den besten Ausflug meines Lebens – über die besonders steinige hintere Koppel.«

»Wenn es um mein Auto geht, versuche ich nicht einmal zu verhandeln.« Er streckte die Hand aus. »Sie haben gewonnen.« Die unausgesprochenen Worte »für dieses Mal« hingen zwischen ihnen beiden.

Paige drückte ihm die Schlüssel in die Hand. »Die bekommen Sie jetzt, und die anderen, wenn ich einen Beweis habe.«

»Beweis?«

»Ja, wenn Sie von Ihrem gemeinsamen Tag mit Connor nach Hause kommen.«

»Hat jemand meinen Namen erwähnt?«, fragte ihr Vater, der mit einer rechteckigen Packung aus dem Vorratsraum kam.

Paige durchquerte die Küche, um ihm die Packung Eiscreme abzunehmen und sie auf die Arbeitsfläche zu stellen. Tait musste diese besondere Köstlichkeit gekauft haben, als sie zusammen in der Stadt gewesen waren. Sie hatte bemerkt, dass die große Kühlbox aus ihrem Regal im Vorratsraum verschwunden war.

»Ja, du hast richtig gehört«, sagte sie. »Tait hat gesagt, er würde gern morgen mit dir zu der Veranstaltung fahren.«

Connor lächelte. »Das würden Sie tun?«

Tait nickte. »Es wäre eine gute Gelegenheit, Ihnen zu zeigen, was mein Auto zustande bringt.«

»Auf dieses Erlebnis freue ich mich.« Er wandte sich Paige zu. »Brechen wir nach dem Frühstück auf?«

»Ich komme nicht mit.«

»Possum, du musst mitkommen«, sagte Connor und runzelte die Stirn. »Du hast dich doch freiwillig gemeldet, die Hilfspakete zu verteilen.«

»Die Lieferung von Hilfspaketen aus der Stadt ist erst in ein paar Wochen zu erwarten. Ich helfe Anne beim nächsten Zusammensein, sie zu sortieren.«

»Aber hier geht es um eine andere Wagenladung, die von einem Wohltätigkeitsladen unten im Süden, aus Victoria eingetroffen ist. Ich bin sicher, Anne hat gesagt, sie würde es dich wissen lassen.«

Paige ignorierte das flaue Gefühl in ihrem Magen. »Nein, sie hat nicht angerufen.« Sie riss den Plastikdeckel auf und löffelte Eiscreme in eine Schüssel. Gerade, als sie geglaubt hatte, sie hätte sich endlich einen völlig Tait-freien Tag verschafft, erwiesen sich ihre Pläne als undurchführbar.

»Auf deinem Handy auch nicht?«, fragte Tait in arglosem Ton.

Paige warf ihm einen wenig freundlichen Blick zu, aber sie legte den Eiscremelöffel nieder und ging zu dem Korb, den sie vorhin aus dem Lieferwagen mit ins Haus gebracht hatte. Sie betete, dass sich dort keine Nachricht finden würde. Sie kramte in dem Korb und fand das Handy unter einem Haufen aus Wasserflaschen, Arbeitshandschuhen und Erste-Hilfe-Utensilien.

Sie warf einen Blick auf den Bildschirm. Eine neue Nachricht. Anne hatte sie tatsächlich wegen der Planung für morgen angerufen. Sie biss sich auf die Innenseite ihrer Wange und versuchte, eine neutrale Miene aufzusetzen, aber sie wusste, dass sie damit zu spät kam.

»Wie es aussieht, machen wir morgen alle gemeinsam einen Ausflug«, sagte Tait und lachte dunkel auf.

Connor drehte seinen Rollstuhl im Eingang um, um einen Blick in die nun leere Küche zu werfen. Für eine kurze Zeit hatte das Herz des Hauses wieder geschlagen, weil das Lachen seiner Tochter in ihr hallte. Jetzt aber drückte die Dunkelheit von draußen gegen die Fensterscheiben, und Paiges Fröhlichkeit war längst verklungen.

Trotz des ständigen Geplänkels zwischen Paige und Tait heute Abend war eine unterschwellige Spannung spürbar gewesen. Erst heute hatten sie gemeinsam darum gekämpft, Gidget zu retten, und ein solcher Kampf hätte sie einander näherbringen müssen. Aber das war nicht geschehen. Er hatte gesehen, wie Tait hinaus in die Nacht gestarrt hatte, als trüge er das Gewicht von Banora Downs ebenfalls auf seinen Schultern. Er hatte auch mitbekommen, wie Paige sich wie in ihrer Kindheit auf die Innenseite ihrer Wange gebissen hatte. Sie fühlte sich nicht wohl in ihrer Haut, und das lag nicht an den Sorgen, die der Druck der langen Dürre mit sich brachte. Es hatte sich ja nichts geändert. Nein, dieser neue Stress konnte einzig und allein mit Tait zusammenhängen.

Connor rieb sich sein Bein, denn sein Gewissen machte ihm zu schaffen. Was hatte er sich dabei gedacht, Paige ihre bereits allzu schwere Bürde noch zu erschweren? Aber sein Plan, mit dem er sicherstellen wollte, dass Paige das Leben führen konnte, das er sich für sie wünschte, war bereits zu weit vorangeschritten, um ihn aufzugeben. Er musste auf Mollys feste Überzeugung vertrauen, dass die Dinge sich regeln würden. Sogar in ihren letzten Tagen hatte sie sich noch an der Hoffnung festgehalten, dass das Schicksal ihnen ein Happy End bescheren würde. Das war damals nicht geschehen. Er konnte nur hoffen, dass sich Mollys Überzeugung diesmal als richtig erweisen würde.

Er reckte sich in die Höhe, um an der Schnur zu ziehen, die

von der Decke hing, und das Licht in der Küche auszuschalten. Er hatte weit größere Sorgen als die Frage, wie Paige und Tait miteinander auskamen. Morgen würden in Balgarry die Leute aus der gesamten Umgebung versammelt sein. Generationen von Farmerfamilien, die Überflutungen und Dürreperioden und Buschfeuer miteinander durchgestanden hatten und über viele gemeinsame Erinnerungen verfügten.

Tait glaubte, sein Geheimnis wäre sicher, er nahm an, Connor hielte ihn einfach für einen Kerl aus der Stadt, der geschäftlich hier war. Aber es war nicht allein die Stärke von Taits Charakter, die das Zeitungsfoto Connor verraten hatte. Er hatte darauf auch erkannt, dass der kleine Junge, den er einst gekannt hatte, zu einem Mann herangewachsen war, der in der Lage war, vergangenes Unrecht geradezurücken. Aber würde Tait jemals die Chance dazu bekommen?

Langsam fuhr Connor seinen Rollstuhl in den Flur hinunter. Würde irgendjemand erkennen, was sich hinter Taits unvertrautem Nachnamen verbarg?

Würde noch jemand erfassen, wer er wirklich war?

8

Paige korrigierte ihren Griff um die Tupper-Behälter und blieb auf dem Zufahrtsweg der Schule stehen, um nachzusehen, ob mit Connor alles in Ordnung war. Er und Tait waren zu einer Gruppe von Farmern hinübergegangen, die um einen hölzernen Tisch des Schulhofs saßen. Als Connor sich näherte, standen die Männer auf. Nach allerlei Schulterschlagen und Händeschütteln kehrten sie alle auf ihre Plätze zurück. Paige wartete darauf, dass die Gruppe grinsen würde und zu ihr herübersähe, aber als das nicht geschah, begriff sie, dass Connors Erklärung, Tait sei ein Freund, akzeptiert worden war. Die schlüpfrigen Gerüchte, Tait und Paige seien ein Paar, waren also noch nicht über den Buschtelegrafen von Glenalla nach Balgarry vorgedrungen. Schon bald aber würde es so weit sein, wenn nämlich Mrs. Jessop eintraf.

Connor rollte im Rollstuhl bis an den Tisch, und sobald Tait sich neben ihn gesetzt hatte, reichte einer der Farmer ihnen eine Flasche Bier.

Eine Welle von Emotionen brachte Paige zum Lächeln. Soziale Kontakte waren für Connor so wichtig wie für die anderen Männer der Gegend und nie so sehr wie inmitten einer Trockenperiode. Diese monatliche Zusammenkunft, eine Initiative des Dürrehilfswerks, das Brot, Fleisch und einen Kasten Bier dafür stiftete, war wichtig für die örtliche Moral. Für kurze Zeit konnten die Familien dem ständigen Stress entfliehen, unter dem sie standen, und sich auf gute alte Weise amüsieren. Erlebnisse konnten ausgetauscht werden, der Frustration wurde Luft gemacht, Netzwerke entstanden.

Vom Tennisplatz zu ihrer Rechten drang das Gelächter von Kindern herüber, und der Duft von Grillwürsten zog unter dem Unterstand hervor. Für gewöhnlich war der Unterstand das Refugium der acht Schüler dieser Schule, doch jetzt leuchtete er in allen Farben. Frauen hatten einen langen Klapptisch aufgebaut und ihn mit Papptellern, Plastikbesteck und roten Ketchup-Flaschen bestückt.

Noch immer lächelnd drehte Paige sich um und ging hinüber zum Schulhaus. Zwei Kinder rannten über das Gelände, das einst ein grasbewachsenes Spielfeld gewesen war, jetzt aber ihre abgeschabten Stiefel mit Staub bedeckte. Vor ihr blieben sie abrupt stehen und nahmen die Behälter, die sie trug, in Augenschein.

»Paigy, hast du wieder diese weißen Dinger mitgebracht?«
»Aber ja, Chloe, natürlich habe ich das.«
Die Fünfjährige kicherte und stieß dem größeren Jungen neben ihr den Ellenbogen in die Seite. »Hab ich dir doch gesagt.«

Sean sandte ihr ein breites Grinsen. »Das Erste taugt nichts.«
Bei der letzten Zusammenkunft hatte er einen Vorderzahn verloren. Paige beugte sich nieder, um ihm in den Mund zu spähen. »Weißt du was? Dein anderer Vorderzahn sieht wacklig genug aus, um herauszukommen. Ich frage mich, ob ich nicht ein bisschen daran ziehen sollte...« Sie verlagerte die Behälter, um ihre rechte Hand frei zu haben.

Seans Grinsen wurde noch breiter, er quietschte auf, und dann rannten die beiden Kinder davon. Chloe blieb stehen, rannte zurück und warf ihre Arme um Paiges Taille, um sie rasch zu umarmen, ehe sie wieder davonhüpfte.

Mit leichtem Herzen drehte Paige sich um und sah, wie

Anne näher kam. Der Flechtzopf ihres langen grauen Haars war wie üblich zu einem ordentlichen Dutt gesteckt, und der dunkle Rock und die weiße Bluse, die sie wie gewöhnlich trug, waren makellos, obwohl sie aus der Stadt eine Stunde lang unterwegs gewesen war.

Auch sie betrachtete die Behälter, die Paige bei sich trug. »Ich glaube, für die Kinder wäre es nicht dasselbe, wenn du deine Spezial-Baisers nicht mitbringen würdest.«

»Ich weiß. Ihre Augen beginnen zu leuchten, wann immer ich sie auf den Tisch stelle. Ich bringe es nicht übers Herz, ihnen zu sagen, dass sie das Billigste sind, was ich in großen Mengen machen kann, weil ich dazu nur Eiweiß und Zucker brauche.«

Anne griff in ihre Handtasche und förderte eine Plastikröhre mit kleinen essbaren Kugeln zutage. »Und eine von diesen obendrauf.« Sie ließ die Röhre in Paiges Schultertasche gleiten. »Bitte schön. Ich habe sie im Sonderangebot gesehen und dachte mir, du könntest bestimmt welche gebrauchen, denn sie müssten dir doch langsam ausgehen.«

»Danke. Sie gehen mir wirklich aus, aber das Geld dafür gebe ich dir. Was haben sie gekostet?«

Anne nahm Paige den obersten Tupper-Behälter aus dem Arm. »Keine Ahnung. Ich sehe auf der Quittung nach, wenn ich nach Hause komme.«

Prüfend betrachtete Paige Annes ausdrucksloses Gesicht. Warum nur hatte sie das Gefühl, dass Anne ihr die Summe nicht so bald mitteilen würde?

Eine Salve von Gelächter brachte sie beide dazu, hinüber zu dem Tisch zu sehen, an dem die Männer saßen. Tait hielt Hof, und nach dem Ausmaß des Vergnügens, das seine Kumpane an den Tag legten, hatte er sich wahrhaftig bestens eingefügt.

»Dein Vater sieht gut aus.«

Anne musste unter der Hitze leiden, denn in ihre blassen Wangen kam plötzlich Farbe.

»Ja, es geht ihm auch gut, dank Taits Begeisterung für alles, was vier Räder hat. Wenn sie nicht gerade über die Vorzüge des neuesten Superautos diskutieren, basteln sie im Schuppen an einem von Dads alten Wracks.«

Wieder lachten die Männer über etwas, das Tait gesagt hatte. Paige wandte sich ab. Taits Fanclub mochte bereits mehr Mitglieder haben, als die von einem einzigen Lehrer betriebene Schule von Balgarry Schüler hatte, aber sie würde deshalb noch lange nicht Mitglied werden.

In der kühlen Luft des Schulhauses half Paige Anne, die gespendeten Geschenke ihren Etiketten gemäß zu ordnen. Bald hatten sie Kisten voller weicher, schwammiger Gegenstände für jüngere Mädchen, weitere Kisten mit etwas, das sich nach Bällen zum Fußball- oder Basketballspiel anfühlte, für ältere Jungen und zwei weitere Stapel für jüngere Jungen und ältere Mädchen zusammen.

»Die Solidarität im Busch ist etwas Wunderbares«, sagte Paige, als sie das letzte bunt verpackte Geschenk auf den entsprechenden Stapel gelegt hatte. »Stell dir mal vor – da waren Leute, die Stunden weit weg wohnen, Leute, die wir überhaupt nicht kennen, großzügig genug, diese Spielsachen zu sammeln und für die Kinder der Gegend herzuschicken.«

Anne, die am Fenster stand, nickte zu ihr herüber. »Da wir von Dingen sprechen, die für die Kinder getan werden – hast du gesehen, wo Tait ist?«

»Nein. Wo denn?«

Paige stellte sich neben sie ans Fenster, das auf den Tennisplatz hinausging. Tait hatte seinen Akubra auf dem Kopf, hielt einen Kinderschläger in der Hand und schlug über das tief hängende Netz fünf Kindern Bälle zu. Einzig Sean gelang es, den Ball zurückzuschlagen, die anderen vier – alles Mädchen – waren zu sehr damit beschäftigt, zu lachen oder wie Ballerinas Pirouetten zu drehen. Als er alle Bälle verbraucht hatte, sprang Tait über das Netz und jagte die kreischenden Kinder umher, ehe er die verstreuten Bälle einsammelte. Die Kinder rannten hinüber auf die andere Seite und warteten darauf, dass er wieder anfing, ihnen Bälle zuzuspielen.

Paige wandte sich vom Fenster ab. Sie ignorierte die Wärme, die ihr die Brust erfüllte. Es war ohne Bedeutung für sie, dass Tait offenbar die Gesellschaft von Kindern genoss. Er hatte gesagt, er sei kein Mann, der Verpflichtungen aus dem Weg ginge, er habe nichts gegen eine feste Bindung. Es sei nur so gewesen, dass der Zeitpunkt bei Bronte und ihrer Tochter nicht gepasst habe. Paige nahm die Liste der Schüler von Balgarry in die Hände. Chris hatte sie mit denselben Sätzen abgespeist. Der Zeitpunkt passe nicht. Für Süßholzraspler wie Chris und Tait würde der Zeitpunkt niemals passen. Tait hatte zugegeben, dass er ein Workaholic sei, und was Chris betraf, so war ihr inzwischen klar, dass er nur auf eines fixiert gewesen war – auf sich selbst.

Sie sprang auf, als ihr Handy in der Tasche ihrer besten Jeans zu klingeln begann. Sie legte die Liste der Schüler auf den nächstbesten Tisch und zog das Handy heraus. Tait hatte ihr eine Textnachricht geschickt. Sie hielt Anne das Gerät hin. Die ältere Frau las sie mit einem Lächeln:

Ruf mich an. Ich schmelze in der Hitze.

Anne lachte. »Der arme Tait.«

Paige sah aus dem Fenster. Das Tennisspiel war inzwischen beendet, Tait trug Sean auf seinem Rücken und hatte an jedem seiner Beine ein lachendes kleines Mädchen hängen. Statt seine

Nummer zu wählen, lächelte sie. Ohne Zweifel sorgte Tait dafür, dass die Kinder einen unvergesslichen Tag hatten.

»Paige«, sagte Anne, »bitte erlöse den armen Mann aus seinem Elend, und befreie ihn. Er wird gleich vier kleine Mädchen an den Beinen hängen haben.«

»Muss ich? Es ist so friedlich, jetzt, wo er mit anderen unterwegs ist.«

»Ja.«

»Na schön.« Sie wählte seine Nummer, während sie wieder zum Fenster ging. Fünfmal musste sie es klingeln lassen, ehe es Tait gelang, sich von den Kindern zu befreien und nach seinem Handy zu greifen.

»Schon geschmolzen?«, fragte sie ihn statt einer Begrüßung.

Sein raues Lachen brachte ihren Magen in Aufruhr. »Noch fünf Sekunden länger, und ich gebe den perfekten Schneemann ab.«

Sie hielt das Telefon ein Stück weit von sich weg. Das dunkle Timbre von Taits Stimme, das ihr konzentriert ins Ohr drang, brachte die empfindlichen Härchen auf ihrem Hals dazu, sich aufzurichten.

Sie sah, wie Tait sich das Handy auf die Brust legte und mit den Kindern sprach. Sie alle nickten. Ohne Zweifel erklärte er ihnen, dass er nicht länger mit ihnen spielen konnte, weil Paige ihn brauchte.

Dann sprach er wieder in sein Handy. »Wo sind Sie?«

»Im Schulhaus. Sehen Sie zum Fenster hoch.«

Er tat wie geheißen. Sogar über den Abstand hinweg und mit dem Glas zwischen ihnen strahlte sein Hundert-Watt-Lächeln hell. Er hob eine Hand und winkte, eher er auf das Tor des Tennisplatzes zuging. Die Kinder folgten ihm auf dem Fuß.

»Ich glaube, Sie sind eher der Rattenfänger von Hameln als ein Schneemann«, sagte sie, ehe sie auflegte.

Hätte er noch ein Beispiel für die Zähigkeit des Outbackgeistes benötigt, brauchte Tait nur die Menschen anzusehen, die rund um ihn ihren Lunch verzehrten. Sie lächelten strahlend, ihre Gespräche plätscherten dahin, doch von Zeit zu Zeit erhoben sich besorgte Blicke zum Himmel, als ob schiere Willenskraft es regnen lassen könnte. An der Oberfläche drehte sich alles um Wurstbrote und kaltes Bier, doch darunter waren Ströme von Verzweiflung spürbar. Die Menschen litten, und eine Zusammenkunft wie diese gab ihnen für kurze Zeit die Möglichkeit, sich zu entspannen. Er warf einen Blick auf die Frau an seiner Seite. Das galt sogar für Paige, die sonst kaum einen Augenblick stillsitzen konnte.

Ein kleines Mädchen mit langen braunen Zöpfen saß ihr auf dem Schoß und erzählte ihr von einem Pony namens Moppet, das Äpfel liebte. Paige hörte zu und nickte, auf ihrem Gesicht lag ein verträumter Ausdruck. Paige gegenüber saßen Anne und Connor mit vertrauter Leichtigkeit. Tait bemerkte die Lücke, die sich zwischen ihm und Paige aufgetan hatte. Im Laufe des Mittagessens war sie bis zum Ende der Bank von ihm abgerückt. Mittlerweile hätte man einen kompletten Lieferwagen zwischen ihnen parken können.

Er betrachtete die Leute, die ihm am nächsten saßen. Er hatte gedacht, es wäre nicht möglich, einen Hut zu Gesicht zu bekommen, der ramponierter wäre als der von Paige, aber er entdeckte mindestens vier, die genauso verwittert waren. Gut, dass auch sein eigener brandneuer Akubra gestern in Schlamm gebadet worden war. Andernfalls wäre er hier ebenso aufgefallen wie sein Luxusauto, das derzeit zwischen dem Sammelsurium der Farmfahrzeuge geparkt stand.

Er verlagerte sein Gewicht auf der Bank, und ihm wurde klar, dass er es satthatte, anders zu sein. Er hatte immer selbstständig agiert – sowohl aus Notwendigkeit als auch aus freien

Stücken. Mit seinem starken Willen hatte er sich weder in der Schule noch in Organisationen wie den Pfadfindern immer reibungslos einfinden können. Und jetzt, als Inhaber von AgriViz, hatte er zu viel zu tun, um sich darum zu bemühen, irgendwo dazuzugehören. Oder zu irgendwem zu gehören.

Paige lachte auf, und er blickte hinüber zu ihr.

Hohe Absätze hämmerten auf den betonierten Weg, ehe das Schultor quietschte und die verspätete Ankunft einer Frau ankündigte. Eine Gestalt in einem weißen Kleid, die dazu einen überdimensionalen Strohhut mit einer riesigen gelben Blume trug, kam den Weg hinuntergestampft. Paiges hastiges Einatmen verriet ihm, wer der späte Neuankömmling war, noch ehe er die Frau von ihrer Begegnung im Lebensmittelladen wiedererkannte. Sie war die Person, der Paige nach allen Regeln der Kunst aus dem Weg gegangen war.

Während die Frau sich der Gruppe näherte, ließ sie ihren Blick unter der Krempe ihres Hutes hervor über die Menge schweifen. Sobald sie Tait entdeckte, rundeten sich ihre roten Lippen und streckten sich schließlich zu einem breiten Lächeln. Sie steuerte geradewegs auf ihn zu.

»Hallo, Sie müssen Tait sein«, sagte sie und bot ihm ihre Hand dar. »Ich bin Myra. Myra Jessop.«

Er blieb stehen, schüttelte der Frau die Hand, und ohne auf Paiges subtiles Kopfschütteln zu achten, wies er auf den freien Platz auf der Bank. »Möchten Sie sich nicht zu uns setzen?«

»Furchtbar gern, aber ich kann nur eine Minute.« Sie nickte Connor und Anne zu, die lächelten und dann ihr Gespräch fortsetzten. »Ich bin fix und fertig und würde alles für eine Tasse Tee geben.«

Tait setzte sich in die Mitte der Bank neben Paige und gab damit Mrs. Jessop genug Platz am Ende der Bank. Paige versuchte wegzurutschen und sandte ihm einen finsteren Blick.

Mrs. Jessop platzierte die Tüten und Ordner, die sie in den Armen gehalten hatte, auf dem Tisch und machte es sich auf der Bank bequem. »Und, junger Mann? Wie gefällt es Ihnen hier bei uns?«

»Bisher war es großartig.«

Mrs. Jessops Blick schoss pfeilschnell hinüber zu Paige, als ob Tait kein Wort gesagt hätte. »Ich habe mich ja so gefreut, als ich Sie beide neulich in der Stadt gesehen habe. Es ist schon eine ganze Weile her, seit Paige das letzte Mal Interesse an einem Jungen gezeigt hat.«

Er verbiss sich ein Lächeln. Es war auch schon eine ganze Weile her, seit er das letzte Mal als Junge bezeichnet worden war.

»Ich sage ihr immer wieder, dass sie nicht jünger wird, wissen Sie?«, fuhr Mrs. Jessop fort.

Dieses Mal konnte er sich das Lächeln, das sich zu einem Lachen auswuchs, nicht verkneifen. Paige versetzte ihm unter dem Tisch einen Tritt.

»Das ist ein guter Rat.« Er riskierte einen Blick auf Paiges errötetes Gesicht. »Ich dagegen sage ihr immer wieder, sie soll nicht dauernd ihre Autoschlüssel verlieren.«

Ein weiteres Mal bekam sein Bein Paiges Stiefel zu spüren.

»Ach, wie entzückend! Ich hatte ja keine Ahnung, dass du so geistesabwesend bist, Paige.« Mrs. Jessops Lachen klirrte. »Jetzt musst du mir aber erzählen, wie ihr beide euch kennengelernt habt. Schließlich ziehst du, liebe Paige, ja nie etwas anderes an als Jeans, ganz zu schweigen von dem Gedanken, du könntest dich von Banora Downs entfernen.«

An seiner Seite spürte er, wie Paige sich verkrampfte. Er legte den Arm um sie und zog ihren widerstrebenden Körper an sich.

»Wir haben uns ...«, er zwinkerte Mrs. Jessop zu, »... im Internet bei einer Partnervermittlung kennengelernt.«

Er kämpfte darum, seiner Miene nichts anmerken zu lassen, während Paiges Hand seinen Schenkel packte und ihre Fingernägel sich in den Denimstoff seiner Jeans bohrten.

»Eine Partnervermittlung im Internet ... wie wundervoll!« Mrs. Jessop hatte eine Stimme, die jede Lautsprecheranlage übertönt hätte. Gespräche wurden unterbrochen, und Leute wandten die Köpfe nach ihnen. Auf Connors Gesicht zeichnete sich ein Stirnrunzeln ab, als er ihnen einen Blick zuwarf.

»Ja, ich konnte Paiges Profil auf der Website einfach nicht widerstehen. Sie klang so ... süß.«

Paiges Fingernägel bohrten sich tiefer ins Fleisch seines Schenkels.

Mrs. Jessop aber schien es nichts auszumachen, dass Paiges Lippen zu einer Linie zusammengepresst waren, die jegliches Gespräch abblockte. Die Informationsquelle des Ortes hatte die Antworten bekommen, nach denen sie gesucht hatte, und jetzt war ihr an einer Tasse Tee gelegen.

»Nur eines noch«, sagte sie, während sie ihre Tüten und Ordner einsammelte. »Bitte sorgen Sie dafür, dass Paige auf dem Ball nächste Woche wenigstens ordentliche Schuhe anhat. Auf dem letzten Zum-Teufel-mit-der-Dürre-Ball ist sie nämlich in Stiefeln erschienen. Das ist doch Verschwendung von einem hübschen Kleid!«

»Auf dem Ball? Aber du hast mir ja gar nicht gesagt, dass uns ein Ball ins Haus steht, Schatz«, wandte er sich mit unschuldiger Miene an Paige.

»Nun ja, vielleicht gibt es ja auch keinen«, sagte Mrs. Jessop und stand auf. Ihr Adlerblick senkte sich auf die Stelle, wo Paiges Hand sich um seinen Schenkel krallte. Paige zog ihre Hand weg und beugte sich vor, um sich aus seiner Umarmung zu befreien.

Mrs. Jessop trat an den nächsten Tisch und schnappte sich eine leere Bierflasche, gegen die sie ihre Schlüssel klirren ließ. »Alle mal herhören, bitte!«

Tait ließ seinen Arm sinken und wappnete sich. Ohne Mrs. Jessops schützende Gegenwart würde Paiges Rache ihn schnell und gnadenlos ereilen.

Er brauchte nicht lange zu warten. Sie fuhr zu ihm herum. »Was haben Sie sich dabei gedacht?«, flüsterte sie ihm in harschem Tonfall zu.

»Paige, bitte!«, unterbrach sie Mrs. Jessop. »Das Gespräch mit deinem Freund kann doch sicher warten. Ich habe eine wichtige Ankündigung zu machen.«

Paiges Nasenflügel bebten, doch als ihr Vater herüberlangte und ihr auf den Arm klopfte, lockerte sich die verspannte Linie ihrer Schultern. Tait machte sich nichts vor. Der Winkel, in dem sie ihr Kinn hielt, warnte ihn, dass sie alles andere als fertig mit ihrem »Freund« war.

Wie konnte er nur? Wie konnte Tait aus ihnen beiden ein solches Spektakel machen?

Paige umklammerte den Rand der hölzernen Bank so fest, dass sie sicher war, es müsste sich ein Muster der Holzfasern dauerhaft in ihre Fingerspitzen eingeprägt haben. Sobald Mrs. Jessop mit ihrer Rede fertig war, konnte er sich auf etwas gefasst machen. Tait würde sehr genau erfahren, dass sie alles andere als »süß« sein konnte. Der besorgte Blick ihres Vaters traf sie.

»Mit geht es gut«, formulierte sie stimmlos, wohlwissend, dass die hitzige Farbe ihrer Wangen ihre Worte Lügen strafte.

Paige war bereit gewesen, ein paar neugierige Blicke und ein bisschen Gewisper über Tait und sie in Kauf zu nehmen, um die Wahrheit zu verbergen, dass er als zahlender Gast auf Banora Downs war. Dass aber Tait vor Mrs. Jessop – und damit vor der gesamten Gegend – derart unverblümt behauptete, sie hätten eine Beziehung miteinander, ging zu weit. Für ihn war das in Ordnung. In einer Woche würde er abreisen und all diese Leute nie wiedersehen. Sie aber sehr wohl.

Ein erschrockenes Murmeln aus der Menge riss sie aus ihren hitzigen Gedanken. Sie konzentrierte sich auf das, was Mrs. Jessop zu sagen hatte.

»Da also der Partyservice heute früh einen Rückzieher gemacht hat, stehen wir vor der Mammutaufgabe, einen anderen Weg zu finden, am nächsten Freitag alle zu verköstigen.«

»Können wir für den Ball denn keinen anderen Partyservice finden?«, fragte eine Frau aus der Mitte der Gruppe.

»Das Problem ist«, erwiderte Mrs. Jessop, »ich kann niemanden finden, der es für denselben Preis macht wie das Unternehmen, das wir in der Vergangenheit immer gebucht haben. Die nächsthöhere Summe würde bedeuten, dass wir für die Eintrittskarten Geld verlangen müssten, statt wie bisher freien Eintritt zu gewähren. Die Spenden, die wir über das ganze Jahr gesammelt haben, decken die Verpflegungskosten leider nur bis zu einer gewissen Grenze ab.«

»Und wie viel würde eine Eintrittskarte kosten?«, fragte ein Farmer mit eingesunkenen Wangen.

Mrs. Jessops Lächeln wurde düster. »Dreißig Dollar pro Kopf.«

Das allgemeine Gemurmel verwandelte sich in Füßescharren und Kopfschütteln. Paige lockerte ihren Griff um die Bank und schaute sich um. Ihr Zorn auf Tait konnte nicht mit der

Enttäuschung einer Gemeinschaft mithalten, die unermüdlich dafür gearbeitet hatte, den inzwischen jährlich stattfindenden Zum-Teufel-mit-der-Dürre-Ball auf die Beine zu stellen – einen Ball, der nun in Gefahr zu sein schien.

»Wie wäre es, wenn wir alle eine Platte mitbringen würden?«, schlug eine zu dünne Mutter vor, die ein Baby auf dem Schoß und ein Kleinkind zu ihren Füßen hatte.

»So könnten wir es machen, und womöglich bleibt uns nichts anderes übrig, aber bedenken Sie, dass wir von mehr als dreihundert Gästen sprechen.«

Stille herrschte, bis auf das Knirschen des Holzes neben ihr, als Tait sich erhob.

Sie griff nach seiner Hand, um ihn wieder auf die Bank zu ziehen, aber er war bereits vom Tisch weggetreten. Welche Schwierigkeiten würde er diesmal verursachen?

Tait ging hinüber zu Mrs. Jessop und stellte sich neben sie. Sie verrenkte sich den Hals, um zu ihm aufzublicken. Er nahm seinen Hut ab und blickte sich an den Tischen um. »Für die, deren Bekanntschaft ich noch nicht machen konnte: Mein Name ist Tait Cavanaugh, und obwohl ich noch immer ein Fremder sein mag, habe ich das Gefühl, dass ich zumindest ein paar von Ihnen allen heute kennengelernt habe.«

»Mich kennst du!«, rief Sean mit einem Grinsen.

»Und mich auch!«, fügte Chloe hinzu.

Tait sandte den beiden Kindern ein Lächeln. Paige konnte das Geräusch fallender Dominosteine geradezu hören, während sein strahlendes Lächeln die Menge für ihn einnahm.

Er hielt seinen Hut in die Höhe, die Kniffe, die verrieten, dass er noch nagelneu war, vom roten Schlamm nicht verdeckt. »Wie man sieht, bin ich nicht von hier.« Er machte eine Pause, während die Leute seinen Akubra betrachteten und lachten. »Aber ich habe vielleicht eine Lösung für Ihr Problem.« Er ließ den Hut sinken. »Was Sie brauchen, ist ein Sponsor für den Ball.«

»Ein Sponsor für den Ball?«, fragte die Frau, die in der Mitte des Tisches saß.

»Ja, Sie brauchen ein Unternehmen oder eine Organisation, die finanziell etwas zu Ihrem Ball beiträgt und dafür Anzeigen oder Werbung schaltet.«

»Ich kann nur hoffen, dass Sie solch ein Unternehmen oder eine Organisation im Sinn haben, junger Mann«, sagte Mrs. Jessop. »Und wenn, dass es kein Unternehmen aus der Gegend ist. Die großen Firmen haben hier nämlich genauso zu leiden wie wir.«

Wieder lächelte er. »Ja, ich habe eines im Sinn, und nein, die fragliche Firma ist nicht von hier. Es ist ein Unternehmen aus Sydney, es heißt Digotech und entwickelt Software für Farmen. Wenn Sie mir eine ungefähre Summe nennen, mit der ich arbeiten kann, setze ich mich ans Telefon.«

Mit Feuereifer schlug Mrs. Jessop ihren Ordner auf. »Ich kann sogar noch mehr tun. Hier haben Sie den genauen Kostenvoranschlag unseres Partyservices vor Ort.«

Tait setzte sich den Hut wieder auf den Kopf und nahm Mrs. Jessop das Papier ab.

Er sandte der Menge ein Grinsen und zog mit der freien Hand das Handy aus seiner Tasche. »Rühren Sie sich nicht von der Stelle.« Mit dem Handy am Ohr ging er auf das Schulhaus zu und verschwand im Inneren.

Paige wartete den Beginn des erregten Geschnatters nicht einmal ab, sondern sprang auf und folgte ihm.

Während sie sich der geöffneten Tür näherte, konnte sie hören, wie er sprach. »Danke, Cheryl. Also kein Glück. Okay.«

Sie betrat das Gebäude. Tait hatte ihr den Rücken zugewandt und sprach weiter. »Versuch bitte weiter herauszufinden, wem Three-M Pastoral gehört, und wenn du keine Informationen über das Unternehmen ausfindig machen kannst, versuche ich es selbst, sobald ich in der Stadt bin ...« Er drehte sich um, entdeckte Paige und verstummte.

In die gespannte Stille drang eine weibliche Stimme vom anderen Ende der Leitung: »Tait? Bist du noch dran?«

»Ja, ich bin noch da. Ich rufe dich später zurück.« Er legte auf, schob sich das Handy wieder in die Jeanstasche und lächelte.

Zorn wallte in ihr auf. Aller Charme des Universums würde ihn jetzt nicht retten. Das Papier, das Mrs. Jessop ihm gegeben hatte, lugte aus seiner Hemdtasche, als hätte er es bereits vergessen. Sie verschränkte die Arme und starrte ihn an.

Er trat auf sie zu. »Es tut mir leid. Ich musste mir eine plausible Erklärung für unsere Bekanntschaft einfallen lassen, und das Internet schien zu passen.«

Sie schüttelte den Kopf. »Vergessen Sie's.«

»Okaaaay?« Er verschränkte seinerseits die Arme. »Was ist dann nicht in Ordnung? Ich nehme nicht an, Sie sind hier hereingestampft, um mich zu bitten, mit Ihnen auf den Ball zu gehen.«

»Darauf bekommen Sie nicht einmal eine Antwort von mir.«

»Dann geben Sie mir eine darauf: Was habe ich jetzt schon wieder verbrochen?«

»Warum haben Sie dieses Bedürfnis, auf ein weißes Pferd zu springen und den Leuten sonst was zu versprechen?«

»Das tue ich nicht, und das wissen Sie.« Er dämpfte die Stimme.

»Doch, das tun Sie. Sie verstehen sich aufs Reden, lächeln Ihr Lächeln dazu, und bringen mit Ihrem Charme alle dazu zu glauben, dass Sie ein Mann sind, der zu seinem Wort steht. Da draußen warten diese anständigen, hart arbeitenden Leute«, sie zeigte zum Fenster, »in der Hoffnung, dass der Ball doch noch stattfinden kann. Und hier drinnen sind Sie und führen ein geschäftliches Telefongespräch, das mit der Verpflegung nicht das Geringste zu tun hat.«

Ein Muskel zuckte in seiner gebräunten Wange. »Das liegt daran, dass ich über die Sache mit der Verpflegung bereits am Anfang des Telefonats gesprochen hatte.«

»In weniger als einer Minute?«

»Ja.«

»Unsinn.« Aller guten Absicht zum Trotz schwoll ihre Stimme an. »Ihr verdammten Kerle aus der Stadt seid alle gleich. Ihr brecht eure Versprechen.«

»Ich hasse es, Sie zu enttäuschen, aber dieser Kerl aus der Stadt hält sich an das, was er gesagt hat.« Er zog sein Handy heraus und hielt es ihr hin. »Wenn Sie einen Beweis brauchen, drücken Sie die Wahlwiederholung. Sprechen Sie mit meiner Sekretärin, und Sie werden feststellen, dass mit der Verpflegung alles geregelt ist.«

Paige nahm das Handy nicht an. Sie knirschte mit den Zähnen. »Sie sind derjenige, der als Sponsor für den Ball fungiert, nicht war? Digotech ist Ihre Firma, oder etwa nicht?«

Er nickte.

»Ich dachte, Sie hätten eine Investmentfirma.«

»Die habe ich auch. Ich habe drei Firmen.« Das Handy verschwand wieder in seiner Jeanstasche. »Also, wie heißt er?«

Sie blinzelte. »Wie bitte?«

»Neulich haben Sie mich nach Brontes Namen gefragt. Jetzt frage ich Sie nach dem Namen des Mannes, der Kerle aus der Stadt bei Ihnen so übel in Verruf gebracht hat.«

Sie biss sich auf die Innenseite ihrer Wange. Sie würde sich nicht darauf einlassen. Ihr Privatleben ging Tait verdammt nochmal nichts an. Er aber war aufrichtig zu ihr gewesen, hatte ihr erzählt, wer Bronte war und warum er Sydney hatte verlassen müssen, also war es nur fair, wenn sie ebenfalls aufrichtig zu ihm war.

»Er hieß Chris«, sagte sie mit schmalen Lippen. »Chris Macintyre.«

Tait nickte nur und wartete darauf, dass sie fortfuhr. Und zu ihrer Überraschung stellte sie fest, dass sie das Bedürfnis verspürte, darüber zu sprechen.

»Ich habe ihn in meinem ersten Jahr an der Universität von Sydney kennengelernt. Akademisch war er zwar ein Versager, doch dafür heimste er für seine schönen Worte die besten Noten ein. Wir waren zwei Jahre zusammen, und dann hatte Dad seinen Unfall mit dem Traktor und brach sich das Becken und das Bein. Chris zog es vor, in den Pub zu gehen und den Sieg seines Rugbyteams zu feiern, statt bei mir und Dad im Krankenhaus zu sein. Er versprach, am nächsten Tag zu kommen. Dann gab es eine Autoausstellung, die er unbedingt besuchen musste. Und dann ein weiteres Rugbyspiel, in dem er mitzuspielen hatte.«

»Ich nehme an, er ist überhaupt nie aufgetaucht, um Sie zu besuchen?«

»Doch, irgendwann schon. Einen Monat, nachdem Dad nach Hause entlassen worden war. Da stellte sich dann heraus, dass Chris' Beziehung zu mir an eine Bedingung geknüpft war: Es gefiel ihm, mit einem Mädchen vom Lande zusammen zu sein, aber nur, wenn es in der Stadt an seinem Arm hing. Kein noch so großer Einsatz seines Charmes konnte mich dazu bewegen, Dad noch einmal zu verlassen, oder mich davon überzeugen, dass Chris sich nicht nur deshalb für mich interessiert hatte, weil ich einmal Landbesitz erben würde.«

Tait nahm seinen Hut ab. Seine Miene wirkte grimmig. »Es tut mir leid, dass Chris sich als selbstsüchtiger Bastard ohne

Rückgrat erwiesen hat.« Seine Stimme wurde tiefer. »Ich mag zwar ebenfalls aus der Stadt stammen, aber ich bitte Sie, Paige, sehen Sie mich lange und gut an. Ich bin nämlich kein bisschen wie Chris.«

Ehe sie etwas erwidern konnte, setzte Tait sich mit Schwung den Hut wieder auf. »Und wenn Sie mich jetzt bitte entschuldigen würden. Ich habe ein Versprechen gegeben, das ich einhalten muss.«

9

Connor saß vorn in Taits Auto, aber das kehlige Schnurren des V12-Motors erfüllte ihn diesmal keineswegs mit Bewunderung. Die Atmosphäre im Fahrzeug war kühler als die Temperatur, die auf dem Armaturenbrett angezeigt war. Tait und Paige hatten kein einziges Wort miteinander gewechselt, seit sie Balgarry verlassen hatten. Für einen Tag, der Erleichterung und ein wenig Erholung von der Dürre hätten bringen sollen, endete er in einer wahrlich nicht erfreulichen Weise.

Er wusste, dass Paige das Interesse, das Taits Behauptung über die Partnervermittlung im Internet hervorgerufen hatte, nicht gefallen hatte. Schon als Kind hatte sie es gehasst, wenn sie auf einer Schulbühne stehen musste und im Mittelpunkt der Aufmerksamkeit stand. Im Seitenspiegel erhaschte er einen Blick auf ihr in Gedanken versunkenes Gesicht. Sie stützte das Kinn in die Hand und blickte aus dem hinteren Fenster. Ihr Schweigen rührte nicht nur von Verlegenheit her. Was immer sie und Tait in dem winzigen Schulgebäude besprochen hatten, hatte die Farbe aus ihren Wangen vertrieben und jegliche Zufriedenheit mit dem Verlauf des Tages zunichtegemacht.

Connor rieb sich sein verkrüppeltes Bein, das ihm weit mehr durch Anspannung als durch körperliche Schmerzen Beschwerden bereitete. Auf jeden anderen hätte Tait beim Fahren einen entspannten Eindruck gemacht, aber Connor wusste es besser. Er hatte seine Kindheit damit verbracht, in Gesichtern zu lesen, um zu wissen, wann zum nächsten Fausthieb ausgeholt werden würde oder wann der nächste Schlag mit dem Gürtel der Hausmutter ihn treffen würde, und das hatte ihn zu einem Experten für die Einschätzung von Menschen gemacht. Connor hegte keinen Zweifel daran, dass Tait unter der glatten Oberfläche und dem Charme, der Paige so in Rage versetzte, ein gutes Herz besaß. Die Frage war nun, ob Tait sich gegen seine willensstarke Tochter behaupten könnte. Die gefestigten Züge in Taits Profil beantworteten die Frage mit Ja, die gefurchten Brauen bereiteten Connor jedoch Sorge. Tait hatte seine eigenen Dämonen, gegen die er kämpfen musste.

Connor starrte auf die pfeilgerade Straße, die ihm so vertraut war wie die immer tiefer werdenden Falten in seinem eigenen Gesicht. Ein einziges Gutes hatte der Tag, den sie entfernt von Banora Downs verbracht hatten: Niemand schien Tait zu erkennen. Niemand außer Anne. Er hatte gesehen, wie ihr seelenvoller Blick auf ihm ruhte, und hatte den Schmerz bemerkt, den sie unter ihrem beherrschten Äußeren verbarg. Connor schluckte. Ohne Zweifel, sie wusste Bescheid.

Jetzt oder nie. Paige nahm einen tiefen Atemzug, um sich zu beruhigen, und stieß die Küchentür auf. Das Haus mochte ruhig und der Himmel draußen kohlschwarz sein, aber sie wusste, dass Tait noch in der Küche war. Er war nicht in seinem Zimmer und auch sonst nirgendwo im Haus. Sie hätte schon vor einer Stunde einschlafen sollen, aber Tait gebührte noch sein zweites Paar Schlüssel. Mehr noch. Eine Entschuldigung war fällig. Sie betrat die Küche, in der nur eine einzige Lampe brannte, und entdeckte Tait, der am Tisch saß, vor sich eine dampfende Tasse Kaffee und ein aufgeschlagenes Fotoalbum.

Erschöpfung schärfte die Züge seines Gesichts, als er ihr ein flüchtiges Lächeln sandte. Er wirkte so entkräftet wie an dem Tag, an dem er angekommen war. Dank ihrer Engstirnigkeit erwies sein Aufenthalt im Outback sich sicherlich nicht als so erholsam, wie er erwartet hatte.

Bevor der Mut sie verließ, trat sie näher an den Tisch. »Sie sind aber lange auf.«

»Sie auch.«

Sie nickte und wünschte, sie hätte die Dinge ein bisschen besser durchdacht, ehe sie die Bettdecke von sich geworfen und sich seine Schlüssel vom Nachttisch geschnappt hatte. Wenn sie überhaupt etwas Schlaf bekommen wollte, musst sie ihr Gewissen beruhigen, aber sie hätte sich wenigstens ein Hemd über ihr pinkfarbenes Oberteil und die Rugby-Shorts ziehen sollen. Sie würde ihre Entschuldigung kurz halten und wieder ins Bett gehen.

»Hier. Die sind für Sie.« Sie legte die Schlüssel neben seine Kaffeetasse auf den Tisch. »Und außerdem möchte ich mich bei Ihnen entschuldigen.«

Er schob seinen Stuhl ein wenig nach hinten, lehnte sich zurück und verschränkte seine Hände hinter dem Kopf. Seit sie ihre Fingernägel in sein Bein gegraben hatte, um ihn zum Schweigen zu bringen, wusste sie nur allzu genau, wie muskulös seine Schenkel unter dem eng anliegenden dunklen Denimstoff waren.

»Entschuldigen?«

»Ja.« Sie machte eine Pause. »Sie haben recht. Ich habe mein Urteilsvermögen von dem beeinflussen lassen, was mir mit Chris passiert ist.« Als Tait weder sprach noch nickte, fuhr sie fort: »Es tut mir leid, dass ich Ihnen vorgeworfen habe, Sie würden Ihre Versprechen nicht halten.«

Langsam senkte er die Hände. »Entschuldigung angenommen.« Er beugte sich vor. »Unter einer Bedingung.«

Sie bemühte sich nicht einmal, den Argwohn zu verbergen, von dem sie wusste, dass er sich auf ihrem gesamten Gesicht abzeichnen würde. Sie mochte zwar Taits Motive falsch eingeschätzt haben, aber ihr Instinkt hatte nicht falsch gelegen, als er sie gewarnt hatte, dass er sie in Schwierigkeiten bringen würde.

Sie schüttelte den Kopf und spürte, wie ihr Haar über ihre bloßen Schultern strich. »Keine Bedingung. Es war ein langer Tag, und ich spiele keine Spiele. Sie akzeptieren meine Entschuldigung, oder Sie lassen es bleiben.«

»Entschuldigung akzeptiert.« Er lächelte flüchtig. »Aber ich hatte Sie auch nur bitten wollen, mir ein paar von diesen Fotos zu erklären.«

Eine derart einfache Bedingung passte nicht zu dem Glanz in seinen Augen. Aber sie beließ es dabei, damit das Gespräch sich auf sicherem Boden bewegen konnte. »Jetzt?«

»Wann immer es Ihnen recht ist.«

Sie warf einen Blick zur Tür und dann auf das Fotoalbum. Wenn sie ihm die Fotos jetzt erklärte, würde sie es morgen nicht mehr zu tun brauchen. Sie zog sich einen Stuhl neben ihm zurecht und setzte sich. Er schob das Fotoalbum zwischen sie.

»Wo haben Sie das überhaupt her?«, fragte sie und bemerkte die angespannte Linie seines stoppeligen Kinns.

»Connor hat einen Stapel Alben für mich dort drüben auf die Anrichte gelegt, damit ich einen Eindruck bekomme, wie Banora Downs aussieht, wenn hier keine Dürre herrscht.«

»Dad und diese Farm.« Sie lächelte. »Er liebt sie.«

Tait blätterte die schweren Seiten zurück und wies auf ein Bild, das sie als Kleinkind zeigte. Sie hielt eine blaue Gießkanne in der Hand, trug gelbe Gummistiefel und verzog das Gesicht in äußerster Konzentration.

»Sogar ohne Hut nehme ich an, das sind Sie.«

»Ja, und das ist meine Mutter, Molly.« Paige berührte das Foto einer Frau, die neben einem roten Rosenbusch kniete und mit Gartenarbeit beschäftigt war. »Mum liebte die Rosenzucht, genau wie ihre Mutter vor ihr.«

»Banora Downs war also das Elternhaus Ihrer Mutter?«

»Ja.«

Tait blätterte zu einer Seite fast am Anfang des Albums zurück. »Und hier ist Connor aufgewachsen?«

Paige betrachtete das verblichene Schwarz-Weiß-Foto eines großen Landhauses, das Banora Downs äußerst ähnlich sah. Beide Farmhäuser waren zwei Stockwerke hoch, und ihre Veranden hatten weiße, schmiedeeiserne Geländer. Aber das Haus auf dem Foto hatte keine so sorgsam hergerichtete Terrasse, wie sie vor der Vordertür von Banora Downs lag. Sie schüttelte den Kopf. »Nein, das ist Killora Downs, das Schwesterhaus zu diesem hier.«

»Das Schwesterhaus?«

Paige sah Tait an. Die frühmorgendlichen Fahrten, bei denen er ihr beim Füttern der Rinder half, mussten ihm zusetzen, denn sie war sicher, ein Kratzen in seiner Stimme zu hören.

»Das ist eine lange Geschichte. Ich erzähle sie Ihnen ein andermal, aber im Grunde standen die beiden Häuser einfach auf benachbarten Anwesen. Während Banora Downs blühte und gedieh, hatte Killora Downs nicht so viel Glück. Vor etwa fünfzehn Jahren wurde das Farmhaus bei einem Brand zerstört.«

Tait betrachtete noch immer das Foto. »Und es ist nicht wieder aufgebaut worden?«

»Nein. Es ist ein Rätsel, wem das Haus und all das Land jetzt nach dem Feuer gehört. Der örtlichen Gerüchteküche nach war es ein Syndikat in Sydney, das Konkurs anmelden musste. Niemand kommt dort vorbei, höchstens ein paar Teenager an einem Freitag, dem dreizehnten. Das Land ist nicht einmal bebaut. Es ist, als wäre der gesamte Besitz verlassen worden.«

Taits Hand schien leicht zu zittern, als er die Seite umblätterte. Schlafmangel musste ihrer Fantasie etwas vorgaukeln. Entweder das, oder Tait hatte heute einfach noch nicht genug Koffein bekommen.

»Und das ist wieder Ihre Mutter?« Mit dem Kopf wies er auf ein Foto oben auf der Seite.

»Ja.« Paiges Finger glitten über die Nahaufnahme ihrer Mutter, die in einem weißen Korbstuhl auf der Veranda saß und ihr dunkles Haar offen um die Schultern trug. »Sie war sehr schön.«

»Sie sehen ihr sehr ähnlich.«

Wärme stieg Paige aus der Kehle in die Wangen.

»Finden Sie? Mrs. Jessop wird nicht müde, mich daran zu erinnern, dass meine Mutter der Mittelpunkt der Gegend war.« Sie wandte sich dem Kaminsims zu, wo ein Foto, das ihre Mutter und ihren Vater Hand in Hand zeigte, in einem Silberrahmen stand. »Ich denke, ich bin weit eher Connor ähnlich.«

Sie runzelte die Stirn. Ein Foto fehlte in der Sammlung. Ein Bild von ihrer Mutter, Arm in Arm mit ihrer besten Freundin, hätte dort stehen sollen. Ihr Vater musste es weggenommen haben. Sie würde ihn morgen früh fragen.

Sie warf einen Blick auf Tait, der nicht mehr Connors Foto, sondern sie ansah.

»Ich fürchte, der arme Connor hat nicht viel beisteuern dürfen.« Taits Blick senkte sich auf ihren Mund. »Sie sind ohne Zweifel die Tochter Ihrer Mutter.«

Ihr Herzschlag hallte ihr in den Ohren. Ihre Fantasie mochte ihr einen Streich spielen, aber sie hätte schwören können, dass Tait sie küssen wollte. *Lächerlich!* Mit flachem Atem schloss sie das Fotoalbum. Tait konnte jede Frau haben, die er wollte, und sie war sicher, dass er keine wollte, deren Haar einem Vogelnest glich und die den Duft von Benzin als Parfüm benutzte.

Ohne ihn anzusehen, stand sie auf. »Ich mache Schluss für heute. Wenn Sie wollen, kann Connor Ihnen morgen noch ein bisschen mehr darüber erzählen.«

»Das wäre schön.« Er stand ebenfalls auf. »Wenn ich morgen nicht wach bin, bitte wecken Sie mich zur Viehfütterung.« Eine ungewohnte Heiserkeit machte seine Stimme tiefer.

Sie riskierte einen Blick auf ihn. Das Licht der Küchenlampe, das von hinten auf ihn fiel, legte Schatten wie eine Maske über seinen Gesichtsausdruck. »Sind Sie sich sicher? Sie brauchen nicht mitzukommen.«

»Das weiß ich.«

»In Ordnung. Also dann bis morgen.«

»Bis morgen«, wiederholte er und schob seine Hände in die Taschen seiner Jeans.

Paige zögerte. Es gab keinen Grund mehr, noch länger in der Küche zu verweilen, aber etwas schien ihre Füße an den Bodendielen festzuhalten.

»Gehen Sie, Paige, Sie brauchen Ihren Schlaf.« Taits leise Stimme brach das Schweigen. »Ich verspreche, ich mache das Licht aus.«

»Wenn Sie sich nicht verzweifelt nach einem Kaffee sehnen, könnten wir die alte Kirche besuchen. Dort würden Sie ein bisschen mehr über die Geschichte von Banora Downs erfahren«, schlug Paige am nächsten Morgen vor, als sie von der Fütterung der Rinder zurückkamen.

Tait schluckte das spontane »Nein, danke« herunter, das ihm auf der Zunge lag. Seine Sucht nach Koffein war von einer anderen Sucht verdrängt worden: Paige. Er musste ins Farmhaus zurückkehren, ehe er eine Dummheit beging, zum Beispiel ihre weichen Lippen zu küssen. Er war die ganze Nacht über wachgeblieben und hatte auf seinem Laptop den Geschäftsplan zusammengestellt, und er würde heute Nacht noch einmal dasselbe tun. Eine wichtige Information fehlte ihm jedoch: Paiges Antwort auf seine Frage, ob sie Banora Downs zukünftig als einen rein landwirtschaftlichen Betrieb sähe. Da war es nur gut, dass er länger blieb, um auf den Zur-Hölle-mit-der-Dürre-Ball zu gehen, denn ehe er von Paige keine Antwort erhalten hatte, konnte er den Plan nicht fertigstellen und sich nicht darauf konzentrieren, den Besitzer von Three-M Pastoral ausfindig zu machen.

»Das klingt gut.« Er sah hinaus auf die lebendige rötliche Landschaft, die mit dem leuchtend blauen Himmel verschmolz. »Das niedergebrannte Haus, von dem Sie mir gestern erzählt haben – liegt das in der Nähe?«

Paige wies nach links. »Die zweite Zaunreihe dort drüben ist der Grenzzaun zwischen uns und Killora Downs. Die Kirche, zu der wir fahren, steht an derselben Grenzlinie. Sie war eigens für die beiden Güter errichtet worden, und derselbe Architekt, der auch die beiden Farmhäuser geplant hat, hat sie entworfen.

»Wird sie noch benutzt?«

»Nein.« Paige hielt inne. »Beim Begräbnis meiner Mutter ist die Kirche zum letzten Mal benutzt worden.«

»Wir müssen dort nicht hinfahren, wenn es Sie traurig macht.«

Sie sandte ihm ein kleines Lächeln. »Das ist kein Problem. Ich muss so oder so nach Mums Grab sehen. Zwar habe ich keine Blumen, die ich daraufplegen kann, aber ich staube ihren Grabstein immer gründlich ab.«

Hinter ein paar Emus, die am Zaun entlangjagten, als wollten sie sich mit dem Lieferwagen ein Wettrennen liefern, konnte Tait den Umriss eines Gebäudes ausmachen, das die Kirche sein musste. Es war das einzige Gebäude, das den Mut aufbrachte, aus der endlosen, leeren Ebene aufzuragen. Bald darauf kristallisierte sich aus der unbestimmten Form ein kleines cremefarbenes Sandsteingebäude heraus, das über einen Glockenturm mit Tourellen und ein rot gedecktes Dach verfügte. Als sie näher herankamen, entdeckte Tait einen Zaun, der weiß gestrichen worden war, damit er zu den Dachüberständen und der Vordertür der Kirche passte.

Paige hielt den Lieferwagen vor dem schmalen Tor an und würgte den Motor ab. Sie stützte sich auf das Steuerrad und betrachtete die vernagelte Kirche. »Für ein altes Mädchen hat sie sich nicht schlecht gehalten. Glücklicherweise liegt sie auch zu weit abseits, als dass irgendwelche Randalierer sich an ihr vergreifen würden.«

»Das können Sie laut sagen«, sagte er und blickte aus dem Fenster auf die flirrende Hitze. Es hatte den Anschein, als wären er und Paige die einzigen Lebewesen, die töricht genug waren, sich der Mittagssonne auszusetzen.

Paige zog einen Handfeger aus dem Fach in der Tür und stieg aus dem Lieferwagen. Tait gab ihr einen Augenblick Zeit, um sich zu sammeln, ehe sie das Grab ihrer Mutter besuchte. Als sie jedoch das kleine weiße Tor aufstieß, drehte sie sich um, um sicherzugehen, dass er ihr folgte. Er verließ den Wagen, zog sich den Hut tiefer in die Stirn, um sich vor der gleißenden

Sonne zu schützen, und folgte ihr zu dem Grabstein, den sie mit behutsamen, liebevollen Strichen abbürstete.

Er las die Inschrift auf der glatt geschliffenen Granitoberfläche. »Der Name Ihrer Mutter war Meredith? Aber Sie und Connor nennen sie doch immer Molly.«

Paige stellte sich neben ihn an den Fuß des Grabes. »Ja, sie war auf den Namen Meredith getauft. Der Name hat in der Familie Reilly Tradition.« Paige wies auf eine Anzahl von Gräbern, die in ordentlichen Reihen hinter dem ihrer Mutter standen. »Wie Sie sehen, hieß meine Urgroßmutter ebenfalls Meredith.«

»Ich nehme also an, Ihre Mutter und Connor haben mit einer Familientradition gebrochen, als sie Sie Paige nannten?«

Sie lachte. »Ganz bin ich dem nicht entkommen. Mein vollständiger Name ist Paige Meredith Quinn.«

»Und woher kommt der Name Molly?«

»Es war ein Spitzname aus der Kindheit, der einfach hängengeblieben ist. Mum hatte zwei Freundinnen, und das Trio war unzertrennlich. Die drei waren als Milly, Molly und Mandy bekannt.«

Paige drückte einen Kuss auf ihre Finger, berührte dann den Grabstein ihrer Mutter und ging weiter zu einem nahestehenden kleinen Grabstein, den sie ebenfalls abzustauben begann. »Tatsächlich haben Sie Mandy sogar schon kennengelernt. Es ist Anne aus der Bibliothek. Ich nehme an, sie erhielt den Spitznamen Mandy, weil ihr richtiger Name ähnlich klang.«

»Und wer war die dritte Freundin?«

»Sie hieß Lillian, also war sie natürlich Milly.«

»Natürlich.« Er machte eine Pause. »Haben Sie diese Lillian je kennengelernt?«

»Nicht dass ich mich erinnere. Ich habe Fotos von ihr gesehen, aber sie ist aus der Gegend weggezogen, als ich klein war.« Paige sandte ihm einen Blick. »Ich bin nicht sicher, was passiert ist, aber wann immer ihr Name erwähnt wurde, wirkte Mum traurig.«

Paige hörte auf, den Stein zu bürsten, und als sie sich aufrichtete, erhaschte Tait einen Blick auf die Inschrift:

Geliebter Sohn von Molly und Connor Quinn
Patrick Connor Quinn
Auf Engelsflügeln in den Himmel getragen

Kein Alter war vermerkt, sondern nur ein Datum.

Sie fuhr dem Namen ihres Bruders mit einem Finger nach. »Patrick wäre drei Jahre älter als ich gewesen, wenn er gelebt hätte. Aber wie Mum zu sagen pflegte: ›Gott hat ihn heimgeholt, und eines Tages werden wir alle wieder zusammen sein.‹« Trauer verwischte ihre Worte.

»Paige?« Tait legte ihr die Hand auf die Schulter. Sie erstarrte unter seiner Berührung, dann trat sie zur Seite. »Das geht in Ordnung. Ich spreche gern von ihm. Es gibt mir das Gefühl, ihn als das Mitglied der Familie zu behandeln, das er ist. Zwei Monate vor Patricks Entbindungstermin kamen Anne und Mum aus der Stadt zurück. Ihr Auto kam vom Weg ab und überschlug sich. Mum bekam vorzeitige Wehen, und Patrick war nicht stark genug, um zu überleben.«

»Das muss für alle Beteiligten eine schwierige Zeit gewesen sein«, sagte Tait leise.

»Ja, ich bin sicher, das war es. Vor allem für Anne, weil sie das Auto gefahren hatte.« Paiges Stimme senkte sich. »Ich bin überzeugt, selbst heute noch, nach all den Jahren, gibt sie sich die Schuld.«

»Wenn Anne damals nur im Entferntesten so war, wie sie heute ist, kann ich mir nicht vorstellen, dass sie leichtsinnig gefahren ist. Es muss ein Unfall gewesen sein.«

»Genau.« Paige runzelte leicht die Stirn. »Es ist merkwürdig. Bis heute weiß ich nicht, warum das Auto sich überschlug. Ich nehme an, es spielt inzwischen keine Rolle mehr. Das Einzige, was meine Mutter immer betont hat, war, dass Anne keine Schuld daran hatte.« Paige trat hinter die Gräber ihrer Mutter und ihres Bruders. »Wenn Sie in dieser Reihe auf den Namen meiner Großmutter achten, wissen Sie, warum ich Paige genannt worden bin.«

Tait tat wie geheißen. »Sie hieß Elizabeth Paige Smith, ehe sie Ihren Großvater Patrick Reilly geheiratet hat, nach dem Ihr Bruder benannt worden wäre.«

»Genau.«

»Der arme Connor hatte offenbar keine Chance, als es um die Auswahl der Namen ging.«

»Sie haben recht. Keine. Aber es war nicht so, dass Mum ihm an der Namensfront den Platz streitig gemacht hätte. Er hatte einfach keine Namen zur Verfügung, die er hätte wählen können.«

Paige sah sich in der Familiengrabstelle um. »Dies ist die einzige wirkliche Familie, die Dad je gekannt hat, und Banora Downs ist sein einziges wirkliches Zuhause. Er kam als Emigrantenkind aus England, und auch wenn er nie über seine frühen Jahre in Australien mit mir gesprochen hat, weiß ich von meiner Mutter, dass seine Kindheit brutal war. Es hat Jahrzehnte gedauert, in denen Mum ihm immer wieder erzählen musste, dass Banora Downs nun sein Zuhause sei, ehe er es wirklich glaubte. Und deshalb ist es so wichtig, dass er hierbleiben kann. Deshalb muss ich die Dinge am Laufen halten.« Sie lächelte traurig. »Ich habe Mum versprochen, dass ich das tun würde.«

»Ihre Eltern haben beide großes Glück, Sie zu haben.«

»Das stimmt vermutlich, aber das meiste Glück habe ich, weil ...« Sie ging hinüber zu einer zweiten Gruppe von Grabsteinen, die näher am Kirchhof platziert war, und blieb eine volle Körperlänge von einem Grab entfernt stehen. »Weil Connor mein Vater ist.«

Tait blieb neben ihr stehen. »Wie meinen Sie das?«

»Ich meine, dass meine Mutter einmal mit diesem Mann verlobt war. Mit Wallace Sinclair. Ich weiß, ich sollte über die Toten nichts Schlechtes sagen, aber ich bin froh, dass alles so gekommen ist, wie es ist.«

Tait starrte auf den Grabstein. »Ich nehme an, es steckt eine Geschichte hinter der Heirat zwischen Molly und Connor?«

»In der Tat, und sie reicht vier Generationen zurück.« Paige hakte ihre Daumen in die Gürtellaschen ihrer Jeans. »Es waren einmal zwei beste Freunde, Samuel und Albert, die auf den amerikanischen Goldfeldern zu Reichtum kamen.« Paiges Tonfall wurde wärmer. »Auf der Suche nach einer neuen Herausforderung gelangten sie nach Sydney, doch stattdessen fanden sie dort Meredith und Veronique. Samuel heiratete Meredith, und Albert heiratete Veronique, und zusammen machten sie sich auf den Weg in den Westen. Immer stand die Hoffnung im Raum, dass die beiden Familien sich eines Tages durch eine Heirat vereinen würden, aber ...« Paige betrachtete die großen und kleinen Grabsteine, die in ordentlichen Reihen am Ende der Grabstätte standen. »Krankheit, Krieg und Unglücksfälle machten eine solche Verbindung unmöglich.« Ihr Blick blieb auf dem Grabstein vor ihr ruhen. »Bis zu

Mums Generation. Ich nehme an, die Erwartung war immer da, und Mum reiste nie weit von Banora Downs weg, also beschlossen sie und Wallace, sich zu verloben.«

»Aber irgendwie muss sie dann doch Connor kennengelernt haben?«

»Ja, er kam hierher, um zu arbeiten. Mum hat immer gesagt, als Dad sie zum ersten Mal angelächelt hat, wusste sie, dass sie mit keinem anderen glücklich werden könnte.«

»Und wie haben die Familien und Wallace das Interesse Ihrer Mutter an Connor aufgenommen?«

»Ich denke, anfangs gab es einigen Widerstand, denn er besaß nicht mehr als die Kleider, die er auf dem Leib trug, und er hätte es auf Banora Downs abgesehen haben können. Aber es dauerte nicht lange, dann haben Grandma und Grandpa ihn akzeptiert. Sie hatten selbst aus Liebe geheiratet und hätten ihre Tochter niemals daran gehindert, dasselbe zu tun.«

»Und Wallace?«

»Ich denke nicht, dass er sonderlich glücklich darüber war. Natürlich hat sich das alles vor meiner Zeit zugetragen, aber Mum erzählte mir des Öfteren eine Geschichte über Dad, der damals kein Mann vieler Worte war. Kurz nachdem sie geheiratet hatten, kam er einmal aus der Stadt zurück und erklärte, er habe ›ein paar kleine Probleme gehabt‹, die ihm ein blaues Auge und mehrere Rippenbrüche eingetragen hatten.«

»Wallace?«

»Mum hat nie etwas dazu gesagt, aber ich weiß, dass Anne einmal erwähnt hat, Wallace habe sich kurz nach der Heirat meinem Vater in der Stadt in den Weg gestellt.« Paige verschränkte die Arme. »Alles, was ich weiß, ist, dass ich mich vor dem Wallace, den ich in Erinnerung habe, zu Tode gefürchtet habe.«

»Es fällt mir schwer, mir vorzustellen, dass Sie sich überhaupt vor irgendjemandem fürchten könnten.«

Paige teilte seine Skepsis nicht. »Allen Ernstes. Vor ihm hatte ich Angst. Er lächelte nie, stank immer wie eine Kneipe und hatte die Angewohnheit, mich zu beobachten, wenn wir zufällig zur selben Zeit wie er in der Stadt waren. Ich muss ungefähr fünf gewesen sein, als Mum und ich in dem Park bei der Bäckerei waren. Mum unterhielt sich mit jemandem – tatsächlich glaube ich, es war Mrs. Jessop –, und er kam herüber, um mit mir zu reden, während ich auf der Schaukel saß. Ich habe meine Mutter noch nie so wütend oder so erschrocken gesehen. Sie stellte sich zwischen uns und sagte ihm, er solle sich von uns fernhalten. Wenn wir danach seinen alten Lastwagen noch einmal in der Stadt zu Gesicht bekamen, behauptete Mum immer, sie hätte ihre Einkaufsliste oder ihr Portemonnaie vergessen oder sie hätte irgendetwas anderes zu tun, und wir machten kehrt und fuhren zurück nach Hause.«

Paiges Stimme wurde langsamer, während sie noch immer den Grabstein vor ihren Augen betrachtete. »Dann brach eines Nachts Feuer auf Killora Downs aus, und Wallace, der einzige Mensch, der zu jener Zeit dort lebte, schaffte es nicht zu entkommen. Ich war noch ein Kind, aber ich erinnere mich noch an den Ausdruck in Mums Gesicht. Sie wirkte auf einmal um Jahre jünger. Manche Leute glaubten, das Feuer wäre ein Unglück gewesen, andere vermuteten, er hätte das Farmhaus absichtlich angesteckt. Aber was auch immer geschehen ist: Ein solches Schicksal wünsche ich niemandem – nicht mal dem alten Wallace.«

Tait ließ seinen Blick über die anderen Grabsteine der Familiengrabstätte der Sinclairs schweifen. Anders als all die verzierten Grabsteine war dieser schlicht. Auch gab es bei allen anderen eine liebevolle Inschrift, während auf diesem nur der Name – Wallace Sinclair – und dazu ein Geburts- und Todesdatum standen. Das Todesdatum lag fünfzehn Jahre zurück. Wie es aussah, war Paige nicht die Einzige, die sich für den Mann, der vor ihm begraben lag, nicht hatte erwärmen können.

Er wandte sich abrupt von dem Grab ab und zog seinen Hut tiefer über seine Augen.

»Wollen Sie den Rest der Geschichte nicht hören?«, fragte sie und beschleunigte ihren Schritt, um mit ihm, der zum Auto zurückkehrte, Schritt zu halten.

»Nicht mehr heute. Ich habe gelogen, als ich behauptete, ich würde nicht verzweifelt nach einem Kaffee gieren.«

Eine unbehagliche Stille füllte die Fahrerkabine des Lieferwagens, und nicht einmal das Summen des Motors oder das Knirschen der uralten Federung konnte Abhilfe schaffen. Unter ihren Wimpern warf Paige einen Seitenblick auf Tait. Etwas lag in der Luft. Und es war mehr als nur die Gier nach Kaffee. Trotz mehrerer Versuche ihrerseits, ein Gespräch zu beginnen, hatte sich Tait mit keinem Thema locken lassen. Etwas an dem Besuch der Kirche hatte ihm zugesetzt. Aber was?

Sie hatte seinen grimmigen Tonfall nicht erwartet, als er ihr gesagt hatte, er wolle nichts mehr über Wallace Sinclair hören. Sie wusste so gut wie nichts über Taits Vergangenheit oder über seine Eltern, nur dass er einen Baum gehabt hatte, auf den er geklettert war, eine Mutter, die er geliebt hatte, und einen Vater, der durch Abwesenheit geglänzt hatte.

Hatten ein Name oder ein Datum auf der Familiengrabstätte unangenehme Erinnerungen in ihm wachgerufen? Sie sah durch die gesprungene Windschutzscheibe nach vorn und respektierte sein Bedürfnis nach Privatsphäre.

Aber es dauerte nicht lange, bis sie sich einen weiteren Blick auf sein Profil stahl. Sie ignorierte den Satz, den ihr Pulsschlag vollführte. Von Tag zu Tag wirkte Tait mehr, als gehöre er hierher. Sein Akubra war mit einer frischen Schicht ockerfarbenem Staub bedeckt und wies einen neuen Knick an der Stelle auf, auf die Sean bei der Zusammenkunft versehentlich getreten hatte. Die beiden obersten Knöpfe seines zerknitterten Arbeitshemds standen offen, und wieder einmal umschloss dunkler Denimstoff seine Hüften. Von dem maßgeschneidert gekleideten City Boy, der letzte Woche angekommen war, war nichts mehr zu bemerken. Er hatte ihr gesagt, sie solle sich ihn genau ansehen, um zu bemerken, dass er nicht wie Chris war. Und er hatte recht damit.

Tait war nicht im Geringsten wie Chris. Chris wäre niemals vor Sonnenaufgang aufgestanden, um Rinder zu füttern. Chris hätte nicht mit ihrem Vater geschwatzt und Witze gerissen. Paige konzentrierte sich auf die unebene Straße, die sich vor ihr erstreckte, und nicht länger auf Taits sonnengebräunte Hand, die auf seinen Jeans ruhte. Und Chris' Berührung hätte niemals einen solchen Aufruhr in ihrem Unterleib verursacht.

Sie schluckte mit trockener Kehle. Ja, sie mochte Tait in manchen Dingen falsch eingeschätzt haben, aber deshalb durfte sie noch lange nicht ihre Pflicht und ihre Verantwortung vernachlässigen. Für ihren eigenen Seelenfrieden wie für den reibungslosen, sicheren Ablauf des Betriebs auf Banora Downs war es besser, wenn sie Abstand von ihm hielt. Sie durfte sich nicht vom Schnurren ihrer Sinne verführen lassen, wenn seine kräftigen Finger über ihre Haut strichen. Doch vor allem durfte sie nicht dem anschwellenden Murmeln in ihrem

Kopf zuhören, das behauptete, es gäbe im Leben mehr als frühes Aufstehen, einsame Nächte und eine gottverdammte, nie endende Periode der Trockenheit.

10

Paige musste ihrer Liste von wichtigen Lektionen im Leben noch eine hinzufügen: vorsichtig mit dem zu sein, was sie sich wünschte.

Sie hatte sich verzweifelt einen Tag ohne Tait gewünscht, und als sie diesen schließlich bekommen hatte, musste sie feststellen, dass sie ihn vermisste. Sie schloss den Griff fester um den Becher, den sie trug, als die Küchentür hinter ihr ins Schloss fiel. Sie hätte sich keine Sorgen um den Abstand machen müssen, den sie zu Tait einhalten wollte, denn seit dem gestrigen Besuch an der Kirche schien er alles zu tun, um ihr aus dem Weg zu gehen. Ihr Schritt verlangsamte sich, als sie an den Kräutern und den pinken Nelken vorbeikam, die er gepflanzt hatte. Die Erde war dunkel und feucht. Tait goss die Pflanzen weiterhin jeden Tag mit seinem wiederaufbereiteten Duschwasser.

Kein treuer roter Hütehund schloss sich ihr an, als sie über den staubtrockenen Boden hinüber zum Schuppen ging. Dustys spezieller Platz im Schatten unter dem Regenwassertank blieb leer. Er hatte jetzt einen neuen Lieblingsplatz, an dem er sich niederlegte – überall dort, wo Tait zu finden war. Sie seufzte. Tait war erst seit einer Woche auf Banora Downs, und in dieser kurzen Zeit war er so sehr zu einem Bestandteil des Farmhauses geworden wie die alten Möbel ihrer Großmutter. Aber in einer weiteren kurzen Woche würde er abgereist sein, und die Erinnerung an seine Großzügigkeit und an sein Lachen würden der harschen Realität eines Lebens ohne Regen nicht standhalten.

Sie betrachtete stirnrunzelnd den Kaffee, den sie wie durch ein Wunder nicht verschüttet hatte. Was tat sie also hier, indem sie ihm seinen Vormittagskaffee brachte? Als Connor hineingegangen war, um sich hinzulegen, hätte sie sich nicht bereit erklären dürfen, Tait seine Koffeindosis zu servieren. Sie brauchte ihn nicht zu bedienen, geschweige denn ihn draußen aufzusuchen. Sie zögerte, dann aber setzte sie ihren Weg fort. Sie tat nur, worum Connor sie gebeten hatte, sie war nett, das war alles.

»Könnte es in diesem Schuppen noch heißer sein?«, fragte Tait den Hund, der ihm zu Füßen lag, und zur Antwort klopfte Dusty mit dem Schwanz auf den Betonboden.

Tait rieb sich mit dem Handrücken über die feuchte Stirn. Er hätte sich das Hemd ausziehen können, aber das hätte eine zusätzliche Bewegung erfordert, und er musste sparsam mit seiner Energie umgehen, andernfalls wäre sein innerer Thermostat explodiert. Er beugte sich nieder, um den Automotor zu untersuchen, den er vor sich hatte. Er hatte die Wahl zwischen der Arbeit hier und einem Besuch der Koppeln mit Paige, und im Augenblick schien der ofenheiße Schuppen die bessere Wahl zu sein.

Er hätte dem Besuch der Kirche gestern nicht zustimmen sollen. Er hätte wissen sollen, welche Wirkung der Anblick alter Gräber auf ihn haben würde und welches tiefgehende Gefühl des Verlustes er in ihm hinterlassen würde. Auch wenn er dafür gesorgt hatte, dass die Krempe seines Hutes sein Gesicht abschirmte, war sein Schmerz gewiss sichtbar gewesen. Von allen Menschen durfte er nicht ausgerechnet Paige Zugang zu dem Scherbenhaufen gewähren, der sein Leben war. Aufrichtigkeit war so sehr ein Teil von ihr wie ihr geliebter Akubra.

Ein leichter Durchzug spielte von den beiden offenen Türen zu ihm herüber und trug den Duft von Kaffee und Äpfeln mit sich. Dustys Schwanz klopfte von Neuem. Taits Finger schlossen sich fester um den Schraubenschlüssel in seiner Hand. Seine Hoffnung, der Schuppen würde sich für ihn als Ort der Zuflucht erweisen, konnte er abschreiben. Er befestigte die letzte Schraubenmutter, dann richtete er sich auf und betrachtete sein Werk.

»Wenn Sie mich fragen, sieht das definitiv nach einem Motor aus«, sagte Paige, kam näher und blieb stehen, um Dusty hinter dem Ohr zu kraulen. Der Hund drehte sich auf den Rücken, um sich den Bauch kitzeln zu lassen. Sie rieb seinen hellen Unterbauch mit dem Absatz ihres Stiefels.

Tait legte den Schraubenschlüssel auf der nächststehenden Werkbank ab, wischte sich seine mit Öl verschmierten Hände an der Jeans ab und zwang sich zu einem Lächeln. »Und damit würden Sie richtig liegen.«

»Da sehen Sie's – und wer behauptet jetzt noch, Frauen würden nichts von Autos verstehen?« Sie gab ihm den Becher. »Dad meinte, Ihr vormittägliches Heißgetränk wäre schon lange überfällig.«

»Danke«, sagte er und nahm den Kaffee entgegen. Sie stand so dicht vor ihm, dass er die goldenen Sprenkel in ihren Augen und die Sommersprossen auf ihrer Nase sehen konnte.

»Es ist schon eine Weile her, dass Dad das letzte Mal hier an seinen Autos gearbeitet hat. Danke, dass Sie ihm helfen. Ich weiß, es wird hier drinnen heißer als in der Hölle.«

»Das können Sie laut sagen, aber trotz der Hitze ist Connor nicht der Einzige, der gern an Motoren herumfummelt.« Tait nahm einen Schluck von seinem Kaffee.

Sie betrachtete seine Hände und sein vor Öl strotzendes Hemd, ehe sie in Gelächter ausbrach. »Was Sie nicht sagen.«

Dieses Mal brauchte er sich zum Lächeln nicht zu zwingen. »Was bringt Sie also heute zurück zum Haus? Connor sagte, Sie würden erst spät zurückkommen.«

»Buchhaltung.«

Er nahm noch einen Schluck von seinem Kaffee, um seine plötzliche Anspannung zu verbergen. Alles, was Paige für ihre Buchhaltung benötigen würde, musste sich in dem Ordner befinden, den Connor ihm gegeben hatte und den er zur sicheren Aufbewahrung in seinen Koffer gelegt hatte. »Buchhaltung? Ich hätte gedacht, das ist ein Gebiet, um das Connor sich kümmert.«

Sie schüttelte den Kopf und ging hinüber zu einem abgedeckten Auto. »So sehr ich es hasse, mich im Haus aufzuhalten, die Führung der Bücher ist meine Domäne.«

»Da haben Sie ja Glück.«

»Ja, da habe ich Glück.« Sie hob eine Ecke der Staubschutzhaube und spähte darunter. »Nach Dads Unfall habe ich mich an der Universität von Sydney als Fernstudentin neu einschreiben lassen und schließlich meinen Abschluss in landwirtschaftlicher Ökonomie gemacht. Es macht mir wirklich nichts aus, die Bücher zu führen. Außerdem ist es eine Sache weniger, um die Dad sich kümmern muss.«

Sie zerrte die Abdeckung herunter und enthüllte die schlanken Konturen eines alten marineblauen Jaguars. Dann langte sie nach dem Türgriff, öffnete die Tür auf der Fahrerseite und ließ sich auf den Sitz gleiten.

Tait nahm noch einen letzten Schluck von seinem Kaffee, ehe er den Becher neben den Schraubenschlüssel auf die Werkbank stellte. Wenn er Paige lange genug im Schuppen halten konnte, gelang es ihm vielleicht, sie von der Buchhaltung abzulenken. Während des Mittagessens konnte er dann rasch in sein Zimmer schlüpfen, den Ordner holen und Connor bitten, ihn wieder an seinen gewohnten Platz zu legen. Der Geschäftsplan war so gut wie fertig. Er und Connor konnten nicht riskieren, dass Paige jetzt noch auf ihn aufmerksam wurde.

Tait ging zu dem Jaguar und beugte sich vor, um zu Paige hineinzuschauen. »Zeigen Sie jetzt Ihre verborgene Seite? Ich hätte Sie nicht für einen Autofan gehalten.«

»Keine Chance. Ich werde immer lieber mit Tieren umgehen als mit Maschinen. Aber...« Ihre Finger glitten über das glänzende, mit Holz unterlegte Armaturenbrett, »dieses Auto ist etwas Besonderes. Es war der Stolz und die Freude meines Großvaters. Als ich jünger war, hat er mich immer mit auf Ausflüge genommen. Es war etwas Besonders, das wir beide zusammen unternahmen. Zumindest, wenn es nicht zu heiß war.«

»An einem Tag wie heute hätte der Wagen also diesen Schuppen nicht verlassen?«

»Nein, an einem Tag wie heute definitiv nicht.«

»Hat Ihr Großvater unter der Hitze gelitten?«

Paige lachte. »Kaum. Tatsächlich hat er sich sogar beschwert, als Mum und Dad sich eine Klimaanlage ins Farmhaus einbauen ließen. Nein, es ging um das Auto.« Sie tätschelte das Steuerrad. »Sobald die Temperatur stieg, begann der Motor sich zu überhitzen. Es kostete Grandpa einen zweistündigen Heimweg zu Fuß, um zu begreifen, dass er mit dem Jaguar nur ausfahren konnte, wenn das Wetter sich abgekühlt hatte.«

Tait stützte eine Hand auf die Tür und lehnte sich in das Auto, um den Hebel zu betätigen, der die Haube öffnete. Er wollte einen raschen Blick auf den Motor werfen. Zu spät bemerkte er seinen Fehler. Sein Kopf senkte sich, und obwohl sich Paige zurücklehnte, war ihr Mund auf einmal nur noch eine Handbreit entfernt. Ihre Blicke trafen sich. Hielten sich fest. Er atmete den Duft der Rosenseife ein, den ihre Haut ausstrahlte. Seine Finger tasteten nach dem Schalthebel. Nie hatte ihn das Geräusch einer sich öffnenden Motorhaube glücklicher gemacht.

Mit einem Knoten in der Brust trat er vor den Jaguar, fixierte die Haube und zerrte an einem Schlauch, um zu prüfen, ob er gesichert war.

»Wissen Sie was?«, fragte er mit heiserer Stimme. »Ich könnte womöglich dabei behilflich sein, dieses Auto wieder zum Fahren zu bringen.«

Einen Augenblick lang war er nicht sicher, ob Paige ihn gehört hatte. Dann trat sie neben ihn vor die Haube, stand mindestens auf Armeslänge von seiner Schulter entfernt.

»Dieser Jaguar der Serie III mag zwar ein klassischer Oldtimer sein«, sagte er in die Stille hinein, die den Raum zwischen ihnen füllte. »Aber es gibt keinen Grund, warum Sie nicht wieder damit fahren sollten. Das Problem mit dem Überhitzen lässt sich vielleicht durch einen schlichten Wechsel der Wasserpumpe lösen.«

»Vielen Dank, aber eine Reparatur würde Geld kosten, und mir genügt es, von Zeit zu Zeit darin zu sitzen.« Sie bückte sich, um den Staubschutz vom Boden des Schuppens aufzuheben.

»Wie Sie wollen. Aber falls Sie Ihre Meinung ändern, könnte ich Connor diese Woche helfen.«

»Noch einmal danke. Aber ich bin sicher, Sie haben beide alle Hände voll zu tun. Da wir davon sprechen – ich mache mich jetzt besser auf die Suche nach den verschwundenen Papieren.«

Er schloss die Haube. »Verschwundene Papiere?«

Sie nickte und warf den Staubschutz über den Wagen. »Aus

unerfindlichen Gründen sind die Sachen, die ich brauche, nicht an ihrem angestammten Platz.«

Er fing die Schutzhaube auf und half ihr, sie zurechtzuziehen. »Ich bin sicher, Ihre Papiere werden bald wieder auftauchen.«

Sie nahm den leeren Becher von der Werkbank. »Dad hat dasselbe gesagt. Wenn er nach seinem Mittagsschlaf aufsteht, will er mir suchen helfen.« Sie zögerte. »Ich muss morgen zum Wasserloch, um zu prüfen, ob es Spuren von wilden Hunden gibt. Hätten Sie Lust mitzukommen? Wir könnten schwimmen gehen und rasch zu Mittag essen.«

Sein Kiefer schmerzte von der Anstrengung, ein Stöhnen zu unterdrücken. Er hatte bereits lange genug schlaflos wachgelegen, während er den Erinnerungen an die beinahe nackte Paige nachhing, die sich unter der Windmühle den Schlamm abspülte. Er brauchte keine weiteren Bilder dieser Art. Aber so laut die Stimmen seines Selbstschutzes auch riefen, er musste den Geschäftsplan fertigstellen, überarbeiten und auf den Weg bringen. Die Zeit wurde knapp. Er musste dieses streng geheime Three-M Pastoral in die Finger bekommen, oder er würde für immer an die Vergangenheit gekettet bleiben. Er war nicht den ganzen Weg hierhergekommen, um dann mit leeren Händen wieder abzuziehen.

Er drehte sich um, um den Schraubenschlüssel zu holen und seinen Gesichtsausdruck zu verbergen. »Das wäre toll.«

In der Hausbibliothek hörte Connor das dumpfe Röhren des Lieferwagens auf der Zufahrt, mit dem Paige und Tait zum Wasserloch aufbrachen. Connor stieß einen erleichterten Seufzer aus. Er war sich nicht sicher, ob seine Nerven noch mehr Wendungen und Verwicklungen ausgehalten hätten, die sein Plan mit sich brachte, Paiges Zukunft zu sichern. Aber er hatte schon zu viel riskiert, um jetzt plötzlich aufzugeben.

Als er gestern aus dem Schuppen zurückgekehrt war und Paige vorfand, die mit gerunzelter Stirn sämtliche Schubladen in der Küche durchsuchte, hatte er gewusst, dass er und Tait in Schwierigkeiten steckten. Sie war früher von den Koppeln nach Hause gekommen und schien entschlossen zu sein, mit der Buchhaltung für diesen Monat zu beginnen. Als sie ihn gefragt hatte, ob er die neuesten Rechnungen gesehen habe, hatte er nicht gelogen. Er hatte gesagt, er würde sich ein bisschen ausruhen und ihr dann suchen helfen. Glücklicherweise war es Tait während des Mittagessens gelungen, den Ordner mit der Buchhaltung zu holen, und Connor hatte anschließend dafür gesorgt, dass der Ordner an einer Stelle wieder auftauchte, an der Paige noch nicht gesucht hatte.

Connor ließ das Buch, das er gerade las, in seinen Schoß sinken, weil seine Täuschung schwer auf ihm lastete. Was hatte er sich dabei gedacht, so einen Verkupplungsplan überhaupt nur aufzustellen? Was dabei, sich einzubilden, er wisse, was Paige brauchte und was Tait wollte? Er hatte kein Recht, sich in das Leben anderer Leute einzumischen, nicht einmal, wenn dadurch Falsches geradegerückt und ein in der Vergangenheit begangenes Unrecht wiedergutgemacht werden könnte. Nur weil er als Kind nie die Kontrolle über sein Leben gehabt hatte und nur weil er erst seinen ungeborenen Sohn und dann seine Frau verloren hatte, gab ihm das kein grünes Licht, jetzt Kontrolle auszuüben. Wäre Molly hier gewesen, hätte er jemanden gehabt, mit dem er hätte sprechen können. Sie war immer in der Lage gewesen, Ruhe in seine Verwirrung und sein Chaos zu bringen. Der Verlust quälte ihn wie ein körperlicher Schmerz.

In diesem Augenblick erregte das Telefon seine Aufmerksamkeit, das auf dem Tisch in der Bibliothek stand. Es gab jemanden, der ihn nicht verurteilen würde und der in der Lage wäre, die Dinge zu durchblicken, die sich ihm entzogen. Anne. Aber sie hatte schon so viel für ihn und Paige getan. Er durfte ihr gutes Herz nicht ausnutzen oder einen Vorteil aus ihrer langjährigen Freundschaft ziehen. Die Vergangenheit belastete auch sie schon genug.

Er starrte das Telefon an. Das einzige Zuhause, das er je gekannt hatte, lag im Sterben; ein Zuhause, das seinem einzigen Kind das Leben aus dem Leib saugen würde, wenn er dem nicht Einhalt gebot. Er konnte nicht zulassen, dass Paige die Dunkelheit und die erbarmungslose Einsamkeit erlebte, in der er aufgewachsen war. Er musste sicherstellen, dass ihr Leben auf alle Zeit von Liebe und Glück erfüllt war, mit Sonnenschein und Orangen. Er schloss das Buch in seinem Schoß. Er musste ein Risiko eingehen und tun, was seine Kindheit ihn zu vermeiden gelehrt hatte. Er musste die Mauer einreißen, die Molly abgetragen hatte und die er seit ihrem Tod wieder neu errichtet hatte. Er musste Mollys Glauben daran teilen, dass die Welt ihm nicht immer nur Schläge und Misshandlung verabreichen würde.

Er würde Anne anrufen und ihr gestehen, was er getan hatte. Wenn überhaupt irgendwer, dann würde sie in der Lage sein, ihm zu helfen und einen Weg aus diesem Netz zu finden, in das er sie alle eingesponnen hatte, und das sich mit jedem Tag als fester erwies.

Paige wechselte den Gang des Lieferwagens und ging in Gedanken kurz die Dinge durch, die sie eingepackt hatte. Ganz oben auf dieser Liste standen ein Campingkocher und eine Dose mit Kaffee, die sie für ihren Lunch brauchten.

Als hätte er ihre Gedanken gelesen, verlagerte Tait sein

Gewicht in seinem Sitz, um in den hinteren Teil des Lieferwagens zu spähen, wo die Kühlbox und der Picknickkorb standen. »Sie haben doch Kaffee eingepackt, oder?«

Sie nickte.

Er unterdrückte ein Gähnen. »Natürlich. Ich wollte nur mal nachfragen, nicht weil ich süchtig bin, sondern weil mir das frühe Aufstehen heute Morgen in den Knochen sitzt.«

»Klar.«

Sie warf einen raschen Blick auf seinen Gesichtsausdruck. Als sie vorhin die Rinder gefüttert hatten, hatte er sein gewohntes wissbegieriges Wesen an den Tag gelegt, doch sie hatte den Eindruck nicht abschütteln können, dass er nicht so relaxt war wie sonst. Die angespannten Züge seines Gesichts wiesen auf einen innere Aufruhr hin.

Sie lockerte den Griff um das Steuerrad. Als ob sie hätte reden können! Was um alles in der Welt hatte sie dazu gebracht, Tait zu fragen, ob er mit ihr kommen wollte? Sie hätte sich einen weiteren Tag ohne Tait sichern sollen. Nachdem Connor die vermissten Papiere gestern gefunden hatte, hatte sie nur noch einen kleinen Teil der Buchhaltung geschafft. Sie war zu sehr damit beschäftigt gewesen, ihre Hormone zu bekämpfen. Was für eine Rolle spielte es denn, dass Taits Mund dem ihren so nah gewesen war und dass sie spüren konnte, wie sein Atem über ihre Haut glitt? Er hatte doch nur nach dem Hebel gegriffen, der die Motorhaube des Jaguars öffnete, und der Gedanke, sie zu küssen, wäre das Letzte gewesen, was er im Sinn hatte. Und der Gedanke, ihn zu küssen, hätte das Letzte sein sollen, das *sie* im Sinn hatte.

Sie blickte noch einmal zu ihm hinüber, ohne ihm auf den Mund zu sehen. »Nächste Woche um diese Zeit werden Sie wieder Ihren geliebten, vom Barista zubereiteten Kaffee trinken können.«

Er zog eine Grimasse. »Erinnern Sie mich nicht daran. Auf den Kaffee freue ich mich, aber nicht darauf, wieder in Anzug und Krawatte herumlaufen zu müssen.« Er hob den Unterarm, um die aufgekrempelte Manschette seines kirschroten Arbeitshemds zu betrachten. »Die Wahrheit ist, ich habe ziemlich viel Spaß daran, mich schmutzig zu machen.«

»Na, wer zeigt denn jetzt seine verborgene Seite?«

Er sandte ihr ein warmes Lachen. »Aber trotzdem...« Er betrachtete ihr verblichenes marineblaues Hemd. »Ob beim Herumrollen im Dammbecken oder bei was auch immer Sie am Tag meiner Ankunft getan haben, um sich derart schmutzig zu machen – die unangefochtene Königin des Schmutzes bleiben Sie.«

»Herzlichen Dank.«

»Keine Ursache. Aber im Interesse von Mrs. Jessops Blutdruck werden Sie sich zum Ball den Schmutz abschrubben müssen.«

»Dann ist es ja umso besser, dass ich gar nicht hingehe.«

»Sie gehen nicht hin?«

Sie sah auf seine gerunzelte Stirn und schüttelte den Kopf.

»Warum denn nicht?«

»Sie haben doch gehört, was Mrs. Jessop gesagt hat: Es spielt keine Rolle, ob Gummistiefel zum Kleid bei einem B&S-Ball völlig in Ordnung sind – für diese Veranstaltung wären sie nicht akzeptabel. Und abgesehen von einem Paar Flipflops und Stilettos, bei denen ein Absatz abgebrochen ist und die in den Untiefen meines Kleiderschranks verborgen liegen, besitze ich keine anderen Schuhe.«

»Das lässt sich leicht in Ordnung bringen. Wir gehen einkaufen.«

Sie konnte sich einen Lachanfall nicht verkneifen. »Ich einkaufen – mit Ihnen? Nie im Leben!«

»Ich gebe mir Mühe, das nicht persönlich zu nehmen.«

»Nehmen Sie es, wie Sie wollen«, sagte sie mit einem Grinsen. »Ich kann Ihnen versichern, dass ich in absehbarer Zeit ganz bestimmt nicht mit Ihnen nach Glenalla fahren werde.«

Tait erwiderte ihr Grinsen. »Aber über was sollen die Leute denn reden, um sich von der Dürre abzulenken, wenn Sie sich nicht noch einmal mit mir in der Stadt sehen lassen?«

»Ich bin sicher, die Bombe mit der Internet-Partnervermittlung, die Sie haben platzen lassen, wird sie alle noch mindestens ein Jahrhundert lang unterhalten.« Der Lieferwagen vollführte einen scharfen Schwenk auf der staubigen Straße, als sie einer tiefen Furche auswich.

»Sie sollten wirklich auf diesen Ball gehen.« Seine Stimme wurde ernst. »Es würde Ihnen guttun.«

»Es wird Connor und den Leuten aus der Gegend guttun, aber nicht mir. Ich werde Ihnen was sagen: Ich werde am Freitag, während Sie auf dem Ball sind, ein Buch lesen und früh zu Bett gehen. *Das* wird mir guttun.«

»Aber wenn Sie nicht mitkommen, wer rettet mich dann vor kleinen Jungen ohne Zähne und kleinen Mädchen mit Armen wie Riesenkraken?«

»Machen Sie sich keine Sorgen. Die Kinder werden nicht dort sein, und ich bin sicher, falls Sie irgendwie in Schwierigkeiten geraten, wird ein ganzes Heer zu Ihrer Rettung bereitstehen.«

Schweigen.

»Was meinen Sie denn damit?«

»Oh, ich bitte Sie.« Sie warf ihm einen Blick zu. »Spielen Sie bei mir nicht den Ahnungslosen.«

»Aber ich habe keine Ahnung, was Sie meinen! Werden die Leute sich darum reißen, mich zu retten, weil ich aus der Stadt bin und sie annehmen, ich komme allein nicht zurecht?«

Er konnte das unmöglich ernst meinen!

»Die Leute, die Schlange stehen, um Ihnen zu helfen, werden alle weiblich sein.«

Sie betrachtete prüfend sein Gesicht, um sich zu versichern, dass er kein Spiel mit ihr trieb. Er erschien noch immer verwirrt.

»Die Leute werden Ihnen helfen wollen, weil ...« Sie hielt inne, weil ihr die Hitze in die Wangen schoss. Wie konnte sie ihm sagen, dass er nicht nur Wangenknochen hatte, die in Glenalla einen Verkehrsstau – aus sämtlichen drei Autos – verursachen würden, sondern dass er darüber hinaus über einen Hintern verfügte, der sogar eine Nonne dazu bewegen würde, sich umzudrehen und ihn sich genauer anzusehen?

»Weil ...«, forderte Tait sie zum Weitersprechen auf.

»Weil Sie so einen Puls haben.«

»Einen Puls hat doch jeder.«

»Mein lieber Himmel, dann eben, weil Sie für einen Kerl aus der Stadt nicht allzu übel aussehen.«

In seinen blauen Augen glomm ein Lachen auf. »Paige Quinn, machen Sie mir etwa ein Kompliment?«

Sie biss die Zähne zusammen. Also hatte er doch ein Spiel mit ihr getrieben. »Fassen Sie es auf, wie Sie wollen. Ich habe nur gesagt, Sie werden bestimmt keinen Mangel an Bewunderern oder Rettern haben. Sie brauchen mich nicht, um Ihnen die Hand zu halten.«

»Und was wäre, wenn ich sagen würde, dass ich es gern hätte, wenn Sie mir die Hand hielten?«

Sie sandte ihm einen finsteren Blick. »Dann würde ich sagen, Sie müssen unter einem Hitzschlag leiden.«

Tait konnte so viel Charme versprühen, wie er wollte – Sie würde nicht auf diesen Ball gehen. Sie hatte Besseres zu tun, als den ganzen Abend hindurch zu ertragen, dass jeder sie und

Tait beobachtete. Die Lüge, dass sie ein Paar waren, war schon zu weit gegangen. Sie konnte nicht damit fortfahren, Menschen zu betrügen, die sie gekannt hatten, als sie noch nicht laufen konnte, und die sich freuten, weil es wieder jemanden in ihrem Leben gab.

Sie bog mit dem Lieferwagen von der Straße ab, und er rumpelte auf ein Doppeltor zu.

»In Ordnung, Mr. Schönheitskönig aus der Stadt«, sagte sie und brachte den Lieferwagen zum Stillstand. »Würden Sie so freundlich sein und das Tor öffnen?«

»Das würde ich gern tun«, erwiderte er in merkwürdig verstimmtem Ton. »Aber ich fürchte, ich habe meine Superkräfte in Sydney liegen lassen. Das Tor ist mit einem Schloss gesichert.«

Paige öffnete das Handschuhfach des Lieferwagens zwischen ihnen und entnahm ihm einen Schlüsselbund. »Hier haben Sie die Schlüssel zum Königreich von Killora Downs.«

Seine Finger schlossen sich langsam um die Schlüssel. »Wir fahren nach Killora Downs? Ich dachte, Sie hätten gesagt, niemand geht dorthin.«

»Das stimmt auch. Aber wir haben die Erlaubnis.«

Tait machte keine Anstalten, aus dem Auto auszusteigen. Stattdessen umfasste seine Hand die Schlüssel so fest, als hätte sie ihm ein Goldnugget übergeben. »Von wem?«

»Von irgendeinem Inhaber irgendeiner Firma. Ich weiß nicht mehr genau, wann, aber ungefähr ein Jahr nach dem Beginn der Dürre hat Connor einen offiziell wirkenden Brief erhalten, der uns den Zugang zu Killora Downs gestattete. Als Gegenleistung müssen wir über sämtliche Vorkommnisse Bericht erstatten, zum Beispiel über beschädigte Zäune oder Grasbrände. Anfangs haben wir unser Vieh dorthin zum Weiden gebracht, aber inzwischen sind die Koppeln hier genauso ausgetrocknet wie drüben bei uns. Es gibt aber dennoch etwas, das sich als der reinste Segen erwiesen hat: Auf dem Gelände befindet sich ein Wasserloch, das mit natürlichem Quellwasser gefüllt ist und nicht so aussieht, als wäre es im Begriff auszutrocknen.«

»Und die Person, der Sie über die Vorkommnisse Bericht erstatten müssen, könnte der mysteriöse Eigentümer sein?« Ein merkwürdiger Ton ließ Taits Stimme belegt klingen.

»Vermutlich. Dad kennt die Einzelheiten und hat den Brief sicher irgendwo aufgehoben.« Sie betrachtete sein Gesicht. »Warum fragen Sie danach?«

Er wandte sich ab und öffnete die Autotür. »Aus keinem Grund. Ich bin nur neugierig. Ich mag Geheimnisse.«

Paige biss sich auf die Innenseite ihrer Wange und sah Tait zu, der das Schloss entriegelte und das Tor aufstieß. Dieses Mal konnte sie sich nicht über die Veränderung in seiner Stimme oder die Wachsamkeit in seinen Augen hinwegtäuschen. Tait hatte etwas zu verbergen.

11

Der Schrei des Kakadus über seinem Kopf schaffte es nicht, Taits Aufmerksamkeit von dem Wasserloch abzulenken. Er saß auf einem Stamm, vor ihm brannte ein kleines Lagerfeuer, und es kam ihm vor, als wäre er mitten in die Szene eines Abenteuerromans für Jungen getreten. Der Duft des brennenden Holzes vertrieb den Geruch des Staubes aus seiner Nase, und die Büschel grünen Grases gaben einer Welt, die er nur noch in verdorrtem Braun kannte, die Farbe zurück. Am anderen Ufer des Wasserlochs hing ein knotiger roter Gummibaum über das Wasser. Er hielt Ausschau nach einem tief hängenden Ast, der sich perfekt dafür eignen würde, ein Seil zu befestigen, um über dem Wasser zu schwingen. Er lächelte. Bestimmt hatte Paige ein solches Seil im Lieferwagen.

»Es ist schön hier, nicht wahr?«, fragte sie und drehte den Stock um, an dem sie dünne Bratwürste über dem Feuer röstete.

»Ja.« Wieder lächelte er. »Danke, dass Sie mich mitgenommen haben.«

»Keine Ursache.«

»Was für einen Unterschied Wasser machen kann. Ich habe hier mehr Vögel gehört als in der ganzen Woche auf Banora Downs.« Er nahm einen Schluck von seinem im Campingkocher zubereiteten Kaffee. »Sogar der Kaffee schmeckt besser.«

»Passen Sie aber auf, wo Sie hintreten. Das Wasserloch zieht nicht nur die Vögel an, sondern auch Schlangen. Deshalb musste Dusty zu Hause bleiben. Beim letzten Besuch hier ist er im allerletzten Augenblick einer braunen Giftnatter entwischt.«

Paige legte die gebratenen Würste auf einen Teller, ehe sie ihm ein Stück Brot reichte. Er sah ihr zu, während sie eine Wurst in ein Stück Brot wickelte und diese mit Sauce bedeckte. Er tat es ihr nach, und während er einen Bissen nahm, sah er wieder über das Wasserloch. Das Wasser stand so ruhig, dass er das vollkommene Spiegelbild des roten Gummibaums auf der Oberfläche sehen konnte.

»Gibt es einen Grund dafür, dass hier Wasser ist und sonst nirgendwo?«

Paige nickte und brauchte einen Moment, um aufzuessen. »Hier war einmal die Biegung eines Flusses, aber der Fluss hat seinen Lauf verändert.« Sie wies auf die hohen Bäume zu ihrer Rechten. »Dort drüben fließt das Wasser jetzt entlang, auch wenn der Fluss nur noch ein winziges Bächlein ist. Dieses Wasserloch wird durch eine Quelle gespeist, selbst wenn es nur halb so tief ist, wie es sein sollte.« Wieder wies sie auf etwas, diesmal auf eine Reihe von Bäumen längs des Ufers. »An den Stöcken, die an die Stämme dort geklemmt sind, können Sie ablesen, wie hoch das Wasser nach einem Regenfall steigen kann.«

»Aus der Luft muss es wie eine Oase aussehen, egal wie hoch der Wasserstand ist. Kein Wunder, dass sich hier so viele Vögel aufhalten.«

Wie um ihm zuzustimmen, hallte das Gelächter eines Kookaburras über das reglose Wasser.

Paige sah zu der Stelle, von wo der Schrei des Vogels gekommen war, und ihre Miene wirkte wehmütig. »Wissen Sie, dass der Schrei eines Kookaburras mitten am Tag als ein sicheres Zeichen für Regen gilt?« Sie sandte einen prüfenden Blick in den Himmel, ehe sie wieder zu den Koppeln voll rotem Staub sah, die hinter dem Wasserloch lagen. »Aber ich fürchte, heute ist es nicht so.« Diesmal kreischte ein Schwarm von Kakadus auf und übertönte ihre Worte.

Sie wartete, bis die Vögel in den Baumkronen gelandet waren, ehe sie fortfuhr. »Wenn ich die Rinder auf die Stock Route weiter im Norden treibe, mache ich hier Pause. Ich achte aber immer darauf, mein Lager so weit wie möglich entfernt aufzuschlagen, denn das Kreischen von Kakadus ist manchmal nicht auszuhalten.«

Die Vögel mit der schwefelfarbenen Brust, die die Zweige der Bäume bedeckten wie Schneefall im Winter, begannen erneut zu kreischen.

»Das kann ich verstehen«, sagte er über den Lärm hinweg.

Sie griff nach einer weiteren Bratwurst, während die Kakadus sich beruhigten. Wieder ertränkte sie ihre Wurst in Sauce. Seit seiner Ankunft hatte er sie noch nie so viel essen sehen. »Hier draußen zu sein tut Ihnen gut.«

»Ja, das tut es. Es gibt nicht viel, das schöner ist, als an einem Lagerfeuer Bratwürste zu essen. Ich mag zwar in Sydney auf ein Internat und zur Universität gegangen sein, aber hierher, in den Westen, gehöre ich.«

»Und hier werden Sie bleiben?«

»Unbedingt.«

Er wiederholte die Frage, die er ihr vor Tagen bereits einmal gestellt hatte: »Sie wollen Banora Downs also als einen gemischten Farmbetrieb für die kommende Generation erhalten, ob es nun eine geben wird oder nicht? Oder haben Sie auch noch einen Notfallplan?«

Sie lachte, aber ihre Gedanken schienen mit etwas anderem beschäftigt zu sein. »Jetzt sind wir also wieder an diesem

Punkt angelangt. Und es gibt noch mehr Fragen. Ja, auf Rindern, Getreide und vielleicht ein paar Schafen wird weiterhin unser Hauptaugenmerk liegen. Und nein, einen Notfallplan habe ich nicht, abgesehen davon, dass ich uns weiterhin dürresicher machen will. Wenn das Wetter mitspielt, läuft Banora Downs gut.«

Tait nickte. Endlich hatte er die Information, die er brauchte, um den Geschäftsplan zum Abschluss zu bringen, doch das erfüllte ihn nicht mit Befriedigung. Er hatte jetzt keinen Grund mehr, sich an Paiges Seite aufzuhalten. Er nahm das zweite Bratwurst-Sandwich entgegen, das sie ihm reichte, und widerstand der Versuchung, ihre Finger zu berühren.

»Jetzt bin ich an der Reihe, Fragen zu stellen«, sagte sie, ohne dass ihr Blick den seinen losließ. »Waren Sie immer ein Stadtkind?«

Er kaute langsam. »Ich bin als Kind viel umgezogen und habe eigentlich nirgendwohin gehört.«

Wenn Paige bemerkt hatte, dass er ihrer Frage auswich, ließ sie sich nichts davon anmerken. »Das muss hart gewesen sein.«

»Nicht so hart wie für meine Mutter. Aber sie hat sich nie beklagt.«

»Das hört sich nach einer außergewöhnlichen Frau an.«

Wiederum wartete er ab, ehe er ihr Antwort gab. »Ja, das war sie.«

Paige stellte den Teekessel über das Feuer, um Wasser zu kochen, als hätten sie alle Zeit der Welt, über ein Thema zu sprechen, über das Tait nie sprach. Nie im Leben.

»Das Problem mit außergewöhnlichen Müttern ist, dass sie so eine riesige Lücke hinterlassen, wenn sie gehen.«

Er nickte und hoffte, Paige würde annehmen, dass er den Mund voller Essen hatte, nicht voller Emotionen.

Sie warf ihm einen raschen Blick zu. »War es Krebs wie bei meiner Mutter?«

»Nein.« Er hielt inne. »Ein Aneurysma im Gehirn.«

»Das tut mir so leid.«

Tait aß den Rest seines Brotes auf. »Es ist lange her.«

»Das macht es nicht einfacher, mit dem Verlust fertigzuwerden.«

»Nein.« Er stand auf und klopfte sich die Jeans ab. »Dafür ist die Arbeit gut. Was halten Sie davon, wenn wir uns ein bisschen umsehen, ehe wir noch einen Kaffee trinken?«

»Gute Idee.«

Er entfernte sich von dem Lagerfeuer. Je mehr Abstand er zwischen sich und Paige legte, desto weniger Chancen würde sie haben, ihr Gespräch fortzusetzen. Je weniger sie über ihn wusste, desto sicherer würden seine Geheimnisse bewahrt bleiben. Als er jedoch an eine dünne, enge Linie gelangte, die durch den Schlamm schnitt, blieb er stehen.

Paige schloss zu ihm auf und verfolgte die Vertiefung mit der Spitze ihres Stiefels, bevor sie das dichte Unterholz untersuchte. »Das wundert mich nicht. Hier haben wir eine Schlangenspur.«

Mit gesenktem Kopf ging sie am Rand des Wassers entlang und suchte nach weiteren Spuren. »Hier war ein Wallaby und da drüben ein Emu.«

Tait ging weiter voran. »Was ist damit? Sind das die Hundespuren, nach denen Sie suchen wollten?«

Paiges Schultern spannten sich an. Sie war im Nu an seiner Seite, hockte sich nieder und fuhr mit den Fingerspitzen über die Einprägungen. »Ja, da sind mindestens fünf Hunde. Drei große und zwei kleine.«

Sie richtete sich wieder auf und blickte sich am Wasserloch um, während ihre Zähne sich in ihre Unterlippe gruben. »Ich hatte gehofft, ich würde keine finden. Dennis, unser Nachbar, hatte mich neulich gewarnt, dass ein Rudel verwilderter Hunde seine Viehherde angegriffen habe. Er hat ein paar Schüsse abgefeuert und gedacht, sie hätten sich in Richtung Taylor's davongemacht. Aber sie müssen wieder hergekommen sein, um nach Wasser zu suchen.« Sie ließ ihren Blick in die Richtung schweifen, aus der sie gekommen waren. »Hoffen wir, dass sie nicht zu uns unterwegs sind. Dennis vermutet, dass es sich bei einem der großen Hunde um einen Rottweiler handelt und bei dem anderen um einen Bull Mastiff. Das sind beides aggressive Rassen.«

»Und wie kommen Hunde wie diese nach hier draußen?«

»Sie könnten Haustiere von Städtern und nicht mehr erwünscht gewesen sein. Oder sie könnten Schweinehunde gewesen sein.«

»Schweinehunde? Welche, die grunzen?«, fragte er mit betont ernstem Gesicht.

»Nein, Sie Idiot.« Ein Lächeln vertrieb ihren sorgenvollen Ausdruck. »Mischlingshunde, die von Jägern hierhergebracht werden, um wilde Schweine zu jagen. Manchmal verlaufen sich diese Hunde, oder sie verletzen sich und werden zum Sterben liegengelassen. Aber wie auch immer sie hierhergelangen, sie sind furchtlose, intelligente Raubtiere.«

Mit einem letzten Blick auf die Spuren der Hunde wandte sie sich ihrem Lagerfeuer zu. »Ich werde wohl besser Dads Gewehr abstauben, wenn wir nach Hause kommen.«

Tait folgte ihr.

»Sind Sie alleingelassen worden, nachdem Ihre Mutter gestorben war?«, fragte sie leise, als sie sich dem Feuer näherten.

Seine Schritte verlangsamten sich, während er einen raschen Blick über den Wasserlauf warf. Hier gab es keinen Ort, an den man flüchten, geschweige denn, wo man sich verstecken konnte. Er würde Paiges Fragen schlicht und kurz beantworten und dann das Thema wechseln. Er setzte sich auf den Baumstamm und spielte eine Gelassenheit vor, die er nicht empfand. »Nein. Meine Mutter hat wieder geheiratet, also hatte ich einen Stiefvater.«

»Sie müssen beide so schockiert gewesen sein«, sagte Paige und löffelte Kaffee in einen Metallbecher. »Ich habe gehört, dass Hirnaneurysmen ganz plötzlich auftreten können.«

»Das waren wir, und ja, es geschah alles in Windeseile.« Er hob einen glatten, flachen Stein auf und ließ ihn über das Wasser springen. »Bruce ist ein guter Mann, und ich konnte von Glück sagen, ihn zu haben. Selbst mit siebzehn kann es eine Weile dauern, darüber hinwegzukommen, dass man seine Mutter am Morgen zum Abschied umarmt hat und feststellen muss, dass sie nicht mehr da ist, wenn man nach Hause kommt.«

Paige drückte seine Hand. Er nahm ihre Finger in die seinen. Ihre Hand erschien so klein im Vergleich zu seiner großen. Er starrte auf ihre Finger, die so zart und dennoch so kraftvoll waren. Er konnte sich nicht daran erinnern, wann ihn das letzte Mal eine Frau berührt hatte, ohne eine Gegenleistung dafür zu erwarten.

»Wie schon gesagt: Es ist lange her. In der Tat schon so lange, dass Bruce inzwischen wieder geheiratet hat und ich eine neue Mutter bekommen habe. Sophia. Und eine jüngere Stiefschwester noch dazu.«

Paige entzog ihre Finger seinem Griff. Er kämpfte gegen den Reflex, sie länger in der seinen zu halten.

»Ich nehme an, das ist erfreulich?«, fragte sie und suchte seinen Blick.

Das Schreien der Kakadus vermochte sein harsches Auflachen nicht zu kaschieren. »Erfreulich daran ist, dass ich eine Menge gelernt habe. Sophia mag meiner Mutter ein wenig ähnlich sehen, aber davon abgesehen ist sie kein bisschen wie sie. Meine Mutter hat Geld nie für wichtig gehalten, aber Sophia tut es. Sie kann davon einfach nicht genug bekommen.«

Paige antwortete nicht sofort, sondern konzentrierte sich darauf, heißes Wasser aus dem Teekessel in seinen Becher zu schütten. »Ihrer Stiefmutter würde es schwerfallen, in einer Trockenperiode zu überleben«, sagte sie nach einem Augenblick.

»Darauf können Sie wetten.« Er dankte Paige mit einem Lächeln, als sie ihm seinen Kaffee reichte. »Sophia und Angelica würden nicht zurechtkommen, wenn sie sich nicht alle drei Wochen die Fingernägel machen lassen könnten.«

»Ihr Stiefvater muss ziemlich viel Geld in der Tasche und genauso viel Geduld haben.«

Tait seufzte. »Um ehrlich zu sein: Ich glaube, er fühlt sich schuldig. Er hat meine Mutter so sehr vermisst, und er hat Sophia in dem Glauben geheiratet, er könnte damit die Leere in seinem Leben füllen. Aber unglücklicherweise konnte er das nicht. Also überschüttet er sie und Angelica mit allem, was sie sich nur wünschen, um auszugleichen, dass er kaum da ist.«

Was dachte er sich nur dabei, so viel zu reden? Paige hatte eine viel stärkere Wirkung als ein Wahrheitsserum. Ein Blick in ihre mitfühlenden Augen, und seine Lebensgeschichte war ihm mit etlichen Knoten Geschwindigkeit über die Lippen gesprudelt. Er musste das Gespräch beenden, ehe er viel zu viel verriet.

Er stellte seinen Kaffee neben sich ab und rappelte sich auf die Füße. »Aber nun genug von mir. Wenn ich weiter so viel schwatze, haben wir keine Zeit zum Schwimmen mehr. Ich glaube, ich lasse meinen Kaffee abkühlen und springe hinein.«

Paige, die sich um das Feuer kümmerte, blickte nicht auf. »Gute Idee. Ich komme gleich nach.«

Langsam packte Paige die Sachen weg, die sie benutzt hatten, um sich ihre Würste zu braten. Der Verdacht, dass Tait etwas zu verbergen hatte, beunruhigte sie noch immer. Womöglich war sie einfach nur so neugierig wie Mrs. Jessop gewesen, als sie in seinem Leben herumgewühlt hatte, aber sie wurde das Gefühl nicht los, dass das, was er verbarg, von Bedeutung war. Was war mit seinem leiblichen Vater geschehen? Wo war er aufgewachsen? Dass er als Kind herumgezogen war, schloss nicht aus, dass er auch anderswo, fern der Stadt, gelebt hatte. Zum Beispiel im Outback.

Sie schloss den Deckel des Picknickkorbs. Als sie am Wasserloch angekommen waren, hatte sich Tait mit einem geradezu wissenden Lächeln umgesehen, als wäre er an einem ähnlichen Ort schon einmal gewesen. Sie musste ihre überaktive Fantasie wegpacken, genau wie sie die Picknicksachen weggepackt hatte. Das Wasserloch konnte ihn einfach an eine Fotografie oder an ein Gemälde erinnert haben.

Sie riskierte einen Blick zu der Stelle, wo er schwamm. Er war bereits ins Wasser gesprungen. Sein Hut, seine Jeans, das Hemd und die Stiefel lagen in einem ordentlichen Stapel am Ufer. Ihr Pulsschlag beschleunigte sich. Hoffentlich hatte er Shorts unter seiner Jeans getragen. Natürlich war nichts dagegen zu sagen, dass sie nackt hier schwamm, wenn sie hier lagerte, aber sie würde ihm nicht nahe kommen, wenn er nichts am Leib trug.

Das Wasser kräuselte sich am anderen Ende des Wasserlochs, und Tait tauchte auf, um Luft zu holen. Er rieb sich das Wasser aus den Augen und drehte sich um, um ihr zuzuwinken. Selbst von ihrem Platz aus konnte sie die wohlgeformten Linien seines Oberkörpers ausmachen, und der Atem stockte ihr in der Lunge. Er mochte in einem Büro sitzen und ein City Boy sein, aber er war gebaut wie ein Junge vom Land, der seine Tage damit zubrachte, auf einer Farm zu arbeiten.

»Na, kommen Sie schon, Paige!«, rief er. »Es ist wunderbar.«

Sie unterdrückte ein Seufzen und kämpfte sich auf die Füße. All ihre Instinkte warnten sie, nach der Reaktion, die ihr Körper gestern im Schuppen gezeigt hatte, wäre es eine schlechte, eine ganz schlechte Idee, mit ihm schwimmen zu gehen. Wenn die Hitze des Tages und die Wärme des Feuers sie nicht von innen her geschmolzen hätten, wäre sie hier im Schatten und so weit entfernt von ihm wie möglich sitzen geblieben. Aber sie musste sich abkühlen. Sie warf ihren Hut auf den Boden und zog sich Stiefel und Socken aus.

Sie hatte vergessen, dass sie überhaupt Badeanzüge besaß, aber als sie nach ihnen gesucht hatte, hatte sie zwei gefunden. Ihren alten grünen Schulbadeanzug und einen geblümten Bikini, den sie vor einer gefühlten Ewigkeit spontan gekauft hatte. Sie zog die Bluse aus und überprüfte den Träger des Bikinioberteils, das sie unter ihrem marineblauen Unterhemd trug. Ihre Hand glitt auf ihre metallene Gürtelschnalle. Sie brauchte sich um nichts zu sorgen. Tait mochte die Gelegenheit nutzen, sie genauer zu betrachten, aber das änderte nichts daran, dass sie die Gastgeberin seines Farmurlaubs war und damit jemand, auf den er keinen Gedanken mehr verschwenden würde, wenn er erst wieder zu Hause in der Stadt wäre.

Sie öffnete den Reißverschluss ihrer Jeans und stieg aus der Hose. Dann stahl sie sich einen Blick auf Tait, der durch das Wasser auf sie zugeschwommen kam, und ging durch den rauen Sand bis ans Ufer. Noch immer galt es herauszufinden, was er anhatte – oder eben nicht.

»Sie wissen, dass Sie noch immer Ihr Unterhemd anhaben?«, fragte Tait, als er sich in dem Wasser, das ihm bis zur Taille ging, aufrichtete.

Zu ihrer Erleichterung erspähte sie etwas, das wie der tiefsitzende Bund rot-weißer Badeshorts aussah.

»Genau. Und außerdem Sonnencreme. Ich bin vorsichtig mit der Sonne, was mehr ist ...«, sie verfolgte den langsamen Lauf eines Wassertropfens, der seinen goldenen Brustkorb hinunterrann, »... mehr, als ich von Ihnen sagen kann.«

Sie watete ins Wasser und sog scharf die Luft ein, als die Kälte ihr in die Haut schnitt. »Ich dachte, Sie hätten gesagt, das Wasser wäre wunderbar.«

Tait lächelte strahlend. »Das ist es. Und wie ich heute Morgen im Radio gehört habe, gibt mir der UV-Index noch genau zehn Minuten, bevor ich mein Hemd wieder anziehen muss.«

Sie watete weiter, bis das kalte Wasser ihr in die empfindliche Haut an der Rückseite der Knie schnitt. Sie runzelte die Stirn. »Es kommt mir heute kälter vor.«

»Vielleicht, weil Sie sich so viel Zeit beim Nasswerden lassen. Eine Schnecke würde sich schneller bewegen als Sie. Springen Sie einfach hinein.«

Sie sah zu ihm hinüber. Sein Tonfall hatte ein wenig grob geklungen. Vielleicht hätte er seinen zweiten Kaffee doch trinken sollen, ehe er schwimmen gegangen war.

Zu spät sah sie das freche Leuchten in seinen Augen und seine rechte Hand, die hinten ausholte. Wasser schlug über ihrer Brust zusammen, als er ihr einen Mini-Tsunami entgegenspritzte. Sie öffnete den Mund, um ihn auszuschimpfen, doch sie bekam nur Wasser zu schlucken. Kopfüber tauchte sie unter und sorgte dafür, dass sie hinter ihm wieder an die Oberfläche kam. Wenn Tait sie herausfordern wollte, hatte er sich geschnitten. Die Schlacht war eröffnet. Sie holte Luft und machte sich bereit, ihm auf die Schultern zu springen und ihn unter Wasser zu drücken. Als er jedoch herumschwang, verflüchtigten sich sämtliche Rachegedanken wie Feuchtigkeit in der Mittagshitze. In seinem Blick tanzte nicht länger der Schelm, sondern einzig unmissverständliche Begierde.

Er überwand den Abstand zwischen ihnen. Seine Hände vergruben sich in ihrem Haar, und seine Lippen versiegelten ihre in einem langsamen, tiefen Kuss, der mehr Hitzewellen durch ihren Körper jagte als die Flammen jedes Lagerfeuers.

Der Schrecken wich ihrem eigenen Verlangen. Ihre Abwehr bröckelte. Sie schmiegte sich an ihn und kostete ihn, als enthielte die Spur von Kaffee in seinem Atem ein Elixier für das ewige Leben. Ihre Finger ergriffen von seinem Rücken Besitz, verfolgten, kneteten und genossen.

Taits Hände fuhren mit unsäglicher Langsamkeit ihr Rückgrat hinunter, seine Fingerspitzen kosteten jede Kurve und jede Höhlung aus. Durch den nassen Stoff ihres Unterhemds brannte die Hitze seiner Berührung wie Feuer. Seine Hände tauchten ins Wasser ein, um ihre Hüften zu umfassen. Rastlos drängte sie sich näher an ihn. Der Schmerz in ihren Brüsten löste sich in Wohlbehagen auf, als sie sich an die warme Härte seines Brustkorbs presste.

Sein Mund bereitete ihr Genuss, indem er ihr Kinn entlangfuhr, bis er ihren empfindsamen Punkt hinter ihrem Ohr entdeckte. Ihre Finger krallten sich in seinen Rücken, und im gleißenden Sonnenlicht schloss sie die Augen.

Fordernd verlangte sein Mund nach dem ihren. Ihre Lust

konnte mit der seinen mithalten. Dann bemerkte sie durch den Nebel der Gefühle, die ihre Glieder verflüssigten, wie sich seine Muskeln unter ihrer Berührung verhärteten. Die besitzergreifenden Hände, die sich um ihre Hüften geschlossen hatten, drängten sie zurück. Sie erstarrte und schlug die Augen auf. Kälter als das Wasser war die Realität, die sie auf einen Schlag wieder zur Besinnung brachte. Was hatte sie getan?

Sie entzog sich seiner Umarmung und presste ihren Handrücken auf ihre pulsierenden, frisch geküssten, unvernünftigen Lippen. Einen kurzen, bittersüßen Augenblick lang hatte sie vergessen, wer sie war. Sie hatte die Trockenheit vergessen. Doch vor allem hatte sie vergessen, dass Tait schon bald nicht mehr hier sein würde.

»Paige?« Seine heisere Stimme war kaum zu erkennen. Er nahm ihre Hand und drückte einen Kuss in ihre zitternde Handfläche. »Bitte schau nicht so. Nicht so, als würdest du bereits bereuen, was passiert ist.«

Sie zog ihre Finger von seinem Mund weg und brachte sie aus seiner Reichweite. »Das tue ich. So wie du ja offensichtlich auch.«

Er stöhnte. »Glaub mir, das Einzige, was ich bereue, ist das klägliche Trauerspiel meiner Selbstbeherrschung.«

»Um meine Selbstbeherrschung ist es nicht besser bestellt.« Sie drehte sich weg, ihre Wangen brannten heißer als die Hölle. »Es wird nie wieder geschehen.«

»Nicht so hastig«, sagte Tait, packte sie an der Taille und drehte sie wieder zu sich herum. »Nie wieder ist eine ziemlich lange Zeit.« Er umfasste ihr Kinn, und sein Daumen strich über ihre Haut.

Sie kämpfte gegen die sofort einsetzende Schwäche in den Knien. Nie hatte sie geglaubt, die Berührung eines Mannes könnte sie dermaßen ins Schwanken bringen und ihr das

Gefühl geben, geschätzt zu werden. Tait berührte sie in einer Weise, in der Chris es nie getan hatte.

»Ich habe zwar versucht, es zu verlangsamen, aber das bedeutet nicht, dass ich dich nicht weiterküssen wollte.«

Sein Blick streifte über ihr Gesicht und blieb an ihrem Mund hängen.

Wenn er sie noch einmal küsste, wäre es wie ein Funke auf ausgetrocknetem Sommergras und sie wäre verloren. Und wie nach einem Buschfeuer würde ihr hinterher nichts anderes bleiben als kalte Asche und tiefstes Bedauern.

Sie entzog sich ihm, und obwohl ein Muskel in seiner Wange zuckte, ließ er sie gehen.

»Wir müssen nach Hause.« Sie riskierte einen Blick auf seine Brust. »Deine zehn Minuten müssen längst um sein. Du röstest wie ein Hühnchen, wenn du dir nicht dein Hemd überziehst.«

Sie wandte sich um, ging auf das Ufer zu und hörte, wie er dicht hinter ihr folgte. Sie zogen sich schweigend an, bis sie drei vergebliche Versuche unternahm, sich die Jeans über die nassen Schenkel zu ziehen.

»Du weißt, dass ich dir dabei helfen könnte, oder?«, sagte Tait mit einem Grinsen. Er saß auf dem Baumstamm und zog sich die Socken und die Stiefel an.

»Ich hab's gleich geschafft.« Sie zog kräftig und kümmerte sich nicht darum, ob sie die oberste Schicht ihrer Haut verlor. Die Jeans blieben hängen und schrammten über ihre Hüften wie Sandpapier.

»Autsch. Das muss wehgetan haben.«

»Nein«, erwiderte sie und schloss den Knopf der Jeans und die Gürtelschnalle in Rekordtempo. Angezogen und mit ihrem Hut auf dem Kopf brauchte sie nur noch ihre Stiefel, dann hätte sie alles wieder unter Kontrolle. Die einzige Paige Quinn, die

Tait von jetzt an zu sehen bekäme, würde ein perfekt selbstbeherrschtes Mädchen vom Lande sein. Es würde keine Küsse mehr geben, ganz egal, wie sehr ihre Sinne auch summten und wie oft ihre Blicke sich auf seine Lippen verirrten.

Tait stand auf und hob den Picknickkorb vom Boden auf. Seine Jeans trug er über dem Arm. Sein Lächeln verriet ihr, dass er sehr wohl wusste, wie sehr ihre aufgeschürften Schenkel noch immer schmerzten.

Sie setzte sich auf den Baumstamm, griff nach ihren Stiefeln und warf einen Blick auf die tropfende Badehose und die Aussie Boots, die er nun trug. »Ich frage mich, was Mrs. Jessop über deinen Aufzug zu sagen hätte.«

»Sie würde mir zweifellos erklären, dass ich nicht die Beine dazu habe, Stiefel zum Kleid zu tragen.« Das Lächeln in seinen Augen verlosch. »Paige, komm doch mit auf den Ball. Es würde sich wirklich niemand etwas daraus machen, wenn du in Stiefeln auftauchen würdest.«

Sie zog sich den ersten ihrer abgeschabten Stiefel über und schüttelte den Kopf, noch ehe er zu Ende gesprochen hat. »Das kommt nicht infrage.«

»Komm mit *mir* auf den Ball.«

Sie hörte auf, an ihrem zweiten Stiefel zu zerren. Tait blickte ihr tief in die Augen. Sie bemühte sich, dem Zittern ihrer Nerven Einhalt zu gebieten, zog sich ihren Stiefel über und kam hoch auf die Füße.

»Tait, es würde nicht funktionieren. Ich bin kein Mädchen für ein Abenteuer. Ich habe meine Pflichten, die ich nicht im Stich lassen kann, nicht einmal für eine einzige Nacht. Und du bist ein erklärter Workaholic. Ganz zu schweigen von der Tatsache, dass du bald nicht mehr hier bist.«

Er rollte sich eine Strähne ihres nassen Haars um den Finger. »Ich weiß das alles.«

Sie wandte den Kopf ab, sodass ihr Haar sich aus seinem Griff rollte. »Du hast gesagt, Bronte wollte mehr von dir, als du ihr bieten konntest, und jetzt bist du so weit weg von ihr, wie es überhaupt nur möglich ist. Kannst du dir nicht vorstellen, dass ich geradezu prädestiniert bin, auch mehr zu wollen, als du mir bieten kannst? Ganz egal, wie verlockend eine Woche heißer Sex mit einem äußerst hübschen Mann aus der Stadt auch sein mag.«

Ihrer frivolen Bemerkung gelang es nicht, die Dunkelheit aus seinen Augen zu vertreiben.

»Ich bin, wer ich bin, Tait«, fuhr sie fort. »Und du bist, wer du bist. Wir dürfen nicht zulassen, dass das, was geschehen ist, noch einmal geschieht, also kann ich auch nicht auf diesen Ball gehen. Und damit ist die Geschichte zu Ende.«

Die Uhr an Taits Handgelenk piepte, um anzuzeigen, dass es drei Uhr in der Frühe war, aber dennoch schloss er den Laptop vor sich nicht. Jetzt, da Paige endlich bestätigt hatte, wie sie Banora Downs in der Zukunft sah, konnte er die Arbeit am Geschäftsplan hinter sich bringen, und dann würde er frei sein, sich um die persönlichen Belange zu kümmern, die ihn ins Outback gebracht hatten. Aber während er den Absatz überflog, den er gerade geschrieben hatte, wurde ihm klar, dass sein Drang wach zu bleiben nichts mit der Arbeit zu tun hatte, sondern allein dem Wunsch entsprang, die Träume zu vermeiden.

Sobald er sich niederlegen würde, würden ihn Bilder von Paige in ihrem Bikini und ihrem nassen Unterhemd verfolgen. Er hob die Arme über den Kopf und lehnte sich in seinem Stuhl zurück. Spitze und lange Stiefel hatten ihn nicht in die Knie gezwungen. Nur Paige, die in das Wasserloch watete, so langsam, dass er zusehen konnte, wie das Wasser Zoll um Zoll an ihren endlos langen Beinen hochstieg, einen Weg, den nachzuverfolgen seine Hände sich mit verzweifelter Inbrunst wünschten.

Und dann war da ihr Kuss. Die leidenschaftliche, alle Sinne raubende Art und Weise, mit der ihre Lippen mit den seinen verschmolzen waren. Nie wieder würde er in der Lage sein, eine Frau in den Armen zu halten, ohne sich daran zu erinnern, wie richtig es sich angefühlt hatte zu spüren, wie Paige sich an ihn schmiegte. Sogar jetzt noch, nachdem er geduscht hatte, konnte er den Duft von Äpfeln noch immer wahrnehmen und fühlte die Abdrücke ihrer Hände auf seiner Haut.

Er starrte auf den Bildschirm des Computers, bis das Bild vor ihm verschwamm. Es spielte keine Rolle, wie sehr sein Testosteron dagegen aufbegehrte, er musste Paige zustimmen, dass es eine Wiederholung des Kusses nicht geben durfte. Aber es war nicht Paiges Wunsch nach mehr, als er ihr anzubieten hatte, oder sein Leben in der Stadt, das sie beide daran hinderte zusammenzukommen. In den Träumen, die ihn nachts heimsuchten wie ein fein eingestelltes Superauto, kamen keine Betonwüsten aus Wolkenkratzern und auch keine Designerkrawatten vor.

Es war die Wahrheit, die sich wie eine unüberwindliche Mauer zwischen ihnen aufbaute. Er senkte die Arme, rieb sich den steifen Hals und schloss endlich den Deckel des Laptops. Eine Wahrheit, die bedeutete, dass alles, was Paige von ihm zu wissen glaubte, eine Lüge war.

12

Eine verblassende Wolke aus rotem Staub über der Zufahrt brachte Paige dazu, früher als geplant zum Farmhaus zurückzukehren. Banora Downs musste einen Besucher haben, und so sehr sie es hasste, es zuzugeben: Sie konnte ein wenig Gesellschaft gebrauchen.

Vom Morgen abgesehen, als Tait ihr geholfen hatte, die Rinder zu füttern, hatte sie ihn in den letzten anderthalb Tagen nicht zu Gesicht bekommen. Es war, als hätten sie sich nach ihrem Kuss beide stillschweigend darauf geeinigt, einander aus dem Weg zu gehen. Als sie ihm im Flur über den Weg gelaufen war, hatte er gelächelt, aber er war nicht stehen geblieben, um ein paar Worte zu wechseln. Später dann, bei der Fütterung des Viehs, war er ein vorbildlicher Gehilfe gewesen – effizient und ein Meister des belanglosen Smalltalks.

Paige stieg die Hintertreppe zur Küche hoch, zog sich den Akubra vom Kopf und schlug ihn gegen ihr Bein, um den Staub abzuklopfen, der sich beim Tränken der Rinder darauf gesammelt hatte. Sogar in der großen Trockenheit war es wichtig, das, was von ihrer Zuchtherde übrig war, bei guter Gesundheit zu halten, denn von ihren zerzausten Leibern würde es abhängen, ob Banora Downs sich eines Tages erholte. Sie wischte sich mit der Hand über die schmerzende Stirn. Eines Tages. Es schien eine Ewigkeit weit weg.

Sie öffnete die Tür zur Küche und trat in eine andere Welt, die von kühler Luft und Gelächter angefüllt war und in der die tief eingegrabenen Falten im Gesicht ihres Vaters sich zu glätten schienen.

Sie konzentrierte sich auf die Frau, die ihm gegenüber am Tisch saß, und nicht darauf, wie umwerfend Tait aussah, als er ihr über den Rand seiner Zeitung ein Lächeln sandte. »Hallo, Anne«, sagte sie. »Was für eine nette Überraschung!«

Die Bibliothekarin erhob sich, und sie umarmten sich. »Ich weiß. Ich habe heute frei und dachte mir, Bella würde gern mit Dusty herumtoben.«

»Ach, deshalb ist er nicht gekommen, um mich zu begrüßen, als ich vorgefahren bin.« Vor dem Küchenfenster ertönte Gebell. »Und ich habe schon gedacht, er würde altersschwach und einen Platz im Schatten meinen Streicheleinheiten vorziehen.«

Anne lachte. »Ich glaube, Dusty ist noch nicht so weit, sich niederzulegen. Und selbst wenn er es wäre, bezweifle ich, dass Bella es ihm erlauben würde.«

Paige folgte Anne zum Fenster, wo Bella neben Dusty herjagte und ihn in den Hals zwickte, wie um zu sagen: »Fang mich doch!« Paige schüttelte den Kopf. »Wo nehmen die zwei bloß ihre Energie her?«

Tait trat an ihre Seite und gab ihr ein großes Glas eisgekühltes Wasser. »Warum machst du nicht mal Pause? Anne hat ein paar Sachen für dich.«

»Danke.« Sie nahm das Wasser mit einem leichten Stirnrunzeln entgegen. »Aber du brauchst mich nicht zu bedienen.« Sie trank einen großen Schluck, dann stellte sie das so gut wie leere Glas hinter sich auf die Arbeitsfläche. Sie wandte ihren Blick wieder Tait zu. »Was denn für Sachen?«

»Sie sind im Wohnzimmer.«

»Okay.« Sie betrachtete die roten Fingerabdrücke, die sie

auf dem Glas hinterlassen hatte. »Ich wasche mir die Hände, dann komme ich mit und sehe mir die Sachen rasch an. Fünf Minuten habe ich Zeit.«

Als sie vor das Spülbecken trat, hätte sie schwören können, dass ihr Vater und Anne einen bedeutungsvollen Blick tauschten. Aber als sie sich halb umdrehte, um es zu überprüfen, hatte Anne ihr den Rücken zugewandt und verließ hinter Tait den Raum. Bebend trocknete Paige sich die Hände an einem Geschirrhandtuch ab.

Connor nickte in Richtung der Tür. »Geh du voran.«

»Was geht hier vor?«, fragte sie, ohne sich zu rühren.

»Anne hat dir einige ihrer alten Kleider für den Ball mitgebracht«, antwortete er und klang ein wenig schuldbewusst.

»Ich gehe nicht auf den Ball. Ich brauche einen Abend, an dem ich früh schlafen gehen kann. Keine durchtanzte Nacht.«

»Das weiß ich, und du weißt es, aber Anne hat sich so viel Mühe gemacht, um dir diese Kleider zu bringen, warum gehst du nicht und siehst sie dir wenigstens an?«

Tait erschien in der Tür. »Kommt ihr ins Wohnzimmer?«

Ihrem Vater gelang es, als Erster zu sprechen: »Ja, wir sind unterwegs.«

Tait mochte einen entspannten Eindruck machen, doch seine Haltung kündete davon, dass er kampfbereit war. Und der einzige Mensch, auf den seine Blicke fixiert waren, war sie.

Das Spiel begann. Mit hoch erhobenem Kopf marschierte sie an ihm vorbei in den Flur. Sie betrat das Wohnzimmer und hörte das Rascheln von fülligen, teuren Stoffen, mit dem Anne die Kleider aus einer Schachtel befreite. Eine weitere Schachtel stand zu ihren Füßen.

Mit vollen Armen sandte Anne ihr einen unschuldigen

Blick. »Ich muss zugeben, dass ich ein wenig besessen von Abendkleidern war, als ich jünger war.«

Paige riss die Augen auf. Sie hatte noch nie gesehen, dass Anne etwas anderes getragen hatte als gedämpftes Braun, Grau und ihr Markenzeichen Schwarz-Weiß. Selbst als sie im letzten Jahr auf dem Zur-Hölle-mit-der-Dürre-Ball erschienen war, hatte sie ein schlichtes schwarzes Kleid angehabt. Sie streckte die Hand aus, um ein pinkfarbenes Gewand aufzufangen, das Annes Griff entschlüpft war. Die kühle Seide streifte ihre Finger wie eine Liebkosung.

»Sie sind alle so schön, Anne, und so hübsche Farben, aber ich könnte nie im Leben eines davon tragen.« Paige trat von einem Fuß auf den anderen. »Du weißt, ich bin nicht gut mit Kleidern. Entweder bohre ich mir den Absatz in den Saum, oder ich bleibe mit dem Rock am Zaun hängen.«

»Vielleicht könnte das etwas damit zu tun haben, dass du über Zäune steigst und Rinder fütterst, wenn du sie anhast«, sagte Anne mit einem Lächeln.

Paige bemerkte, dass an mehreren der Kleider noch das Preisschild hing, so auch an dem pinkfarbenen, das sie in den Armen hielt. Anne hatte all diese besonderen Kleider gekauft, doch nachdem ihr junger Ehemann gestorben war, hatte sie es nie mehr übers Herz gebracht, sie zu tragen, vermutete Paige. Sie konnte nicht jetzt abtragen, was einst ein Teil von Annes Träumen gewesen war.

»Vielen Dank, aber ich kann die Kleider nicht annehmen«, sagte Paige mit fester Stimme.

»Unsinn.« Anne legte die Kleider auf das Sofa. »Sie hängen doch nur im Kleiderschrank in meinem Gästezimmer herum und fangen Staub.« Sie öffnete die zweite Schachtel und förderte Schuhe und eine große Schmuckschatulle zutage. Die Schuhe sortierte sie in zwei ordentliche Reihen, wobei ihre

Finger auf dem Satinriemen an einem Paar roter hochhackiger Sandalen liegenblieben. »Kleider waren nicht das Einzige, was ich gesammelt habe.«

Paige breitete das pinkfarbene Kleid über einen in der Nähe stehenden Lehnstuhl. Der vergoldete ovale Spiegel über dem weißen Marmorkamin spiegelte die leuchtende Farbe der Seide. Wohin sie sich auch wandte und ihren Blick lenkte, alles, was sie sehen konnte, war ein verführerischer Regenbogen aus Farben und Texturen.

Anne öffnete die Schmuckschatulle. Edles Silber, Gold, Perlen und Strass, alles blinkte Paige entgegen. Sie ignorierte die plötzliche Sehnsucht, eine Kette mit Kristallen ans Fenster zu halten und zuzusehen, wie sich in dem spiegelnden Glanz das Licht fing. Sie wollte Anne nicht verletzen, aber sie konnte das, was sie anbot, einfach nicht annehmen. Paige schloss langsam die Schmuckschatulle und sah sich nach moralischer Unterstützung um. Aber die beiden Menschen, die so wild darauf gewesen waren, sie im Wohnzimmer zusammenzubringen, waren gar nicht mit ihnen herübergekommen.

»Ich weiß es wirklich zu schätzen, dass du mir all diese Dinge gebracht hast, Anne. Das tue ich wirklich. Aber ich kann am Freitag nicht kommen.«

Anne nahm Paiges Hände in die ihren. »Erinnerst du dich, wie ich dich auf dem letzten Ball gefragt habe, ob du dir vielleicht ein Kleid borgen möchtest, und wie du gesagt hast, du bräuchtest nichts, aber vielleicht nächstes Jahr?«

»Das tue ich. Und es ist so nett von dir, dass du dich daran erinnerst, aber...« Sie sah auf die Abendkleider, die förmlich danach riefen, dass sie sie anprobierte und ihre Pracht auf ihrer Haut spürte. »Der Himmel stehe uns bei, wenn wir bis dahin hier immer noch Dürre haben, aber kann ich einen Gutschein für das nächste Jahr bekommen?«

»Nein«, kam es von Tait, der in der Tür stand. Er trat zur Seite, um Connor vorbeizulassen, dann folgte er ihm mit einer weiteren Schachtel in den Händen.

»Bitte nicht noch mehr Kleider, Anne! Ich fühle mich schon so schlecht, sie abzulehnen.«

»Ist in Ordnung, dann also nicht noch mehr Kleider.« Die Bibliothekarin lächelte, ehe sie sich neben Connor stellte.

In der Schachtel in Taits Händen schien sich etwas zu regen, als er vor Paige stehenblieb. Der Blick seiner blauen Augen war hart wie Feuerstein.

»Nein«, wiederholte er. »Du kannst keinen Gutschein bekommen. Du gehst auf den Ball, um dich ein bisschen zu amüsieren. Das ist einstimmig beschlossen worden.«

Sie hob ihr Kinn. Deshalb also hatten ihr Vater und Anne diese Blicke gewechselt. Alle drei hatten sich miteinander verschworen, um sie dazu zu bringen, auf diesen Ball zu gehen. Sie mochte ein einsamer Rufer in der Wüste sein, aber sie würde ihren Standpunkt am längsten verfechten.

Sie schüttelte den Kopf. Der Grund dafür, dass sie dem größten gesellschaftlichen Ereignis der Gegend fernbleiben würde, stand vor ihr. Sie durfte die Gemeinschaft nicht länger in die Irre führen, indem sie sie glauben machte, dass sie und Tait ein Paar waren. Aber die Wahrheit durfte auch nicht ans Licht kommen. Niemand durfte wissen, dass Tait als zahlender Gast auf Banora Downs war. Und jetzt, nachdem sie sich geküsst hatten, bestand zudem die höchst reale Gefahr, dass sie die Finger nicht von ihm würde lassen können.

Sie. Konnte. Nicht. Auf. Den. Ball. Gehen.

Sie blinzelte. Dieses Mal war sie sich sicher, dass sich etwas in der Schachtel in Taits Händen bewegt hatte.

»Nun, wenn du nicht auf den Ball gehst«, sagte er mit trügerisch träger Stimme, »dann bekommst du auch nicht, was hier in dieser Schachtel ist.«

»Und was ist, wenn ich das gar nicht haben will?«

»Oh doch, du willst es haben. Das kannst du mir glauben.«

Connor saß still da und verfolgte intensiv den Machtkampf zwischen seiner Tochter und Tait. Sein Brustkorb spannte sich an. Tait hatte Anne angerufen, um sie nach Ballkleidern zu fragen, und herausgefunden, dass sie einen ganzen Schrank voller Kleider besaß, die Paige passen mussten. Als sie sich bereit erklärt hatte, sie vorbeizubringen, hatte er sie gebeten, auch ein paar Ableger aus ihrem Garten mitzubringen und verschiedene Schachteln und eine Kiste aus der Gärtnerei abzuholen. Auch wenn darüber kein Wort gesprochen worden war, hatte Connor die vielen Blumentöpfe im Garten gesehen, die vor der Hintertür der Küche Gestalt annahmen. Es mochte zwar auf den Koppeln kein Leben mehr sprießen, aber wenn er durch die Glastür ins Freie blickte, konnte er sehen, wie dort in den Töpfen Kräuter und Blumen gediehen, die so pink waren wie das Kleid, das Paige in den Händen gehalten hatte.

Während Paige und Tait weiter über den Inhalt der Schachtel stritten, warf Connor einen flüchtigen Blick auf die Frau an seiner Seite. Er hatte vergessen, dass Anne je so leuchtende Farben getragen hatte. Das lange Haar, das sie immer in einem dicken Zopf trug, mochte inzwischen grau sein, aber ihr glattes Gesicht war so faltenlos wie an dem Tag, an dem sie Molly zum ersten Mal besucht hatte. Anne war immer das scheue, stillere Mädchen des Trios gewesen, aber diejenige, an die sich Molly und Lillian gewandt hatten, wenn sie Hilfe brauchten.

Während die Jahre verstrichen und die Trauer ihnen allen ihre Narben beigebracht hatte, hatte er sich gefragt, an wen Anne sich wohl gewandt hatte, nachdem sie Nathan bei dem Unfall im Silo verloren hatte. Sie hatte nie wieder geheiratet und sich allem Anschein nach auch nie wieder auf eine Beziehung eingelassen. Die Bibliothek war ihr zu der Familie geworden, die sie nie gehabt hatte.

Er drückte ihre Hand, und sie drückte die seine als Erwiderung. Sie war ihm eine treue und verlässliche Freundin gewesen, und das niemals so sehr wie neulich, als er sie angerufen hatte. In ihrer vertrauten, ruhigen Art hatte sie ihm zugehört, als er ihr gestanden hatte, dass er sich mehr als nur ein kleines bisschen in Paiges Leben eingemischt hatte. Ihr einziger Kommentar dazu hatte gelautet, dass sie so etwas schon vermutet hatte. Und wie er angenommen hatte, hatte sie von Anfang an gewusst, wer Tait war.

Sie hatten dann über Connors sogenannten Plan gesprochen, Tait in Paiges Leben zu bringen, in der Hoffnung, dass er sich als ein Mann erweisen würde, der ihrem starken Willen gewachsen war, und dass sich zwischen ihnen eine Freundschaft oder etwas Stärkeres entwickeln mochte. Anne hatte ihm darin zugestimmt, dass Paige unbedingt auf den Ball gehen musste, wenn diese Hoffnung die geringste Chance auf Erfüllung haben sollte. In der nicht zu formellen Atmosphäre des Festsaales von Balgarry könnte sie sich entspannen und fünf gerade sein lassen. Connors Blick blieb an den Schultern seiner Tochter hängen, die sich starrsinnig versteift hatten. Bisher war es alles andere als sicher, dass Paige auf diesen Ball gehen würde.

Entschlossen verankerte Tait die Sohlen seiner Stiefel im Fußboden des Wohnzimmers. Paige würde auf diesen Ball gehen, selbst wenn er ihr eines von Annes Kleidern eigenhändig anziehen musste. Er hob die Schachtel aus ihrer Reichweite. »Kein Ball, keine Schachtel.«

»Ach, komm schon, kann ich nicht wenigstens mal hineinsehen?«

»Kommt nicht infrage.«

»Aber wie kann ich eine Entscheidung treffen, wenn ich nicht alle Fakten kenne? Ich könnte ja sagen, ich gehe auf den Ball, nur um herauszufinden, dass ich für eine Schachtel voll zerschnittenem Papier Ja gesagt habe.«

Er grinste. »Würde ich dir so etwas antun?«

»Ja.«

Er senkte die Schachtel wieder. »Na schön. Dann gib mir mal deine Hand.«

Argwohn flackerte in ihren Augen auf. »Meine Hand?«

»Ja. Du gibst mir deine Hand, und als Gegenleistung gebe ich dir einen Hinweis auf das, was in der Schachtel sein könnte.«

»Ich hoffe, es ist nichts Schleimiges drin oder etwas, das beißt«, sagte sie und gab ihm zögerlich ihre Hand.

Er verflocht seine Finger mit den ihren, hielt die Schachtel tiefer und führte ihre Fingerspitzen unter den Pappdeckel. Er nahm sich Zeit, ehe er seinen Griff lockerte. Sie blieb reglos stehen, nur ihre Brauen hoben sich. Dann musste die Überraschung in der Schachtel ihr die Finger geleckt haben, denn plötzlich zog sie ihre Hand heraus und warf den Deckel auf.

»Ein Welpe!«, seufzte sie, während sie behutsam den kleinen blauen Hütehund heraushob.

Tait nickte.

Sie drückte den Welpen an ihre Brust und küsste ihn auf seinen grau und weiß gesprenkelten Kopf. Eine pinkfarbene Zunge versuchte, ihre Hand zu lecken, bevor spitze Zähnchen sich in ihren Daumen bohrten.

»Er ist ein kleiner Beißer«, sagte sie mit atemloser Stimme.

»Ja, das ist er.« Tait hielt ihr die Schachtel hin. »Aber er kommt wieder zurück.«

»Wie bitte?« Paige drückte den Welpen fester an sich und drehte sich zu ihrem Vater um.

»Kein Ball«, sagte Tait, »keine Schachtel. Erinnerst du dich?«

Sie wandte sich ihm wieder zu, und aus ihrem Gesicht war alle Freude verschwunden. »Das ist kein fairer Deal. Du weißt, dass wir es uns nicht leisten können, einen Welpen zu halten.« Sie sah den blauen Hütehund an, der nun seinen Kopf in ihrer Armbeuge verbarg. »Egal, wie niedlich er ist.«

»Er braucht ein Zuhause, Paige. Ein gutes Zuhause. Als ich Mrs. Jessop gestern wegen der Verpflegung für den Ball anrief, ging ihre Tochter ans Telefon.«

»Laura, die beim Tierarzt arbeitet?« Paige konnte ihren Blick nicht von dem gähnenden Bündel in ihren Armen abwenden.

»Ja, sie hat mir von einem Wurf Welpen erzählt, der ausgesetzt worden ist. Dieser kleine Kerl ist der Einzige, der überlebt hat.« Er machte eine Pause. »Ich weiß, du magst es nicht, wenn ich etwas tue, um euch zu helfen, aber seine Impfungen habe ich schon bezahlt. In Annes Auto sind Tüten mit Hundefutter, ein Hundekorb und eine Kiste mit Hundespielzeug, das Laura für ihn ausgesucht hat.«

Paige machte weder Anstalten aufzublicken noch, ihm eine Antwort zu geben.

Er fuhr fort. »Dusty wird alt. Du musst anfangen, einen jungen Hund auszubilden.«

»Ich weiß.« Ihre Stimme war nicht viel mehr als ein Flüstern.

Endlich hob sie den Blick, doch es war Anne, die sie ansah.

Die ältere Frau schüttelte den Kopf. »Mich brauchst du nicht anzusehen, Paige. Mein Garten ist nicht groß genug für zwei Hunde.«

Paige starrte auf die Schachtel, auf Taits Gesicht und dann auf den Welpen, der mittlerweile eingeschlafen war. »Hat er einen Namen?«

»Bundy.«

»*Bundy*? Lass mich raten, Laura hat ihn nach ihrem Lieblingsgetränk benannt.«

Tait lächelte. »Es hätte schlimmer kommen können. Ich kannte mal einen Hund, der Jim Beam hieß. Versuch mal, das über eine Koppel zu rufen.« Er verkrampfte sich, als er seinen Schnitzer bemerkte, aber Paige schien nicht mitbekommen zu haben, dass er für einen Mann aus der Stadt viel zu viel über die Namen von Farmhunden wusste.

Mit einer Fingerspitze berührte sie sanft die kleinen Ohren des Hundes. »Denk bloß nicht«, sagte sie und hob ihren Blick Tait entgegen, »dass ich das vergesse.«

»Keine Sekunde lang.«

»Ich weiß, dass ich es bereuen werde, zugestimmt zu haben. Aber einverstanden.« Sie seufzte. »Ich gehe auf den Ball und amüsiere mich ein bisschen.«

Eine Stunde später nippte Tait an einem wohlverdienten Kaffee. Frieden schien sich über das Farmhaus gelegt zu haben.

Bella und Dusty lagen schlafend unter dem Regenwassertank, und nachdem er die Fußmatte attackiert und in die Küche gepieselt hatte, schlief nun auch Bundy in seinem vorläufigen Bett in der Waschküche. Anne und Connor saßen lächelnd dicht beieinander und betrachteten die alten Fotoalben, und Paige war damit beschäftigt, die Kleider anzuprobieren.

Sie schien davon überzeugt zu sein, dass die Kleider eine sehr gute Chance hatten, ruiniert zu werden, sobald sie sich in ihrem Besitz befänden. Also bestand sie darauf, dass sie sich jetzt eines aussuchen würde, damit Anne den Rest mit zurück in die Stadt nehmen konnte. Sie war bereits dreimal nach unten gekommen und hatte sich rasch um sich selbst gedreht, ehe sie wieder nach oben geeilt war. Bisher gab es eine Ja-Stimme und zweimal Vielleicht für das Kleid im Gelb von Butterblumen, dreimal Nein für das grüne Kleid, in dem sie aussah wie eine Toilettenbürstenpuppe, und dann ein definitives Nein für eine tiefausgeschnittenes Kleid in Pink. Er wäre die ganze Nacht hindurch von dem Anblick von Paiges Brüsten abgelenkt gewesen, die aus dem kaum vorhandenen Stoff zu fallen drohten.

Tait betrachtete Annes grauen Haarschopf, während sie und Connor ihren Erinnerungen nachhingen. Einige der Kleider mochten seit Jahrzehnten in ihrem Kleiderschrank hängen, aber dank der Liebe, die seine Stiefmutter und Stiefschwester für alles hegten, was exklusiv war, hatte er auch die Markennamen einiger moderner Designer erkannt. Genau wie Anne zufällig ein Handy für Paige zur Hand gehabt hatte, schienen auch ihre Kleider Paige zufällig wie ein Handschuh zu passen, obwohl sie gut und gern einen Kopf größer war. In Anne verbarg sich weit mehr, als ihre Rolle als freundliche Bibliothekarin ahnen ließ.

Er warf einen prüfenden Blick auf die Wanduhr. Das widerspenstige Model war schon eine ganze Weile lang nicht mehr auf dem Laufsteg aufgetaucht. Er schob den Kaffee beiseite und stand auf. »Ich sehe mal nach Paige. Sie braucht zu lange.«

Connor und Anne blickten auf und lächelten.

Er nahm zwei Stufen auf einmal, und auf dem Treppenabsatz wandte er sich nach rechts, um sich in Paiges Flügel des Hauses zu begeben. Er klopfte an das, was er für die Tür ihres Schlafzimmers hielt. Eine gedämpfte Antwort ertönte. Er öffnete die schwere Tür. Und erstarrte.

Dem Fenster gegenüber stand Paige mitten in ihrem Zimmer und versuchte, sich mit den Armen in die Ärmel eines auf Figur geschnittenen roten Kleides zu kämpfen. Von dem Querstreifen ihres schwarzen Büstenhalters und dem offenen Fall ihres Haars abgesehen hatte er einen unbegrenzten Blick auf ihren schlanken Rücken, bis hinunter zu der Stelle, wo das rote Kleid gerade über ihre Taille reichte.

»Anne, ich habe keine Ahnung, wie dir das gepasst hat, denn mir passt es ganz sicher nicht...« Sie schwang herum.

Hätte er es nicht mit eigenen Augen gesehen, hätte er nicht geglaubt, dass Paige der Mund offen stehen konnte. Aber genau das tat er, und zwar fünf Sekunden lang, ehe er wieder zuklappte.

Ihre Hand klammerte das Kleid vor ihrer Brust fest, und ihre Augen funkelten vor Empörung. »Wenn du das nächste Mal klopfst, würde ich es zu schätzen wissen, wenn du mir sagst, wer du bist.«

Er vollführte eine gespielte Verbeugung und wedelte dazu mit der Hand. »Ihr Wunsch ist mir Befehl, Prinzessin Paige. In Zukunft werde ich meine Ankunft angemessen bekanntgeben.«

Ein kleines Lächeln spielte um ihre Lippen. »Sehr witzig.«

»Finde ich auch.«

Er ging auf sie zu, als käme er häufig einfach hinein, während sie sich anzog. Es spielte keine Rolle, wie sehr sein Testosteronspiegel verrücktspielte, während sie halbnackt vor ihm stand, er musste sich benehmen. Sie hatte zu heftig darum gekämpft, sich vor dem Ball zu drücken, als dass er ihr jetzt einen Grund geben würde, doch noch einen Rückzieher zu machen.

»Du scheinst ziemlich lange zu brauchen. Wo liegt das Problem?« Argwöhnisch blickte sie ihm entgegen, aber er bewahrte einen neutralen Gesichtsausdruck. »Da ich meine jüngere Stiefschwester und ihre Kicherbande von Freundinnen des Öfteren zu gesellschaftlichen Ereignissen chauffiert habe, kenne ich mich bei Katastrophen mit Kleidern ein bisschen aus.«

Paige blickte auf das rote Kleid hinunter, das kaum den Ansatz ihrer Brüste bedeckte. »Das hier ist weniger eine ›Katastrophe mit einem Kleid‹ als eine Kleiderfalle. Dieses Kleid lässt sich nicht hochziehen. Es lässt sich auch nicht wieder runterziehen. Ich bin gefangen.«

»In Ordnung. Dreh dich um.«

Mit misstrauischer Miene tat sie, was er ihr gesagt hatte.

Er ignorierte den glatten Hügel ihrer nackten Schulter und zog das Kleid an der Seite hoch. Es glitt ein wenig höher, dann steckte es wieder fest.

»Ich glaube, das Problem besteht darin, dass der Saum völlig verdreht ist. Er könnte sich an irgendetwas verhakt haben, vielleicht am Reißverschluss?«

Paige hob ihren Ellenbogen, während sie weiterhin darauf bedacht war, das Oberteil des Kleides an seinem Platz festzuhalten. »Du hast vermutlich recht. Hier ist der Reißverschluss, hier auf der Seite.« Sie hob den Arm höher. »Ich glaube, da hat der Schlamassel angefangen.«

Mit den Händen in ihrer Taille drehte er sie um, um sich den Schaden anzusehen. »Ja. Der Reißverschluss ist nicht zugezogen, und dieses Haken-Dingens hat sich verfangen.«

»Haken-Dingens?«, spottete sie. »Hübscher, technisch korrekter Ausdruck.«

»Siehst du, ich habe dir doch gesagt, ich bin ein Experte«, sagte er und konzentrierte sich auf den Reißverschluss, nicht auf die weiche Schwellung von Paiges linker Brust. Seine Finger nestelten an ihm herum.

»Wie läuft es denn, City Boy?«

Bildete er es sich ein, oder hatten Paiges Atemzüge sich ein wenig beschleunigt?

»Bestens. Du hast beim Verhaken des Reißverschlusses ganze Arbeit geleistet.«

Sie wand sich.

»Halt still.« Wieder glitten seine Finger vom Reißverschluss ab. Mit einem stummen Fluch blickte er sich im Raum um, um sich von der Fülle ihrer Kurven abzulenken, die sich nun ohne jeden Zweifel in schnellerem Tempo hoben und senkten. Er betrachtete ihr mit Kleidern bedecktes Bett. Keine gute Entscheidung. Er riss seinen Blick davon los und konzentrierte sich auf das Regal mit den Trophäen, Siegesschleifen und dem Foto einer jugendlichen Paige auf einem grauen Pony.

»Das Pony auf dem Foto über deinem Bett, ist das Gidget?«

Sie drehte sich um, um nach dem Regalbrett zu spähen. »Ja. Vermutlich hätte ich es schon vor Jahren wegpacken sollen.« Eine Spur von Verlegenheit schwang in ihrer Stimme. »Mein Zimmer muss aussehen wie eine Zeitkapsel.«

Tait richtete sich auf und trat beiseite. Er brauchte unbedingt frische Luft, die er atmen konnte, nicht den Rosenduft ihrer Haut.

»Es ist doch nichts falsch daran, die Dinge so zu belassen, wie sie dir gefallen. Ich habe völlig aus den Augen verloren, wie viele Neugestaltungen unser Esszimmer dank meiner Stiefmutter erlebt hat.«

Über Paiges Zimmer mit seiner geblümten Tapete, den rosaweißen Vorhängen und dem Frisiertisch im Queen-Anne-Stil, der mit Fotografien bedeckt war, hätte seine modebewusste Stiefschwester wahrscheinlich die Nase gerümpft, aber es passte zu Paige.

»Ich finde, es sieht perfekt aus.«

»Ich finde das auch. Mum und ich haben es eingerichtet, als ich zehn war, und ich denke mir gern aus, dass eines Tages ihr Enkelkind hier schlafen könnte.«

»Hübscher Gedanke, aber wenn du nur Söhne bekommst, hast du ein Problem.«

Sie zog eine Grimasse. »Möge der Himmel verhindern, dass Cousin Charles nur Söhne bekommt. Das Haus würde in eine Art Heereslager verwandelt werden. Charles hat seine Pfeil-und-Bogen-Sammlung nämlich immer noch.«

Sie biss sich auf die Lippe und zerrte fest an der Vorderseite des Kleides. Es rührte sich nicht von der Stelle. »Dieses Gerede über die nächste Generation von Banora Downs bringt mich nicht aus diesem verdammten Kleid.«

Tait nahm seine Position an Paiges Seite wieder ein. Sie konnte ihn nicht täuschen. Zwar mochte sie so tun, als würde es ihr nichts ausmachen, wenn nicht sie es war, die Banora Downs eine neue Generation schenkte, aber sie log. Er zerrte zum dritten Mal an dem hartnäckigen Reißverschluss. »Weißt du was? Es könnte sein, dass wir eine Schere brauchen.«

»Nein.« Paige versteifte sich. »Allmählich glaube ich wirklich, dass ich verflucht bin, wenn es um Ballkleider geht. Bitte versuch es noch weiter.«

»In Ordnung. Heb deinen Arm höher, und hol Luft.« Paige folgte seinen Anweisungen, und Tait zog am Reißverschluss. »Wenn ich meine Finger darunter bekomme...« Die Zähne befreiten sich aus dem dünnen Stoff des Saumes.

»Gott sei Dank.« Erleichtert sackte Paige in sich zusammen. »Ich bin sicher, ich werde Albträume haben, in denen ich lebendig verschluckt werde.«

»Willst du, dass ich dir den Reißverschluss zumache?«

»Auf keinen Fall.« Zögerlich machte sie ein paar Schritte auf ihr Bett zu. Doch trotz aller Vorsicht verfingen ihre Füße sich in dem langen Saum. »Aargh!« Sie beugte sich nieder, um den Rock hochzuheben und gab ihm ihr cremefarbenes Dekolleté und schlanke Beine zu sehen. »Ich habe von diesem Ball jetzt wirklich genug.«

»Entspann dich«, sagte er, ging zum Bett und begutachtete die Kleider. Er musste seinen Rat selbst befolgen. Andernfalls würden nicht nur Annes Kleider flach auf ihrem Bett liegen. Eine einzige impulsive Bewegung seinerseits auf Paige zu, und er könnte alle Pläne für den Ball vergessen.

Er wählte ein trägerloses, bodenlanges Kleid mit einer schwarzen Schleife um die Empire-Taille. Er hielt es ihr hin. »Hier, probier das mal an.«

»Weiß?« Sie zögerte, dann nahm sie es ihm ab. »Bei dem ganzen Staub?«

»Nun, wenn du dich aus dem Hühnerstall und von den Zäunen fernhältst, wirst du auch nicht schmutzig.«

»Du hast Anne und mich belauscht, als wir im Wohnzimmer waren.«

Er grinste. »Aber nein, Bundy und ich haben nur auf den günstigsten Moment für unseren großen Auftritt gewartet.« Er gab ihr das Kleid. »Probier es an.« Sein Lächeln wurde breiter. »Ich könnte hierbleiben, wenn du willst, nur für den Fall, dass sich der Reißverschluss verklemmt...«

Sie schlug mit dem Kleid nach ihm. »Raus! Auf der Stelle. Bevor ich dir mit einem meiner Pokale eins überziehe.«

13

Das Jaulen eines Welpen drang in Paiges ruhelose Träume. Sie öffnete die Augen und lauschte. Nichts. Bundy lag sicher eingekuschelt in der Waschküche. Ihre Lider fielen wieder zu. Von Neuem glaubte sie, sie könnte einen Schrei hören. Sie strengte ihre Ohren an, doch alles, was sie ausmachen konnte, war Stille. Sie strampelte sich unter ihrer Decke hervor und spähte nach den erleuchteten Ziffern auf ihrem Wecker. Es war erst zwei Uhr früh, und sie hatte höchstens drei Stunden geschlafen. Es fühlte sich wie null Stunden an.

Sie seufzte und stieg aus dem Bett. Sie war hellwach und konnte genauso gut nach unten gehen und sehen, wie es dem süßen Bundy ging. Vielleicht fühlte er sich in seiner ersten Nacht im neuen Zuhause unsicher.

Die Dielenbretter im Flur knirschten, während sie sich auf den Weg in die Waschküche machte. Als sie an der Bibliothek vorbeiging, entdeckte sie einen Schimmer von Lampenlicht. Sie unterdrückte ein Gähnen. Bestimmt las ihr Vater wieder einmal bis tief in die Nacht. Anne hatte einen Stapel Bücher neben seinen Lieblingslesesessel gestellt. Als sie aber den kleinen Raum betrat, war es nicht ihr Vater, den sie in dem zurückgeklappten Ruhesessel entdeckte. Es war Tait, der noch in Jeans und ein Hemd gekleidet war und sich mit nackten Füßen in dem Stuhl ausstreckte. An seine linke Seite kuschelte sich ein grau-weißes Bündel.

Er blickte mit einem halben Lächeln auf und legte sich einen Finger auf die Lippen. Sie nickte, als Bundy ein Auge öffnete und es wieder schloss. Dann wies Tait auf eine burgunderrote Decke, die gefaltet in einem Korb außerhalb seiner Reichweite lag. Wieder nickte sie. Ihr Vater hatte den alten Ledersessel genau unter den Ventilator der Klimaanlage gestellt. Wenn Tait vorhatte, hier mit Bundy zu schlafen, würde er die leichte Decke brauchen. Sie nahm die Decke und faltete sie auf. Bundy krümmte sich im Schlaf, winselte und verkroch sich tiefer in Taits Armbeuge. Mit dem Blick auf dem Welpen trat Paige einen Schritt vor, um die Decke über Mann und Hund zu breiten ... dabei stolperte sie über etwas, das sich als Taits beiseite geworfene Stiefel entpuppte. Sie schlug sich die Zehen an dem Sessel an. Erst vor Schmerz und gleich darauf vor Schreck hielt sie die Luft an, als sie vornüber auf Tait niederstürzte. Ihr Ellenbogen bohrte sich in seinen Magen, als sie versuchte, sich aufzurichten und von seinem Schoß zu steigen.

Tait stöhnte. »Um Gottes willen, Paige, halt still! Erstens weckst du Bundy, und zweitens sorgst du dafür, dass ich nie Kinder haben werde.«

»Ich muss aber doch aufstehen.«

»Nein, musst du nicht.« Seine Hand blieb auf ihrer Taille liegen, und er zog sie an sich. »Warte wenigstens fünf Minuten, bis Bundy wieder eingeschlafen ist. Anderenfalls kannst du die Nachtwache bei ihm übernehmen.«

Er griff nach der Decke, die an der Seite des Sessels herunterhing, und breitete sie mit einer Hand über ihre Beine, wobei er sorgfältig darauf achtete, Bundy nicht zu bedecken.

Sie schluckte und senkte den Kopf, bis er an seiner Schulter zu liegen kam. Das Klopfen ihres Herzens übertönte das Pulsieren in ihrem Fuß. So nahe bei Tait zu liegen war keine gute Idee. Sie hatte sowieso schon kaum geschlafen, weil sie davon geträumt hatte, wie er sie küsste. Sie brauchte nicht noch die Realität dazu; brauchte nicht zu wissen, wie perfekt ihr Körper zu seinem passte, wie gut sein warmer, fester Brustkorb sich unter ihren Handflächen anfühlte...

Seine Finger strichen ihr das Haar aus dem Gesicht, ehe sie in ihrer Taillenbeuge liegenblieben. Warnlampen blinkten auf, aber sie rührte sich nicht. Es war, als hätte die kurze Berührung seiner Hand auf dem Streifen nackten Fleisches zwischen ihren Shorts und ihrem Oberteil sie gelähmt. Seine flüchtige Berührung wurde eine Liebkosung. Noch immer rührte sie sich nicht. Nicht einmal, als seine Hand unter ihr Oberteil glitt und langsam die Linie ihrer Wirbelsäule nachzeichnete. Ihre Finger krallten sich in seinen Brustkorb, wollten mehr als das Gefühl der rauen Baumwolle zwischen ihnen. Seine Hand wanderte höher, massierte die hartnäckigen Verspannungen, die sich weigerten, sich zu lösen, und brachte mit seinen federleichten, sinnlichen Kreisbewegungen ihre Sinne zum Schmelzen.

Als würde er von einer unsichtbaren Schnur gesteuert, legte ihr Kopf sich in den Nacken. Genau wie am Wasserloch verdunkelte Verlangen seine Augen, doch dieses Mal nahm sie außerdem einen unerwarteten Ernst wahr, ehe sein Mund auf den ihren glitt. Besitzergreifend, zärtlich und fordernd küsste er sie, als hätte er alle Zeit der Welt, um sie zu kosten.

Sie beugte sich zu ihm, ihre Hände zerrten an seinem Hemd. Die Knöpfe gaben nach. Sie entspannte sich, fuhr mit den Fingerspitzen über seine Haut und rollte sich auf den Bauch, um sicherzustellen, dass sie keine einzige muskulöse Linie bei ihrer Erkundung ausließ. Ihr verletzter Fuß stieß gegen den seinen. Ein schmerzhaftes Stöhnen entfuhr ihr.

Tait gab ihren Mund frei. »Paige?«

»Ich habe mir den Fuß an dem Sessel gestoßen, als ich gestürzt bin.«

Mit dem Blick auf Bundy verlagerte Tait sein Gewicht im Stuhl, bis sie ein wenig aufrechter saßen. Die Decke glitt zu Boden. Er nahm seine Hände in die ihren. »Lass mich sehen.«

»Es ist nichts, was man mit einer Packung gefrorener Erbsen nicht wieder in Ordnung bringen könnte.«

»Unsinn. Du bist so weiß wie ein Gespenst.«

Sie befreite ihre Hände aus seinem Griff und schwang die Beine über die Sessellehne. Sie biss sich auf die Lippe, um einen weiteren Schmerzenslaut zu unterdrücken. »Siehst du? Alles bestens.«

»Quatsch. Dein dritter Zeh fängt schon an anzuschwellen. Ich hole dir Eis.« Seine Hand schloss sich um ihren Hintern.

»Und das heißt, deine Hand landet wo?«

Sein Grinsen war in dem schwachen Licht gerade so zu erkennen. »Ich helfe dir nur auf, damit ich in die Küche gehen kann.«

Sie hievte sich auf die feste Armlehne des Sessels, allerdings erst, als Taits Hand kräftig zugedrückt hatte.

Mit glühenden Wangen starrte sie auf den sich rührenden Bundy. »Konzentrier dich besser, City Boy. Ich dachte, du hättest hier einen Welpen bei dir, den du nicht wecken wolltest.« Sie ließ ihre Beine vorsichtig zu Boden sinken, hielt aber kurz davor inne. »Du bleibst bei Bundy. Ich hole die Erbsen. Ich habe das Gefühl, wenn ich es bis in mein Zimmer schaffe, werde ich vorläufig nicht wieder herunterkommen.«

»Und genau aus diesem Grund ...«, Tait stand plötzlich auf, wobei er Bundy noch immer im Arm hielt, »werde ich die

Erbsen holen. Bundy kann nach draußen zum Pieseln gehen, während ich dich nach oben trage.«

Tait gab ihr einen Kuss auf den Kopf.

»Ich brauche doch nicht getragen...«

Aber Tait stand bereits an der Tür der Bibliothek. Er drehte sich um und erwischte sie dabei, wie sie von der Armlehne des Sessels rutschte.

»Denk nicht einmal im Traum daran aufzustehen.« Er zog ein finsteres Gesicht. »Wenn du nicht genau an der Stelle sitzt, an der ich dich verlassen habe, versohle ich dir deinen runden, kleinen Hintern.«

»Immer diese Versprechungen«, sagte sie und rutschte bis zum Rand des Sessels weiter.

»Paige!«

In Taits Stimme lag eine ernste Warnung, kein Amüsement. Dennoch war es nicht sein Stirnrunzeln, das sie auf dem Sessel festhielt, nachdem er gegangen war, sondern der wachsende Verdacht, dass ihr Fuß nicht in der Lage sein würde, ihr Gewicht zu tragen. Sie streckte ihr Bein aus und versuchte, ihre geschwollenen Zehen zu bewegen. Sie grub die Fingernägel ins Leder der Armlehnen, so scharf durchfuhr sie der Schmerz. Ihr Fuß konnte unmöglich gebrochen sein. Sie hatte Rinder zu füttern und Dinge zu erledigen, damit sie sich den Freitagnachmittag für den Ball freinehmen konnte. Sie hatte schon schlimmere Stöße und Püffe überlebt. Bestimmt war kein größerer Schaden entstanden. Sie senkte ihr Bein, bis ihre Ferse die Decke berührte. Sie würde ausprobieren, ob sie stehen konnte.

»Nein, das wirst du nicht tun«, sagte Tait und kehrte mit langen Schritten in den Raum zurück. »Hörst du jemals auf irgendetwas, das man dir sagt?« Er seufzte. »Nein, gib dir keine Mühe mit der Antwort.«

Er gab ihr die Packung Tiefkühlerbsen, die er in ein Geschirrtuch gewickelt hatte, eine Flasche Wasser, Schmerztabletten aus der Erste-Hilfe-Ausrüstung in der Küche und das Handy, das Anne ihr geliehen hatte. Dann hob er sie ohne Vorwarnung auf seine Arme. Sie machte sich steif. Sie hätte nicht derart beeindruckt davon sein sollen, dass er sie in die Höhe heben konnte, als würde sie nicht viel mehr wiegen als die Tüten mit Hundefutter, die er im Schuppen aufgestapelt hatte. Aber als sie schließlich den Fuß der Treppe erreicht hatten, gab sie der Versuchung nach und lehnte den Kopf an seine breite Schulter. Sie schloss die Augen, als seine Arme sich fester um sie schlangen.

Es dauerte nicht lange, dann wurde die Wärme von Taits Körper durch die Weichheit ihres Betts ersetzt. Sie öffnete die Augen und sah ihn vor sich stehen und sie voller Sorge betrachten. Wortlos zeigte er ihr zwei Schmerztabletten und die Wasserflasche, ehe er sie neben das Handy auf den Nachttisch legte. Dann deponierte er ein zusätzliches Kissen unter ihren Fuß und legte behutsam die Erbsen auf ihren Zeh. Sie biss die Zähne zusammen.

Er beugte sich nieder und drückte ihr auf jedes Augenlid einen Kuss. »Ich nehme Bundy mit nach oben in mein Zimmer. Schick mir eine Textnachricht, wenn du etwas brauchst.«

»Danke, aber mir geht es gut«, flüsterte sie und hielt die Augen geschlossen, wohlwissend, dass es ihr alles andere als gutgehen würde, sobald die Endorphine, die durch Taits Berührung ausgeschüttet worden waren, ihre Wirkung verloren.

»Bundy, du kleiner Racker«, sagte Tait am nächsten Morgen, als er an dem Garten aus Topfpflanzen vorbeiging und die Stufen der Veranda hochstieg. Er hatte seine guten Stiefel lediglich für eine knappe halbe Stunde in der Küchentür stehen lassen, während er die Arbeitsstiefel getragen hatte, um Gidget ihr Frühstück zu bringen. Irgendwie musste Bundy den Schuh durch das Fliegengitter geschleift haben. Tait untersuchte den zerstörten Stiefel. Die scharfen Schneidezähne des Welpen hatten die elastischen Seiteneinlagen zerfetzt und dann das dunkelbraune Leder bearbeitet, bis nicht mehr viel davon übrig war. Wie auf ein Stichwort kam der kleine Hund um die Ecke des Hauses geschossen, hielt abrupt an und attackierte den Saum von Taits Jeans. Tait stellte den Fuß auf die Bodendielen, während Bundy seinen Kopf schüttelte, an dem Denimstoff zerrte und knurrte.

»Und Paige hat gedacht, *ich* mache ihr Schwierigkeiten.«

Tait schob sich den ruinierten Stiefel unter den Arm und bückte sich, um seine Jeans zu befreien. Er hob den Welpen hoch, der nun begann, seine Finger mit Zähnen zu bearbeiten, die ganz und gar nichts babyhaftes an sich hatten. Tait entzog ihm seine Finger und hielt den sich windenden Welpen vor sich weg. »Du wirst bestimmt einmal einen großartigen Hütehund abgeben, aber für den Augenblick darfst du den Wischmop in der Waschküche terrorisieren.«

Nachdem er überprüft hatte, dass Bundy Wasser und Futter hatte, und seinen Stiefel der Kiste mit dem Spielzeug des Welpen hinzugefügt hatte, machte Tait sich auf den Weg in die Küche. Er warf seinen Akubra auf den Hutständer und betrat den großen Raum, in dem er sich so zuhause fühlte. Ein Gefühl des Verlustes erfasste ihn.

»Morgen«, sagte Connor und füllte Kaffeepulver in zwei Becher. »Alles okay?« Sein besorgter Blick hielt hinter Tait nach seiner Tochter Ausschau. »Ich habe die Erste-Hilfe-Ausrüstung auf der Arbeitsfläche gesehen.«

»Wie üblich würde Paige mir wohl widersprechen, aber nein, es ist nicht alles in Ordnung. Sie hat sich letzte Nacht den Fuß am Sessel gestoßen, und als ich heute früh nach ihr gesehen habe, hat sie noch geschlafen.«

»Sie schläft noch?«

Aus der Waschküche hörte man Bundy heulen. »Ja, wie Bundy es auch tun sollte. Ich wollte sie nicht wecken, also haben Dusty und ich Gidget allein gefüttert.«

»Danke.« Das Nicken des alten Mannes zeugte sowohl von Dankbarkeit als auch von Respekt. Er rollte mit dem Stuhl zum Telefon, der Kaffee war vergessen. »Wenn Paige länger schläft – davon dass sie bis nach Sonnenaufgang schläft, ganz zu schweigen –, ist wirklich etwas nicht in Ordnung. Um einen Termin mit Dr. Lee auszumachen, ist es noch zu früh, aber ich werde Anne anrufen, und ich bin sicher, sie wird dort vorbeigehen, sobald die Praxis öffnet.« Er zögerte. »Würde es Ihnen etwas ausmachen, Paige in die Stadt zu fahren?«

Tait legte Connor die Hand auf die Schulter, als er an ihm vorbeiging, um die Zubereitung des Kaffees zu übernehmen. »Das Auto steht bereits vor der Tür.« Tait schaufelte zwei Löffel Zucker in Connors Becher. »Ich denke, wir werden einen schnellen Fluchtweg brauchen. Und auch Ohrstöpsel würden gewiss nicht schaden. Ich bin sicher, Paiges Protest wird die ganzen anderthalb Stunden Weg bis in die Stadt ertönen.«

Zehn Minuten später trug er ein Frühstückstablett mit einer Tasse Tee und einem Teller Toast mit Vegemite nach oben und klopfte an Paiges Tür. Nichts. Er schob die Tür auf. Paige lag noch immer im Bett und schlief. Die schwarzen Schatten unter ihren Augen verrieten, wie wenig Erholung sie bekommen hatten. Er stellte ihr Frühstück auf den Frisiertisch mit den vielen Fotos. Eine Ecke des Tabletts streifte einen der silbernen Rahmen und stieß ihn um, ehe Tait ihn auffangen konnte.

Paiges Augenlider flatterten, dann schlug sie die Augen auf. Genau wie an dem Tag, als sie auf der Fahrt nach Glenalla in seinem Auto erwacht war, galt ihr erster Gedanke ihrem Vater. »Wo ist Dad? Was ist passiert?«

Sie setzte sich aufrecht hin, dann aber sank sie auf ihr Kissen nieder. Ihre Hand bedeckte ihre Augen. »Bitte sag mir, dass das nur ein böser Traum ist und ich nicht wirklich einen Fuß habe, der sich anfühlt, als wäre er von einem Viehtransporter überrollt worden.«

Tait verschränkte die Arme, um dem Drang zu widerstehen, sie zu umarmen. Ihre steife Haltung und die Art, mit der sie sich weigerte, ihn anzusehen, verriet ihm, dass jetzt nicht die richtige Zeit war, um ihr Trost anzubieten.

»Nein, dieser böse Traum ist leider die Wirklichkeit, und es wird noch schlimmer. Ich fahre dich zum Arzt. Connor hat es angeordnet.«

»Nein.« Wieder versuchte sie, sich aufzusetzen, und er packte ihren Ellenbogen, um ihr zu helfen. Sie strich sich das Haar aus dem Gesicht und schaffte es, aufrecht sitzen zu bleiben. »Ich komme nicht mit.«

»Oh doch, das wirst du verdammt nochmal tun.« Er stellte ihr den Teller mit dem Toast auf den Schoß. »Jetzt iss dein Frühstück.«

Widerstand zeigte sich in einem harten Zug um ihren Mund.

Er trat vor ihren Kleiderschrank aus Zedernholz und öffnete die Tür. »Besitzen schmollende Prinzessinnen irgendwelche anderen Schuhe außer Stiefel?«

Sie gab keine Antwort, und er fuhr herum. Sie hatte sich wieder hingelegt, ihr Gesicht war kalkweiß und der Teller mit dem Toast drohte ihr vom Schoß zu rutschen. Er rettete ihn.

»Wann hast du das letzte Mal eine Schmerztablette genommen?«, fragte er leise. Ein kurzes Schulterzucken war die Antwort, und er drückte zwei Tabletten aus der Folie und half ihr von Neuem in die sitzende Position. Sie schluckte die beiden Tabletten ohne Widerspruch.

»Es tut mir leid. Ich gebe keine besonders gute Patientin ab.«

»Damit sind wir schon zwei.«

»Wie schlimm sieht mein Fuß denn aus? Ich traue mich nicht, die Decke hochzuheben.«

Er trat ans Fußende des Betts und hob das dünne Baumwolllaken in die Höhe. Fast wäre er zusammengezuckt. Der hässliche blau-rote Bluterguss, der ihren dritten Zeh bedeckte, hatte sich zu einem großen Teil auch auf ihren zweiten Zeh ausgeweitet. Er musste gebrochen sein.

»Sagen wir einfach: Wenn du etwas machst, dann machst du es richtig.«

»So schlimm?«

»Ja. So schlimm.«

»Also schön. Ich fahre mit dir in die Stadt. *Schon wieder.*«

Er kehrte vor den geöffneten Kleiderschrank zurück. »Sag das bloß nicht so glücklich. Es könnte mir zu Kopf steigen. Jetzt zum Thema Schuhe, du wirst eine Weile lang auf keinen Fall deinen Fuß in einen Stiefel stecken können.«

»Schau mal auf dem Boden nach, ganz hinten. Ich denke, da muss irgendwo ein Paar Flipflops sein, die ich im Internat unter der Dusche getragen habe.«

Tait machte sich auf die Suche danach und förderte ein Paar fliederblaue Flipflops zutage. Er richtete sich auf und betrachtete die Hemden und Hosen, die in dem ansonsten leeren Kleiderschrank hingen. »Du bist wirklich einmalig. Ich dachte, alle weiblichen Wesen hätten begehbare Kleiderschränke und Garderoben, die dem Bermudadreieck ähneln, das dein Vater seinen Schuppen nennt.«

»Wie ich dir schon einmal gesagt habe: Du musst zusehen, dass du mehr auf Reisen gehst.«

»Vielleicht werde ich das tun«, sagte er und stieß den Kleiderschrank wieder zu. »Vielleicht muss ich auch nur mehr mit Frauen vom Lande zusammen sein.«

Paiges einzige Antwort war ein Stöhnen. Sie streckte ihre Beine über den Rand des Bettes. »Du hast recht. Es sieht schlimm aus. Wirklich schlimm.«

Er kam zu ihr und stellte die Flipflops vor ihr Bett.

Sie streckte ihm ihre Hand hin. »Ich glaube, ich kann gehen. Wenn du mir bitte aufhelfen könntest.«

Er tat, worum sie ihn gebeten hatte, und legte ihr einen Arm um die Taille, um ihr Halt zu geben. Sie machte einen vorsichtigen Schritt. Sofort wurde ihr Gesicht bleicher, und als sie den nächsten Schritt setzte, presste sie die Lippen aufeinander. Ihre Ferse benutzte sie, um das Gleichgewicht zu halten.

»Mir geht es gut«, sagte sie mit dünner, angestrengter Stimme. »Vielleicht könntest du das Tablett zu Dad hinuntertragen und den Geruch nach Vegemite aus meinem Zimmer vertreiben? Ich putze mir die Zähne und bin in fünf Minuten fertig.«

»Bist du sicher?« Widerstrebend ließ er ihre Taille los.

Sie nickte, ohne ihn anzusehen. »Wir sehen uns in fünf Minuten.«

Er packte das Tablett, um zu verhindern, dass er Paige kurzerhand hochhob und sie hinüber in das angrenzende Badezimmer trug. Die Schmerzen, die sie zu erdulden hatte, zeichneten sich bereits in jeder Linie ihres Gesichtes ab. Aber sie beklagte sich nicht und hoppelte durch das Zimmer. Bei Paige gab es kein Theater, kein Aufheben, nur Entschlossenheit, Tapferkeit und eine stille Würde. Paige Quinn war wirklich einmalig in ihrer Art.

14

Trotz der Kissen unter ihrem Fuß und dem weichen Lambswoolpolster auf dem Autositz gelang es Paige nicht, sich zu entspannen. Die Schmerztabletten hatten den Qualen die Spitze genommen, aber die Sorge erfüllte ihren leeren Magen und setzte ihr ohne Unterlass zu. Wie sollte sie alles erledigen, was getan werden musste? Sie brauchte Dr. Lees Bestätigung nicht, um zu wissen, dass ihr Zeh gebrochen war, aber wenn er sie gab, würden Connor und Tait jeden Grund haben, um wie die Glucken um sie herumzuscharwenzeln. Bei den beiden würde sie nicht die geringste Chance haben, sich davonzustehlen und ihre Arbeit zu tun. Sie betrachtete ihre nackten Beine, die sie sonst immer nur in Jeans sah. Auf gar keinen Fall würde sie sich daran gewöhnen, Shorts zu tragen, und noch weniger daran, stillsitzen zu müssen. Aber wenigstens ein Gutes hatte es, einen gebrochenen Zeh zu haben: Auf den Ball würde sie nun nicht gehen müssen.

Tait sandte ihr einen Blick von der Seite. »Du kannst dir diesen triumphalen Ausdruck ruhig sparen, Paige Quinn. Auf den Ball gehst du trotzdem.«

»Ich bitte dich, wie kann ich denn gehen, wenn ich nicht tanzen kann?«

»Du kannst herumhoppeln und dich trotzdem amüsieren.«

Sie hob die Brauen.

»Du gehst hin, und damit ist das Thema erledigt.« Die Schärfe in seiner Stimme verriet ihr, dass er sie notfalls auf den Ball tragen würde, wenn ihm nichts anderes übrig bliebe.

»Hat dir schon mal jemand gesagt, dass du herrschsüchtig bist?«

»Ja, schon viele Male. Und ich kenne auch noch andere Bezeichnungen.«

»Ich glaube, ich kann mir vorstellen, in welche Richtung sie gingen.«

Er grinste. »Intelligent, gutaussehend, eine gute Partie.«

»Versuch's mal mit starrsinnig, koffeinsüchtig und besessen.«

»Und das sind meine guten Eigenschaften.« Er presste einen Knopf an dem Handy, das zwischen ihnen in der Freischaltanlage steckte. »Und da wir gerade von Besessenheit sprechen: Würde es dir etwas ausmachen, wenn ich den Ton einschalte? Ich erwarte einen Anruf.«

»Von Bronte?«

Der Name war ihr entschlüpft, ehe Paige ihren Zensor hatte einschalten können. Sie wurde rot. Sie wollte nicht, dass Tait glaubte, sie würde ihn wieder ausspionieren.

»Nein, ich habe letzten Freitag mit ihr gesprochen. Was sich in einer Woche alles ändern kann. Wie es aussieht, hat sie sich in den Armen eines Arbeitskollegen getröstet.«

»Und das macht dir nichts aus?«, fragte Paige unsicher.

»Nicht im Geringsten. Ihr Arbeitskollege ist ein alleinerziehender Vater, und ich vermute, er hat schon eine Weile auf seine Chance gewartet, sich ihr zu erklären. Er hat sie ständig wegen dienstlicher Angelegenheiten angerufen. Er weiß auch, dass Bronte ein Kind hat, also lass uns hoffen, dass sie etwas daraus machen können. Für Bronte genauso wie für ihre Tochter.«

»Also war dein Besuch hier ein Erfolg?«

»In gewisser Weise, ja.«

Das Telefon klingelte, ehe sie über die plötzliche Anspannung in seiner Stimme nachdenken konnte.

Er las den Namen auf dem Display und drückte einen Knopf, um das Handy zum Schweigen zu bringen. »Meine Stiefmutter.«

»Nicht der Anruf, den du erwartet hast?«

»Nein, und der nächste Anruf wird es auch nicht sein.«

Wieder klingelte das Telefon, und wieder brachte Tait es zum Schweigen. »Jetzt sollten wir unsere Ruhe haben.«

Das Handy begann von Neuem zu klingeln. »Vielleicht doch nicht.« Er schickte den Anrufer zur Voicemail durch.

»Ist dein Handy immer dermaßen in Betrieb? Ich habe nicht bemerkt, dass es im Haus so oft geklingelt hat.«

»Das liegt daran, dass ich es auf stumm geschaltet habe. Ich höre meine Voicemails in der Nacht ab.«

Das Handy piepte und zeigte damit an, dass eine Nachricht hinterlassen worden war. »Jetzt wirst du eine sehr lange Nachricht von deiner Stiefmutter abzuhören haben. Sie muss dich ja wirklich dringend sprechen wollen.«

»Deute die Häufigkeit ihrer Anrufe nur nicht als Anzeichen für eine harmonische Mutter-Sohn-Beziehung. Sie ruft mich nur an, wenn sie etwas von mir will, und ich vermute, sie versucht immer noch, mich dazu zu bewegen, ihren Personal Trainer in ein Fitnesscenter einzukaufen.« Der verächtliche Ton in seiner Stimme ließ sich nicht überhören. »Ihre Dauerbelästigungen werden mich ganz bestimmt nicht dazu bringen, ihrem Toy Boy mein Geld hinzuwerfen.«

»Ihrem *Toy Boy*? Du willst doch nicht etwa sagen...«

»Doch, das will ich. Ich spreche von Sophias neuestem Liebhaber.«

»Weiß dein Stiefvater davon?«

Tait schüttelte den Kopf. »Vielleicht tue ich ja das Falsche, indem ich Bruce nichts davon erzähle, aber sein Gesundheitszustand ist nicht der beste. Er hegt vielleicht den Verdacht, dass Sophia einem anderen das Bett wärmt, aber ihre Affäre ist trotzdem eine Komplikation, um die er sich im Augenblick nicht zu sorgen brauchen sollte.«

»Es muss schwer sein, so ein großes Geheimnis zu bewahren – oder überhaupt ein Geheimnis.«

Tait rieb sich den Nacken. »Du kannst dir nicht vorstellen, wie schwer.«

»Als Kind konnte ich nicht mal Dads Überraschung zum Vatertag für mich behalten. Und auch jetzt frisst es mich förmlich auf, dass ich ihm nicht sagen kann, was wirklich auf den Weiden los ist, aber ich habe Mum versprochen, dass ich auf ihn aufpasse.«

»Es sind nicht alle Geheimnisse gleich, weißt du? Manche sind nicht dazu da zu verletzen, sondern nur, um zu schützen, und manche, so wie das Vatertagsgeschenk für deinen Dad bringen nichts als Freude.«

»Nach Chris und all seinen Halbwahrheiten kommt mir Ehrlichkeit unglaublich wichtig vor.« Paige schürzte die Lippen. »Aber ich vermute, im Ganzen betrachtet ist es kein allzu schlimmes Geheimnis, wenn ich vor Dad geheim halte, wie viele Rinder wir übrig haben. Es ist ja nicht so, als würde ich groß etwas vor ihm verbergen, wie zum Beispiel den Plan, mit dem Postboten durchzubrennen, oder so etwas.«

»Gott sei Dank.« Tait lachte. »Ich habe euren Postboten gesehen. Er muss mindestens neunzig sein.«

Taits Handy klingelte wieder. Dieses Mal runzelte er die Stirn, als er den Knopf drückte. »Angelica, meine Stiefschwester.«

»Sie muss dich vermissen.«

»Das nicht gerade. Sie ist die Tochter ihrer Mutter. Sie ruft mich nur an, wenn sie etwas braucht.«

»Du hast erwähnt, dass du sie zu Schulveranstaltungen gefahren hast. Wie alt ist sie? Ungefähr achtzehn?«

»Ja, achtzehn, auch wenn sie sich gibt wie fünfundzwanzig. Ich hätte mich nicht als großer Bruder aufspielen und sie und ihre Freundinnen in der Gegend herumkutschieren sollen, um sicherzustellen, dass sie nicht in Schwierigkeiten geraten.«

»Warum denn nicht?« Paige warf ihm einen verwunderten Blick zu. »Das war doch nett von dir.«

»Bist du ihren Freundinnen schon mal begegnet?« Er zog eine Grimasse. »Ich fürchte, das einzige Wort, das sie in ihrem Vokabular haben, lautet ›heiß‹.«

Sie kicherte.

»Worüber lachst du?«

»Aus keinem bestimmten Grund. Ich habe mir nur gerade vorgestellt, wie du eine Gruppe von Mädchen herumkutschierst, die dich mit ihren falschen Augenwimpern anklimpern.«

»Darüber gibt es nichts zu lachen. Wie es aussieht, ist die Blonde mit den extrem hohen Absätzen und dem extrem kurzen Kleid jetzt der Ansicht, alle achtzehnjährigen Jungen wären ›uncool‹.«

»Und lass mich raten: Angelica versucht, die Kupplerin mit ihrem äußerst ›heißen‹ Stiefbruder zu spielen.«

Er stöhnte. »Wenn sie nicht beide zusammen vor meiner Tür stehen oder mich bitten, sie irgendwohin zu fahren, ruft Angelica mich an, um ein gutes Wort für ihre Freundin einzulegen.«

Paige beugte sich vor und drückte ihm den Arm. »Armer Tait. Du hast eine große, mit rotem Lippenstift gemalte Zielscheibe auf dem Rücken.«

»Das kannst du mir glauben.« Er blickte auf ihre Hand. »Es könnte sein, dass ich jemanden brauche, der mich rettet.«

Sie zog ihre Hand weg. »Wie schon gesagt: Auf dem Ball

dürfte es keinen Mangel an weiblichen Rettern geben, die dafür Schlange stehen.«

Wieder klingelte Taits Telefon. Dieses Mal drückte er den Sprechknopf und steckte einen Kopfhörer ein. Es musste der Anruf sein, den er erwartet hatte.

»Hallo, Cheryl. Ja, ich bin auf dem Weg nach Glenalla.« Er warf einen Blick auf Paige. »Ja, der Welpe hat ein Zuhause gefunden. Und nein, ich muss ihn nicht mit nach Sydney bringen.«

Paige knirschte mit den Zähnen. So war das also mit Taits rührseliger Geschichte über Bundy, der verzweifelt ein Zuhause suchte. Tait war die ganze Zeit über darauf vorbereitet gewesen, den Hund zu sich zu nehmen. Als blauer Hütehund, der gezüchtet worden war, um Rinder zu hüten, und der zu einem intelligenten, freiheitsliebenden Hund heranwachsen würde, war Bundy jedoch an dem Ort gelandet, der für ihn der beste war.

»Ich weiß, du sagst mir ständig, ich brauche einen Hund, aber lass es mich so ausdrücken: Auf die Weise behalte ich wenigstens all meine Schuhe.« Tait senkte die Stimme. »Und mit Three-M Pastoral hast du kein Glück gehabt?« Sein Mund wurde hart. »Ich weiß, wer immer diese Firma auch besitzt, hat seine Spuren gut verwischt, davon muss ich ausgehen. Hör mal, ich rufe dich heute Abend wieder an.« Er beendete das Gespräch.

»Schlechter Tag im Büro?«

»Eher ein schlechtes halbes Jahr. Es gibt da eine Firma, der ich dringend ein Angebot unterbreiten muss, aber sie scheint von einem seltsamen Schweigen umgeben zu sein.«

»Du hast doch gesagt, du magst Geheimnisse.«

»Ja, das tue ich.« Sein Stirnrunzeln, das sich nicht löste, verriet ihr, dass Tait nur zu gerne ohne das Geheimnis um dieses Three-M ausgekommen wäre, worin es auch immer bestand.

Er warf einen prüfenden Blick auf die Uhr an seinem Handy. »Stört es dich, wenn ich schnell einen Anruf erledige?«

»Natürlich nicht.«

Paige blickte aus dem Fenster, um Tait ein wenig Privatsphäre zu ermöglichen. Er begrüßte seinen Stiefvater in einem herzlichen Ton, den Paige nie zuvor bei ihm gehört hatte.

»Hallo, Bruce. Ja, Paige ist bei mir. Es ist eine lange Geschichte, aber sie hat sich den Fuß verletzt. Ja, das werde ich machen. Wie geht es dir heute Morgen?« Er machte eine Pause. »Gut. Ich habe bereits eine Kopie deiner Krankenakte zu dem Spezialisten geschickt. Es wird nur eine Routineuntersuchung werden, nichts, um das du dir Sorgen machen müsstest.« Wieder legte er eine Pause ein. »In Ordnung. Ich rufe dich gegen Mittag wieder an.«

Sie starrte auf die Farben, die vorüberglitten, ohne etwas zu sehen. Die Fürsorge und Wärme in Taits Worten waren nicht zu überhören. Wie hatte sie nur jemals glauben können, er wäre flach und oberflächlich wie Chris? Er lud sich die Last der Untreue seiner Stiefmutter auf die Schultern, fuhr seine Stiefschwester zu ihren Veranstaltungen, damit ihr nichts passierte, war bereit, einen verwaisten Welpen zu sich zu nehmen, und versicherte Bruce, dass mit seiner Untersuchung beim Spezialisten alles gutgehen würde.

Die Landschaft, die vorbeiflog, verwischte. Vor Emotionen schmerzte ihr die Kehle. Taits Stiefvater war nicht der einzige anständige Mann. Der hübsche Junge aus der Stadt, der neben ihr saß, war es ebenfalls.

Nach dem Besuch bei Dr. Lee hatte Paige die offizielle Diagnose »gebrochener Mittelzeh« da. Wie sie bereits befürchtet hatte, gab es nicht viel, was getan werden konnte, abgesehen davon, dass sie sich schonen musste und den Fuß nicht belasten durfte. Aber sicher doch. Sobald sie nach Hause kamen, würde sie dafür sorgen, dass sie wieder beweglich war. Sie wusste, ohne aufzublicken, dass Anne sie schärfstens beobachten würde. Tait hatte strikte Anweisungen hinterlassen, als er sie an der Bibliothek herausgelassen hatte: Sie durfte nichts als sitzen. Hier war sie also in einem bequemen Stuhl, hatte ihren Fuß, der in einem schwarzen Velcro-Stiefel ohne Zehen steckte, hochgelagert, hatte eine heiße Schokolade und einen mit Salat gefüllten Pfannkuchen neben sich und vor sich auf dem kleinen Tisch einen Laptop.

»Brauchst du noch etwas?«, fragte Anne, die hinter der Rezeption der Bibliothek saß, mit einem Lächeln.

»Höchstens einen neuen Fuß. Es ist so lächerlich. Du weißt, dass ich nicht nach Hause gehen und dort den ganzen Tag rumsitzen kann.«

»Du musst dich schonen, Paige. Ich weiß, du hasst es stillzusitzen, aber wenn du dich überforderst, wirst du noch mehr Schaden anrichten. Du hast doch gehört, was Dr. Lee gesagt hat.«

»Ich weiß.« Die Sorge ließ sie die Schultern anspannen. »Aber wie soll ich dafür sorgen, dass zu Hause alles erledigt wird?«

Anne lächelte. »Tait ist ja da, und er hilft dir nur zu gerne aus.«

»Aber er fährt am Sonntag.«

Ein merkwürdiger Ausdruck trat auf Annes Gesicht. »Das ist der Tag, an dem er abreist?«

»Ja, er hat nur für zwei Wochen gebucht, und nebenbei, sein

Telefon hat auf dem Weg hierher die ganze Zeig geklingelt. Die können es da drüben gar nicht abwarten, ihn wieder zu Hause zu haben.«

Paige ignorierte das plötzliche Gefühl von Traurigkeit, das an ihr zehrte. Was war denn heute mit ihr los? Schlafmangel und die Medikamente, die Dr. Lee ihr verschrieben hatte, brachten ihre Gefühle völlig durcheinander.

Ein Telefon klingelte. Anne beugte sich vor, um ihr Handy aus der Handtasche zu ziehen, von der Paige wusste, dass sie sie hinter dem Ladentisch aufbewahrte. Paige nahm einen Schluck von ihrer heißen Schokolade und drückte ein paar Tasten auf dem Laptop. Wenn sie hier schon die nächste Stunde herumsitzen musste, während Tait in »geheimen Männerangelegenheiten« unterwegs war, konnte sie wenigstens das kostenfreie Internet ausnutzen. Sie sah aus dem großen Glasfenster auf die Straße, wo sein Auto geparkt stand. Sie brauchte sich nicht darum zu sorgen, ihm den Weg zu beschreiben, er fand sich in Glenalla zurecht, als wäre er hier geboren.

Ausschnitte aus Annes gedämpft geführtem Gespräch drangen zu ihr herüber. »Solche Informationen werden unter gar keinen Umständen zur Verfügung gestellt. Darf ich dich daran erinnern, dass wir vor fünfzehn Jahren nicht all diese Schwierigkeiten auf uns genommen haben, um nun unter Druck klein beizugeben. Halte durch. Es ist noch nicht der richtige Zeitpunkt, um die Sache ins Rollen zu bringen.«

Einer der Geschäftspartner, die Anne in Sydney hatte, musste ihr Schwierigkeiten bereiten. Paige wandte ihre Aufmerksamkeit der Wetterseite im Internet zu. Sie klickte auf die wöchentliche Vorhersage und seufzte. Nicht die geringste Chance auf Regen. Sie klickte weiter, um einen Blick auf den Rindermarkt zu werfen, studierte die Rohstoffpreise und suchte nach Informationen zu gebrochenen Zehen. Ruhelos hämmerten ihre Finger auf die Tastatur ein. Taits »geheime Männerangelegenheiten« dauerten wirklich ewig. Sie musste nach Hause. Der hyperaktive Bundy würde ihren Vater in den Wahnsinn treiben.

Sie nahm noch einen Schluck von ihrer heißen Schokolade und aß von ihrem Salat-Pfannkuchen. Von Zeit zu Zeit fiel ihr eine weitere Website ein, die sie aufrufen konnte. Sie schob den fast aufgegessenen Pfannkuchen beiseite, als ihr einfiel, dass sie die Webpräsenz von Banora Downs überprüfen konnte. Sie wusste immer noch nicht so richtig, wie Taits Sekretärin auf sie aufmerksam geworden war. Doch als sie die verschiedenen Schlüsselworte in die Suchmaschine eingegeben hatte, musste sie feststellen, dass über Banora Downs als Ort für einen Urlaub auf der Farm nichts zu finden war. Natürlich gab es jede Menge historischer Erwähnungen, Fotos vom Haus und sogar von der alten Kirche auf Touristenseiten, aber keinen Hinweis darauf, dass Banora Downs Übernachtungsmöglichkeiten anbot.

Sie kaute den letzten Bissen ihres Lunchs. Hinter ihr war Anne damit beschäftigt, der kleinen schwerhörigen Mrs. Jones ein paar Bücher auszuleihen. Paige tippte den Buchstaben T in die Suchmaschine, und dann löschte sie ihn wieder. Sie konnte nicht einfach Taits Namen eingeben, oder? Das wäre dasselbe wie Cyber-Spionage. Ihre Finger lagen auf der Tastatur. Aber wie konnte sie es denn nicht tun? Wenn er nun darüber, wie er sie gefunden hatte, gelogen hatte – seine Sekretärin konnte das unmöglich im Internet erledigt haben, wie er behauptete –, was hatte er ihnen womöglich noch erzählt, das nicht der Wahrheit entsprach? Bevor ihr Gewissen gegen eine derart unüberlegte Handlungsweise sein Veto einlegen konnte, hatte sie seinen vollen Namen eingetippt und hielt den Atem an.

Der Computerbildschirm leuchtete auf wie ein Weihnachtsbaum. Auf Bilder von Tait mit diversen Blondinen folgten

Links zu Zeitungs- und Gesellschaftsseiten mit Berichten über seine Spenden für die Hirn-Aneurysma-Stiftung. Sie klickte auf einen der Links und las die erste Zeile:

Tait Cavanaugh, Inhaber von AgriViz, einer landwirtschaftlichen Beratungsfirma...

Sie las nicht weiter. Kälte jagte durch ihren Körper, und trotz der Hitze des Tages schauderte sie. Inhaber? Landwirtschaftliche Beratungsfirma?

Sie erinnerte sich an Taits Worte im Schulhaus von Balgarry. *Ich besitze drei Firmen.*

Mit unsicheren Fingern tippte sie AgriViz in die Suchmaschine ein. Die Website öffnete sich auf dem Bildschirm.

Sie setzte sich in ihrem Stuhl zurück, verschränkte die Arme, ihr Herz raste. Sie musste nicht mehr als die knappen Angaben auf der Website lesen, um zu wissen, dass sie ein weiteres Mal von einem glattzüngigen City Boy hinters Licht geführt worden war.

»Hat einer von euch beiden mir etwas zu sagen?«, fragte Paige von der Küchentür her in einem Ton, der so scharf war, dass er Glas hätte schneiden können. Über den Frühstückstisch hinweg sah Tait Connor an. Gut, dass er Connor bereits gestern Abend vorgewarnt hatte, dass Paige ihnen auf der Spur war. Als er sie von der Bibliothek abgeholt hatte, war in ihren Augen ein Feuer gewesen, das er nicht auf ihre Verletzung schieben konnte. Der geöffnete Laptop und die zusammengepresste Linie ihrer Lippen ließen keinen Zweifel daran, dass sie es wusste: Er stand bei Weitem nicht nur einer Investmentfirma vor. Steif und schweigsam saß sie in seinem Auto, bis das Medikament, das Dr. Lee ihr gegeben hatte, sie glücklicherweise in Schlaf fallen ließ. Sie war nicht aufgewacht, als sie auf der Farm angekommen waren, also hatte er sie nach oben in ihr Zimmer getragen. Als er ihr das Abendessen auf einem Tablett hatte bringen wollen, hatte sie noch immer geschlafen.

Jetzt begegnete er ihrem wütenden, goldenen Blick.

Er würde all ihren Zorn auf sich lenken und Connor verschonen. Sorge hatte bereits ihre Falten in die Stirn des alten Mannes gegraben.

»Würdest du eine Entschuldigung gelten lassen? Dein Handy liegt neben deinem Bett, du hättest eine Nachricht schicken können, und ich hätte dich nach unten getragen, damit du nicht hättest gehen müssen.«

Sie hoppelte in die Küche, bekleidet mit weißen Shorts, einem eng anliegenden grauen T-Shirt und dem schwarzen Krankenhausschuh, und lehnte ihre Hüfte an den Küchentisch, um ihren Fuß von ihrem Gewicht zu entlasten. Der harte Blick, mit dem sie die beiden Männer fixierte, machte deutlich, dass sie ganz gewiss keine Entschuldigung gelten lassen würde und dass die Frage, wie sie nach unten gekommen war, das kleinste Problem für sie darstellte.

»Hör auf, Spielchen zu spielen, Tait«, sagte sie mit rauer Stimme. »Ich weiß, warum du wirklich hier bist.«

»Tust du das?«

»Ja.« Sie sah Connor an. »Dad, was hast du mir über einen Finanzberater zu sagen, der ach so zufällig hier bei uns Urlaub macht?«

»Es tut mir leid, Possum. Auf mich solltest du wütend sein, nicht auf Tait.«

Ihr Blick flog zu ihm herüber. »Dafür ist es jetzt ein bisschen zu spät.«

»Ich habe Tait gebeten herzukommen, und ich habe ihn gebeten, dir nicht zu sagen, warum er hier ist«, erklärte Connor, während er auf seine Tochter zurollte. »Es schien mir eine gute Idee zu sein, von einem Außenstehenden einen Geschäftsplan für die Farm aufstellen zu lassen.« Er nahm Paiges Hand in seine. »Du solltest dich nicht auch noch darum sorgen, das ist alles.«

»Deshalb also waren all die Papiere verschwunden!«

Connor nickte.

Ihr Blick fixierte Tait. »Und deshalb konnte deine Sekretärin uns auch unmöglich im Internet gefunden haben.«

Er nickte.

»Und deshalb habe ich mich bei dir wie in einer Quizshow gefühlt, bei all diesen Fragen, wie ich die Zukunft von Banora Downs sehe. Und warum du für einen City Boy viel zu viel über Oliven, Alpakas und Farmhunde namens Jim Beam weißt.«

Tait unterdrückte einen Zischlaut. Paige war nichts entgangen. Er würde seine Anstrengungen verdoppeln müssen, um sich in ihrer Gegenwart nichts mehr anmerken zu lassen. Sein geschäftlicher Grund für seinen Besuch im Outback mochte nun aufgedeckt worden sein, aber sein anderer, persönlicher Grund musste tot und begraben bleiben.

Wieder nickte er. »Genau.«

Der Zorn in Paiges Augen legte sich ein wenig, als sie ihre Hände aus denen von Connor zog und zu dem nächststehenden hölzernen Stuhl humpelte. Connor betrachtete prüfend ihr Gesicht, ehe er den Toaster heranzog und Brot für sie hineinschob.

Sie sah hinüber zu Tait, und der Zorn in ihren Augen schien jetzt nur noch erloschene Asche. »Und wie viel kostet nun so ein Geschäftsplan von AgriViz?«

»Er kostet nichts.«

»Was soll das heißen?«

»Ich stelle den Plan kostenlos auf, im Gegenzug gibt Connor uns eine Referenz. Meine Marketingabteilung wird mir nie verzeihen, wenn ich nicht dafür sorge, dass Banora Downs' Name im Portfolio von AgriViz auftaucht.«

Aber Taits Antwort löste nicht die Spannung, die ihre Lippen bleich machte. »Das Geld, das du bezahlt hast«, sagte sie schwer atmend, »wir können das nicht annehmen. Du kannst nicht für deinen Aufenthalt hier bezahlen und uns dann noch gratis diesen Plan erstellen.«

»Doch, das kann ich. Ich bin für gewöhnlich nicht draußen vor Ort, aber die Agrarwissenschaftler oder Finanzplaner, die zu unseren Kunden reisen, wohnen nur sehr selten auf den Farmen. Für gewöhnlich übernachten sie in Hotels in den nächstgelegenen Städten. Dass ich euch bezahle, ist also nicht anders, als wenn ich für eine Unterbringung in der Stadt bezahlen würde.«

»Aber du hast dreimal so viel bezahlt«, sagte sie.

»Na und? Ich würde auch viermal so viel bezahlen. Du und dein Vater, ihr habt ausgezeichnet für mich gesorgt.«

Seine Worte kamen trotzdem nicht gut an.

»Ich muss dir das Geld zurückgeben.«

»Nein, das musst du nicht.«

»Doch, das muss ich.« Sie hielt inne, und Röte schoss ihr in die Wangen. »Das Geld, das du bezahlt hast, ist schon ausgegeben, aber sobald die Trockenheit endet und wieder Geld hereinkommt, sende ich dir einen Scheck.«

Tait nahm einen Schluck von seinem Kaffee und wusste, Widerspruch würde zwecklos sein. »Wenn du meinst.«

Paige konnte ihm so viele Schecks senden, wie sie wollte, er würde keinen davon einlösen.

»Am besten gibst du mir deine Kontonummer, dann kann ich die Summe elektronisch überweisen und weiß, dass du sie erhalten hast.«

»Kein Problem. Erinnere mich daran, ehe ich abfahre. Ich bin sicher, dass ich es sonst vergesse.«

Ihre Augen wurden schmal. »Du vielleicht. Aber ich ganz bestimmt nicht.«

»Hier, Possum«, sagte Connor und stellte Toast mit Vegemite vor sie hin. »Iss etwas. Du musst doch Hunger haben.«

»Danke«, sagte sie und lächelte ihren Vater liebevoll an.

Als Tait seinen eigenen Toast in die Hand nahm, sandte Paige ihm einen scharfen Blick. Connor mochte ungeschoren davongekommen sein, aber er war es so sicher wie die Hölle nicht.

Tait steckte seinen Kopf ins Arbeitszimmer, wo Paige für diesen Tag ihr Lager aufgeschlagen hatte, um diverse Papiere zu sortieren. Sie hatte ihren Fuß auf einem Stuhl gelagert, hatte die Dokumente ordentlich auf Connors Schreibtisch gestapelt, und auf ihrer Stirn stand ein dauerhaftes Runzeln.

»Siehst nicht so glücklich aus«, sagte er.

»Du hast leicht reden. Du bist ja hier nicht eingesperrt.« Ihre Stimme hatte einen Biss, auf den Bundy stolz gewesen wäre.

Er hob die Hände und betrat das Arbeitszimmer. »Ich komme in friedlicher Absicht, oh Übelgelaunte. Ich muss wissen, was ich den Hühnern zu fressen geben soll. Ist es das Zeug aus der Tüte, auf der vorn ›Legehennenbrei‹ aufgedruckt steht?«

»Es tut mir leid, wenn ich übellaunig klinge. Ja, das ist richtig, und vergiss nicht, die Eier einzusammeln. Es sollten fünf Stück sein.« Sie strich sich eine lose Strähne ihres braunen

Haars hinters Ohr. »Danke, dass du dich um die Hühner kümmerst und Gidget und die Rinder heute früh gefüttert hast. Morgen kann ich ja hoffentlich anfangen, auch wieder ein paar Dinge zu übernehmen.«

»Es ist für mich kein Problem auszuhelfen. Allerdings glaube ich, Miss Princess Polly wird froh sein, wenn sie mich nicht mehr zu sehen bekommt. Ich scheine noch immer nicht in der Lage zu sein, die richtige Stelle für ihre morgendliche Streicheleinheit zu finden.«

»Ihre Tiara glänzt also noch?«

»Heller als der Blitz an der Kamera eines Paparazzo.«

Paige lächelte.

»Es wird nicht lange dauern, dann bist du wieder auf den Beinen. Vergiss aber nicht, was Dr. Lee gesagt hat. Je mehr du dich schonst, desto schneller wird dein Fuß heilen.«

Sie seufzte. »Ich weiß. Aber noch ein Tag hier drinnen mit Farmberichten und Budgetaufstellungen bringt mich um. Normalerweise macht es mir nichts aus, sie durchzugehen, aber normalerweise sitze ich ja auch keinen ganzen Tag lang still.« Sie machte eine Pause. »Ich habe mir deinen Plan durchgelesen. Du hast beeindruckende Arbeit geleistet.«

»Vielen Dank.« Er trat näher an den Schreibtisch heran. Es war ihre Vergebung, kein Lob, das er von ihr nötig hatte. »Hör mal, Paige, es tut mir wirklich leid, dass ich dir nicht sagen konnte, womit ich beschäftigt bin.«

»Keine große Sache. Ich hatte Zeit, mich zu beruhigen.« Ihre Finger spielten mit den Rändern des Papierstapels. »Ich verstehe, warum Dad das Gefühl hatte, er müsse den Geschäftsplan vor mir geheim halten. Er denkt, ich arbeite zu viel. Es ist so, wie du es im Auto gesagt hast: Nicht alle Geheimnisse sind gleich. Aber...« Ihre Augenbraue hob sich. »Du hast besser nicht noch mehr davon im Ärmel.«

Connor legte den Schraubenschlüssel in seinen Schoß. Er konnte nur hoffen, dass Tait so lange brauchte, weil er mit Paige sprach. Connor starrte auf den dunkelblauen Jaguar, an dem er und Tait die Wasserpumpe auswechselten. Es war Taits Idee gewesen, Paige damit zu überraschen, dass sie das Auto ihres Großvaters bis zum Ball wieder fahrtüchtig haben würden. Das hieß, wenn sie nun überhaupt noch hingehen würde.

Nach den Ereignissen dieses Morgens war er sich nicht sicher, ob sein Plan, ins Leben seiner Tochter wieder Vergnügen und Gesellschaft zu bringen, noch Bestand hatte oder ob er in Scherben zerfallen war. Dieser Bastard Chris hatte Paige wirklich übel mitgespielt, und sie fasste nicht leicht Vertrauen. Connor hatte den zornigen Blick gesehen, mit dem sie Tait wegen dieses Geschäftsplanes durchbohrt hatte, obwohl es doch seine Idee gewesen war, dessen Existenz zu verheimlichen. Was würde geschehen, wenn sie herausfände, dass Tait noch einen weiteren Grund hatte, sich hier im Westen aufzuhalten? Tait hatte keine Ahnung, dass ihm und Anne seine wahre Identität bekannt war, und aus Respekt vor den Toten würden sie beide sein Geheimnis bewahren. Connor konnte verstehen, warum Tait das Gefühl hatte, er müsse seine Vergangenheit verborgen halten, und es würde an ihm sein, Paige die Wahrheit wissen zu lassen, wenn er dazu bereit war.

Connor schluckte. Aber wenn erst alles enthüllt war – würde Paige es akzeptieren können, dass Tait noch etwas verborgen hatte? Etwas, das weit persönlicher und von größerer Bedeutung war als ein Finanzplan?

15

»Meine alten Stiefel müssen hier irgendwo sein, Bundy«, sagte Paige zu dem Welpen, während sie einen Schuh aus der Kiste in der Diele zog. »Ich weiß genau, dass ich sie nicht weggeworfen habe.«

Bundys einzige Antwort bestand darin, dass er von dem Segeltuchschuh, den er zwischen seinen Pfoten hielt, aufblickte und seinen Kopf schräg legte.

Sie wühlte sich bis zum Boden der Truhe durch, aber alles, was sie ausfindig machen konnte, war ein schwarzer Gummistiefel. Sie warf ihn auf den Boden. Der Gummistiefel schlitterte über die Fliesen und stieß gegen ein Regal voller Gartenutensilien. Eine kleine grüne Gießkanne fiel vom obersten Regalbrett herunter. Bundy knurrte und umsprang sie.

Paige lachte und manövrierte sich auf dem Stuhl in eine bequemere Position. »Ich würde es hassen, eine Schlange zu sein, wenn du erst einmal ausgewachsen bist.«

Bundy beschäftigte sich damit, die Tülle der Gießkanne zu zerkauen.

Paige fuhr fort, Schuhe aus der Truhe zu werfen, bis sich auf einmal ein Stück hartes Plastik in ihren Schenkel bohrte. Ihr Gelächter füllte den engen Raum. »Bundy, du bist wirklich ein unglaubliches kleines Ungeheuer.«

Der Welpe hatte seinen neugierigen Kopf in die Gießkanne gesteckt, und jetzt sprang er herum und versuchte, sich zu befreien. Noch immer lachend verfolgte Paige ihn, aber er sprang außer Reichweite. Sie lehnte sich zur Seite und streckte die Hand aus, aber sie konnte ihn nicht zwischen die Finger bekommen. Sie versuchte, sich an der Seitenwand der Truhe hochzuziehen.

»Und du bist ein unglaubliches Ungeheuer, wenn du diesen Stuhl verlässt. Bundy mag zwar eine Gießkanne auf dem Kopf haben, aber schneller als du rennt er immer noch«, ließ sich Tait von der Tür her vernehmen.

Bundy flitzte in seine Richtung und wäre um ein Haar über Paiges Fuß getrampelt. Sie zog scharf Luft ein. Sogar in dem Krankenhausstiefel, den sie trug, fühlten ihre Zehen sich verletzlich an. Tait hob den Welpen hoch und befreite ihn vorsichtig von der Gießkanne. Bundy leckte Tait die Hand, ehe er seine Zähne in seinen Daumen grub. Tait zog ein Gesicht.

»Autsch«, sagte Paige und zog selbst eine Grimasse.

Tait setzte Bundy wieder auf den Boden, lenkte ihn mit den Schnürsenkeln eines zerknautschten Turnschuhs ab und schüttelte den Kopf. »Zum Teufel, hat der Bursche scharfe Zähne! Erinnere mich daran, dass ich das nächste Mal, wenn ich es irgendwo lachen und knallen höre, besser nicht komme, um nachzusehen.«

»Einverstanden.«

Tait betrachtete die Schuhe, die über den Boden verstreut lagen. »Was machst du hier überhaupt? Ein Paradies für Bundy?«

»Nein. Sehr zu seinem Missfallen werden all diese Schuhe in der Truhe bleiben. Ich suche nur nach...« Sie zog einen abgetragenen Stiefel unter einem hohen Reitstiefel hervor und lächelte, »...nach dem hier.«

»Der Topf voll Gold am Ende des Regenbogens ist das nicht gerade.«

»Für mich ist er das.« Sie untersuchte das Loch an der Schuhspitze. »Mein alter Stiefel wird für den Gang auf die Koppeln perfekt sein.«

»Paige ...« Ein einziges Wort von Tait enthielt einen Berg von Warnungen.

»Was ist?« Sie sandte ihm ihren besten großäugigen Unschuldsblick. »Ich verwende nur ein bisschen Einfallsreichtum für den Busch.«

Er stöhnte, während sie mit den Wimpern klimperte. »Was willst du?«

Sie hob den Stiefel in die Höhe. »Bitte, könntest du diesen Schuh mit in den Schuppen nehmen und die Spitze für mich abschneiden?«

»Was stört dich an dem Schuh, den sie dir im Krankenhaus gegeben haben?«

»Er ist nicht stabil genug, und der Schlamm dringt unter meinen Zehen ein ...«

Sie hielt inne. Tait hatte nicht erfahren sollen, dass sie draußen gewesen war, um auszuprobieren, wie weit sie humpeln konnte.

Seine Augen wurden schmal. »Das ist ja merkwürdig. Als ich das letzte Mal nachgesehen habe, gab es im Farmhaus keinen Schlammboden.«

»Kein Kommentar«, sagte sie und reichte ihm den Stiefel.

Er nahm ihn entgegen und reichte ihr die Hand.

Sie klammerte ihre Finger um seine und stand auf. Weniger als eine Armeslänge trennte sie voneinander. Sie atmete den schweren Duft seines Aftershaves ein, das sich mit dem Geruch von Benzin vermischte. Ihre Finger verstärkten den Druck um seine Hand, als sie versuchte, ihr Gleichgewicht zu finden. Seine Augen verdunkelten sich. Flache Atemzüge entwichen ihren Lippen. Es machte weder einen Unterschied, dass Tait am Sonntag abreisen würde, noch, dass er wegen der Gründe für seinen Besuch nicht ehrlich zu ihr gewesen war. Wichtig war nur, dass er sie noch einmal küsste, bis ihr die

Sinne schwänden und bis es nicht mehr allein ihre Selbstbeherrschung wäre, die in Flammen aufginge.

Sie schwankte nach vorn.

In seinen Augen sah sie etwas, eine dunkle Wolke, die die Sonne blockierte.

Die starke Hand, an der sie sich wie an einem Rettungsseil festgehalten hatte, befreite sich sachte aus ihrem Griff. »Also du möchtest, dass ich die Spitze...«, Tait räusperte sich, »... dass ich die ganze Spitze abschneide?«

»Danke.« Sie forschte in seinem undurchschaubaren Gesicht. »Das wäre toll.«

»Kein Problem. Das mache ich gleich.« Er warf einen Blick auf Bundy. »Das heißt, nachdem ich eine weitere Hundepfütze aufgewischt habe.«

Paige folgte seinem Blick und sah, dass sich hinter Bundy eine klare Pfütze ausbreitete. Er hörte auf, den Turnschuh zu zerkauen, und sah mit seinen großen Augen zu ihnen auf, als wollte er fragen: »Was ist denn?«

»Bundy«, sagte sie, »du bist nichts weiter als eine Pieselmaschine. Ich war doch gerade erst mit dir draußen.«

Tait verschwand, um nach einem Eimer zu suchen.

Sie starrte auf den leeren Eingang des Schuppens. Das würde sie lehren, nicht so gierig zu sein! Offenbar hatte sie ihr Maß an Küssen von Tait aufgebraucht. Die Intensität in ihren Augen hatte sie offenbar mit der falschen Hoffnung erfüllt, dass sein Mund den ihren treffen würde, aber seine abwehrende Miene, mit der er sich von ihr entfernt hatte, ließ sich nicht missdeuten.

Sie unterdrückte ein Seufzen. Wenn sie ehrlich war, hatte er das Richtige getan, für sie alle beide. Er mochte zwar nicht der nervenaufreibende City Boy sein, für den sie ihn gehalten hatte, aber von der nächsten Woche an würden sie wieder in zwei Welten leben, die durch mehr als nur einen räumlichen Abstand getrennt waren. Und auch wenn es nicht seine Idee gewesen war, die Gründe für seinen Aufenthalt auf Banora Downs zu verbergen, bereitete es ihr Sorge, dass seine schönen Worte die Wahrheit vor ihr verborgen hatten. Ein T-Shirt mit der Aufschrift »Das kenne ich« hing bereits in ihrem Schrank. Sie brauchte kein weiteres, um sich davon zu überzeugen, dass City Boys Könige der leeren Versprechen waren.

Sie bückte sich, um den nächsten Schuh aufzuheben und wieder in die Truhe zu stopfen. Zeit, sich zusammenreißen. Sie durfte nicht zulassen, dass ihre Sehnsucht nach der zärtlichen Berührung der Lippen eines Mannes und nach der Liebe, die ihre Eltern verbunden hatte, ihre Urteilsfähigkeit vernebelte.

Im Arbeitszimmer klingelte das Telefon. Sie versuchte aufzustehen, dann aber besann sie sich darauf, dass sie so langsam wie ein einbeiniges Hühnchen war. Das Telefon hörte zu klingeln auf, und sie hörte ein unbestimmtes Murmeln, das von Taits tiefer Stimme stammte. Sie setzte sich wieder auf den Stuhl und packte die letzten Schuhe weg. Wer immer auch angerufen hatte: Tait würde entweder eine Nachricht entgegennehmen oder ihr das Telefon bringen. Die Schritte seiner Stiefel hallten durch die Diele, ehe er auftauchte. Seine Hände waren leer, und zwischen seinen Brauen hatte sich eine Falte gebildet.

»Das war Dennis von der Nachbarfarm«, sagte er.

Sie richtete sich auf, einen Gummistiefel in der Hand. »Hat er wegen der wilden Hunde angerufen?«

Tait nickte langsam. »Er hat gesehen, wie sie in Richtung Norden gelaufen sind. Er sagt, sie müssten entweder nach links, nach Killora Downs unterwegs sein, um Wasser zu finden, oder sie biegen nach rechts ab und kommen ... hierher.«

Sie warf den Gummistiefel in die Truhe und humpelte zur Tür. »Sie werden sich nicht unsere Rinder einverleiben.«

Taits Hand senkte sich auf ihren Arm, um sie aufzuhalten. »Er hat auch gesagt, du müsstest noch ein paar Stunden Zeit haben. Er vermutet, falls sie wirklich hierher unterwegs sind, dürften deine Rinder erst heute Nachmittag oder heute Abend in Gefahr sein, wenn es sich abkühlt.« Seine Finger glitten ihren Oberarm hinauf und umschlossen ihre Schulter. »Was kann ich tun?«

Das Wort »nichts« bildete sich in ihrem Kopf, aber es drang nicht über ihre Lippen. Die Wärme und die Stärke seiner Berührung durchfluteten sie. Wenn es eine Zeit gab, in der sie Tait an ihrer Seite brauchte, dann war es jetzt. Sie mochte zwar in der Lage sein, ein Gewehr abzufeuern – sie zuckte zusammen, weil sie ihren Fuß mit zu viel Gewicht belastet hatte –, aber sie würde auf keinen Fall fahren können.

»Geh, pack deine Zahnbürste, und dann holen wir uns die Schlafsäcke. Heute Nacht schlafen wir unter dem Sternenhimmel.«

Paige machte es sich im Campingstuhl bequem. Der Duft des Fleischs, das über dem Lagerfeuer brutzelte, wirkte zwar verlockend auf ihre Geschmacksnerven, und das Gewehr ihres Vaters stand in sicherer Reichweite hinter ihr im Lieferwagen, aber ein Unbehagen hörte nicht auf, an ihren Nerven zu zerren. Sie ließ ihren Blick über die Bäume links von der Standkoppel schweifen. War da eine Bewegung gewesen? Sie beugte sich vor und spähte durch das schwindende Licht. Ihre Hände klammerten sich um die Lehnen des Stuhls. Ein Hund? Sie löste den Griff ihrer Hände, als eine kleine graue Gestalt aus dem Busch hervortrat, sich auf die Hinterbeine stellte und mit den Ohren zuckte, als sie den Rauch witterte. Ein Wallaby.

»Paige, du bist angespannter als eine Bogensehne«, ließ sich Tait von seinem Platz neben dem Feuer vernehmen und drehte die Fleischspieße über dem Grill. »Wenn die Hunde kommen, werden wir mit ihnen fertig werden. Entspann dich einfach.«

»Ich kann nicht.«

»Doch, du kannst.« Tait benutzte eine Zange, um die Fleischspieße auf zwei Teller zu legen. Er kam zu ihr herüber. »Normalerweise serviere ich die mit einer guten Flasche Rotwein. Probier sie mal. Sie sind meine Spezialität.«

Sie warf noch einen Blick auf das Dickicht, ehe sie den Teller entgegennahm. Trotz ihrer Anspannung lief ihr das Wasser im Munde zusammen, als sie das Aroma der Fleischspieße einatmete.

»Danke.« Sie sah auf die grüne Paprika, die Kirschtomaten, die Zwiebelstreifen und die Rindfleisch-Würfel, die Tait auf den Spieß gereiht hatte. Einfache, preiswerte Zutaten, aus denen er ein Festmahl für Gourmets gemacht hatte. »Du hast mir gar nicht erzählt, dass du kochen kannst.«

Er grinste. »Es gibt eine ganze Menge Dinge, die du noch nicht über mich weißt.« Plötzlich glitt ihm das Lächeln vom Gesicht, und er schwang herum.

Hatte er keine einzige Gehirnzelle mehr in seinem Kopf? Was fiel ihm ein, so etwas zu Paige zu sagen? Er musste alles, was sie nicht von ihm wusste, unter Verschluss halten. Weder sie noch Connor durften den wahren Grund für seine Reise nach Banora Downs herausfinden. Ein Grund, der einzig und allein einem tiefsitzenden Gefühl entstammte: Schuld. Schuld an dem, was er getan hatte. Doch noch mehr an dem, was er nicht getan hatte. Mit unsicheren Händen legte er ein paar kleinere Holzscheite ins Feuer. Und um jetzt zu versuchen, die Schuld zu begleichen, die ihn in den Nächten wachhielt, musste er verbergen, wer er war.

Er warf einen Blick hinüber zu Paige, die ein Stück von ihrem Fleischspieß aß. Es war eben nicht nur seine Identität, die zu verbergen er sich bemühte, sondern darüber hinaus musste er gegen die magnetische Anziehungskraft kämpfen, die sie auf ihn ausübte. Es hatte ihn seine letzte Willenskraft gekostet, sie heute Morgen nicht zu küssen, als er ihr auf die Füße geholfen hatte. Er durfte nicht zulassen, dass sie in seinem Privatleben noch mehr Raum einnahm. Je näher sie ihm kam, desto größer wurde die Gefahr, dass sie sein Geheimnis aufdeckte. Er holte seinen Teller mit Fleischspießen und ging mit schweren Schritten zu ihr zurück. Er hatte Antworten zu finden und eine Vergangenheit, die er in Ordnung bringen musste. Erst dann würde er frei sein, um der Mensch zu sein, der er wirklich war.

Paige leckte sich die Finger, als er sich in den Campingstuhl neben sie setzte. »Diese Fleischspieße schmecken richtig, richtig gut.«

Von den beiden Spießen, die er ihr aufgetan hatte, war einer bereits aufgegessen. »Da hatte wohl jemand Hunger.« Er nahm einen Kebab von seinem eigenen Stapel. »Hier, für dich.«

Sie gab ihm nicht ihren Teller. Stattdessen flog ihr Kopf herum, und sie starrte in die Dunkelheit der Nacht.

Er legte den Fleischspieß auf den Teller in ihrem Schoß. »Paige«, sagte er sanft, »es ist nichts.«

»Woher willst du das wissen?«, fragte sie, ohne den Kopf zu drehen. »Ich habe ein Geräusch gehört.«

»Das kommt daher, dass sich da drüben eine Horde Kängurus herumtreibt. Ich habe sie gesehen, als ich die Spieße gebraten habe.«

»Bist du sicher?« Langsam wandte sie sich ihm wieder zu.

»Ja. Jetzt iss. Wir müssen uns auf eine lange Nacht gefasst machen.«

Sie warf einen Blick auf den zusätzlichen Fleischspieß. »Danke.« Doch aus der Art, wie sie an ihrem Fleisch herumpickte, konnte er schließen, dass ihr Appetit sie doch verlassen hatte.

Wieder spähte sie nach rechts. »Ich wünschte, wir hätten Dusty dabei, aber er ist zu alt, um es mit einem Rudel verwilderter Hunde aufzunehmen.«

»Miss Princess Polly wird es uns wissen lassen, wenn sie sich durch irgendetwas in ihrem Schönheitsschlaf gestört fühlt.«

»Stimmt.«

Paige starrte ins Feuer und griff nach einem ihrer Fleischspieße. »Wo hast du gelernt, auf einem Lagerfeuer zu kochen?«

Er konzentrierte sich aufs Kauen, nicht auf den Mund von Paige, die sich schon wieder die Finger leckte. »Wie ich dir erzählt habe, war ich ein guter Pfadfinder.«

»Irgendwie kann ich mir dich nicht als einen Pfadfinder vorstellen, der Befehle befolgt.«

»Stimmt. Ehrlich gesagt habe ich nur ein paar Wochen lang durchgehalten. Der Pfadfinderleiter und ich waren nicht auf derselben Wellenlänge.«

Paige lachte leise. »Du hast also schon als Kind immer deinen Willen durchgesetzt.«

»Ich glaube, das politisch korrekte Wort, das meine Mutter benutzt hat, war dickköpfig.«

»Weißt du was? Das habe ich selbst schon ein paarmal gehört.«

Er verzog keine Miene. »Keine Ahnung, warum.«

»Ich auch nicht.« Sie kicherte.

Er griff hinüber, um ihr den leeren Teller abzunehmen. Das Licht des Feuers tanzte über ihre feingeschnittenen Züge und legte sich über ihre schimmernde glatte Haut.

»Wir mögen zwar aus unterschiedlichen Welten stammen, aber du und ich, wir sind gar nicht so verschieden.« Sein Blick senkte sich auf ihre Lippen, die nach dem Fleisch schmecken würden und nach der Süße, die Paige Quinn ausmachte. »Es gibt trotzdem genug Unterschiede, um das Leben interessant zu machen.«

Ein Holzscheit knackte im Feuer. Das laute Geräusch hallte wie ein Gewehrschuss in seinem Kopf wider. Er durfte sie nicht noch einmal küssen, ganz egal, wie sehr er sich danach sehnte, den Abstand zwischen ihnen zu überwinden.

Er sprang auf. »Ist in deinem Bauch noch Platz für Marshmallows?« Selbst in seinen eigenen Ohren klang seine Stimme belegt.

»Für Marshmallows ist in meinem Bauch immer Platz.« Sie beugte sich nieder, um eine Laterne hochzuheben. Sie schaltete sie ein, und ein Lichtkegel umfing sie. Sie stellte die Laterne hinter sich in den Pick-up, dann kämpfte sie sich hoch, um zu ihm hinüber ans Feuer zu humpeln. Zu dem Stiefel, bei dem er vorhin die Spitze abgeschnitten hatte, trug sie ihren gewohnten Arbeitsstiefel.

Er reichte ihr einen Stock, an dessen Ende er zwei Marshmallows aufgespießt hatte.

Sie betrachtete die weißen Schaumklumpen. »Wo um alles in der Welt hast du denn die her?«

»Aus Glenalla. Ich finde mich in dem Lebensmittelladen jetzt gut zurecht.«

»Sicher. Und jeder, der dort verkehrt, kennt inzwischen zweifellos deinen Namen.«

»Das stimmt. Aber keine Sorge, die Leute fragen auch immer nach dir.«

»Immer?«

»Nun, zumindest Sarah tut es.«

Sie grinste. »Ich wette, die andere Kassiererin, Monique, die auch alleinstehend ist, fragt nicht nach mir.«

»Nur keine Sorge. Ich erwähne dich in jedem Gespräch mindestens dreimal, wie jeder verliebte Freund aus dem Internet es tun würde.«

Sie stöhnte und hielt ihre Marshmallows ins Feuer. »Na toll. Du weißt hoffentlich, dass auf dem Ball jeder von uns erwarten wird, dass wir uns wie ein Paar benehmen.«

»Das wird schon gutgehen. Du machst dir zu viele Sorgen. Ich bin sicher, wir schaffen es, ein paar Stunden lang nett zueinander zu sein.«

»Meinst du, wir sollten ein paar Grundregeln festlegen?«

»Grundregeln? Wir gehen miteinander auf einen Ball und ziehen nicht zusammen.« Er betrachtete ihre Wangen und war sich nicht sicher, ob die dunkle Farbe von der Hitze des Feuers stammte oder ob sie errötet war.

»Okay, aber wenn du eine Grenze übertrittst, werde ich es dich wissen lassen.«

»Daran habe ich keinen Zweifel.«

Schweigen senkte sich zwischen sie.

»Ich glaube, ich kann mich gar nicht mehr erinnern, wann ich das letzte Mal Marshmallows geröstet habe«, sagte sie dann. »Ich habe vergessen, wie viel Spaß es macht.«

Tait zog seine Marshmallows aus den Flammen, weil sie sich entzündet hatten. Er war zu sehr damit beschäftigt gewesen zuzusehen, wie die Erinnerungen auf Paiges ausdrucksvollem Gesicht spielten, und hatte nicht mehr auf das geachtet, was er tat.

Sie zog ihre perfekt geröstete Süßigkeit aus dem Feuer und begutachtete die verkohlten Klumpen, die am Ende seines Stocks steckten. »Ich hoffe, du magst gern knusprige Kohle.«

Er warf seine verbrannten Marshmallows ins Feuer und steckte zwei neue auf den Stock.

»Ich glaube«, sagte er, »ich habe zum letzten Mal Marshmallows gegessen, als Bruce und ich zum Zelten in den Snowy Mountains waren, um meinen achtzehnten Geburtstag zu feiern.«

»Daher weißt du also, wie man über offenem Feuer kocht?«

»Ja, alles, was ich weiß, hat Bruce mir beigebracht.« Wieder fingen Taits Marshmallows Feuer. Er zog den rauchenden Stock aus den Flammen und versuchte, sie auszublasen. »Nur leider nicht, wie man Marshmallows röstet.«

»Nimm diese, die sind fertig.« Sie tauschte seinen Stock gegen ihren und streifte die Marshmallows herunter. Dann beugte sie sich nieder, um erst einen pinkfarbenen und dann einen weißen Schaumball aus der Packung, die auf dem Boden lag, zu nehmen. Als sie sich aufrichtete, zuckte sie zusammen.

»Musst du dich hinsetzen?«, fragte er und wandte sich halb zu den Stühlen neben dem Pick-up.

»Danke, aber mir geht es gut.« Ihr Gesicht bekam etwas Weiches. »Danke, dass du mitgekommen bist und mit mir Wache hältst.«

»Keine Ursache.« Dieses Mal fielen die Marshmallows von seinem Stock in die Asche. Er warf seinen Stock hinterher ins Feuer. »Du kannst mich in Marshmallows dafür bezahlen, denn bei meiner Methode bin ich bald verhungert.«

Er knirschte mit den Zähnen. Es waren beileibe nicht nur seine Marshmallows, die hier in Rauch aufgingen. Er war nicht in der Lage, sich länger als fünf Minuten in Paiges Nähe aufzuhalten, ohne dass seine Konzentration zum Teufel ging. Es würde eine *sehr* lange Nacht werden.

Paige betrachtete die glühenden Holzscheite, die vor ihren Augen Funken sprühend und knisternd zu neuem Leben erwachten. Ihr Blick folgte den Rauchfahnen, die in den sternenübersäten Himmel aufstiegen. Mit ein bisschen Glück würden die wilden Hunde den Rauch wittern, wie das Wallaby es getan hatte, und einen großen Bogen um die Standkoppel machen. Sie sah hinüber zu den Rindern, die, von ein paar Flecken Weiß hier und da abgesehen, nur noch als unbestimmte Umrisse erkennbar waren. Dann stahl sie sich einen Blick auf den schweigenden Mann an ihrer Seite, der in das Feuer starrte, als wären die Antworten auf die Geheimnisse des Lebens in die Flammen geschrieben. Er mochte ihr den Rat geben, sich zu entspannen und sich keine Sorgen zu machen, doch die Linie seiner Schultern verriet ihr, dass er ebenso auf der Hut war wie sie. Ihr war nicht entgangen, dass er die Rinder ununterbrochen im Auge behalten und zudem dafür gesorgt hatte, dass nichts ihren Weg zum Gewehr verstellte. Eine Welle von Wärme, die nicht vom Feuer stammte, durchfuhr sie. Tait sah durch und durch aus wie ein Mann, der entschlossen war zu beschützen, was ihm gehörte.

Wieder knisterte das Feuer. Er zuckte mit keiner Wimper und regte sich nicht. Feuerschein überflutete sein Gesicht, und sie riskierte einen längeren Blick auf die scharf geprägten Züge und die verschatteten Höhlungen. Es war, als hätte sein Aufenthalt auf Banora Downs Schicht um Schicht seiner Stadtexistenz abgetragen, um den wahren Tait zu enthüllen, der aussah, als gehöre er ebenso ins wilde Outback wie sie.

Er blickte auf.

Sie suchte fieberhaft nach einem Thema, um ein Gespräch zu beginnen und den dunklen Ernst in seinen Augen zu vertreiben.

»Du und Bruce, seid ihr oft campen gegangen?«

Wieder starrte Tait ins Feuer. »Als ich jünger war, ja. Sophia und Angelica sind nicht gerade die geborenen Camper.«

»Was war mit deiner Mutter? War sie eine Camperin?«

Tait nickte. »Mum liebte es, aus der Stadt herauszukommen. Es war, als würde sie einen Teil ihrer selbst wiederfinden, wenn sie den blauen Himmel über sich und freies Land um sich hatte. Als ich klein war, hat sie nie viel gelacht, aber wann immer wir in einen Park gegangen oder durch einen Garten gelaufen sind, hat sie auf mich den glücklichsten Eindruck gemacht.«

»Das hört sich an, als wäre deine Mutter fürs Landleben besser geeignet gewesen als für die Stadt.«

»Da hast du recht, ich glaube, das war sie.« Tait machte eine Pause. »Wir haben davon gesprochen, die Stadt zu verlassen, aber dann hat sie Bruce kennengelernt, und da er seine Geschäftsverbindungen alle in Sydney hat, sind wir eben dort geblieben.«

»Und campen gegangen, wenn ihr konntet.«

Flüchtig lächelte er. »Genau.«

Wieder senkte sich eine wortlose Stille zwischen sie. Paige verschränkte ihre Finger, und ihre ruhelosen Daumen klopften aneinander. Etwas an der Situation, hier mit Tait bei einem lodernden Feuer zu sitzen, sorgte dafür, dass ihr Pulsschlag sich beschleunigte. Sie durfte sich nicht allzu bewusst machen, dass sie die einzigen Menschen weit und breit waren.

»Wie haben sich Bruce und deine Mutter eigentlich kennengelernt?«

»Wir waren seine Pensionsgäste.«

»Hat er eine Pension betrieben?«

»Nein, er hatte nur ein großes altes Haus. Bruce spricht nie über seine Familie oder seine Vergangenheit. Genau wie Connor war er ein Emigrantenkind.«

Tait lehnte sich in seinem Stuhl zurück und legte die Hände hinter seinen Kopf.

»Ein Emigrantenkind aus England?«

»Ja, aus London.« Tait betrachtete die staubigen Spitzen seiner Stiefel und kreuzte die Füße.

»Und wo hat er gewohnt, als er hierherkam?«

»Auf der Somerdale Farm.«

Paiges Daumen hörten auf zu klopfen. »Machst du Witze? Da ist Connor aufgewachsen.«

Taits Arme senkten sich, und er wandte ihr sein Gesicht zu. In seinen Augen stand ein Gefühl, das sie nicht deuten konnte. »Connor ist dort aufgewachsen?«

Sie nickte. »Dad muss Anfang der Sechzigerjahre dort gewesen sein.«

»Genau wie Bruce.«

Dieses Mal schien die Stille, die zwischen ihnen hing, schwer von unausgesprochenen Gedanken zu sein.

»Die Welt ist klein«, sagte sie langsam. »Es kommt nicht jeden Tag vor, dass ich jemandem begegne, der ein Emigrantenkind zum Vater hat, ganz zu schweigen von jemandem, dessen Vater in derselben Institution gelebt hat wie meiner. Ich frage mich, ob sie sich wohl gekannt haben.«

Einen Augenblick lang nahm sie an, dass Tait ihr gar keine Antwort geben würde, dann aber sagte er: »Das frage ich mich auch.«

»Danke, dass du uns Bescheid gesagt hast, Dennis, und ja, wir müssen heute Abend unbedingt zusammen einen trinken, das ist lange überfällig.«

Connor legte den Hörer wieder auf die Gabel. Gott sei Dank waren die wilden Hunde auf einer Farm im Süden von Banora Downs aufgetaucht. Wie Paige war auch der Farmer dort vorbereitet gewesen, und die Hunde würden kein Vieh mehr terrorisieren. Connor ging zu dem Funkgerät in der Küche. Er würde Paige und Tait bei ihrem Campingfrühstück unterbrechen und ihnen die gute Nachricht mitteilen. Sehr zu Paiges Missfallen würden sie noch reichlich Zeit haben, wenn sie nach Hause kämen, um sich für den Ball fertig zu machen.

Er ignorierte die Spannung, die ihm von Neuem die Brust zusammenpresste wie ein Druckverband. Heute sollte ein Tag ohne Sorgen sein. Der Abend war dazu gedacht, das Leben zu feiern und die Stimmung der Menschen in der Gegend zu heben. Es spielte keine Rolle, dass sie morgen früh alle zu einem weiteren Tag in völliger Trockenheit erwachen würden; heute Nacht würden sie einmal Vergnügen, Gelächter und Freundschaft genießen. Er hatte bereits Anne angerufen, um sie einzuladen, nicht nur mit ihnen zusammen zu fahren, sondern auch die Nacht auf der Farm zu verbringen. Die Vorstellung, dass sie andernfalls allein die Fahrt von Glenalla nach Balgarry bewältigen müsste, hatte ihn allzu früh geweckt. Die Kängurus betrugen sich auf diesem Abschnitt der Straße besonders gefährlich.

Im Vorbeigehen warf er einen Blick auf den Küchenkalender. In zwei Tagen würde Tait abreisen. Das Zeitfenster schloss sich sowohl für die Hoffnung, die Connor sich für Paige gemacht hatte, als auch für die, Tait könne die Informationen finden, derentwegen er Connors Vermutung nach ins Outback gekommen war. Tait hatte ihn beiläufig nach einer Firma namens Three-M gefragt, aber Connor war die Anspannung nicht entgangen, die sich um seinen Mund eingrub. Zu Taits Bedauern hatte er noch nie von einem solchen Unternehmen gehört, aber auf seinen Fahrten nach Glenalla mochte Tait auf jemanden gestoßen sein, der es kannte. Er musste daran denken, Anne zu fragen, ob sie vielleicht etwas darüber wusste. Sie schien über alles, was vor sich ging, immer bestens informiert zu sein.

Connor griff nach dem Funkgerät, doch seine Beklommenheit weigerte sich, ihm seinen Frieden zu lassen. Das gesellige Beisammensein in Balgarry hatte nicht an den Tag gebracht, wer Tait in Wirklichkeit war. Würde er heute Abend auf dem Ball womöglich weniger Glück haben?

16

Lieber hätte sie es jeden Tag mit einem massiven Mallee-Bullen aufgenommen als mit einem Schminkkasten.

Paige schenkte ihrem Spiegelbild einen finsteren Blick und stellte die Wimperntusche zurück auf ihren Frisiertisch. Es hatte sie eine halbe Stunde gekostet, auch nur die absolut notwendigen Grundlagen des Make-ups aufzutragen, und weitere fünf Minuten, um sich die Wimpern, die die Mitarbeit verweigerten, zu tuschen. Ängstlich, auch nur zu blinzeln, starrte sie nun in den Spiegel.

War das wirklich sie? Sie wandte sich zur Seite, und ihr Blick wurde noch finsterer. Sie war es gewohnt, sich in zerrissenen Jeans und übergroßen Hemden zu sehen und hatte somit keine Ahnung, ob das trägerlose Kleid mit der hohen Taille, das Tait für sie ausgesucht hatte, ihr stand oder nicht. Alles, was sie wusste, war, dass das Miederteil des Kleides unbedingt an Ort und Stelle bleiben musste, denn sie besaß keinen trägerlosen Büstenhalter, den sie darunter hätte tragen können. Sie griff sich an den Rücken, um noch einmal am Reißverschluss zu ziehen. Aber ganz egal, wie sehr sie sich wand und krümmte, sie schaffte es einfach nicht, den Reißverschluss höher als bis in die Mitte zwischen ihren Schulterblättern zu bekommen.

Frustriert fuhr sie sich mit den Fingern durch ihr frisch gewaschenes Haar und riskierte nun doch zu blinzeln. Für gewöhnlich nahm sie sich nie so viel Zeit, sich fertig zu machen, und sie verschwendete erst recht nicht so viele Gedanken darauf, wie sie aussah. Es war schließlich nur ein Ball. Und Tait war nur ein Gast aus der Stadt. Alle Gründe, aus denen sie auf dieses gesellschaftliche Ereignis besser nicht hätte gehen sollen, trafen noch immer zu. Und wenn die Art und Weise, in der sie gestern Nacht am Lagerfeuer wachgelegen und dem Atem von Tait, der in seinem Schlafsack schlief, zugehört hatte, ein Hinweis war, dann hatte sie sogar noch einen weiteren Grund, nicht hinzugehen. In der Schlacht zwischen ihren Hormonen und ihrer Vernunft trugen ihre Hormone an sämtlichen Fronten den Sieg davon.

Sie nahm ihren Kosmetikkoffer und ignorierte die Flasche mit pinkfarbenem Nagellack. So weit würde sie nicht gehen. Die Wimperntusche hatte ihr bereits genug Probleme bereitet. Sie kramte herum und fand einen Lippenstift, zog die Kappe ab und betupfte sich die Lippen.

Ein Klopfen ertönte an ihrer Schlafzimmertür. Ihre Hand glitt herunter. Tait. *Mist.* Es konnte doch unmöglich schon Zeit zum Aufbruch sein?

»Komm rein!«, rief sie und rieb sich schnell den dunkelroten Streifen weg, den sie sich auf das Kinn geschmiert hatte.

Sie schwang herum. Und vergaß zu atmen. In einen schwarzen Anzug gekleidet stand Tait im Eingang. Sie konnte nichts tun, als ihn anzustarren. In seiner schmutzigen Arbeitskleidung war er bereits zum Anbeißen, aber in diesem mörderischen Anzug war er der Traum jedes weiblichen Teenagers.

Sie fuhr mit den Handflächen über den Satin ihres Kleides. Zum Glück lagen ihre Tage als Teenager lange hinter ihr, und in ihrem Vokabular gab es mehr Worte als »heiß« – anders als bei Angelicas kichernden Freundinnen.

»Du siehst...«, sie machte eine Pause, »gut aus.«

Sein Grinsen entblößte Zähne, die so weiß waren wie das Hemd unter seinem dunklen Jackett. »Vielen Dank. Ohne einen Anzug im Gepäck fahre ich nirgendwohin, aber ...«, er kam durch das Zimmer und zog sich die blau-golden gemusterte Krawatte zurecht, »es fühlt sich merkwürdig an, wieder eine Krawatte zu tragen.«

Er blieb vor ihr stehen und musterte sie von Kopf bis Fuß. In seinem auf einmal angespannten Kiefer zuckte ein Muskel.

»Ist was nicht in Ordnung?« Sie tippte sich ans Kinn. »Habe ich Lippenstift an mir?«

»Alles ist in Ordnung.«

»Warum runzelst du dann die Stirn?«

»Das mache ich doch gar nicht.«

»Doch, das tust du.«

Er nickte in Richtung ihres lose hängenden, halb geschlossenen Kleides, dass den Ansatz ihrer Brüste freigab. Hastig presste sie eine Hand auf das Miederteil. Von dort, wo Tait stand, konnte er gewiss bis hinunter auf ihren Bauchnabel sehen. Röte schoss ihr in die Wangen.

»Wieder Probleme mit dem Reißverschluss?«, fragte er mit einem rauen Ton in der Stimme.

»Meine Arme sind zu kurz.«

Tait stellte das Paar Sandalen, von dem sie erst jetzt bemerkte, dass er es bei sich trug, auf ihr Bett, und seine Finger berührten ihre nackten Schultern, als er sie umdrehte.

»Da trifft es sich ja gut, dass ich ein Fachmann für Kleider bin.«

Sie grub ihre Zähne in ihre Lippen, um sich am Zittern zu hindern. Eine flüchtige Berührung von Taits Händen, und schon war ihre Körpertemperatur um drei Grad in die Höhe geschossen.

Behutsam fasste er ihr langes Haar zu einem Pferdeschwanz zusammen, den er dann über ihre Schulter legte, um den Reißverschluss sehen zu können.

»Hol Luft«, sagte er und zog den Reißverschluss zu.

Sie drehte sich um, um ihn anzusehen.

Er nickte. »Viel besser. Kein zu tiefes Dekolleté.«

Seine Finger streiften ihre Brust, als er den oberen Rand des nun eng sitzenden Kleides prüfte, um sicherzustellen, dass es nicht verrutschen würde.

»Nicht dass ich mich beklagen würde«, sagte sie, um sich von seinen Fingern abzulenken, die auf ihrer Haut liegenblieben, »aber ich werde die einzige Frau unter fünfzig sein, die dort ohne tiefes Dekolleté auftaucht.«

»Das ist mir nur recht.« Seine Hand fuhr ihr Schlüsselbein entlang, verfolgte die Linie ihres Halses und schloss sich dann um ihr Kinn. Sie konnte einen Schauder nicht unterdrücken.

»Ich bin ganz dafür, dass du dein Dekolleté zeigst.« Sein Mundwinkel verzog sich zu einem Grinsen. »Aber nur vor meinen Augen.«

Paige öffnete den Mund, um ihm zu sagen, dass sie ihr Dekolleté ja wohl zeigen könnte, wem immer sie wollte, aber die Zärtlichkeit, mit der sein Daumen über ihr Kinn fuhr, und der Blick seiner Augen ließ sie schweigen. Seine Hand verließ ihr Kinn und fuhr durch ihre langen Locken. Er ließ sich die dunklen Strähnen durch die Finger gleiten. »Was machst du damit?«

Sie zuckte mit der Schulter und wusste, sie hätte sich von ihm entfernen sollen. Aber wie ein Magnet am Metall klebte, schien es, als wäre auch sie durch eine Kraft an Tait befestigt. »Ich habe keine Ahnung. Du weißt, dass ich mich auf diese Frauensachen nicht verstehe.«

»Nun, für eine Frau, die von solchen Sachen nichts versteht, bist du ziemlich gut zurechtgekommen. Aber mit deinem Haar müssen wir etwas machen.«

»Wir?«

»Ja. Wir.«

Sie verdrehte die Augen. »Erzähle mir nicht, du bist nicht nur ein Experte für Kleiderkatastrophen, sondern kennst dich obendrein in einem Friseursalon aus.«

»Ich würde nicht so weit gehen zu behaupten, man solle mich mit einer Schere losziehen lassen, aber ich habe auch nicht umsonst bei Angelicas sämtlichen Tanzaufführungen in der Garderobe gesessen.«

Er suchte in der offenen Schublade von Paiges Frisiertisch herum. »Hast du irgendetwas hier drinnen außer...«, er zog eine kleine fliederfarbene Zange heraus, »...außer Werkzeug?«

Sie schnappte sich die Zange. »Hey, nach der habe ich gesucht!«

Tait fuhr damit fort, die Schublade zu durchsuchen. »Irgendwas, das irgendwie mit Haaren zu tun hat?«

»Bänder habe ich, aber ich vermute, du bist auf Haarnadeln aus.« Sie hinkte ein Stück voran und öffnete eine zweite Schublade. »Hier.« Sie zog einen kleinen Plastikbehälter heraus. »Und wer sagt jetzt, ich bin keine richtige Frau?«

»Ich sage ja gar nichts.« Tait nahm ihr die Nadeln aus den Händen. »Haarbürste?«

»Das ist ganz schön viel verlangt.«

»Komm schon, du musst doch eine Bürste haben. Ich weiß, dass du eine hast. Als wir das zweite Mal in die Stadt gefahren sind, waren deine Haare gebürstet.«

»Ja, mit meinen Fingern.«

Er schüttelte den Kopf, kramte in der zweiten Schublade herum und förderte einen Kamm mit großen Zinken zutage. »Der muss genügen. Aber ich will keine Klagen hören, wenn ich irgendwelche Knoten finde.«

»Niemals.« Ihr Wort endete jedoch in einem Schmerzenslaut, und gleich darauf folgte ein zweiter, als Tait einen großen Knoten in ihrem Haar erwischte.

»Rühr dich nicht.« Obwohl sie sein Gesicht nicht sehen konnte, konnte sie das Lächeln in seinen Worten hören.

»Dir macht das Spaß, oder?«

»Nicht im Geringsten.«

»Lügner.« Sie zuckte wieder zusammen und verschränkte die Arme.

»Schon fertig.«

Sie schloss die Augen, während seine Finger über ihren Kopf glitten, um ihr Haar zu einem losen Knoten zusammenzufassen.

»Du wirst die Augen wieder aufmachen müssen, damit du sehen kannst, was ich mache«, sagte er in ihr linkes Ohr, wobei sein warmer, nach Minze duftender Atem federleicht über ihre Wange strich.

Sie zog das finsterste Gesicht, das sie konnte. »Was immer das ist, ich finde, es sieht in Ordnung aus.«

»Okay.« Er ließ ihr Haar wieder fallen, und es spielte um ihre Schultern. »Dann halt still«, sagte er und bürstete ihr Haar auf die Seite.

Aber je mehr sie es versuchte, desto zappeliger wurde sie. Tait war ihr zu nahe, und ihre Selbstbeherrschung war zu schwach.

»Du bist schlimmer als ein Teenager, dem man das Handy weggenommen hat.« Er gab ihr eine Hand voll Haarnadeln. »Halt die fest.«

Sie nahm die Nadeln und zwang sich, sich zu konzentrieren. »Ich finde wirklich, wir sollten ein paar Grundregeln für heute Abend festlegen.«

»Warum?« Er schob eine Nadel ins Haar.

»Ich würde mich wohler fühlen, das ist alles. Als das neueste Liebespaar der Gegend wird jeder uns begutachten wollen.«

»Also gut. Wenn Regeln dir helfen, dich zu entspannen?« Er schob ein bisschen höher eine weitere Nadel in ihr Haar.

»Die erste Regel lautet: Keine Berührungen.«

»Du meinst so?«, fragte er, während er seine Hand auf ihren Hintern gleiten ließ und zudrückte.

Sie versetzte ihm einen harten Stoß mit dem Ellenbogen. »Finger weg, City Boy, oder ich ziele das nächste Mal tiefer.«

»Komm schon«, sagte er mit einem Stöhnen. »Wir sollen ein Paar abgeben. Wenn wir wirklich eines wären, würde ich meine Finger ja auch nicht von dir lassen.«

»Keine Berührungen!«

»Nicht mal so?«

Ehe sie sich denken konnte, was er vorhatte, neigte er seinen dunklen Kopf, berührte ihren Hals mit den Lippen und küsste die empfindsame Kurve unter ihrem Ohr. Ihr schwanden die Sinne. Als er von Neuem ihre Haut kostete, legte sie den Kopf zurück. Ein Blick, den sie auf ihr Spiegelbild erhaschte, erstickte das Seufzen in ihrer Kehle. Diese Frau mit den geöffneten Lippen und dem Verlangen in den Augen konnte unmöglich sie selbst sein. Sie sollte sich nicht in Tait verlieben und noch einmal ein gebrochenes Herz in Kauf nehmen.

Sie löste sich von ihm.

»Paige?«, durchdrang seine Stimme die Stille.

»Bitte keine Spiele mehr. Nicht heute Abend«, flüsterte sie. »Hier geht es um die Gemeinde, in der ich lebe, es sind meine Freunde, die wir betrügen, mach es mir nicht noch schwerer, als es sowieso schon ist.«

»In Ordnung. Erste Regel: keine Berührungen.« Er nahm eine Nadel aus ihrer Hand, als würden sie über nichts weiter als Rinderpreise diskutieren. »Wie lautet die zweite?«

»Geh Mrs. Jessop aus dem Weg. Sie hat ein Gedächtnis wie eine Festplatte und eine Neugier, die einer Katze eins ihrer neun Leben rauben würde.«

»Notiert.«

»Und die letzte Regel: Genieß den Abend. Nur weil ich nicht tanzen kann, brauchst du nicht auf dein Vergnügen zu verzichten.«

»Notiert.«

Sie riskierte einen Blick auf seinen Gesichtsausdruck im Spiegel. Abgesehen von einem harten Zug um seinen Mund wirkte er relaxt, während er ihr Haar zusammenrollte und die Rolle mit weiteren Nadeln feststeckte.

»Wir sind fertig«, sagte er dann. »Ich bin sicher, meine französische Haarrolle würde den Standards von Angelicas Ballettlehrer nicht genügen, aber, wenn ich das sagen darf – so übel sieht es gar nicht aus.«

Er trat vor, schob eine lose Strähne hinter ihr Ohr und trat dann beiseite, um einen Blick auf ihre Füße zu werfen.

»Und nun zum Augenblick der Wahrheit: Zeig mir deine Schuhe.«

»Meine Schuhe?«

»Ja, ich weiß, du hast einen gebrochenen Zeh, aber Stiefel trägst du besser trotzdem nicht.«

»Entweder Stiefel oder Flipflops. Du weißt, das sind die einzigen Schuhe, die ich an meinen Fuß bekomme. Außerdem ...« Sie warf einen Blick auf seine Füße und das Paar neue Stiefel, das er sich gekauft hatte: »Wo ist das Problem? Du hast doch selbst Stiefel an.«

»Du hast gehört, was Mrs. Jessop gesagt hat. Keine Stiefel zum Kleid.«

Seine großen Hände schlossen sich um ihre Taille, ehe er sie in die Höhe hob und auf ihr Bett setzte. Ihr Pulsschlag vollführte einen Satz, als ihre Finger seine breiten Schultern packten. Aus dem hinterhältigen Glanz in seinen Augen schloss sie, dass er sie rücklings auf das Bett pressen und küssen würde. Dann aber ließen seine Hände ihre Taille los, und die Hitze seiner Berührung wich kühlerer Luft. Sie unterdrückte ihre Enttäuschung und gab seine Schultern frei. Schließlich war sie diejenige gewesen, die auf Grundregeln bestanden hatte. Sie konnte nicht diejenige sein, die sie brach.

Tait hob den Saum ihres Kleides hoch. »Sieh mal einer an, was haben wir denn da?«

»Ich sage nichts.«

»Glücklicherweise hat sich Anne der Sache schon angenommen. Sie hat die hier im Internet gefunden.« Er schob die schwarzen Sandalen näher zu Paige heran. Mit ihrem kleinen Kegelabsatz und den Riemen, die sich oben kreuzten, würden sie ihren gebrochenen Zeh nicht berühren.

Tait schnappte sich Paiges gesunden Fuß und streifte den Stiefel hinunter. Dann zog er ihr vorsichtig den alten Stiefel aus, von dem er die Spitze abgeschnitten hatte. Er las die schwarzen Buchstaben, die an den Seiten ihrer langen, knallig rosafarbenen Socken aufgedruckt waren. »VIP. Very Important Princess – äußerst wichtige Prinzessin.«

»Du sagst es. Unnötig zu erwähnen, dass das meine Lieblingssocken sind.«

Mit erhobenen Brauen schälte er die Socken herunter und warf sie zusammen mit ihren abgelegten Stiefeln auf den Boden.

»Also schön, Cinderella.« Er hob eine der Sandalen hoch. »Lass uns eine von diesen anprobieren.«

»Ich kann sie alleine ...«

Aller Protest erstarb, als er den Schuh über ihren Fuß schob. Ihre Finger bohrten sich in die Bettdecke, um ihre Zehen daran zu hindern, sich zu krümmen. Gab es irgendeinen Teil an ihrem Körper, der gegen Taits Berührungen immun war? Zum Teufel mit diesen Grundregeln! Was sie brauchte, war eine verdammt kalte Dusche.

Taits Hand lag auf Paiges Taille für den Fall, dass sie auf den beiden Stufen, die zum Gemeindesaal von Balgarry hinaufführten, stolpern würde. Als sie den Eingang erreichte, lächelte sie ihn dankbar an, ehe sie in den Lärm des Balls trat. Gesichter hellten sich auf, um sie willkommen zu heißen, und bewundernde männliche Blicke musterten sie von Kopf bis Fuß. Doch ohne sich um all diese Aufmerksamkeit zu scheren, blickte sie über ihre Schulter, um sich zu versichern, dass Tait hinter ihr war. Wie immer, wenn ihr Blick den seinen traf, hatte er Mühe, klar zu denken. Paige Quinn war nicht nur schön, sie war unvergesslich, und mit jedem Tag wurde es schwieriger, nicht zu enthüllen, wer er war. Er wollte nicht, dass es zwischen ihnen noch Geheimnisse gab. Er biss die Zähne zusammen. Paige hätte »nicht anschauen« ihren verdammten Grundregeln hinzufügen sollen.

»Geh schon hinein«, sagte er. »Ich warte auf Anne und Connor.«

Paige hob ihren Rock, als wollte sie sich umdrehen, als Sarah aus dem Lebensmittelgeschäft in Glenalla auf sie zukam und sie umarmte. Aus diesem Saal würde Paige so schnell nicht wegkommen.

Mit den Händen tief in den Hosentaschen trat Tait aus dem Lichtkegel des Eingangs und damit weg vom Gelächter. Sein Blick schweifte durchs Zwielicht, um festzustellen, wo Anne und Connor waren. Rechts von den Pick-ups und SUVs entdeckte er sie. Anne wirkte um Jahre jünger in ihrem leuchtenden blauen Kleid und mit ihrem langen grauen Haar, das ihr offen um die Schultern lag. Sie griff nach Connors Arm, und gemeinsam kamen sie von dem Jaguar herüber. Connor stützte sich schwer auf seinen Gehstock, er hatte seinen Rollstuhl zusammengefaltet im Kofferraum des Wagens gelassen. Tait hatte so nah wie möglich am Eingang des Saales geparkt, nachdem Connor sich geweigert hatte, ihm zu erlauben, ihn direkt vor der Tür aussteigen zu lassen. Obwohl Connors langsamer Gang von seinen Schmerzen kündete, verriet die Häufigkeit, mit der er der Frau an seiner Seite zulächelte, dass mit Connor alles bestens in Ordnung war.

Tait füllte seine Lunge mit der warmen Luft des Outbacks und blickte hinauf in den sich verdunkelnden Himmel. Der Sieg war nahe. In dem Saal unter dem Wellblechdach, der neben ihm wartete, besaß jemand den Schlüssel, den er brauchte, um den letzten Wunsch seiner Mutter zu erfüllen. Die gesamte Gegend um Glenalla war hier versammelt, und irgendjemand würde wissen, wem Three-M Pastoral gehörte. Entschlossenheit ergriff von ihm Besitz. Er musste einen Ball besuchen, ein Anwesen kaufen und die Vergangenheit hinter sich lassen.

Mit zwei Bier in den Händen ließ Tait seinen Blick über die rosa-weißen Tischdekorationen aus Blumengestecken schweifen, die Cheryl auf seine Anweisung hin aus Sydney geschickt hatte. Die Blumen standen neben kleinen Glasbehältern, in denen Teelichter flackerten. Am hinteren Ende der weiß eingedeckten Klapptische war eine Bar aufgebaut, und auf der anderen Seite war zwischen den Paaren auf der vollbesetzten Tanzfläche eine Lautsprecheranlage zu erkennen. Über der Bar hing ein großes Banner von Digotech. Er hätte auch ohne Werbung gern für die Verpflegung bezahlt, aber Mrs. Jessop hatte darauf bestanden, dass das Ballkomitee seinen Teil der Sponsorenvereinbarung einhielt.

Er nickte einer Gruppe von Farmern zu, die er auf der Zusammenkunft kennengelernt hatte, und hob sein Bier, um Mrs. Jessops Tochter Laura zuzuprosten. Sie prostete zurück, und aus ihrem strahlenden Lächeln schloss er, dass sich in ihrem Plastikbecher mehr von ihrem geliebten Bundy Rum als Cola befand. Er schlug sich zum Rand der Tanzfläche durch und wich dabei einem jungen Mann im Smoking aus, der ein paar beeindruckende Tanzschritte vorführte.

Mit einem Seufzen ließ er sich auf den freien Platz neben Paige sinken und gab ihr ein Bier.

»Was ich nicht alles für einen Drink tue. Es ist gefährlich da draußen.«

Paige lächelte. »Der Junge, der dir fast das Bier umgeworfen hat, ist Jake Lewisham. Bis du gekommen bist, war er der begehrteste Mann der Gegend.«

»Und das bin jetzt ich?«

»Das bist du ohne Zweifel. Die Gruppe von Teenagern ein Stück weiter rechts hat kein Auge von dir gelassen, seit du in den Saal gekommen bist.«

»Und ein Stück weiter links haben wir nun Mrs. Jessop im Anmarsch.« Er nahm einen Schluck von seinem Bier, ehe er sich erhob.

»Oh, junger Mann!«, begeisterte sich Mrs. Jessop und pflanzte einen schnalzenden Kuss auf seine Wange. »Man kann Ihnen nur gratulieren. Das Menü ist göttlich. Und was die Austern betrifft...« Sie beugte sich vor, als hätte sie vor, ihn noch einmal zu küssen, doch stattdessen drückte sie seinen Arm. Sie warf einen Seitenblick auf Paige. »Paige Quinn, wage es nicht, diesen Mann hier wieder gehen zu lassen.«

Sie gab Taits Arm frei, bedeckte ihren Mund mit der Hand und sagte: »Ich könnte den Namen Ihrer Internet-Partnervermittlung für Laura gebrauchen.«

Dann steuerte sie mit einem königlichen Winken auf die nächste Gruppe von Stühlen zu, wo Connor und Anne Platz genommen hatten.

Tait setzte sich wieder, während der schwere Duft von Mrs. Jessops Parfüm langsam verflog. Paige beugte sich vor und wischte ihm den Lippenstiftabdruck von Mrs. Jessops Kuss von der Wange.

»Ich dachte, die erste Grundregel lautet: keine Berührungen«, sagte er.

»Das stimmt.« Sie lehnte sich in ihrem Stuhl zurück und sah ihn ernst an. »Austern? Du hast Austern bestellt?«

»Ich wollte allen eine unvergessliche Nacht bereiten.«

»Das ist sehr großzügig von dir. Aber du bist doch allergisch gegen Meeresfrüchte.«

»Mir geht es gut. Ich war schon auf anderen gesellschaftlichen Ereignissen, wo es Austern und Krabben gab. Und außerdem habe ich zwei EpiPens im Handschuhfach des Jaguars liegen.« Er lächelte, um die Anspannung in ihren großen Augen zu mildern.

»Richtig. Ich habe deine Erlaubnis, mit einem scharfen Objekt zuzustechen, wenn ich muss.« Ihre Lippen verzogen sich zu einem Lächeln. »Und wohin soll ich die äußerst scharfe Nadel stechen?«

Er zog ihre Hand auf seinen Schenkel und bedeckte sie mit seiner eigenen. »Genau an dieser Stelle. Und dann zehn Sekunden halten.«

Etwas Schelmisches glomm in ihren Augen auf. »Genau an dieser Stelle?«

Er nickte.

Sie krallte die Fingernägel in seinen Schenkel, wie sie es auf der Zusammenkunft getan hatte.

Er zog eine Grimasse und entfernte ihre Hand von seinem Bein. »Du weißt, dass das nicht so sehr wehgetan hat, als ich Jeans anhatte.«

Ihr Lächeln zeigte keine Spur von Reue. »Ach was.«

Er nahm einen Schluck von seinem Bier, wohlwissend, dass sie ihn weiter im Auge behielt.

»Weißt du was?«, fragte sie, jetzt mit sanfter Stimme. »Ich habe mich noch gar nicht bei dir dafür bedankt, dass du Grandpas Jaguar für den Ball wieder fahrtüchtig gemacht hast.«

»Keine Ursache. Dein Vater und ich haben die Wasserpumpe repariert, und jetzt fährt er wieder wie ein Traum.«

»Hallo, Paige!« Die Stimme einer älteren Frau erhob sich zu ihrer Rechten. Tait blickte auf und sah in ein Paar kluger grauer Augen. Sein Griff um die Bierflasche wurde fester. Schwierigkeiten.

»Hallo, Mrs. Jones.« Paige lächelte. »Mrs. Jones, das ist Tait. Tait, Mrs. Jones.«

Er stand auf und schüttelte die Hand, die die Frau ihm entgegenhielt.

»Tait, hast du gesagt?«

»Ja, Tait«, wiederholte Paige mit lauter Stimme.

»Und wie weiter?«

»Tait Cavanaugh aus Sydney.«

Mrs. Jones' Augen wurden schmal. Paige mochte ihm geraten haben, sich von Mrs. Jessop fernzuhalten, aber diese zierliche Dame stellte eine weit größere Gefahr dar. Die Falten in ihrem Gesicht sprachen von Generationen, die in dieser Gegend ihr Leben verbracht hatten, und – sein Blut wurde eiskalt – Generationen von Erinnerungen.

»Aus Sydney?«
Er nickte.
»Ich bin sicher, dass Sie mich an jemanden erinnern.«
Er kämpfte gegen die Anspannung, die sich unter seine Haut schlich. Am Rand seines Gesichtsfeldes konnte er sehen, wie Anne und Connor ihr Gespräch unterbrachen und zu ihnen hinüberblickten. Mrs. Jones mochte ihm nicht einmal bis zur Schulter reichen, aber sie hatte eine Stimme wie ein Megafon.

»Das ist gut möglich. Ich muss eine bestimmte Art von Gesicht haben. Leute verwechseln mich oft mit jemandem, den sie gekannt haben.«

Über Mrs. Jones' Schulter hinweg erkannte er Monique vom Lebensmittelladen, die herüberwinkte. Er lächelte ihr zu. Dem Himmel sei gedankt für Mädchen vom Lande, die es nicht abwarten konnten, sich auf dem Parkett auszuprobieren.

»Wenn Sie mich bitte entschuldigen, Mrs. Jones? Ich denke, ich werde beim Tanz gebraucht.«

17

Gab es irgendetwas, das Tait *nicht* konnte?

Paige bemühte sich, nicht allzu finster dreinzuschauen, während er seine Show auf dem Tanzboden hinlegte. Ohne Zweifel hielt er sich an Grundregel drei: Geh hin und amüsiere dich. Es gab jede Menge Männer, die den vertrauten Schwenk von einer Seite zur anderen absolvierten. Nicht aber Tait. Er war ganz geschmeidige Bewegung und biegsame maskuline Grazie, er drehte sich, schwang herum und warf seine Tanzpartnerin in die Luft. Und egal, mit wie vielen Mädchen er auch tanzte, es kamen immer mehr, die warteten.

Paige zwang ihren Blick von der Stelle, an der seine Hose sich eng um seinen Hintern schloss, während er sich zur Musik der Blues Brothers schüttelte. Sie hatte Besseres zu tun, als ihn anzuschmachten wie das neueste Mitglied seines Fanclubs, und hob sein Sakko und seine Krawatte von ihrem Schoß auf, wo er sie hingeworfen hatte, und hängte sie über den Stuhl neben sich. Ihre Finger blieben an dem feinen Wollstoff hängen. Der Stoff knisterte, als Anne sich an ihre andere Seite setzte.

»Wie geht es deinem Fuß?«

»Ehrlich gesagt ist es nicht so schlimm. Noch einmal vielen Dank für die Sandalen.« Sie zwang sich ein Lächeln aufs Gesicht, das sie nicht fühlte. »Aber ich wünschte, sie würden endlich etwas zu essen servieren. Ich bin kurz vorm Verhungern.«

»Lange dauert es nicht mehr. Ich habe ein paar Kellnerinnen

gesehen, die auf der anderen Seite des Ballsaals schon Vorspeisen aufgetragen haben.« Anne tätschelte ihr die Hand, dann stand sie auf. »Dein Vater und ich sind gleich hier in der Nähe, falls du etwas brauchst oder gern Gesellschaft hättest.«

Dieses Mal war Paiges Lächeln nicht erzwungen. »Danke.«

Das Lied ging zu Ende, und Tait kam auf sie zu. Eine Kellnerin wedelte mit einem Tablett voller Austern in ihre Richtung. Tait grinste und schüttelte den Kopf. Paige hielt ihm seinen Drink entgegen, und er glitt auf den Stuhl neben ihrem. Er zwinkerte ihr zum Dank zu, ehe er einen langen Zug nahm und die gebräunte Haut auf seiner Kehle sich kräuselte. Statt ihr das Bier zurückzugeben und wieder auf die Tanzfläche zu gehen, stellte er die Flasche neben das Stuhlbein, stand auf und griff nach ihren Händen.

»Was machst du da?«, fragte sie und versuchte ihre Finger zu befreien, während er sie auf die Füße zog.

»Ich sorge dafür, dass du zu deinem Vergnügen kommst.«

»Ich vergnüge mich doch!«

»Aber sicher. Und Schweine können fliegen.«

Er hob sie in die Höhe und schwang sie herum. Steif und unnachgiebig zischte sie: »Lass mich runter!«

»Du wirst ja wohl wenigstens einen einzigen Tanz mit mir tanzen!«

Sie schüttelte den Kopf und krümmte sich, aber er schloss den Griff um sie fester. »Benimm dich, äußerst wichtige Prinzessin.«

»Dann hilf mir doch, Tait, verdammt noch mal, lass mich runter, oder...«

»Oder was?«

Der wütende Blick, den sie ihm sandte, hätte ihren Cousin Charles in seinen Stiefeln erstarren lassen. Tait hingegen grinste nur.

»Zieh so viele finstere Mienen, wie du willst, aber es gibt nur einen Ort, an dem ich dich runterlasse, und das ist der Tanzboden.«

Er wandte sich dem Mittelpunkt des Saales zu.

»Tait, ich bitte dich, die Leute gucken schon.«

»Gut so. Dann wirst du dich vielleicht benehmen.«

Sein Blick ruhte auf ihrem Gesicht, während er sie am Rand der Tanzfläche vorsichtig zu Boden ließ. »Ich habe noch eine Grundregel für dich: Wegrennen gilt nicht.«

Sie biss die Zähne zusammen. »Ich renne nie weg.«

»Bestens. Dann halt dich hier fest.« Er platzierte ihre Hände auf seinen Schultern. »Komm näher.« Er zog sie an sich. »Wieg dich in den Hüften und lächle.«

»Ich werde dich erwürgen«, sagte sie mit gedämpfter Stimme, während sie gleichzeitig Mrs. Jones, die in der Nähe saß und die Augen nicht von Tait und ihr ließ, etwas sandte, das hoffentlich als ein Lächeln durchging.

»Ich habe keinen Zweifel daran.« Seine Hände verließen ihre Taille und wanderten auf ihren unteren Rücken, als würden sie dorthin gehören.

»Keine Berührungen.«

»Wir berühren uns nicht. Wir tanzen.«

Trotz ihrer Entschlossenheit, sich so steif wie ein Zaunpfahl zu halten, begann sie, sich im Rhythmus des langsamen Liedes zu wiegen.

»Viel besser«, sprach er über ihrem Ohr in ihr Haar und verwandelte mit seinem warmen Atem ihr Inneres in Honig.

Wenn das überhaupt möglich war, presste er sie noch enger an sich. Sogar durch den Stoff ihres Kleides konnte sie die Kraft seiner Schenkel spüren, während er seine langsamen, verführerischen Bewegungen den ihren anpasste. Unter ihren Fingern, durch die dünne Baumwolle seines Hemds konnte sie die Hitze seiner Haut und jedes Zucken und Schwellen seiner Muskeln ertasten.

»Ich bitte dich, entspann dich dieses eine Mal«, sagte Tait und brachte seinen Mund noch dichter an ihr Ohr. Sie konnte das Zittern, das durch sie hindurchfuhr, nicht länger verbergen.

Sie stieß ihn von sich. »Ich kann das nicht machen.«

Etwas in ihrem Gesicht musste die wachsende Panik, die von ihr Besitz ergriffen hatte, verraten, denn er lockerte seinen Griff. »Paige, es ist alles in Ordnung, wir tanzen nur.«

»Schön, aber ich habe jetzt genug getanzt. Ich habe mich vergnügt. Jetzt möchte ich gern noch ein Bier.«

»Wie du meinst.« Wieder hob er sie in seine Arme und trug sie zu ihren Sitzplätzen. »Ich hole dir ein Bier.«

Aber auf ihren Drink musste sie lange warten. Erst blieb Tait stehen, um mit Rod Taylor, einem der Nachbarn von Banora Downs, zu sprechen. Taits Körpersprache verriet, dass, was immer sie auch besprachen, von großem Interesse war. Als Nächstes wurde er von Monique abgelenkt, die gestikulierend auf die Tanzfläche wies. Er nickte ihr zu und bahnte sich weiter seinen Weg durch die Leute. Dann blieb er kurz bei den Plätzen stehen, die Connor und Anne eingenommen hatten.

»Tut mir leid«, sagte er, als er Paige endlich ihr Bier übergab. »Wenn du dann alles hast, was du brauchst, vergnüge ich mich weiter.«

»Danke für das Bier ...«

Aber er war schon wieder weg. Sie sah seinen Schultern nach, die im Gewimmel der Tanzenden verschwanden, und versuchte, die Traurigkeit auszublenden, die sie durchfuhr. Die Dinge waren, wie sie sein sollten. Tait klebte nicht an ihrer Seite. Niemand schien herausgefunden zu haben, dass sie kein Paar waren. Und eine Gemeinschaft, die von endloser Trockenheit in die Knie gezwungen wurde, konnte für kurze Zeit einen Teil ihrer Last ablegen. Warum also fühlte sie sich, als hätte sie heute Abend etwas verloren, nicht gewonnen? Warum hing das Bewusstsein, dass Tait bald fort sein würde, über ihr wie der Rauch eines Buschfeuers?

Wieder sah sie auf die tanzende Menge und stellte fest, dass Tait sich am Rand aufhielt, so nahe wie möglich bei ihr. Er hatte Sarah an einer Seite und Monique an der anderen.

Gelächter ließ Paiges Kopf herumfahren. Mit einer Cola mit Bundy in der Hand stürmte Laura auf eine Kellnerin zu, die ein Tablett mit Vorspeisen herumtrug. Laura schnappte sich eine Auster und schaufelte sie sich in den Mund. Wieder ertönte ein schrilles Lachen. Ohne Zweifel hatten die Mädchen alle ihren Spaß daran, dass Austern als Aphrodisiakum galten. Laura gab ihren Drink einer Freundin und überquerte die Tanzfläche, wobei sie im Takt der Musik mit den Hüften schwang. Sarah machte ihr Platz, sodass sie neben ihr und Tait tanzen konnte. Wie in Zeitlupe sah Paige, wie Laura sich Taits Arm schnappte und sich auf die Zehenspitzen reckte, um ihm einen Kuss auf die Wange zu geben. Tait lächelte und drehte sich um, wie um etwas zu sagen, und Lauras Kuss landete in seinem Mundwinkel. Paige erhob sich halb von ihrem Stuhl, dann sank sie wieder nieder, während Tait lachte und sich tanzend von Laura entfernte. Laura mochte zwar eine Auster gegessen haben, kurz bevor sie Tait küsste, aber ihm schien es gutzugehen.

Dann hörte er plötzlich auf zu tanzen. Seine Hand fuhr an seine Kehle, und er sah sich suchend nach ihr um.

Paige vergaß ihren gebrochenen Zeh, sprang auf die Füße und schrie: »Anne!«

Sie eilte Tait entgegen. Es spielte keine Rolle, dass sein Gesicht maskenhaft wirkte und er aufrecht auf sie zuging, sie wusste, dass es ihm nicht gutging. Das Leuchten schwand aus seinen Augen, und sein Gesicht verlor rasch die Farbe.

Irgendwie vernahm sie Annes ruhige Stimme neben sich. »Paige? Was ist los?«

»Taits EpiPens! Sie sind im Jaguar, im Handschuhfach!«

»Bin schon unterwegs!«

Mit zitternden Händen packte Paige Taits Arm und legte ihn sich um ihre Schulter, um ihn zum nächsten Stuhl zu transportieren. Sie stützte ihn mit einer Hand an der Brust ab, und der rasende Schlag seines Herzens hämmerte dagegen.

»Es wird alles gut«, sagte sie wieder und wieder. Jetzt mühsam nach Atem ringend sank Tait auf den Stuhl, wobei sein Gewicht Paige beinahe umwarf. Sie richtete sich auf und riss ihm das Hemd auf, um ihm das Atmen zu erleichtern. Sie griff seine Hand, die noch immer auf seiner Kehle lag, und seine Finger klammerten sich um ihre. Mit geschlossenen Augen rutschte er auf dem Stuhl tiefer und schnappte in wilden Stößen nach Luft.

»Halte durch, Tait«, beschwor sie ihn und zwang ihre panische Stimme, sich zu beruhigen.

Silber blitzte auf, als Anne ihr den bereits geöffneten EpiPen gab. Paige ballte die Hand um den Stift zur Faust, rammte ihm die Nadel durch den Stoff der Hose geradewegs in den Schenkel und zählte lautlos bis zehn. Das einzige Geräusch, das sie hörte, waren Taits harte, verzweifelte Atemzüge. Sie zog den EpiPen heraus.

»Ich habe die Flying Doctors angerufen«, sagte Anne, und ihre leise Stimme klang, als dringe sie aus weiter Entfernung zu ihr. »Sie werden jeden Augenblick hier sein und ihn ins Krankenhaus nach Dubbo bringen.«

Paige konnte nicht einmal nicken. Konnte nicht antworten. All ihre Aufmerksamkeit konzentrierte sich auf den City Boy, den zu verlieren sie nicht ertragen konnte.

»Wirk doch, EpiPen.« Tränen brannten ihr in den Augen. Es dauerte eine Ewigkeit. Ihre Finger umklammerten seine Hand. »Verdammt nochmal!«

Die Finger, die sie festhielt, erwiderten immer noch ihren Druck. Taits Augenlider flatterten, und sein Atem wirkte etwas weniger gequält. Gott sei Dank. Ihre Sicht vernebelte sich. Das Adrenalin begann zu wirken. Sie beugte sich vor und drückte ihm einen Kuss auf die Stirn. Seine Hand presste die ihre.

Langsam nahm Paige ihre Umgebung wieder wahr. Keine Musik war mehr zu hören. Kein Klirren von Gläsern. Keine Stimmen, in die sich Gelächter mischte. Stattdessen herrschte ein benommenes, ernstes Schweigen.

Nur ein Schluchzen ertönte zu ihrer Linken. Sie blickte auf und sah Mrs. Jessop, die die weinende Laura in den Armen hielt.

»Er wird wieder gesund, Laura«, sagte Paige mit sanfter Stimme. »Du hast dich nur amüsiert, du konntest nicht wissen, dass er allergisch gegen Austern ist.«

Sie blickte sich um und sah in ein Meer aus betroffenen Gesichtern. »Die Krise ist überstanden, Freunde! Tait wird es bald wieder gutgehen. Clarry, schalten Sie die Musik wieder ein. Und Myra, vielleicht könnten Sie nachsehen, wie es beim Servierpersonal steht. Es müsste ja schon fast an der Zeit sein, den Hauptgang aufzutragen.«

Füße scharrten über den Boden, und murmelnde Stimmen wurden laut, als die Leute in Bewegung gerieten. Die Musik setzte wieder ein. Paige wandte sich Tait zu und sah, wie seine Augen sich öffneten und sein Blick auf ihr ruhte.

»Danke«, sagte er mit rauer Stimme. »Ich habe mich gefühlt wie das neueste Tier in Sydneys Taronga Zoo.«

Er setzte sich ein wenig aufrechter hin, obwohl ihm das

Atmen noch immer Mühe bereitete. Sie hielt seine Hand fest. Zwar hatte sie allen anderen versichert, dass die Krise überstanden sei, aber das unregelmäßige Heben und Senken von Taits Brustkorb erweckte nicht diesen Eindruck. Sie warf einen Blick durch die geöffnete Tür und betete darum, die Scheinwerfer eines Flugzeugs zu erspähen, die am nächtlichen Himmel aufblitzten.

»Muss ich noch etwas tun?«, fragte sie mit enger Kehle.

»Nimm den zweiten EpiPen...« Er hielt inne, um tief einzuatmen. »Wenn es nötig ist.«

Sie nickte.

Ein flüchtiges Lächeln spielte um seine Lippen. »Aber gewöhn dich nicht daran... scharfe Gegenstände... in mich zu stechen.«

Freundschaftlich legte sich ein Arm um Connors Taille, und der tröstliche Duft von Lavendel umgab ihn.

»Tait wird wieder gesund«, murmelte Anne. »Und auch Paige geht es bald wieder gut.« Sie verfolgten die Flugzeugscheinwerfer der Fliegenden Ärzte, bis sie nur noch ein verschwommener Schimmer am Horizont waren.

Connor spürte die Wärme von Annes Berührung und legte den Arm um ihre schmalen Schultern. »Es ist alles meine Schuld«, sagte er, und seine Stimme klang vor Elend schwer. »Paige wollte heute Abend nicht kommen. Und Tait wäre überhaupt nicht hier draußen gewesen, weitab von medizinischer Versorgung, ohne meinen gottverdammten Plan.«

»Wäre Paige nicht hier gewesen, hätte niemand gewusst, was zu tun war. Sie wusste, wo die EpiPens waren, und sie hat ihn die ganze Zeit mit Adleraugen beobachtet.« Annes Stimme senkte sich. »Und was Tait betrifft, so weißt du, dass er seine eigenen Gründe hat, um hier zu sein. Einen anaphylaktischen Schock hätte er genauso gut in der Stadt erleiden können, aber zumindest hatte er heute Abend jemanden bei sich, dem er wichtig ist und der auf ihn achtgegeben hat.«

Connors Blick schweifte über den leeren Himmel. »Er ist ihr wichtig, nicht wahr?«

»Ja, Mr. Matchmaker, er ist ihr wichtig. Und so, wie er sie angesehen hat, als sie gesagt hat, dass sie mit ihm ins Krankenhaus fliegt, ist sie ihm auch wichtig.«

»Aber wird es ausreichen? Werden sie einander wichtig genug sein, wenn Paige herausfindet, dass Tait nicht der ist, für den sie ihn hält? Du weißt, wie wichtig Ehrlichkeit für sie ist.«

»Erinnerst du dich, was Molly immer gesagt hat? *Die Dinge haben ihren eigenen Weg, in Ordnung zu kommen.* Wenn sie jetzt hier wäre, würde sie genau dasselbe auch über Paige und Tait sagen.«

Aber Annes Worte schafften es nicht, seine Beklommenheit zu besiegen. »Dieses Mal weiß ich es einfach nicht. Es gibt zu viel, was schiefgehen könnte.«

»Die Dinge werden in Ordnung kommen, du wirst schon sehen. Jetzt komm bitte mit rein. Lass uns zu Abend essen, und dann fahre ich nach Hause.«

Connor stützte sein Gewicht auf seinen Stock und wandte sich zum Gehen. »Danke, Anne. Ich weiß nicht, was wir ... was ich ohne dich tun würde.«

»Ich tue das sehr gern für dich.« Ihr schüchternes Lächeln wärmte sein Herz an Stellen, von denen er geglaubt hatte, dass das Eis niemals wieder tauen könnte. »Du weißt, dass kein Dank notwendig ist.«

Er erwiderte ihr Lächeln, und zusammen machten sie sich langsam auf den Weg zurück in den Saal. Als sie den Lichtkegel erreichten, der den offenen Türen entströmte, sah er Mrs. Jones und Mrs. Jessop in ein Gespräch vertieft. Mrs. Jones' Stimme übertönte die Musik.

»Jetzt weiß ich, an wen mich dieser junge Mann von Paige erinnert!«

Connor blieb stehen. An seiner Seite fühlte er, wie Anne erstarrte.

»An dieses Mädchen...«, fuhr Mrs. Jones fort. »Wie hieß sie doch gleich? Lillian, glaube ich. Die, die immer mit der jungen Molly und mit Anne unterwegs war. Lass dich durch diesen komischen Nachnamen bloß nicht hinters Licht führen. Ich verwette mein Glas Tomatenchutney, mit dem ich letztes Jahr den Preis gewonnen habe, dass dieser Junge Lillians Sohn ist. Er hat ihre Augen.« Mrs. Jones sah sich im Saal um. »Wo steckt Anne? Die wird es wissen.«

Taits Geheimnis war aufgedeckt.

Wenn Paige gesagt hatte, ihr Fuß fühle sich an, als wäre er von einem Viehtransporter überrollt worden, so fühlte Tait sich nun, als wäre er mit einem ganzen Lastzug zusammengestoßen.

Er öffnete seine verklebten Augen und versuchte, sich in dem Krankenhausbett aufzurichten. Der intravenöse Tropf, an dem er hing, straffte sich und zwang Tait, sich wieder hinzulegen. Er brauchte zwei Versuche, ehe er sich ungeschickt mit der Hand über das Gesicht fahren konnte. Unter seinen Fingerspitzen kratzten Bartstoppeln. Er war so schwach wie ein neugeborenes Kalb. Diese verdammten Austern!

Er vernahm das leise Knistern von Satin. Langsam wandte er den Kopf. Im gedämpften Licht entdeckte er Paige, die zusammengerollt in einem Stuhl schlief. Ihr Ballkleid mochte völlig zerknittert und ihre französische Steckfrisur ruiniert sein, aber er hatte sie nie zuvor so schön gesehen. Die Enge in seiner Kehle hatte mit dem anaphylaktischen Schock wenig zu tun.

Er hatte sich in dem Augenblick in Paige verliebt, als sie in Connors Arbeitszimmer herumgeschossen war, um ihn herauszufordern. Ja, er hatte ihre Provokation angenommen, weil er nicht hatte glauben können, dass ihre Selbstlosigkeit ehrlich war. Danach hatte er den Kopf eingezogen und sich geschworen, dass er eine Aufgabe zu erledigen hatte und nicht zulassen durfte, dass sie ihn davon ablenkte. Aber gegen die Kraft ihres Geistes und die Süße ihres Lächelns hatte seine Abwehr keine Chance gehabt. Er war nach Banora Downs gekommen, um Antworten zu finden, doch stattdessen hatte er das Eine gefunden, von dem er sicher gewesen war, dass er es nie finden würde. Liebe.

Paige bewegte sich in ihrem Stuhl.

»Hey«, sagte er, und seine Stimme war nicht mehr als ein Krächzen.

Sie hob den Kopf, und anders als die anderen Male, als er sie geweckt hatte, war es sein Name, nicht der ihres Vaters, den sie als Erstes aussprach.

»Tait? Du bist ja wach.«

Ihre nackten Füße berührten den Boden, und sie kam zu ihm. »Wie fühlst du dich?« Ihre Hand fand die seine.

»Ich habe schon bessere Tage erlebt. Was ist mit dir?«

»Ich habe eine von Annes Sandalen im Flugzeug der Flying Doctors vergessen, aber sonst geht es mir gut.«

Ihr Blick verfolgte den Schlauch des Tropfes, der von seinem Arm zu dem Ständer neben dem Bett führte. »Die Krankenschwester hat gesagt, sie müssen dich stabilisieren, aber ansonsten ist alles in Ordnung.«

»Das verdanke ich dir.«

Sie schüttelte den Kopf. »Du verdankst es Anne und den Flying Doctors.«

»Und dir.«

»Ich habe wirklich nicht viel getan. Außerdem hatte ich die vergnüglichste Aufgabe.«

Er bewegte sein Bein unter der Bettdecke und zog eine Grimasse. »Wie hart hast du mich denn gespritzt?«

»Die Kühe beschweren sich nicht, wenn ich ihnen ihre Impfungen verpasse.« Ihre Hand schloss sich um seine. »Versprich mir, wenn irgendwo irgendwer jemals Austern isst, verschwindest du.«

»Es war ein Unfall.«

»Tait. Versprich es mir.«

Er seufzte. »Ich verspreche dir, dass ich in Zukunft in der Nähe von Meeresfrüchten vorsichtiger sein werde. Und ich verspreche dir, dass ich keine Austern mehr bestellen werde, wenn ich jemandem eine unvergessliche Nacht bescheren will.«

Sie betrachtete seinen Gesichtsausdruck. Er schien sie zu beruhigen. »Gut.«

Sie zog seine Hand aus der seinen, trat einen Schritt vom Bett weg und unterdrückte ein Gähnen. »Kann ich dir etwas holen?«

Er schüttelte den Kopf und kämpfte darum, ihr ins Gesicht zu sehen. Ihr trägerloses Kleid war verrutscht, und selbst in der schwachen Beleuchtung hatte er keine Probleme, den Ansatz ihrer Brüste zu sehen. Sie legte ihre Hände auf ihre Taille und räkelte sich. Das Kleid glitt noch ein bisschen tiefer.

Er schloss die Augen. Paige mit ihrem wirren Haar und dem verrutschten Kleid pumpte mehr Adrenalin durch seine Venen als irgendein EpiPen es könnte.

»Tait, was ist los?«

»Nichts.« Er gab lieber der tiefen Müdigkeit, die an ihm zerrte, nach. »Ich brauche Schlaf. Und du auch.«

Er klopfte auf den Rand seines Krankenbetts. »Leg dich zu mir.«

»Wie bitte?«

»Du kannst in diesem Stuhl nicht richtig schlafen. Leg dich hin.«

»Kommt nicht infrage. Ich kann mich noch gut daran erinnern, was mir passiert ist, als ich mich das letzte Mal neben dich gelegt habe.«

»Hab Vertrauen zu mir. Das Einzige, was ich im Sinn habe, ist Schlaf.«

Sie kämpfte gegen ein weiteres Gähnen und ließ ihren Blick zwischen dem Bett und dem Stuhl hin- und herschweifen. »Also einverstanden. Aber du musst mir versprechen, dass du mich weckst, wenn die Krankenschwester das nächste Mal hereinkommt.«

Vorsichtig bewegte sie ihren Fuß, stieg auf das hohe Bett und legte sich auf den schmalen Streifen zwischen ihm und dem Rand des Bettes.

Er hob seinen Arm. »Komm her, oder du fällst herunter.«

Nach kurzem Zögern schmiegte sie sich an ihn. Er legte den Arm um sie, und seine Hand fand einen Platz auf der Rundung ihrer Hüfte. Sie fuhr zusammen.

»Paige«, brummte er.

»Ich weiß, ich weiß. *Entspann dich, und lieg still.*«

»Genau. Und du schlaf jetzt.«

Zu seiner Überraschung tat sie, was er ihr sagte. Das Gewicht ihres warmen Körpers schmiegte sich an seine Seite. Ihre sanften Atemzüge strichen ihm über die Kehle, und ihre Finger auf seinem Brustkorb entspannten sich.

Erneut schloss er die Augen. Der Infusionsständer tropfte,

und im Korridor hinter der Tür wurden murmelnde Stimmen laut, aber seine Sinne blieben auf die Frau konzentriert, die neben ihm schlief. Er hätte selbst dringend Schlaf gebraucht, aber sein Geist arbeitete auf Hochtouren. Was hätte er nicht dafür gegeben, Paige für immer an seiner Seite zu haben. Zu wissen, dass er sie würde berühren können, sobald er die Hand ausstreckte. Zu wissen, dass sie es sein würde, die er sah, sobald er am Morgen erwachte.

Doch bevor er auch nur in Erwägung ziehen konnte, ob er ihrer würdig war, musste er die falschen Entscheidungen, die er getroffen hatte, korrigieren. Er musste dem Andenken seiner Mutter, die vom Land stammte, Ehre erweisen, indem er ihren letzten Wunsch erfüllte und dafür sorgte, dass der Kreis sich schloss. Er musste seinen Platz auf dem Land seiner Vorfahren einnehmen, zwischen ockerfarbenem Staub und blauem Himmel. Die Erschöpfung grub sich tief in seine Knochen. Er musste das Erbe wiedererlangen, das er in einem Anfall von selbstsüchtigem Zorn und Trauer von sich geworfen hatte.

18

Wenn für Bundy das Paradies mit Schuhen gefüllt sein musste, dann war Paiges Paradies mit einer unbegrenzten Menge heißen Wassers gefüllt.

Sie seufzte vor Wohlbehagen und beugte ihren Rücken unter dem Druck des Wasserstrahls. Sie lehnte die Stirn an die schimmernden weißen Kacheln und ignorierte ihre innere Stoppuhr, die sie daran erinnerte, dass sie bereits seit fünfzehn Minuten unter der Dusche stand. Die Haut auf ihren Händen wellte sich bereits, und die Hitze verursachte Schwindel, aber sie musste sich den Staub von der Seele waschen. In der kleinen, von Dampf erfüllten Welt des Hotelbadezimmers gab es keine Trockenheit und keine finanziellen Sorgen.

Sie entspannte sich noch eine weitere Minute unter dem strömenden Wasser, ehe sie den Hahn zudrehte. Tait befand sich im Zimmer nebenan, und sie musste nach ihm sehen. Der Arzt hatte sie darauf hingewiesen, dass er Nebenwirkungen des EpiPens erleiden könnte, und hatte verlangt, dass sie die Stadt nicht vor morgen verließen. Da Dubbo ein pulsierendes Regionalzentrum war, hatte Taits Sekretärin keine Mühe gehabt, ihnen einen Mietwagen zu organisieren und sie in ein nobles Hotel einzubuchen.

Paige wickelte sich das flauschige weiße Handtuch um die Haare und schlüpfte in den Bademantel. Sie hinkte in ihr Schlafzimmer, das in den gedeckten Farben des französischen Provinzialstils tapeziert war. Sie ließ sich auf die fleckenlose weiße Überdecke auf dem riesigen Bett plumpsen und schlug

Arme und Beine zusammen, als wolle sie einen Schneeengel machen.

Jemand klopfte an die Verbindungstür.

»Es ist nicht abgeschlossen!«, rief sie, rollte sich auf den Bauch und blickte zur Tür.

Tait trat ins Zimmer. Das Schwindelgefühl in ihrem Kopf kehrte in zehnfacher Stärke zurück. Obwohl er dunkle Ringe unter den Augen hatte, sah er so gut aus wie die in Folie verpackte Schokolade auf ihrem Kopfkissen. Sein feuchtes Haar lockte sich auf dem Kragen des weißen Hemds, das aufklaffte, weil sie letzte Nacht zwei Knöpfe abgerissen hatte, um ihm das Atmen zu erleichtern.

»Wie war deine Dusche?« Seine Mundwinkel verzogen sich zu einem Lächeln. »Ich hoffe, du hast noch warmes Wasser für die anderen Gäste übrig gelassen.«

»Die Dusche war himmlisch.«

Sie hievte sich vom Bett und befreite ihr Haar, um sich mit den Fingern die Knoten auszukämmen.

Tait verfolgte die Bewegung ihrer Hand. »Du riechst anders. Fast wie Vanille.«

»Das muss am Hotelshampoo und an der Seife mit den aufregenden fremden Namen liegen.«

»Cheryl hat gute Arbeit geleistet, als sie dieses Hotel aufgetrieben hat. Ich habe sie gebeten nachzusehen, ob es in der Stadt etwas mit ein wenig französischem Flair gibt.«

Paige vergaß die Knoten im Haar, und ihre Hand sank auf ihre Hüfte. Tait hatte im Gedächtnis behalten, dass sie und ihre Mutter davon geträumt hatten, nach Frankreich zu reisen. Er hatte ihr an jenem ersten Morgen, an dem sie zusammen die Rinder gefüttert hatten, tatsächlich zugehört. Für Chris war es hingegen schon zu viel gewesen, sich auch nur an den Namen ihrer Mutter zu erinnern.

»Danke«, sagte Paige langsam. »Eine Reise nach Übersee wird es für mich vermutlich nie geben, aber das hier kommt dem am nächsten.« Sie blickte sich in dem stilvoll eingerichteten Zimmer mit seinen weißen Möbeln und dem Kronleuchter um. »Und es ist so hübsch.« Sie ging auf das Badezimmer zu. »Ich bin sicher, du brauchst noch einen Kaffee. Ich ziehe mich an, und dann können wir losgehen.«

Sobald sie im Badezimmer war, in dem noch immer der Duft von Vanille hing, schloss sie flüchtig die Augen. Gestern Abend hatte sie Tait beinahe verloren, aber sie durfte trotzdem nicht vergessen, dass er nächste Woche nur noch eine Erinnerung sein würde. Sie nahm das Ballkleid vom Haken an der Tür, an dem sie es aufgehängt hatte, schüttelte den Bademantel ab und zog sich an. Ihre wachsenden Gefühle für Tait hatten keine Bedeutung. Ja, seine Berührung konnte sie jeglicher Vernunft berauben, und sein Lächeln konnte dafür sorgen, dass ihr Schritt sich leicht anfühlte, aber letzten Endes waren sie kein Paar. Und sie konnten nie eines sein. Tait musste in die Stadt zurückkehren, und sie hatte Connor und Banora Downs, um die sie sich kümmern musste. Sie kehrte ins Zimmer zurück und sah, wie Tait sich die Stirn rieb.

»Kopfschmerzen?«

»Ja, aber nichts, was Koffein nicht in Ordnung bringen könnte. Wollen wir uns auf den Weg machen?«

Sie nickte und hielt ihr Haar zur Seite, damit er ihr den Reißverschluss des Kleides zuziehen konnte. »Mr. Kleiderexperte, könnten Sie bitte Ihres Amtes walten?«

Die leichte Berührung seiner Finger auf ihrer Haut, als er den Reißverschluss zuzog, reichte aus, um in ihren Sinnen eine Kettenreaktion auszulösen. Ihr Atem beschleunigte sich. Verdammt! Hatten ihre Hormone kein einziges Wort der Moralpredigt gehört, die sie ihnen gehalten hatte?

Sie trat beiseite und ließ ihr Haar über ihre Schultern fallen, sodass es das Gefühl seiner Berührung auslöschte. »Also lass uns losgehen und Dubbo unsicher machen.«

Er blickte auf ihren Mund und dann hinunter auf ihre Füße. »Ehe wir Dubbo unsicher machen, besorgen wir dir besser ein Paar Schuhe.«

Paige saß im Mietwagen und wartete darauf, dass Tait seinen Cappuccino zum Mitnehmen austrank. Durch die saubere Windschutzscheibe sah sie die Kunden, die ins Myer strömten, das größte Kaufhaus westlich von Sydney. Mütter schoben beladene Kinderwagen oder scheuchten energiegeladene Kleinkinder durch die Gleittüren. Und in einem Fall auch wieder hinaus, denn ein kleiner grinsender Junge rannte auf seinen Vater zu. Der Mann hob das Kind in die Höhe, kitzelte ihm den Bauch und setzte es dann sicher auf seine Hüfte. Die lächelnde Mutter kam hinzu und blieb vor den beiden stehen. Sie legte eine Hand auf den Rücken ihres Sohnes und dann auf den Arm ihres Mannes. Paige war nicht imstande, sich abzuwenden, sondern fühlte sich in diese private Welt aus Liebe und Geborgenheit hineingezogen. Ihr Herz zog sich zusammen. Sie hatte kein Recht, sich Dinge zu wünschen, die sie nie besitzen würde. Der Lauf ihres Lebens war festgelegt, und sie hätte verdammt nochmal dankbar sein sollen, dass sie noch einen Vater hatte, um den sie sich kümmern und ein Zuhause, in dem sie leben konnte.

»Tut dir dein Zeh weh?«, fragte Tait.

Sie hob den Saum ihres Kleides. Ihr Fuß, der inzwischen in allen Regenbogenfarben schillerte, war endlich auf seine normale Größe geschrumpft. »Nein, dem geht es gut. Es sieht schlimmer aus, als es ist.« Sie warf einen Blick auf den Kaffeebecher, den Tait in der Hand hielt. »Fertig?«

»Fast.«

Noch während er den letzten Schluck trank, öffnete sie die Beifahrertür. Die Kraft der Sonne biss sich in ihre nackten Schultern, und sie blinzelte gegen das blendende Licht. Ob ihr Zeh nun gebrochen war oder nicht, sie würde barfuß über den heißen Asphalt humpeln müssen. Sie schwang die Beine aus dem Auto und stand auf. Tait tauchte an ihrer Seite auf, und ehe sie ihn warnen konnte, er solle sie in Ruhe lassen, hatte er sie auf seine Arme gehoben und machte sich mit ihr auf den Weg in Richtung Myer. Nach ein paar Augenblicken entspannte sie sich und ließ sich gegen ihn sinken.

Tait stellte sie auf dem kühlen, blank gewienerten Fußboden des Kaufhauses ab, wobei er die Hände an ihrer Taille ruhen ließ. Sie trat zurück, während neugierige Kunden ihnen Blicke zuwarfen. Trotz der Universität in der Stadt und den vielen Veranstaltungen auf der Rennbahn bekam man ein Paar, das die Ballgarderobe der vergangenen Nacht trug, nicht oft zu Gesicht.

Eine ältere Dame schenkte Paige ein Lächeln. Sie lächelte zurück und konnte aus der Temperatur ihrer Wangen schließen, dass sie vor Befangenheit errötet war.

Neben ihr zog Tait sein Portemonnaie aus der Hosentasche. Er öffnete die schwarze Lederbörse und nahm eine Hand voll Banknoten heraus, die er am Geldautomaten neben dem Café gezogen hatte. Er nahm Paiges Hand und drückte ihr die Geldscheine fest in die Handfläche. Der entschlossene Zug um seinen Mund verriet ihr, dass er ihr nicht erlauben würde, das Geld zurückzuweisen.

»Ich glaube, die Damenabteilung ist gleich hinter dir. Falls du Hilfe brauchen solltest, weiß ich ein oder zwei Dinge...« Er warf einen Blick über seine Schulter und grinste schief.

Paige drehte sich um, um nachzusehen, was ihn derart amüsierte, und entdeckte Ständer um Ständer, auf denen Spitzen-Büstenhalter hingen. »Erzähle mir nicht, du bist auch ein Experte für Damenunterwäsche.«

»Aber nicht doch. Ich wollte sagen, ich weiß, was in Mode ist und was nicht. Angelica zufolge trägt man in diesem Sommer Rot, Marineblau und Weiß, während Grün und Blau als nicht mehr so angesagt gelten.«

»Aha. Ich denke, du solltest kein weiteres Wort sagen, ansonsten wird deine Nase so lang wie die von Pinocchio.«

Tait beobachtete, wie Paige sich langsam auf die Kleiderabteilung zubewegte. Die Sache im Ballsaal wäre um ein Haar schiefgegangen, aber jetzt fühlte er sich umso lebendiger und erfüllt von dem Drang, das Leben zu genießen. Eine kurze Zeit lang wollte er vergessen, dass ein Geheimnis zwischen ihnen stand und ihn wie ein Fluch verfolgte. Er hatte die Gelegenheit, Zeit mit Paige zu verbringen, ohne dass Rinder gefüttert und Aufgaben erledigt werden mussten, und er wollte sie nach Kräften auskosten.

Er verlor sie aus den Augen, als sie hinter einem Ständer mit geblümten Kleidern verschwand. Er drehte sich um und begab sich in die Männerabteilung, wo er einen neuen Satz Kleidung auswählte. Dann machte er sich mit den Händen voller schwarz-weißer Myer-Tüten auf die Suche nach Paige. Er entdeckte sie an der Kasse der Schuhabteilung. Sie trug ein ärmelloses rotes Kleid, das ihr gerade bis über die Knie ging, und ein Paar roter Flipflops.

Aus der Art, wie die Verkäuferin strahlte und mit ihr schwatzte, konnte er schließen, dass Paiges Lächeln wieder einmal Wunder gewirkt hatte.

»Sie armes Hascherl!«, hörte er die Verkäuferin sagen, als er näher kam. »Was für eine schreckliche Nacht Sie beide hinter sich haben müssen.« Die dunkelhaarige Frau lächelte Tait an, als er an Paiges Seite stehenblieb. »Und Sie müssen Tait sein.«

»Ich bekenne mich schuldig.«

»Nun, auf jeden Fall werden Sie beide diese Nacht nicht so schnell vergessen«, sagte die Verkäuferin und schnalzte mit der Zunge. »Und nun haben Sie einen ganzen Tag in Dubbo, um die Zeit totzuschlagen.« Sie gab Paige ihr Wechselgeld. »Wissen Sie, was Sie beide nötig haben? Sie sollten sich so richtig verwöhnen lassen.«

Paige ihrerseits gab Tait das Wechselgeld, ehe sie sich mit einem Kopfschütteln wieder an die freundliche Dame wandte. »Eine weitere Dusche genügt mir, und nach fünf weiteren Kaffees fühlt Tait sich sicher fast wieder wie ein Mensch.«

Die Dame lachte.

»Da fällt mir ein«, mischte Tait sich ein. »Wissen Sie vielleicht, wo Paige sich die Haare machen lassen könnte?«

Er ignorierte den warnenden Blick, den sie ihm zuwarf.

»Das weiß ich in der Tat, und ich kann sogar noch mehr für Sie tun.« Die Verkäuferin zwinkerte Tait zu und griff nach dem Telefon. Sie wählte und bedeckte die Sprechmuschel mit der Hand. »Meine Freundin besitzt einen Friseursalon, keinen gewöhnlichen Friseursalon – einen, der Massagestühle anbietet und so viel Kaffee, wie Sie nur wollen.«

»Perfekt«, erwiderte Tait in übertriebenem Flüsterton.

Paiges gesunder Fuß traf seinen Knöchel.

Nach einem Gespräch von höchstens einer Minute hatte Paige einen Termin für elf Uhr. Paiges Lächeln, mit dem sie der Verkäuferin dankte und sich verabschiedete, löste sich in einem von Zorn verfinsterten Gesicht auf, sobald sie sich umwandte und die Kasse verließ.

Tait nahm die Tüte, die ihr Ballkleid enthielt, und setzte eine unschuldige Miene auf. »Was ist los? Weißt du vielleicht etwas Besseres, das wir tun könnten?«

Er ignorierte den Schub, den sein Testosteron ihm versetzte. Etwas Besseres gab es allerdings, das er sich denken konnte.

»Jetzt komm schon«, forderte er sie auf. »Wann hast du dir das letzte Mal die Haare machen lassen?«

»Du brauchst das alles nicht für mich zu tun. Du sollst dich ausruhen. Ich bin zufrieden damit, im Hotel zu bleiben.«

»Ich werde genau das tun, was der Arzt mir verordnet hat. Ich werde mich in einen Massagestuhl setzen und Kaffee trinken. Mehr Entspannung gibt es doch gar nicht.«

Aber es machte keinen Unterschied, wie gut die Kaffeemischung des exquisiten Haarsalons war und wie bequem der Massagestuhl sich anfühlte. Tait war angespannt wie das Zündkabel eines Motors. Eine Stunde lang hatte er stillgesessen und zugesehen, wie Paige von vorn bis hinten umsorgt wurde. Als ihre Blicke sich im Spiegel trafen, wusste er, dass er den beschleunigten Schlag seines Herzens nicht auf die Nebenwirkungen des EpiPens schieben konnte. Schöne Frauen waren keine unbekannte Größe für ihn – sie waren eine Begleiterscheinung seines Erfolges –, aber Paiges Schönheit entstammte weit mehr als ebenmäßigen, feingliedrigen Gesichtszügen. Sie hatte etwas Ungreifbares in den Augen, das ihn anzog. Etwas so Überwältigendes lag in ihrem Wesen, dass er keine Kraft hatte, sich von ihr loszureißen.

Paige nickte, als die Friseurin einen Spiegel hochhob, um ihr das Haar an ihrem Hinterkopf zu zeigen. Ihre langen kaffeefarbenen Locken waren zu einer glänzenden, seidigen Masse geworden. Er unterdrückte ein Stöhnen. Um Gottes willen, er hatte gerade erst eine allergische Reaktion überlebt. Er hätte

Besseres zu tun haben müssen, als sich vorzustellen, wie ihr Haar über seine Brust glitt und wie ihre Kurven sich an seinen Körper schmiegten, als wären sie füreinander gemacht.

»Geht es dir gut?«, fragte Paige, als sie auf ihn zukam. Das rote Kleid schwang um ihre Knie.

Er verbot sich die schmutzigen Gedanken und zwang sich, eine nonchalante Miene aufzusetzen. »Mir ging es nie besser«, sagte er und stand auf, doch seine heisere Stimme strafte seine Worte Lügen.

»Was hältst du von einem Lunch? In der Brisbane Street gibt es einen Pub, der ein ordentliches, einfaches Essen serviert, aber wir können uns auch etwas aufs Zimmer bestellen.«

»Zimmerservice klingt gut.«

Während er hinter ihr den Friseursalon verließ, blieb sein Blick an ihrem schweren Haar hängen, das über ihren Rücken fiel, und an dem breiten Gürtel, der ihre schlanke Figur betonte. Er wusste, er hätte noch eine dritte Möglichkeit vorschlagen sollen. Lunch in Sibirien. Temperaturen unter null wären das Einzige gewesen, was ihn mit einiger Sicherheit dazu gebracht hätte, seine Hände bei sich zu behalten.

Mit angespannten Nerven ließ er sich auf dem Fahrersitz des Wagens nieder.

»Bist du sicher, dass es dir gutgeht?«, fragte sie. »Du siehst blass aus.« Sie langte herüber, um flüchtig seine Hand zu berühren, die er auf den Schaltknüppel der Gangschaltung gelegt hatte. »Tut mir leid, dass ich dich so lange aufgehalten habe.«

»Es war ja meine Idee, dass du dir die Haare machen lässt. Es sieht übrigens toll aus.«

»Heißt ›toll‹, dass es eine Verbesserung ist? Oder sehe ich aus wie eine Idiotin?«

Ihr unsicheres Lächeln war sein Untergang. Er beugte sich vor und küsste sie.

Die Art und Weise, in der ihre Lippen sich mit einem Seufzen öffneten und wie ihr Verstand sich auf einmal jeder Verantwortung entledigte, machte Paige deutlich, dass sie den Kampf, Tait zu widerstehen, verloren hatte, noch ehe er recht begonnen hatte. In der vergangenen Nacht hätte sie ihn um ein Haar verloren, und jetzt würde sie jede Sekunde genießen, in der sein Mund auf dem ihren ruhte, denn womöglich würde sie keine weitere Chance bekommen, ihn zu küssen.

Viel zu früh hob er den Kopf. »Ist deine Frage damit beantwortet?«

Sie fuhr ihm mit den Fingerspitzen über das Kinn und lächelte. »Nein. Du erklärst mir besser noch einmal, wie meine Haare aussehen.«

»Ich hätte nicht gedacht, dass du eine so langsame Auffassungsgabe hast.«

Sie neigte den Kopf und flüsterte an seinem Mund: »Eine sehr langsame...« Was immer sie sonst noch zu sagen hatte, wurde erstickt von seinem Kuss.

Als sie sich kurz darauf wieder voneinander lösten, lehnte sich Tait in seinem Sitz zurück, um den Wagen zu starten. »So gern ich unser Gespräch auch fortsetzen würde, ich glaube, derjenige, der hinter uns verzweifelt auf unseren Parkplatz wartet, wird demnächst an unsere Fensterscheibe hämmern.«

Anne schob einen Becher in Connors Richtung. »Trink deinen Tee. Es gibt keinen Grund, dir Sorgen zu machen. Ich habe Gidget gefüttert, habe die Löcher wieder aufgefüllt, die Bundy in die Kräuterkübel gebuddelt hat, und dafür gesorgt, dass Paige und Tait bei ihrer Heimkehr saubere Zimmer vorfinden.«

Connor nippte an seinem Tee und hoffte, dass er die richtigen Worte finden würde. Anne hatte bereits gesagt, dass er sich nicht bei ihr zu bedanken brauchte, aber er musste einen Weg finden, um sie wissen zu lassen, wie sehr er ihre Hilfe zu schätzen wusste. Er stellte seinen Becher ab und rollte in seinem Rollstuhl vom Tisch weg. »Du musst ein Stück von meinem Zitronenkuchen essen. Tait hat uns von seinem letzten Besuch in Glenalla einen Beutel Zitronen mitgebracht.«

Ohne ihre Antwort abzuwarten, verschwand er in dem riesigen Vorratsraum und holte einen Behälter, der mit dem Kuchen gefüllt war. Er stellte die Tupperware-Dose auf seinen Schoß, hielt aber einen Moment inne, bevor er zurückkehrte.

Gefühle machten ihm die Kehle eng. Er brauchte mehr als ein Stück Zitronenkuchen mit Kokosnuss, um Anne zu zeigen, wie viel sie im Leben eines einsamen Mannes bewirkte. Ihre stille Schönheit und ihre Freundlichkeit hatten die Dunkelheit verdrängt, die ihn seit Mollys Tod in den Klauen gehalten hatte.

Als er aber zu Anne zurückrollte und den Behälter auf den Tisch stellte, wusste er, dass er zumindest versuchen musste, ihr zu verstehen zu geben, wie er sich fühlte. Er schluckte seine Furcht herunter. Er würde es schaffen. Er hatte Molly gesagt, dass er sie liebte. Er hatte es Paige gesagt. Er würde jetzt auch Manns genug sein, es Anne zu sagen.

Er holte tief Luft. »Anne, ich ...«, Panik schlug über ihm zusammen, »... ich mag es gern, wenn du hier bist.«

Annes Augen weiteten sich. Tränen glänzten darin, als fühle auch sie sich von ihren Gefühlen überrollt. Ihre zitternde Hand deckte sich über seine, und er hielt ihre Finger fest, als stünde er kurz vor dem Ertrinken und sie wäre sein einziges Rettungsseil.

»Ich kann bleiben.« Sie mochte die Worte zwar geflüstert haben, aber das Versprechen, das in ihrem Blick lag, versicherte ihm, dass er sie richtig verstanden hatte.

»Es ist nicht einfach, mit mir zu leben. Manchmal habe ich keine Worte, um auszudrücken, was ich fühle.«

»Das weiß ich, und ich verstehe es.« Sie schloss ihre freie Hand um seine. »Ich werde die Lücken zu füllen wissen.«

»Bist du dir sicher?« Hoffnung flammte in ihm auf.

»Ich bin mir noch nie im Leben so sicher gewesen.« Sie sandte ihm ein Lächeln, das von Liebe erfüllt war. »An deiner Seite ist es, wo ich sein will.«

19

Was stimmte nicht mit ihr? Sie fühlte sich so aufgedreht wie ein Kleinkind, das zu viel Zucker gegessen hatte, dabei hatte sie lediglich einen blättrigen Salat zum Lunch zu sich genommen.

Paige klopfte das Kissen in Form und legte es sich in den Rücken. Sie hasste es so sehr stillzusitzen, doch mit diesem Zeh war ein Spaziergang ausgeschlossen. Sie zappelte herum, aber es gelang ihr nicht, auf dem riesigen Bett eine bequeme Stellung zu finden. Frustriert stöhnte sie und zappte durch die Fernsehprogramme in der Hoffnung, dass in den letzten fünf Minuten eine fesselnde Sendung begonnen hätte. Aber es gab überhaupt nichts.

Sie legte die Fernbedienung neben ihr Knie und warf einen Blick zur Verbindungstür. Als sie ins Hotel zurückgekommen waren, war Tait so weiß wie ein Laken gewesen, und obwohl er sie an sich gezogen hatte, um sie zu küssen, hatte sie seine Zimmertür geöffnet und ihn hineingeschoben. Allein. Der Arzt im Krankenhaus hatte Schlaf vorordnet, nicht Sex. Sie konnte nur hoffen, dass Tait den Lunch, der ihm serviert worden war, wirklich gegessen hatte, und dass er sich jetzt ausruhte, und zwar mehr als sie. Sie versenkte ihre Füße in dem üppigen braunen Teppich. Vielleicht sollte sie besser nach ihm sehen, falls er wach wäre und etwas bräuchte, um seinen Kopfschmerzen abzuhelfen.

Leise klopfte sie an die Verbindungstür, und nachdem sie Taits ebenso leise Antwort gehört hatte, betrat sie sein Zimmer. Abgesehen von dem schwachen Flimmern des Fernsehers und der gedämpften Beleuchtung durch die Nachttischlampe lag das Zimmer im Dunkeln. Die Vorhänge waren zugezogen. Als sie dem Bett näher kam, konnte sie sehen, dass seine Füße nackt waren und dass er die Jeans und das himmelblaue Polohemd trug, das er am Vormittag gekauft hatte. Erschöpfung zeichnete sich unter seinen Augen ab. Er legte das Buch, in dem er gelesen hatte, beiseite und bot ihr eine Schüssel mit Weintrauben an.

»Willst du welche? Ich konnte nicht einschlafen, also bin ich ein bisschen spazieren gegangen.«

»Danke.« Sie pflückte sich eine volle grüne Weintraube ab.

Er klopfte auf die breite freie Fläche neben sich. »Setz deine vier Buchstaben nieder.«

Sie ließ ihren Blick durch das Zimmer schweifen. Sie hatte getan, weshalb sie hergekommen war. Tait fehlte nichts. Sie konnte wieder gehen.

Tait klopfte noch einmal auf das Bett. »Setzt du dich hin, oder bleibst du stehen?«

Sie trat vor. Er klang so entkräftet, dass er bestimmt alles andere im Sinn haben würde, als sie noch einmal zu küssen. Vielleicht brauchte er ja nur ein bisschen Gesellschaft, um einzuschlafen. Sie ließ sich auf das Bett sinken und rutschte zurück, bis sie die Kissen am Kopfende erreicht hatte, wobei sie sicherstellte, dass ein sicherer Abstand zwischen ihnen gewahrt blieb.

Tait stellte ihr die Schüssel mit den Weintrauben auf den Schoß. »Iss sie auf. Ich habe zwei Tüten voll gekauft.«

»Hast du deinen Lunch nicht gegessen?«

»Nein, aber jetzt habe ich Hunger. Es würde mir gutgehen, wenn nur diese Kopfschmerzen aufhören würden.«

»Soll ich dir einen Kaffee machen?«

In dem schwachen Licht strahlte sein Lächeln. »Ich hätte nie gedacht, dass ich das einmal sagen würde, aber mehr Kaffee kann ich nicht trinken.«

»Das habe ich wirklich noch nie von dir gehört.«

Er nahm die Schüssel, ohne seinen Blick von ihrem zu lösen. »Bitte geh nicht. Ich werde verrückt, wenn ich hier alleinbleiben muss. Schlaf hier.«

Sie schüttelte den Kopf. »Du weißt so gut wie ich, dass das keine gute Idee ist.«

»Glaub mir.« Er fuhr sich langsam mit der Hand über die Stirn. »Du warst nie weniger in Gefahr als in diesem Augenblick.«

Sie betrachtete prüfend sein Gesicht und sah nichts als Erschöpfung und Schmerz. Dennoch zögerte sie.

»Wenn ich hierbleibe, versuchst du dann zu schlafen?«

Er nickte noch, als er die Weintrauben auf den Nachttisch stellte und nach der Fernbedienung griff, um den Fernseher auszuschalten.

Sie legte sich auf die weiße Überdecke. »Also gut, aber siehst du diesen freien Platz?« Sie beschrieb mit einer Geste den Abstand zwischen ihnen. »Wenn du den übertrittst, tust du es auf eigene Gefahr.«

Seine einzige Antwort bestand darin, dass er die Nachttischlampe ausschaltete. Durch den schmalen Spalt zwischen den Vorhängen stahl sich das Tageslicht hinein und verhinderte, dass sich völlige Dunkelheit über das Zimmer senkte. Paige sah zu, wie Tait auf dem Rücken lag, eine Hand um seinen Hinterkopf legte und die Augen schloss. »Dein Wunsch ist mir Befehl, Prinzessin.«

Sie wartete ein paar Sekunden ab, um sicherzugehen, dass er das mit dem Schlafen ernst meinte, dann schloss sie ebenfalls die Augen. Zu spät hörte sie das Rascheln der Überdecke, als

Tait sich bewegte und seine Hand auf ihre rechte Brust legte. Schlagartig setzte sie sich auf und schleuderte ihr Kissen in die Richtung, aus dem sein dunkles Lachen kam. Er schnappte sich das Kissen aus ihrem Griff und drückte es an sich, während er herumschwang und ihr ins Gesicht sah.

»Tut mir leid.« Er grinste. »Ich war noch nie gut darin zu tun, was mir gesagt wurde.«

»Jetzt weiß ich, womit dieser arme Pfadfinderleiter fertigwerden musste«, sagte sie, zog das zweite Kissen hinter ihrem Rücken hervor und hielt es wie ein Schild vor sich.

»Entspann dich. Ich hatte meinen Spaß.« Sein Lächeln wurde breiter, während ihr Gesichtsausdruck ohne Zweifel skeptisch blieb. »Wir müssen wirklich schlafen.«

Sie platzierte das Kissen hinter sich und legte sich nieder, behielt ihn jedoch im Auge. Er rückte ein kleines Stück weiter hinüber auf seine eigene Hälfte. »Du hast mein Wort darauf: Ich werde dich nicht noch einmal berühren.« Seine Lippen zuckten. »Es sei denn, du möchtest gern auf meine Hälfte rüberkommen.«

Sie rollte sich auf die Hüfte, sodass sie ihn besser im Blick behalten konnte. »Das wird auf gar keinen Fall passieren.«

»Ein Mann wird ja wohl träumen dürfen.«

»Leg. Dich. Schlafen.«

Aber seine Augen schlossen sich nicht. Ihre Alarmbirnchen blinkten rot auf. Sie hätte im Gedächtnis behalten sollen, dass er nur ein City Boy war, der bald abgereist sein würde. Sie hätte hinter der unsichtbaren Grenzlinie bleiben sollen. Sie warf einen Blick auf seinen sonnengebräunten Unterarm, der das Kissen umschlang.

»Tait, warum trägst du kein Allergiearmband? Ein Mädchen, das ich auf der Universität kennengelernt habe und das allergisch gegen Erdnüsse war, hatte eins aus schwerem Silber.«

»Als ich jünger war, hatte ich eins. Aber jetzt – was soll ich sagen – bin ich ein Mann.«

»Auch echte Kerle können Schmuck tragen, weißt du? Erst recht, wenn so ein Armband das Leben retten kann.«

»Ich brauche keines. Ich habe ja dich.«

Sie wartete auf ein Lächeln oder ein schelmisches Glimmen in seinen Augen, aber seine Miene blieb überschattet und merkwürdig ernst.

»Aber ich werde nicht immer bei dir sein.« Sie bemühte sich um einen leichten, luftigen Tonfall, doch stattdessen klang ihre Stimme kaum lauter als ein Flüstern.

»Schön, aber für den Fall habe ich eine Karte in meiner Brieftasche, die jeden wissen lässt, dass ich allergisch bin, und außerdem trage ich immer einen EpiPen bei mir.«

Sie nickte und schickte sich an, noch etwas zu sagen, hielt dann aber lieber den Mund. Vielleicht würde Tait die Augen schließen und sie nicht länger mit derart unwiderstehlicher Intensität ansehen. Doch je länger das Schweigen andauerte, desto heftiger flatterten die Nerven in ihrem Magen.

»Warst du noch sehr jung, als du zum ersten Mal eine allergische Reaktion hattest?«

Einen Augenblick lang glaubte sie, er würde keine Antwort geben, dann aber rückte er das Kissen hinter seinem Kopf zurecht. »Ich war acht. Mum und ich hatten einige Zeit bei Bruce verbracht, und eines Tages machte er mit uns einen Ausflug nach Whale Beach. Wir gingen durch den Sand, aßen Eiscreme und erkundeten die Wasserlöcher zwischen den Felsen. Als typischer Junge rannte ich voraus, und als ich dieses blaue Ding entdeckte, das aussah wie Wackelpudding, bin ich draufgesprungen, um zu prüfen, ob es platzen würde. Gleich darauf fand ich meinen Fuß in den Fangarmen wieder.«

»Zur Hölle, Tait, das war eine Jellyfish-Qualle.«

»Nur keine Sorge, ich mache es bestimmt nicht noch einmal. Nachdem ich die Qualle zum Platzen gebracht hatte, tat mir der Fuß ein bisschen weh, aber ich rannte weiter, fühlte mich lediglich ein wenig außer Atem. Dann aber stürzte ich in den Sand und bekam keine Luft mehr, und Mum wusste sofort, dass etwas nicht in Ordnung war. Wie ich dir an dem Tag, als wir in der Stadt waren, erzählt habe, hat mir ein Handy das Leben gerettet. Bruce hatte eins der ersten Modelle, du erinnerst dich, eins von denen, die groß wie ein Ziegelstein waren, und damit hat er einen Notarztwagen gerufen. Sie sind im letzten Augenblick gekommen. Ein Test ergab, dass ich außerdem allergisch gegen Austern und Krabben bin.«

Paige schauderte. Sie konnte sich vorstellen, wie Taits Mutter sich gefühlt haben musste, als sie bemerkt hatte, dass er nicht mehr atmen konnte. »Deine arme Mutter. Ihr muss das Herz stehengeblieben sein, als sie gesehen hat, wie du da im Sand lagst.«

»Ich habe ihr nie Kummer machen wollen, aber irgendwie scheint es mir immer gelungen zu sein.«

Paige bohrte die Finger in ihr Kissen, damit sie nicht hinüberlangten und den Abstand zwischen ihnen überwanden. Aus den unüberhörbaren Gefühlen, die in seiner Stimme lagen, war leicht zu schließen, dass er noch andere Dinge getan hatte, für die er sich noch immer schuldig fühlte.

»Tait, deine Mutter hat dich geliebt, ganz egal, was für Sorgen du ihr bereitet hast. Wie du letzte Nacht gesagt hast: Dinge geschehen nun einmal, und manchmal ist niemand daran schuld.«

Doch als Tait sich mit angespanntem Profil auf den Rücken rollte, wusste sie, dass sie die Verbindung zu ihm verloren hatte.

»Vielleicht.« Das eine Wort machte deutlich, dass ihr Gespräch beendet war.

Paiges Augenlider flatterten, aber sie öffnete sie nicht. Sie hatte eine gefühlte Ewigkeit lang so fest geschlafen und war noch nicht bereit, ihre friedliche Traumwelt zu verlassen. Sie kuschelte sich tiefer in die weiche Unterlage, auf die sie gebettet war. Ein leise flüsterndes Geräusch an ihrer Seite brachte ihre Augenlider erneut zum Flattern. Aber noch immer wachte sie nicht richtig auf. Sie streckte eine Hand aus und traf auf die warme, sehnige Stärke eines männlichen Arms. Im Nu kehrte die Wirklichkeit zurück. *Mist!* Sie lag in Taits Bett. Doch statt die Augen zu öffnen und ihre Hand wegzuziehen, reagierte sie weiterhin in der Lethargie des Halbschlafs, die wie ein Betäubungsmittel wirkte. Ihre Finger krochen Taits Arm hinunter bis zu seiner Hand. Wenn er sich nicht rührte, musste er ebenfalls noch schlafen, und sie konnte problemlos aus seinem Bett verschwinden. Seine Finger schlossen sich jedoch sanft und entschlossen zugleich um die ihren. Die Hitze seiner Berührung schlich sich unter ihre Haut. Und in ihre Seele.

Etwas tief im Innern ihrer Brust zersplitterte. Der Mann, der neben ihr lag, dessen Finger mit den ihren so fest verflochten waren, als würde er sie niemals gehen lassen, mochte ein City Boy sein, der bald nur noch eine entfernte Erinnerung sein würde. Sie kämpfte um Atem. Aber er war der City Boy, den ... sie liebte.

Ihre Finger schlossen sich fest um die seinen. Sein Daumen streichelte ihren Handrücken und weckten jedes ihrer vibrierenden Nervenenden. Was würde sie nicht dafür geben, die Zeit anzuhalten und eine Nacht in seinen Armen zu verbringen, eine Nacht, in der es nichts gab als sie beide, ohne Pflichten und ohne den Zwang, Abschied zu nehmen.

Warum war das nicht möglich? Sie war nie ein Mädchen für einen kurzen Flirt gewesen, aber wenn das alles war, was sie von ihm bekommen könnte, dann würde sie sich damit zufriedengeben. Sie würde eine Nacht mit dem Mann, den sie liebte, gegen eine Zukunft einhandeln, in der sie nichts zu bereuen hatte. Furcht ballte sich in ihrem Magen. Natürlich war das nur möglich, wenn er sie überhaupt haben wollte. Sie war schließlich kein weltgewandtes, verführerisches Mädchen aus der Stadt.

Ehe ihr Mut sie verließ, öffnete sie die Augen. Tait sah sie an. Sogar in dem schwachen Licht konnte sie die Anspannung wahrnehmen, die sich in tiefen Falten in sein Gesicht grub. Sie mochte geschlafen haben, aber er gewiss nicht.

Bald würde er schlafen können. Mit zitternden Fingern begann sie, ihr Kleid an der Vorderseite aufzuknöpfen.

Tait folgte ihrer Hand, die ihre Brust hinunterwanderte, und setzte sich auf. Das Zittern ihres Körpers übertrug sich auf den seinen, und sie fühlte, wie seine Hand bebte, ehe er sie plötzlich losließ.

»Paige?« Er sprach ihren Namen mit solcher Qual aus, dass sie auf einen Schlag wusste: Er war ebenso verloren wie sie. Die Gewissheit brachte das letzte Gemurmel ihres Gewissens zum Schweigen. Es ging um alles oder nichts.

Sie kniete sich hin und schüttelte sich aus der oberen Hälfte des Kleides. Der dünne rote Stoff ballte sich um ihre Taille.

Feuer brannte in seinen Augen, doch noch immer machte Tait keine Bewegung in ihre Richtung oder riskierte einen Blick unterhalb ihrer Schultern. Das also war die Wirkung des knappen Büstenhalters aus korallenroter und elfenbeinfarbener Spitze, auf dessen Kauf sie so viele Gedanken verschwendet hatte.

»Paige, ich habe dir mein Wort gegeben, dass ich dich nicht noch einmal berühren würde.«

Ihre einzige Antwort bestand darin, dass sie den breiten Gürtel von ihrer Taille schob und auf den Boden fallen ließ. Das rote Kleid rutschte tiefer auf ihre Hüften.

Er stöhnte. »Ich bin kein Heiliger.«

Sie überwand die Armlänge Abstand zwischen ihnen, und als ihre Körper nur noch einen Atemzug voneinander entfernt waren, hielt sie inne. Die Hitze, die von ihm ausging, überwand den Raum, der sie trennte. Sein Blick hielt den ihren.

»Ich kann dir nicht mehr bieten. Noch nicht.« Er sprach, als müsse er sich jede einzelne Silbe von den Lippen reißen.

»Es ist in Ordnung.« Sie berührte seinen Mund mit dem ihren, dann wich sie ein wenig zurück. »Diese Nacht ist genug.« *Sie wird genug sein müssen.*

Sie sah die Sekunde, in der seine Selbstbeherrschung nachgab. Seine Pupillen wurden weit, und seine drängenden, beinahe verzweifelten Hände schlossen sich um ihren Hinterkopf. Sein Mund senkte sich auf den ihren und verschmolz mit ihm in einem harten Kuss.

Sie schlang die Arme um seinen Hals und seufzte auf, als seine Hände ihre Taille umfassten und er sie auf das Bett niederwarf, um ihren Körper mit dem seinen zu bedecken.

Oh. Mein. Gott.

Ihr Atem ging in Stößen, und ihr Körper war zu tief befriedigt. Sie konnte noch nicht einmal mit »Hab ich es dir nicht gesagt?« auftrumpfen. Paige schlang die Arme um Taits Rücken, der zweifellos von Spuren ihrer Fingernägel übersät war. Sie konnte kaum denken. Alles, was sie spürte, war ihr Körper, der vor Leben und Liebe pulsierte. Als Tait von ihr hinunterrollte, fühlte sie sich wie beraubt. Dann aber zog er sie an sich, und sie wandte ihr Gesicht dem Bogen seines Halses zu, um seinen rasenden Puls zu küssen. Seine Arme zogen sie noch enger an ihn.

Ihre Seele schien leichter als Sommerluft zu schweben. Taits kluge, zärtliche Berührungen hatten sie an Orte getragen, von denen sie geglaubt hatte, sie existierten nur in Romanen. Sie war unter ihm zersplittert wie das feinste Kristall. Sie musste ein ganzes Leben voller Liebe in einer einzigen Nacht unterbringen.

Sie senkte leicht die Augenlider, lehnte sich in seinen Armen zurück und blickte in sein Gesicht. Tait durfte nicht erfahren, dass ihr Herz nun ihm gehörte. Sie musste die Dinge zwischen ihnen auf einer humorvollen, beiläufigen Ebene halten.

Er lächelte. Selbst in dem gedämpften Licht erkannte sie, dass sie seine blauen Augen noch nie mit solcher Lebendigkeit hatte leuchten sehen.

»Weißt du, dass ich nie daran geglaubt habe, dass es die stillen Mädchen sind, vor denen man sich in Acht nehmen muss?« Er strich ihr das Haar von der Wange, das schon lange nicht mehr glatt und ordentlich war. »Aber du hast mich überzeugt.«

Sie hob die Hand, um den Schatten unter seinen Augen nachzufahren, und erwiderte sein Lächeln. »Bevor du deine Entdeckung noch ein zweites Mal überprüfst, brauchst du dringend Schlaf.«

Auf einen Schlag wurde er ernst. »Wirst du noch da sein, wenn ich aufwache?«

Sie fuhr mit den Fingern über seine Augen, bis seine Lider sich schlossen, dann holte sie Atem. »Versuch mal, mich von dir fernzuhalten.«

Reiß dich zusammen, Cavanaugh!

Tait zwang sich, seine Aufmerksamkeit auf die Straße zu lenken, weg von Paige, die neben ihm im Beifahrersitz des Mietwagens schlief, wie sie es auf ihrer ersten Fahrt nach Glenalla schon getan hatte. Der Saum ihres roten Kleides bedeckte ihre schlanken Beine nicht, die sie an sich gezogen hatte. Den drei oberen Knöpfen war es mit ein wenig Hilfe durch ihn gelungen, sich zu öffnen und eine Spur vom Ansatz ihres Dekolletés freizugeben.

Er fuhr sich mit der Hand durchs Haar. Es spielte keine Rolle, dass sie letzte Nacht so gut wie nicht geschlafen hatten, so wie es auch keine Rolle spielte, dass er einen verspäteten Check-out organisiert hatte, damit er sich Zeit lassen und ihr den Bademantel abnehmen konnte, als sie aus der Dusche kam. Er war noch immer so aufgepeitscht wie ein haltloser Teenager. Er konnte einfach nicht genug von ihr bekommen.

Es war nicht die Art, wie ihre Kurven sich unter seinen Handflächen anfühlten, oder der Honiggeschmack ihrer Haut, die ihn seiner Willenskraft beraubten. Die Anziehungskraft, die sie auf ihn ausübte, ging weit über das rein Körperliche hinaus. Er umklammerte das Steuerrad mit den Händen, um sich daran zu hindern, sie zu berühren. Bei Gott, er liebte sie.

Sein tiefer Seufzer hallte in dem Auto wider. Irgendwie musste er einen Weg finden, dem letzten Wunsch seiner Mutter Ehre zu erweisen und Paige die Wahrheit zu sagen, ohne sie zu verlieren. Zwischen ihnen war kein entsprechendes Wort gefallen, aber er musste sich an der Hoffnung festhalten, die ihr Kuss ihm versprochen hatte; daran, dass sie mehr in ihm sah als einen problematischen Mann aus der Stadt. Und dann konnte er nur hoffen, dass sie noch immer dasselbe fühlen würde, wenn sie herausgefunden hatte, wie er sie betrogen hatte.

Sie befreite ihre Beine und hob die Hände bis an die Decke des Autos, um ihren Rücken zu entspannen. Sein Mund wurde trocken, als ihre Brüste gegen den Stoff des Kleides kämpften und auch der vierte Knopf sich noch öffnete.

Ihre Arme senkten sich wieder, und sie langte herüber, um eine Hand auf seinen Schenkel zu legen.

»Bist du nicht müde?«, fragte sie, und Sorge schwang in ihrer Stimme.

»Nein, alles bestens.«

Sie grinste dasselbe vergnügte Grinsen, mit dem sie ihm nach ihrer Dusche entgegengeblickt hatte – als er ihre Taille umfasst und eine Hand unter ihren kurzen Bademantel geschoben hatte.

»Wunderbar.« Sie ließ die Hand über seinen Schenkel gleiten und drückte zu. Er schob ihre Finger weg, ehe sie noch mehr Schaden anrichten konnte.

»Hände weg, Country Girl. Wenn wir so weitermachen, sind wir nicht einmal zum Abendessen in Banora Downs.« Sie wussten beide, es würde nicht möglich sein, anzuhalten und Banora Downs trotzdem noch rechtzeitig zu dem Willkommenslunch, den Anne und Connor vorbereitet hatten, zu erreichen.

Sie lächelte wieder, und ihre Finger blieben auf seinem Schenkel liegen.

»Du weißt, dass unsere Nacht kein Ende haben muss, wenn wir wieder zu Hause sind?«

Ihre Finger zuckten. »Doch, das muss sie. Ich weiß, was du anbieten kannst, und ich will nicht wie die anderen Frauen in deinem Leben sein, die mehr verlangen.«

Er zögerte eine Sekunde, ehe er antwortete. »Ich kann dir nicht mehr anbieten, als ich habe. Aber ... ich hoffe, dass die Dinge dabei sind, sich zu ändern.«

Sie sah ihn an, aber er erwiderte ihren Blick nicht. Sein Geheimnis musste er bewahren.

»Was willst du damit sagen?«

»Um ehrlich zu sein, weiß ich das noch nicht so richtig.« Er gab vor, sich auf die leere Straße zu konzentrieren. »Alles, was ich weiß, ist, dass ich versuche, nicht mehr so viel zu arbeiten.«

Ihre Finger glitten aus den seinen, und er spürte ihren Rückzug so deutlich, als hätte sie ihn weggestoßen.

»Wir müssen in dieser Sache vernünftig sein. Abgesehen von der Tatsache, dass du bald abreisen wirst, haben wir beide unsere Verpflichtungen in unterschiedlichen Welten. Von dem Moment an, in dem wir das Viehgitter vor Banora Downs überqueren, habe ich mich um Connor und um eine Farm zu kümmern, und von dem Moment an, in dem du den Ton an deinem Handy einschaltest, hast du eine Voicemail voller Anrufe, die du beantworten musst.«

»Es sind schon seltsamere Dinge geschehen als eine Begegnung zwischen zwei Welten.«

Sie lachte, aber es klang gezwungen. »Es gäbe nur eine Möglichkeit, wenn du nach hier draußen ziehen würdest, und ich würde niemals von dir verlangen, dass du alles, was du jemals gekannt hast, hinter dir lässt.«

Er verspannte sich. Sein Geheimnis vor der Frau, die er liebte, verborgen zu halten, wurde schwerer und schwerer. Es war, als wären sie beide in einem Netz gefangen, und nach welcher Seite er sich auch wandte, er spann sich immer tiefer ein.

»Denk einfach mal daran«, brachte er mühsam heraus. »Wer weiß schon, was für Chancen das Leben in der Zukunft für uns bereithält?«

Ihre Schultern sackten zusammen, als sie aus dem Seitenfenster auf die staubige, wie von einer Schlacht verwüstete Landschaft blickte. »Ich wäre schon mit Regen zufrieden.«

Er nahm ihre Hand in die seine, und ein lastendes Schweigen senkte sich zwischen sie. Je näher sie Banora Downs kamen, desto härter drangen die Folgen der Trockenheit ins Bewusstsein. Sie schossen an einem hohen metallenen Briefkasten in Form eines Emus vorbei.

»Ich wollte eigentlich anhalten und mit meinem Handy ein Foto von diesem Briefkasten schießen«, sagte er und versuchte, sie von der vertrockneten Landschaft, die sie durchquerten, abzulenken. »Das nächste Mal.«

Sie nickte geistesabwesend. Der Mietwagen näherte sich einer halb zerstörten, staubtrockenen Mauer, die ein Viehgitter flankierte. Obwohl kein Briefkasten vorhanden war, machte die Allee der alten Gummibäume mit ihren hellen Stämmen deutlich, dass an dieser prachtvollen Einfahrt einst ein beeindruckender Briefkasten gestanden haben musste. Paige wandte sich um, um die Linie der parallel stehenden Bäume anzusehen, an denen sie vorüberfuhren.

»Wenn du Postkästen magst, hätte der alte von Killora Downs dir gefallen.«

Behutsam gab er ihre Finger frei. »Wirklich? Wie sah er denn aus?«

»Es war ein Traktor. Mein Großvater Ross hat geholfen, ihn zusammenzuschmieden. Als ich klein war, habe ich mir die Fotografien in den Alben angesehen und gedacht, ich könnte damit fahren wie in einem echten.«

»Das hört sich toll an. Was ist damit passiert?«

»Ich habe keine Ahnung. Aber da ja schon seit einer Ewigkeit niemand mehr auf Killora Downs lebt, nehme ich an, der Traktor könnte gestohlen worden oder einfach in seine Einzelteile zerfallen sein.«

»Wie schade.«

»Ich weiß. Wir hatten auch nicht immer nur unseren schlichten Milchkannen-Kasten. Grandpa und Ross haben auch für Banora Downs einen gemacht, in Form eines Oldtimers.«

»Das klingt passend.«

»Ja, das war es. Genau wie bei dir und Dad war das auch etwas, das Grandpa und Connor gemeinsam hatten – Autos.«

»Offenbar haben wir alle einen tollen Geschmack.«

Sie zog ein Gesicht. »Auf jeden Fall haben ein paar Vandalen aus der Gegend euren Geschmack wohl nicht geteilt, denn mein Vater hat erzählt, eines Morgens, als Mum ging, um die Post zu holen, fand sie das Auto zu Bruch geschlagen vor.«

»Das ist nicht dein Ernst.«

»Doch. Was immer sie auch dafür benutzt haben, das Auto konnte nicht mehr repariert werden. Also hat Dad die Milchkanne aus dem Schuppen aufgestellt.«

Tait verringerte die Geschwindigkeit des Mietwagens, als die Milchkanne, die als Briefkasten diente, in Sicht kam.

»Paige«, sagte er und wandte sich ihr zu. »Ich habe es ernst gemeint, als ich gesagt habe, du sollst über uns nachdenken.«

»Was wir letzte Nacht geteilt haben ...« Farbe schoss ihr in die Wangen.

Er grinste, obwohl die Anspannung ihn im Griff hielt. »Und heute Morgen«, fügte er hinzu.

Ihr Gesicht wurde noch röter. »Okay, und heute Morgen ... es war ... wundervoll, aber wir wissen, dass es ein Ende haben muss. Wenn wir uns an eine falsche Hoffnung klammern, wird uns das am Ende nur wehtun.«

»Falsche Hoffnung funktioniert für mich.«

»Tait, bitte tu uns das nicht an. Du weißt, ich mache es mir nicht zur Gewohnheit, mich mit City Boys einzulassen – und mit Country Boys auch nicht, um genau zu sein –, also wird es schon schwer genug werden, Abschied zu nehmen. Mach es nicht noch härter.«

»Wenn ich könnte, würde ich hierbleiben.« Er schluckte an den Gefühlen, die seine Worte schwer machten. »Aber im Augenblick bin ich noch nicht frei.« Er nahm ihre Finger und berührte ihren Handrücken mit seinen Lippen. »Sag mir, dass du über uns nachdenken wirst, damit ich, falls ich eines Tages auf deiner Schwelle auftauche, weiß, ob mir die Tür vor der Nase zugeschlagen wird oder nicht.«

Eine Sekunde lang glaubte er, sie würde ihm nicht antworten, doch dann drückten ihre Finger die seinen.

»Okay. Ich mache zwar keine Versprechungen, aber ich werde meine grauen Zellen bemühen.«

Ein Chor aus begeistertem Gebell, das von der Vorderseite des Farmhauses hereindrang, verriet Connor, dass Paige und Tait endlich zu Hause angekommen waren.

Anne, die dicht neben ihm auf dem Sofa saß, lächelte ihm zu. »Sie sind da.«

»Gott sei Dank!« Connors Arm schloss sich fester um ihre Schultern. »Aber was wird wohl jetzt passieren?«

»Wir können nur hoffen, dass es gute Dinge sind. Aber auch wenn das nicht der Fall ist, ist noch nicht alles verloren.« Sie drückte ihn an sich. »Wir haben immer noch ein Ass im Ärmel, erinnerst du dich?«

»Ich kann noch immer nicht glauben, was du getan hast.« Er kicherte. »Aber ich hätte es wissen müssen. Ich hätte mich auch daran erinnern müssen, dass ich dir erzählt hatte, Paige würde nächste Woche die Rechnung beim Tierarzt bezahlen. Sie ist immer noch überzeugt davon, dass sie ihm Geld schuldet.«

»Also trotz mehrerer kleiner Hinweise hast du wirklich keinen Verdacht geschöpft?«

»Nicht den geringsten.« Er küsste sie auf die Stirn. »Wie es scheint, steckt weit mehr in meiner kleinen Bibliothekarin, als auf den ersten Blick zu erkennen ist.«

20

»Bundy, wage es bloß nicht!«, sagte Paige, als der Welpe ihre Zehen ins Auge fasste, die in fliederfarbenen Socken steckten und aus dem abgeschnittenen Stiefel ragten. »Ich bin rausgekommen, um nachzudenken, nicht, um bei lebendigem Leibe gefressen zu werden.«

Sie klopfte sich auf den Schenkel, und der kleine blaue Hütehund hoppelte die Verandastufen hinunter und sprang ihr auf den Schoß. Seine Zähne nagten an ihren Fingern, doch schon bald beruhigte er sich, während sie das weiche Fell auf seinem Rücken streichelte. Mit einem zufriedenen Seufzen legte er seinen Kopf auf seine Pfoten und schloss die Augen.

Aber der Friede, der ihr vergönnt war, dauerte nicht lange. Dustys Pfoten tappten über die Veranda, und gleich darauf rieb er seine feuchte Nase an ihrer Wange. Sie zog die Schultern zusammen und lachte.

»Ich weiß, ich weiß, ich habe dich ja nicht vergessen!«

Paige klopfte auf die Dielen, und Dusty sackte mit einem Grummeln neben ihr nieder.

Ihr Blick wanderte zwischen den beiden Hunden hin und her. Den einen verband sie mit ihrer Vergangenheit, den anderen mit ihrer Zukunft. Einer Zukunft, die, auch nachdem sie sich die ganze letzte Nacht hindurch schlaflos im Bett gewälzt hatte, unsicher blieb. Ein Teil von ihr wollte gern Taits Optimismus teilen und an ein glückliches Ende glauben – daran, dass sie mehr als nur eine Nacht zusammen haben könnten. Aber ihre rationale, praktische Seite glaubte nicht an Märchen. Sie brauchte nur die sterbende Farm ringsherum anzusehen, um zu wissen, dass es in der wirklichen Welt keine Happy Ends gab.

Ein warmer Luftzug spielte an ihr vorbei und trug den Duft von Basilikum mit sich. Ihr Blick hob sich in Richtung der Töpfe, die die Stufen säumten. Als Tait angekommen war, hatte nur ein einziger Topf mit einer mickrigen Pflanze an der Hintertür der Küche gestanden. Jetzt schmückte den Eingang ein kompletter Garten aus Töpfen, die vor Kräutern und Blumen strotzten. Aber es war nicht nur dieser kleine Teil von Banora Downs, den er wieder zum Leben erweckt hatte. Er hatte ihrer ganzen Welt die Farbe und das Lachen wiedergegeben. Farbe und Lachen, die in dem Augenblick verlöschen würden, in dem sein schickes Auto über das Viehgitter davonrumpelte. Die Traurigkeit, der nachzugeben sie sich weigerte, kämpfte gegen ihre Selbstbeherrschung.

Dusty winselte und leckte ihr die Hand, und sie kraulte das dichte Fell auf seiner Brust.

»Ich komme schon klar, Dust. Du wirst sehen. Ich habe das Leben vor Tait überstanden. Und jetzt werde ich das Leben ohne ihn überstehen.«

Bei ihren Worten hob Bundy verschlafen den Kopf, gähnte und sprang von ihrem Schoß, um auf den viel größeren Hund zu hüpfen. Ihm fehlte eindeutig das Angst-Gen. Ihr jedoch nicht. Wenn es um Beziehungen ging, hatte sie die emotionale Achterbahnfahrt und den unvermeidlichen Schmerz, den man von Anfang an in Kauf nahm, schon kennengelernt. Ob Tait nun schon morgen aufbrach oder erst in einem Jahr; wenn es erst einmal zu schwierig geworden war, die Dinge zwischen ihnen am Laufen zu halten, würde sie die Trümmer ihres gebrochenen Herzens aufsammeln müssen. Sie schüttelte den Kopf. Ganz egal, wie sehr sie Tait liebte – der Herzschmerz war es nicht wert, das Risiko einzugehen. Oder doch?

Sie blickte hinauf in den Himmel, der so blau wie Taits Augen war. Irgendwann würde es regnen müssen. Und wenn es das tat, würde sie womöglich in der Lage sein, sich ein bisschen Zeit zu stehlen und die Farm zu verlassen. Und jetzt, wo ihr Vater und Anne sich die Gefühle, von denen sie lange vermutet hatte, dass sie sie füreinander hegten, endlich eingestanden hatten, wäre Anne vielleicht bereit, sie zu vertreten. Aber würde ein ab und zu gestohlenes Wochenende genug sein, um eine Fernbeziehung am Leben zu halten? Tait hatte gesagt, er bemühe sich darum, weniger zu arbeiten. Ein Workaholic, der bereit war, mit seiner Sucht zu brechen – das musste doch etwas wert sein, oder nicht?

Sie sah von dem weiten Band des Himmels auf die zarten pinkfarbenen Blumen und dann auf die glücklichen Hunde, die sich neben ihr über den Boden rollten. Sie hatte gar keine Wahl, als in die Achterbahn einzusteigen. Wenn die Trockenheit sie irgendetwas gelehrt hatte, dann, dass das Leben dazu da war, es zu leben und um zu lieben. Wenn Tait bereit war, in seiner Welt etwas zu ändern, musste sie ihn auf halbem Wege treffen.

Diese Überzeugung schwemmte ihre Furcht davon. Sie erhob sich. Sie liebte ihren City Boy mit einer Tiefe und Intensität, die sie nie für möglich gehalten hätte, und sie musste den Mut finden, es ihm zu sagen. Sie machte sich auf den Weg in die Küche, wo er mit ihrem Vater und Anne gefrühstückt hatte. Der kalte Schweiß, der sich auf ihrer Haut ausbreitete, verlangsamte nicht ihren Schritt. Wenn sie und Tait irgendeine Art von Beziehung oder Zukunft haben sollten, war das Erste, das sie dafür tun musste, ihm gegenüber offen und ehrlich zu sein.

Connor blickte von dem Kochbuch auf, durch das er blätterte. Erleichterung durchfuhr ihn. Paige wirkte nicht länger wie der Schatten, der sie noch vor zwei Wochen gewesen war. Ein gesunder Schimmer lag nun auf ihren Wangen, und in ihren braunen Augen funkelte ein goldenes Leuchten. Er hatte allen Grund, Tait dankbar zu sein.

»Morgen«, sagte sie. »Wo sind die anderen?«

Connor nahm seine Lesebrille ab und legte sie auf den Tisch. »Sie sind nach Glenalla gefahren. Tait wollte den Mietwagen abgeben, also hat Anne ihn begleitet und sein Auto genommen.«

»Dann kommen sie also beide in Taits Auto zurück?«

Er schüttelte den Kopf. »Anne muss heute arbeiten. Ihr Wagen hat ein Problem mit dem Kühlerkabel, also sehe ich mir das an, solange es hier steht. Sie borgt sich das von ihrem Nachbarn, um heute Abend heimzufahren.«

»Und Tait? Wann wird er zurück sein?«

Connor warf einen Blick auf die Wanduhr. »Ich nehme an, er sollte gegen elf eintreffen.«

Paige nickte, runzelte aber die Stirn.

»Warum? Brauchst du ihn eher wieder hier?«, fragte er.

»Nein. Ich ... ich muss nur mit ihm sprechen.«

Connor nahm seine Brille und hoffte, Paige würde das Zittern seiner Hände nicht bemerken. Ihre Worte mochten beiläufig geklungen haben, doch daraus, wie sie auf ihre Schuhspitze starrte, als sie über den Küchenboden scharrte, konnte er schließen, dass das, was sie mit Tait zu besprechen hatte, ernst war. Er setzte die Brille auf und betrachtete das Lasagne-Rezept vor seinen Augen, ohne etwas zu sehen. Heute früh hatte Tait gewirkt wie ein Mann, der eine Mission hatte. Er hatte nur in aller Eile einen Kaffee hinuntergestürzt und sich kaum Zeit für einen Schwatz gelassen, ehe er nach Glenalla aufgebrochen war. Der Zeitpunkt für Paiges wichtiges Gespräch mochte nicht gerade perfekt gewählt sein.

»Er wird schon früh genug zurückkommen«, sagte Connor und blätterte eine Seite um, um seine Sorge zu verbergen.

In den folgenden zwei Stunden kramte Connor in der Küche herum und telefonierte von dem Apparat in seinem Arbeitszimmer. Von Zeit zu Zeit erhaschte er einen Blick auf Paige, die in die Küche kam, um etwas Kühles zu trinken, doch als die Zeiger an seiner Armbanduhr elf Uhr überschritten hatte, wurden ihre Wege an der Tür seines Arbeitszimmers vorbei häufiger. Als er sie zweimal innerhalb von fünfzehn Minuten vorbeikommen sah, folgte er ihr in die Küche und fragte: »Was hältst du von einem Lunch?«

»Nein, danke, Dad.«

»Bist du dir sicher? Es ist noch etwas von deiner geliebten Zucchini-Quiche übrig.«

Sie lächelte, aber der Ernst in ihren Augen verringerte sich nicht. »Ich habe keinen Hunger.« Sie trat vor das Fenster über dem Spülbecken und sah hinaus auf die Zufahrt. »Hätte Tait nicht längst wieder hier sein sollen?«

»Schon möglich. Anne hat gesagt, er ist gegen neun losgefahren.«

»Nun, jetzt ist es bald zwölf. Glaubst du, er hat einen Unfall gehabt? Dieser schicke Wagen, den er fährt, hat vorn keine Stoßstange.«

Connor fuhr im Rollstuhl an ihre Seite. »Ich bin sicher, es geht ihm gut. Ich habe vorhin mit Mr. Tipson gesprochen, und er hat mir erzählt, er habe um kurz nach zehn einen schwarzen Wagen gesehen, der vor seinem Tor geparkt hatte.«

»Das ergibt einen Sinn. Tait hat gesagt, er wollte ein Foto von Mr. Tipsons Emu-Briefkasten machen, aber das ist doch nur eine kurze Fahrt von hier entfernt. Tait sollte trotzdem längst zurück sein. Vielleicht sollte ich losfahren und nach ihm suchen.«

»Paige, du weißt, dass du mit deinem gebrochenen Zeh nicht fahren sollst. Das einzige Automatik-Auto hier ist das von Anne, aber da das Kühlerkabel leckt, lasse ich dich nicht einmal in die Nähe. Versuch, ihn anzurufen.«

»Das habe ich schon dreimal gemacht, aber es kommt nur die Voicemail.« Ihre Schultern hoben sich mit einem Seufzen. »Was macht er bloß? Zwischen Mr. Tipson und uns gibt es doch nichts als Killora Downs.«

Connor wandte sich von dem Fenster ab, um seine wachsende Anspannung zu verbergen. »Vielleicht hat er einfach nur angehalten, um noch ein paar Fotos zu machen.«

»Vielleicht«, überlegte Paige.

»Gib ihm noch ein bisschen Zeit, bevor du in Panik gerätst.« Sie drehte sich um und ging auf die Tür zu.

»Wohin gehst du?«

»Nur zum Schuppen.« Sie sandte ihm ein Grinsen.

»Nur zum Schuppen« war ein Running Gag zwischen ihnen. Wann immer er in den Schuppen ging, war klar, dass ihn für Stunden niemand zu sehen bekam.

»Paige«, warnte er sie, »gib ihm noch zwanzig Minuten. Wenn er dann noch nicht hier ist und du dir noch immer Sorgen machst, rufe ich Mr. Tipson an. Ich bin sicher, es würde ihm nichts ausmachen, auf der Straße nachzusehen.«

Sie starrte ihn einen Augenblick lang an. »In Ordnung.« Sie zog ihr Handy aus der Tasche. »Einmal versuche ich es noch.« Mit dem Telefon am Ohr humpelte sie aus der Küchentür.

Als der Allradwagen am Küchenfenster vorbeirumpelte, wusste Connor, dass Paige mehr getan hatte, als Tait nur noch einmal anzurufen. Verdammt! Er hätte ihr einen Schritt voraus sein und die Schlüssel zu dem Quad mit Handschaltung verstecken sollen. Er rollte seinen Stuhl zum nächsten Telefon und wählte.

Anne. Geh ran.

»Bibliothek Glenalla«, sagte Anne in ihrem ruhigen Tonfall.

»Hallo, Liebling, ich bin es. Paige ist losgefahren, um nach Tait zu suchen. Es ist Zeit.«

»In Ordnung. Ich bin bereit.« Ihre Stimme senkte sich. »Aber Connor, was immer jetzt geschieht, bleibt Tait und Paige überlassen. Wir haben getan, was wir konnten.«

»Ich weiß.« Er räusperte sich. »Ich bete bereits um ein Wunder.«

Das Quad würde keinen Geschwindigkeitsrekord brechen, aber er würde es ihr ermöglichen, nach Tait Ausschau zu halten. Sie ließ den Blick über die Straße schweifen und suchte nach Staubwolken, Reifenspuren oder irgendetwas, das ihr erklären konnte, was geschehen war. Ihr Vater mochte lauter vernünftige Dinge gesagt haben, aber sie kannte ihn besser. Er hatte genauso häufig auf seine Armbanduhr und auf die Wanduhr in der Küche gesehen wie sie.

Angst verfestigte sich wie Blei in ihrem Magen. Sie machte sich keine Illusionen über die Brutalität des Lebens. Sie brauchte nur den leeren Stuhl ihrer Mutter anzusehen, um zu wissen, dass das Leben nicht fair war. Aber das Schicksal konnte ihr doch Tait nicht ausgerechnet jetzt wegnehmen, wo sie ihm sagen wollte, dass sie ihn liebte!

Sie zwang sich, ruhig zu atmen. Wenn Tait mit einem Känguru zusammengestoßen oder in eine Fahrrinne geraten war, würde sie es früh genug herausfinden. Er konnte nicht weit sein. Während das Quad die Straße entlangjagte, entdeckte sie nichts. Dann aber blieb ihr Blick plötzlich an einer perfekten Spur von Taits breiten Reifen hängen, der sich im roten Staub vor dem Eingang zu Killora Downs abzeichnete. Sie brachte das Quad zum Stillstand und betrachtete die frischen Spuren, die darauf hinwiesen, dass Tait die Straße verlassen und das Viehgitter überquert hatte. Der Druck, der ihr die Brust zusammengepresst hatte, löste sich. Gott sei Dank, ihm war nichts passiert. Er war nicht im Wrack seines Autos gefangen.

Aber was zum Teufel machte er auf Killora Downs?

Sie folgte Taits Reifenspuren und jagte das Quad über die zugewachsene Zufahrt. Er hatte gesagt, dass er Geheimnisse liebte, aber konnte er verdammt nochmal nicht lesen? Ihr Zorn schwoll an, als sie an einem zweiten Schild vorbeikam, auf dem stand, dass alle Unbefugten, die das Land betraten, strafrechtlich verfolgt werden würden. Ihr hübscher City Boy konnte sich auf etwas gefasst machen, wenn sie ihn erst einmal erwischte! Seine allergische Reaktion hatte sie genug erschreckt. Eben noch hatte sie geglaubt, er hätte einen Autounfall gehabt.

Neben ihr flog die Doppellinie der nach Zitronen duftenden Gummibäume entlang der Zufahrt von Killora Downs vorbei. Die hellen Stämme schimmerten im Licht der Sonne. Hier und da wurde das Muster durch einen abgestorbenen oder einen vom Sturm umgeworfenen Baum unterbrochen. Sie preschte weiter die Zufahrt entlang, die nun einen Schwenk nach links vollzog und den zerklüfteten Umrissen des einst großartigen viktorianischen Farmhauses entgegenführte. Als sie die letzten Gummibäume hinter sich gelassen hatte, verlangsamte sie das Quad und hielt neben Taits staubbedecktem, leerem Auto an. Sie blieb in dem Allradwagen sitzen, rief rasch Connor an, und dann sah sie sich um.

Hinter dem improvisierten Stacheldrahtzaun vor ihr erhob sich das seines Dachs beraubte leere Gebäude aus roten Ziegeln, dem noch drei seiner Schornsteine geblieben waren. Das zerfallende Haus von Killora Downs zu sehen verschaffte ihr jedes Mal ein Gefühl der Demut und ließ sie zu schätzen wissen, dass ihr geliebtes Banora Downs intakt war. Paige strich sich das windzerzauste Haar hinter die Ohren und stieg von dem Quad ab. In ihrem Drang, Tait zu finden, hatte sie vergessen, sich die Haare zusammenzubinden oder ihren Hut aufzusetzen.

Sie schirmte ihre Augen gegen das blendende Licht ab und öffnete den Mund, um seinen Namen zu rufen, aber etwas ließ sie innehalten. Es war, als künde die tiefe Stille, die die Ruine umgab, von einem neuen, hart erkämpften Frieden. Sie schauderte. Sie hatte nie zuvor ein solches Gefühl gehabt. Immer war sie so schnell wie möglich hierhergekommen und wieder verschwunden. Das Knirschen der alten Bäume und die klaffenden Höhlen, in denen einst Fenster mit Vorhängen und Türen aus Zedernholz gewesen waren, gaben ihr immer das Gefühl, als setze das Leiden des Hauses sich fort, lange nachdem Wallace Sinclair den Tod gefunden hatte.

Sie blickte zu Boden und folgte den Spuren von Taits Stiefeln durch das ausgehängte Tor und dann die Strecke entlang, die einmal der Gartenweg gewesen war. Statt durch die Vordertür weiterzugehen, hatte er sich nach rechts gewandt und die Seite des Hauses angesteuert, an der es einst eine kleinere Tür gegeben hatte. Sie blieb stehen. Woher wusste Tait, dass eine solche Tür existierte? Sie selbst wusste es nur durch ihre Großmutter, die von einer Seitentür zur Küche von Killora Downs gesprochen hatte, die »Ruftür« genannt wurde, weil ihr Großvater immer gerufen hatte, statt zu klopfen, um Ross wissen zu lassen, dass er da war.

Sie kaute auf ihrer Unterlippe und humpelte weiter, doch als sie an dem dicken Stamm einer alten Palme vorbeikam, sprang ihr eine Bewegung ins Auge. Sie drehte sich um und sah hinter einem Weidezaun Taits rotes Arbeitshemd verschwommen aufblitzen und dann in Richtung Windmühle weiterziehen. Sie zögerte. Für einen Mann, der Geheimnisse liebte, verriet die gebeugte Linie seiner Schultern allzu deutlich, dass er keins der Geheimnisse von Killora Downs sonderlich genoss.

Sie folgte ihm. Doch selbst als sie über den Weidezaun kletterte und einen Fluch ausstieß, weil sie sich am obersten hölzernen Balken den Kopf gestoßen hatte, schien er nicht zu bemerken, dass sie hinter ihm war. Mit dem Rücken zu ihr starrte er in die Höhe, auf die verrosteten Blätter der Windmühle, die sich drehte.

»Tait?«

Obwohl er zusammenzuckte, als er sich umdrehte, war auf seinem Gesicht keine Überraschung zu erkennen. Die Predigt, die sie vorbereitet hatte, die Mahnung, er solle immer jemanden wissen lassen, wo er war, erstarb ihr auf den Lippen. Es war, als wäre er ein Fremder. Sie hatte ihn noch nie so gehetzt und zugleich so hundemüde gesehen. Nicht einmal an dem Tag, an dem er angekommen war.

Sie steckte ihre Hände in die Taschen ihrer Jeans, um zu verhindern, dass sie ihn berührte.

»Tait, was machst du hier? Ich habe mir solche Sorgen gemacht, als du zum Lunch nicht nach Hause gekommen und auch nicht an dein Handy gegangen bist!«

Er zog sich seinen Akubra fester auf dem Kopf zurecht. »Ich wollte nicht, dass du dir Sorgen machst. Ich spiele nur den Touristen.«

Sie prüfte seinen verschatteten Blick. Ein Mensch, der fröhliche Schnappschüsse im Outback machte, wirkte für gewöhnlich nicht so zermürbt wie ein Halm Spätsommergras.

»Mr. Tipson hat gesagt, er hat dich gegen zehn an seinem Briefkasten gesehen.«

Tait schürzte die Lippen. »Wie es aussieht, kann ich hier draußen nichts tun, ohne beobachtet zu werden.«

»Außer nach Killora Downs zu fahren. Dass du hier bist, hat niemand gewusst.«

»Du hast es gewusst.« Sein Ton wurde schärfer, als sein Blick auf ihren Fuß fiel. »Du bist doch wohl nicht gefahren, oder?«

Sie schüttelte den Kopf. »Ich habe mir von deinen Pfadfinder-Erfahrungen eine Scheibe abgeschnitten und das Quad genommen.«

»Tut mir leid, dass ich dich hierhergelockt habe. Ich habe genug gesehen.« Er wandte sich dem Haus zu. »Ich nehme dich mit. Ich bin sicher, es wird Anne nichts ausmachen, mich irgendwann morgen hier abzusetzen, um das Quad zu holen.«

Paige rührte sich nicht. Was war nur mit ihm los? Er war angespannt wie eine Bogensehne. »Aber du fährst doch morgen zurück nach Sydney! Du wirst keine Zeit dafür haben.«

»Oh doch«, sagte er, ohne sie anzusehen.

»Tait.« Ihre Stimme war sanft. »Was ist los?«

Er entfernte sich bereits. »Nichts.«

Zum Teufel, es ist nicht nichts. Ihr Instinkt warnte sie, dass jetzt nicht der richtige Zeitpunkt war, um ihn unter Druck zu setzen. Auch sie entfernte sich, jedoch in die entgegengesetzte Richtung.

»Paige? Wo willst du denn hin?«

»Ich pflücke ein paar Blumen.«

»Was für Blumen?«

Er folgte ihr hinter den kleinen Tank, der mit der Windmühle verbunden war.

»Diese hier.« Sie berührte eine pinkfarbene Blüte einer

Rose, die sich den Tank hinaufrankte. »Für gewöhnlich gibt es hier Blumen, weil das Wasser leckt.« Sie wies auf das verrostete Loch, das ganz oben in dem Wellblechtank klaffte. »Siehst du? Die Windmühle sorgt für Wasser im Tank, und dann tropft es heraus und gießt die Rose.«

Taits Blick pendelte zwischen dem alten Farmhaus und ihr. »Wie ist die Rose hierhergekommen? Diese Windmühle steht doch auf der Koppel, nicht im Garten.«

»Ich habe sie gepflanzt.«

»Du hast sie gepflanzt? Warum?«

»Weil es die Rose ist, die meine Mutter einmal der Frau geschenkt hat, die hier gelebt hat. Ich wollte nicht zusehen, wie sie einging, also habe ich sie ausgegraben und hierher umgesetzt, weil ich wusste, dass sie immer Wasser haben würde.« Sie brach einen Zweig mit Blüten und Knospen ab. »Und der Strauch ist wunderschön gewachsen.«

Tait aber schien nicht daran interessiert zu sein, wie gut diese Rose gedieh. Stattdessen starrte er auf einen Punkt, der in weiter Ferne am Horizont lag, ehe er sich wieder ihr zuwandte. »Kommst du oft nach Killora Downs?«

»Nein. Normalerweise nur, um nach verschwundenen Kühen oder City Boys Ausschau zu halten.«

In seinen Augen lag kein Amüsement. Mit finsterer Miene nahm er ihr die Blumen aus der Hand. »Und um Rosen zu pflücken.«

»Manchmal. Jetzt werde ich noch ein paar für Anne mitnehmen.«

»Für Anne?«

»Ja. Mum hat auch Anne einen solchen Rosenstrauch geschenkt, aber ihr Hund Bella hat ihn zerkaut, als er ein Welpe war.« Paige machte eine Pause, während sie Tait noch mehr Rosen reichte. »Weißt du was? Ich habe dir die Geschichte noch nicht zu Ende erzählt, die ich auf dem Kirchhof angefangen habe. Die von dem Mann, der hier gewohnt hat.«

»Das macht nichts.« Sein Tonfall war ungewöhnlich knapp. »Ich werde sie mir ein andermal anhören. Jetzt lass uns gehen.«

»Warte. Nur die hier will ich noch pflücken.« Sie streckte die Hand aus, um die letzte Rose zu erreichen. »Ich wollte dir erzählen, wen Wallace Sinclair geheiratet hat. Willst du das nicht wissen?« Sie sah hinüber zu Tait, um festzustellen, ob er ihr zuhörte.

Die Blume, die sie gepflückt hatte, glitt ihr aus den Fingern und fiel zu ihren Füßen nieder. Die Antwort war ihm in sein gequältes, von Schuld gezeichnetes Gesicht geschrieben. Entsetzen breitete sich in ihrer Brust aus. Er wollte nicht wissen, wen Wallace Sinclair geheiratet hatte – weil er es längst wusste.

Ihre Hand flog in die Höhe und bedeckte ihren Mund. »Oh mein Gott, Tait!« Über dem wilden Schlag ihres Herzens konnte sie ihre eigenen Worte kaum hören. »Du bist kein Tourist.«

Sein Körper war starr, er schwieg und hielt ihren Blick fest.

»Du bist Wallace' Sohn.«

21

Panik brannte tief in Taits Eingeweiden. Die Frau, die er liebte, wusste, dass er nicht war, wer er zu sein vorgegeben hatte. Er wollte etwas sagen, aber seine Stimmbänder funktionierten nicht. Alles, was er tun konnte, war zu nicken, wohlwissend, dass er damit das Todesurteil für ihre Beziehung unterzeichnete.

Paige nahm die Hand vom Mund. Ihre Augen waren so groß, sie schienen ihr ganzes Gesicht auszufüllen. »Warum hast du mir das nicht gesagt?«

»Es war nicht wichtig«, krächzte er.

»Unsinn!« Die Gewalt ihrer Antwort ließ ein Paar Rosellas aus dem nahen Gummibaum aufflattern.

»Paige, Bruce ist der Vater, der mich aufgezogen und geliebt hat. Wallace ...« Tait wandte den Kopf den Ruinen an ihrer Seite zu und versuchte nicht, die Bitternis in seiner Stimme zu verbergen. »Wallace ist nur ein selbstsüchtiger Bastard, der so viel mehr als Ziegel und Mörtel zerstört hat.«

Wenn es überhaupt möglich war, wurden ihre Augen noch weiter. »Ich glaube, ich muss mich hinsetzen.«

»Damit sind wir schon zwei.«

Er holte tief Luft und inhalierte den Duft der Rosen, von denen er vergessen hatte, dass er sie in der Hand hielt. Er nahm seinen Hut ab, ließ die Blumen hineinfallen und ging zu einer Stelle, an der dem Weidezaun der obere Balken fehlte. Er wartete, bis Paige sich auf den unteren Balken gesetzt hatte, dann legte er den Hut auf dem Boden ab und setzte sich neben sie.

Er stützte die Ellenbogen auf seine Knie und senkte sein Kinn in die Hände. Die Schuld, die so sehr ein Teil von ihm geworden war wie sein Atem, fuhr wie mit Nadeln in sein Gewissen. Paige hatte mehr getan, um sein Zuhause zu retten, als er jemals versucht hatte.

»Tait?« Ihre warme Hand schloss sich um den Muskel seines Oberarms. »Sprich mit mir.«

»Was soll ich sagen? Du hast jedes Recht, wütend auf mich zu sein. Ich war nicht ehrlich zu dir.« Er riskierte einen Blick auf ihr aschfahles Gesicht. »Ich bin kein City Boy. Zum Teufel, ich wäre im selben Krankenhaus geboren worden wie du, wenn es meiner Mutter erlaubt gewesen wäre, das Haus zu verlassen!«

Er brach ab. Er hatte schon genug gesagt.

»Ich bin nicht wütend, wirklich nicht.« Ihre Worte wurden langsamer. »Ich bin eher ... schockiert. Weiß noch jemand davon?«

Er zuckte mit den Schultern. »Gott helfe mir, wenn sie es tun. Dann schlagen sie mir im ganzen Umland die Tür vor der Nase zu. Sieh dir diesen einfachen Grabstein an. Mein Vater war nicht gerade der beliebteste Mann der Gegend. Ich nehme an, Mrs. Jones wird inzwischen zwei und zwei zusammengezählt haben.«

»Sie war der Meinung, sie hätte dich erkannt, aber du irrst dich, wenn du denkst, dass die Leute dir den Rücken zukehren, weil sie wissen, wer dein wirklicher Vater ist. Als du deinen allergischen Anfall hattest, hat sich jeder um dich Sorgen gemacht, und Dad hat erzählt, er hat seither reihenweise Anrufe von Leuten bekommen, die wissen wollen, wie es dir geht.« Ihre Hand drückte seinen Arm. »Ohne deine Großzügigkeit und Freundlichkeit hätte es keinen Ball gegeben. Du hast hier draußen Freunde, Menschen, denen du wichtig bist.«

»Menschen, die ich betrogen habe.«

»Nicht ohne Grund.«

Er fuhr sich mit den Fingern durchs Haar. »Aus einem Grund, über den ich nicht sprechen will, einverstanden?«

Er spürte, wie die Hand auf seinem Arm sich versteifte, aber sie zog sie nicht weg. »Einverstanden. Also, wo steht jetzt dieser Baum, von dem du mir erzählt hast, dass du als Junge hinaufgeklettert bist? Es war in diesem Garten, oder? Nicht in der Stadt.«

Dankbar für den Themenwechsel nickte er, hob seinen Hut auf und erhob sich. Paige nahm seine Hand in die ihre. Sein Herz blutete. Sie mochte glauben, dass sie jetzt alles über ihn wusste, was es zu wissen gab. Aber sie irrte sich.

Schweigend kehrten sie zum Haus zurück, und er führte sie zu dem Gelände, das einmal der rückwärtige Garten gewesen war. Im hintersten Winkel hatte ein alter Jacaranda-Baum überlebt, den sein Großvater gepflanzt hatte. Wenn Wallace einen seiner Wutanfälle gehabt hatte, hatte seine Mutter Tait zugeflüstert, er solle nach draußen gehen und auf den lila blühenden Baum klettern. Er ging zum Stamm des Baumes und blickte hinauf in die üppige Krone. In der Gabelung des dritten Astes konnte er die Buchstaben TS gerade noch ausmachen.

Auch Paige hatte sie entdeckt. »Tait Sinclair.«

»Ein Name, mit dem ich fast mein ganzes Leben lang nicht mehr gerufen worden bin. Und ein Name, unter dem ich nie wieder bekannt sein möchte.«

»Tait.« Paiges Stimme war leise. »Erlaube Wallace nicht, dir alles und jeden zu rauben, der zu dir gehört. Mum hat immer erzählt, dass dein Großvater, Ross Sinclair, Grandpas bester Freund war, und meine Grandma schwelgte ständig in Erinnerungen an deine Großmutter Violet und ihren schönen Garten. Sprich mit Dad. Er wird dir so viele schöne Geschichten erzählen. Ein Sinclair zu sein ist nichts, weswegen man sich schämen muss. Es ist nicht nur Wallaces Blut, das in deinen Adern fließt.«

Tait zog seine Hand aus der ihren und verschränkte die Arme. »Aber es fließt darin, und das ist nichts, auf das ich stolz wäre oder von dem ich will, dass jemand es weiß.«

»Aber mir hättest du es sagen können.« Sie klang verletzt. »Wallace mag auf ein kleines Kind mit einer überaktiven Fantasie bedrohlich gewirkt haben, aber es war ja nicht so, dass er ein schlechter Mensch gewesen ist.«

»Ich denke, seine betrunkenen, eifersüchtigen Wutanfälle streichen ihn von jeder Vater-des-Jahres-Liste.«

Zum Teufel, er gab viel zu viel preis. Paige war viel empfänglicher, als ihr oder ihm selbst guttun würde. Er wandte sich ab.

Sie packte seinen Arm. »Was meinst du mit ›eifersüchtigen Wutanfällen‹? Wallace war einmal mit Mum verlobt. War er eifersüchtig auf Dad?«

Es war zu spät. Sie hatte bereits damit begonnen, die Einzelheiten zusammenzusetzen.

»Ich hätte nichts sagen sollen. Es wäre besser, wenn du Connor fragen würdest.«

Sie reckte ihr Kinn. »Ich habe *dich* gefragt.«

»Paige, rühr besser nicht daran.«

»Das habe ich doch schon getan. Erzähle es mir, Tait.«

»Nein. Ich habe schon viel zu viel gesagt.« Tait wandte sich ab, aber er wusste, dass die Geste nutzlos war. Paige mit ihrem Starrsinn würde das Thema nicht ruhen lassen.

Sie schloss zu ihm auf, ihr Atem ging flach. »Dad und Wallace hatten wegen Mum einen Kampf, aber Rangeleien passieren nun einmal, erst recht an einem Freitagabend im Pub. Es muss noch etwas anderes passiert sein. Was hat Wallace getan, das so schrecklich war?«

»Kein Kommentar.« Er ging weiter. Dann war sie auf einmal nicht mehr an seiner Seite. Flüchtig schloss er die Augen. *Bitte lass sie es nicht herausgefunden haben.* Doch als er sich umdrehte und sah, wie sie stockstill und mit blutleeren Lippen dastand, begriff er, dass sie genau das getan hatte. Mit zwei Schritten war er bei ihr und legte die Arme um sie.

Sie stieß ihn weg. Ihr Blick loderte ihm mit einem Zorn und einer Verzweiflung entgegen, die sich wie eine Klinge in ihn bohrte. »Es war nicht mein *Vater*, der die Hauptlast von Wallace' Eifersucht ertragen musste, sondern meine *Mutter*.«

»Paige.« Sein Ton klang beinahe flehentlich. »Du musst mit Connor darüber sprechen.«

»Nein, das muss ich nicht.« Sie stemmte ihre Hände in die Seiten. »Ich werde keine alten Narben aufreißen, wie etwa die von diesem mysteriösen Autounfall, den Anne und meine Mutter hatten. Ich werde nicht fragen, wie Connor seinen Sohn verloren hat. Ich will, dass du es mir erzählst.«

»Nicht hier.« Er nahm sie an der Hand und führte sie in die Ruine, die alles war, was von dem Zuhause seiner Kindheit übrig war. Als er einen kleinen Raum mit Ausblick auf den Jacaranda-Baum erreicht hatte, blieb er stehen und gab sie frei. Nachdem er überprüft hatte, dass alle Steine in der niedrigen Mauer, in der einst ein Fenster gewesen war, fest saßen, forderte er sie mit einer Geste auf, sich hinzusetzen. Anschließend setzte er sich neben sie und hob ein kleines Stück Schutt auf, das er in seinen Fingern rollte. »Wo soll ich beginnen?«

»Am Anfang.«

»Okay. Ein Anfang ist so gut wie der andere, nehme ich an. Im Grunde hat Wallace deiner Mutter nie vergeben, dass sie Connor ihm vorgezogen hat, und er verbrachte den Rest seiner Tage damit, ihr und jedem, den sie liebte, das Leben zur Hölle zu machen. Er versuchte, Anne für sich zu gewinnen, aber sie durchschaute ihn, also wendete er sich der dritten Freundin des Trios zu, meiner Mutter Lillian. Obwohl deine Mutter und Anne sie gewarnt hatten, dass Wallace nicht Herr seiner Sinne sei, blieb sie überzeugt, dass unter all seiner Übellaunigkeit und seinen exzentrischen Gewohnheiten ein guter Mann verborgen läge. Sie irrte sich.«

»Woher weißt du das alles? Hat deine Mutter es dir erzählt?«

Seine Finger pressten sich zusammen, und der Mörtel zerkrümelte. Er ließ den Staub zu Boden rieseln. »Nicht direkt. Ich bin in dem Glauben aufgewachsen, mein richtiger Vater sei gestorben, als ich ein Kind war. Mum sprach nie über ihr Leben vor Sydney, und als ich sie nach dem zornigen Mann fragte, mit dem wir gelebt hatten, sagte sie nur, er sei nicht mehr da. Dann hat Mum Bruce geheiratet, und er wurde mein Vater, also habe ich sie nicht mehr gefragt. Am Tag, nachdem meine Mutter gestorben war, kam Bruce in die Küche. Ich saß weinend am Tisch. Er gab mir einen dicken gelben Umschlag und blieb bei mir, während ich Seite um Seite über das Leben las, das meine Mutter und ich geführt hatten. Ich nehme an, sie hat nicht gewusst, wie sie es mir hätte sagen sollen, oder sie hatte einfach auf den richtigen Zeitpunkt gewartet, also hat sie alles aufgeschrieben, für den Fall, dass sie nie die Gelegenheit haben würde, es mir zu erzählen. In den letzten paar Zeilen des Briefes schrieb sie, wie sehr sie mich liebte und wie stolz sie auf mich war.«

Paiges Hand schloss sich fest um sein Knie, aber sie sprach kein Wort.

»Also weiter«, fuhr er fort. »Um die lange Geschichte abzukürzen: Meine Mutter heiratete Wallace, und als er sie in ihrer

Hochzeitsnacht Molly nannte, wusste sie, dass sie einen Fehler gemacht hatte. Aber es war zu spät. Wallace isolierte sie von ihren Freunden und Verwandten, und sie musste wie eine Gefangene auf Killora Downs leben. Meine Großeltern waren beide gestorben, also gab es niemanden, an den Lillian sich hätte wenden können. Molly und Anne kamen zu Besuch, aber dann begann Wallace zu trinken, und es wurde zu schwierig für Mum, ihre blauen Flecken zu verstecken, also weigerte sie sich, sie zu sehen.«

Paiges Hand schloss sich noch fester um sein Knie.

»Als deine Mutter dann mit Patrick schwanger war, verlor Wallace vollends den Verstand. Er konnte mit der Tatsache, dass sie Connors Kind in sich trug, nicht fertig werden, also ...«

Aus der Blässe in Paiges Gesicht schloss er, dass er nicht ins Detail gehen musste. Doch trotz ihrer Schmerzen beendete sie seinen Satz für ihn: »Also drängte er Anne und Mum von der Straße ab, und sie verlor Patrick.«

»Und dann schwängerte er meine Mutter, um das Messer in Mollys Herzen noch einmal herumzudrehen. Du kannst mir glauben, ich war kein Kind der Liebe.«

Paige presste ihre Lippen aufeinander.

Er stieß einen tiefen Atemzug aus. »Irgendwie schaffte es Mum dennoch, mich zu lieben. Meine frühesten Erinnerungen sind glücklich. Wir machten alles zusammen, und ich lernte schon bald, dem triefäugigen, schwankenden Mann, der in der anderen Hälfte des Hauses wohnte, aus dem Weg zu gehen.«

»Aber so blieb es nicht?«

»Nein. Ich weiß nicht genau, wie alt ich war – Mum schrieb in ihrem Brief, ich war vier –, jedenfalls bin ich Wallace eines Abends nicht schnell genug ausgewichen, und er schlug mich.« Taits Hand umklammerte die Mauer, und die harten Ziegel bohrten sich in seine Handflächen. »Und dann, als

Mum sich zwischen uns drängte, zog er seinen Gürtel aus der Hose..."

"Hör auf." Paige beugte sich vor.

Flüchtig nahm er ihre Hand in seine. "Ist schon gut. Es war das letzte Mal, dass er uns anrührte, und unser letzter Tag auf Killora Downs."

"Wie seid ihr entkommen?"

"Durch dieses Fenster. Dies war einst das Musikzimmer. Meine Mutter hatte dort drüben an der Tür ihr Klavier stehen, und ich saß mit meinen Spielzeugautos auf dem Boden, während sie stundenlang spielte. Es war der einzige Raum im Haus, den Wallace nie betrat." Er machte eine Pause. "Ich erinnere mich nicht mehr an viel aus dieser Nacht, aber ich weiß noch, wie Mum die Fensterscheibe mit einem Stuhl einschlug."

Paige blickte über die vertrockneten Koppeln, über die Lillian mit ihrem geliebten Sohn geflohen war. Paige konnte nicht sprechen, sie brauchte all ihre Kraft, um die Tränen zurückzuhalten. Sie wusste, dass Wallace noch mehr getan haben musste, aber sie hatte genug gehört.

Sie betrachtete den noblen, anständigen Mann an ihrer Seite, der noch immer unter den Sünden eines Vaters litt, den er nie gekannt hatte.

"Tait", sagte sie mit rauer Stimme, "du bist ein guter, ein *sehr* guter Mann. Du hast nichts mit deinem Vater gemeinsam."

"Bist du dir dessen sicher?"

"Hundertprozentig."

"Ich habe eine Menge Dinge getan, auf die ich nicht stolz bin."

"Das haben wir alle. Das ist menschlich." Sie versuchte zu lächeln, um seinen Schmerz zu lindern. "Und auch du, mein hübscher Junge vom Lande, bist vor gewöhnlichen Fehlern nicht gefeit.«

Ein flüchtiges Grinsen zupfte an seinen Mundwinkeln. »Mit dem Jungen vom Lande kann ich leben, aber das Etikett ›hübsch‹ muss wirklich verschwinden.« Das Licht in seinen Augen verlosch. »Ich habe den letzten Wunsch meiner Mutter ignoriert und Killora Downs den Rücken zugewandt. So etwas kann wohl unter keinen Umständen als normaler menschlicher Fehler verbucht werden.«

»Doch, kann es.«

»Wie denn? In ihrem Brief nannte sie Killora Downs ›mein Geburtsrecht‹ und schrieb, ich würde die Rettung für das Anwesen sein.« Tait sah sich in der Zerstörung um, in deren Mitte sie saßen. Seine Haltung war so starr, als trüge er den gesamten Besitz auf seinen Schultern. »Als eine schöne Rettung habe ich mich erwiesen. Ich habe das alles verkauft, ohne ein zweites Mal darüber nachzudenken.«

»Ich nehme an, du hast zur selben Zeit von Killora Downs wie von Wallace erfahren?«

Er nickte. »Das erste Mal habe ich von dem Ort gehört, als ein paar Fotos aus dem Umschlag fielen, den Bruce mir gegeben hatte. Wie es aussah, war Wallace nie geistesgegenwärtig genug gewesen, um alle Papiere auszufüllen und sein Testament zu ändern. Und da ich das einzige Kind eines einzigen Kindes bin, ging der Besitz nach seinem Tod auf mich über.«

»Da hast du's. Du warst siebzehn und hast um deine Mutter getrauert, als du Killora Downs geerbt hast. Du warst überhaupt nicht in der Lage, eine vernünftige Entscheidung zu treffen.«

Er schüttelte langsam den Kopf. Seine Wangen wirkten ausgehöhlt. »Vielleicht stimmt das, aber in ihrem Brief bat mich Mum eigens darum, es nicht wegzugeben. Sie hatte Pläne gezeichnet, wie sie das Farmhaus wieder aufbauen wollte, und hatte davon geträumt, dass Killora Downs unser zweites Zuhause werden würde. Doch nachdem ich die Wahrheit über meine Kindheit erfahren hatte, wollte ich mit Wallace nichts zu tun haben und auch nichts von ihm annehmen. Also wies ich unseren Anwalt an, Killora Downs zu verkaufen oder es, wenn nötig, sogar zu verschenken.« Die gebräunte Haut an Taits Kehle bewegte sich, als er schluckte. »Und das hat er getan. Du siehst also, in einem selbstsüchtigen Wutanfall, auf den Wallace stolz gewesen wäre, habe ich mein Erbe fortgeworfen, von dem meine Mutter gehofft hatte, dass ich es eines Tages wiederaufbauen würde. Und nun verbringe ich mein Leben damit, Unternehmen zu gründen und die Farmen anderer Leute zu retten, weil ich zu schwach war, meine eigene zu retten.«

»Ach, Tait.« Paige rückte näher zu ihm heran und legte ihm die Hand auf die Brust. »Es ist nicht zu spät, die Dinge wieder ins Lot zu bringen. Wir können herausfinden, wem Killora Downs gehört, und du kannst es zurückkaufen.«

Seine Hand bedeckte die ihre und hob sie von seiner Brust. »Das hier ist mein Schlamassel, Paige, nicht deins. Ich habe es verursacht, und ich muss es in Ordnung bringen.« Er stand auf. »Und ich glaube, jetzt wird es Zeit, dass wir zurückfahren, bevor Connor einen Suchtrupp losschickt.«

An der Art, wie Paige in sein Arbeitszimmer stürmte, erkannte Connor zwei Dinge. Erstens: Sie hatte Tait gefunden. Zweitens: Sie wusste, wer er war.

Er legte den Stift auf seinen Schreibtisch, als sie sich vor ihm aufbaute, sich den Hut aus der Stirn schob und die Hände in die Hüften stemmte.

»Du hast es gewusst! Du hast gewusst, wer Tait ist, auch wenn er glaubt, du weißt es nicht. Deshalb hast du es aufgeschoben, Mr. Tipson zu verständigen, und deshalb wolltest du nicht, dass ich nach ihm suche. Du wusstest, er musste auf Killora Down sein.«

»Ja.«

Sie ließ sich in den nächstbesten Stuhl fallen. »Du hättest mir einen halben Tag voller Sorge ersparen können, weißt du das?«

Connor atmete ein bisschen ruhiger. Paige schien nicht so wütend über Taits Betrug zu sein, wie er erwartet hatte, nur erschöpft. Aus dem stumpfen Ausdruck in ihren Augen schloss er, dass sie noch keine Gelegenheit gehabt hatte, das geplante Gespräch mit ihm zu führen.

»Es tut mir leid. Ich war mir nicht sicher. Ich dachte, er könnte auch zurück in die Stadt gefahren sein.«

»Und wie hast du herausgefunden, wer er wirklich ist? Durch seinen Nachnamen wohl kaum, denn er hat ja den seines Stiefvaters angenommen.«

»Er sieht aus wie Lillian.«

»Ach, deshalb ist das Foto von Mum und Lillian vom Kaminsims verschwunden? Aus dem Porzellanschrank fehlt auch eines, auf dem Lillian, Mum und Anne zu sehen waren. Du wolltest nicht, dass ich irgendeine Ähnlichkeit feststelle. Ich bin schockiert. Ich dachte, du wärst zu so etwas wie Betrug nicht im Geringsten fähig.«

Er richtete die Papiere auf seinem Schreibtisch aus, um seine Anspannung zu verbergen. Seine Fähigkeit zu betrügen hatte überhaupt erst dafür gesorgt, dass Tait nach Banora Downs gekommen war.

»Glaubst du, Tait hätte mir jemals erzählt, wer er ist, wenn ich ihm nicht gefolgt wäre?« Paiges Gesichtsausdruck wurde nachdenklich. »Wäre er abgereist und ich kein bisschen klüger gewesen?«

»Nimm es ihm nicht übel, dass er es dir nicht selbst gesagt hat. Als Tait ankam, habe ich seinen Stiefvater angerufen. Tait ist davon besessen, Killora Downs wieder in die Hände zu bekommen. Er scheint zu denken, er hätte seine Mutter verraten, weil er die Farm verkauft hat. Und während ich seinen Wunsch, die Dinge geradezurücken, verstehen kann, haben wir Männer eben auch eine Art, sehr engstirnig an manche Dinge heranzugehen.«

Sie furchte die Stirn. »Was du nicht sagst. Also kennst du Bruce tatsächlich?«

»Ja. Er und ich waren zusammen auf Sommerdale, auch wenn wir uns seit sehr langer Zeit nicht gesehen haben. Er hatte ein Vermögen an der Börse gemacht, und da er ein großes Haus in Sydney besaß, wussten Molly und ich, dass Lillian und Tait dort in Sicherheit sein würden. Tait war noch so klein, als er von hier wegging, ich war nicht sicher, ob er überhaupt wusste, wie er und seine Mutter in Bruce' Haus gelandet waren. Und ob er von meiner Verbindung zu Bruce etwas ahnte.«

»Ich bin sicher, das hat er nicht getan.« Paige rieb sich die Schläfe. »Ich komme bei alledem nicht mehr mit. Du und Mum, ihr wart diejenigen, die Tait und seiner Mutter bei der Flucht geholfen haben?«

»Ja, und wir hätten es schon Jahre früher getan, wenn Lillian es uns gestattet hätte. Ich nehme an, ihr Wunsch, ihr Kind zu beschützen, verlieh ihr letztendlich die Kraft zu gehen. Sie war ein Wrack, als sie in jener Nacht hier ankam. Ihre Füße waren voller Wunden, sie war blau vor Kälte, aber das Feuer in ihren Augen verriet uns, dass sie lieber gestorben wäre als zurückzukehren. Also haben wir einen der Arbeiter geschickt, um sie und Tait geradewegs nach Sydney zu fahren. Wir konnten sie nicht selbst fahren, weil wir wussten, dass Wallace hier als Erstes nach den beiden suchen würde. Und das tat er auch, aber da waren sie schon lange unterwegs. Deine Mum hat dann einen geschickten Anwalt aufgetrieben, der sicherstellte, dass Lillian in absehbarer Zeit auch vor dem Gesetz frei sein würde.«

»Aber wenn Mum und Lillian sich so nahestanden, wie kam es dann, dass ich sie nie gesehen oder viel von ihr gehört habe? Anne dagegen war immer ein wichtiger Teil meines Lebens.«

»Am Anfang musste deine Mutter sich von ihnen fernhalten. Wallace war bis zum Äußersten entschlossen, sie zu finden. Er hat unsere Post nach Briefen von ihnen durchsucht. Es waren keine Vandalen, die unseren alten Briefkasten zerstört haben. Wallace hat es getan, um uns zu warnen. Als deine Mutter später zu ihrer Radiotherapie nach Sydney fuhr und ich hierbleiben musste, hat sie immer bei Lillian gewohnt. Deine Mutter ist Tait sogar ein paarmal begegnet, und weißt du, was sie über ihn gesagt hat?«

»Dass er dickköpfiger ist, als ihm guttut?«

»Nein. Dass er die perfekte Partie für eine gewisse andere dickköpfige Person abgeben würde.«

»Und nun sieh mal, als wie falsch sich diese Voraussage erwiesen hat.«

Connor rollte in seinem Stuhl hinter dem Schreibtisch hervor. »Dazu weiß ich nichts zu sagen, Possum. Es hat ausgesehen, als hättet ihr euch ziemlich gut verstanden.«

Sie wich seinem Blick aus. »Es hat Spaß gemacht, ihn hier zu haben, aber er hat ein Leben in der Stadt, in das er zurückkehren muss, und wie es aussieht, nun auch noch eines auf dem Land, sofern er je herausfindet, wem Killora Downs gehört. Und ich«, mit einem Schmerzenslaut stemmte sie sich aus ihrem Stuhl, »ich habe eine Farm zu führen. Aber jetzt gehe ich erst einmal unter die Dusche. Mein Fuß bringt mich um.«

Als Paige gegangen war, machte sich Connor auf den Weg in die Küche, vor der er Tait rumoren hörte. Jetzt, wo sein Geheimnis gelüftet war, wollte er ihn wissen lassen, dass er auf Banora Downs immer willkommen sein würde, ganz egal, was sein Vater getan hatte. Durch das Fliegengitter der Vordertür warf Connor einen Blick auf die Zufahrt, als ein Wagen vorüberrollte.

Wenn Paige und Tait annahmen, es gebe keine Geheimnisse mehr, lagen sie falsch. Die Dramen dieses Tages waren noch nicht vorüber.

22

Tait hatte den Tag überlebt.

Paige wusste, wer er war und dass er sie belogen hatte, und doch hatte sie ihm nichts als Verständnis und Mitgefühl gezeigt. Doch das Gewicht auf seinen Schultern wollte sich nicht lösen. Bevor er die Besitzurkunde für Killora Downs in den Händen hielt, konnte er ihr die echte Beziehung, die sie verdiente, nicht anbieten. Er würde sie nicht als zweitrangig abfertigen, indem er nicht für sie da war, wenn sie ihn brauchte. Sie hatte bereits genug emotionale Narben davongetragen, weil Chris sie enttäuscht hatte.

Reifen knirschten auf der Zufahrt, und Tait schloss die Haube des Motors, an dem er gearbeitet hatte. Es konnte jetzt nicht mehr allzu lange dauern, bis er auf die eine oder andere Weise herausfand, was die Zukunft für ihn bereithielt. Er hatte bemerkt, wie Connor vom Küchenfenster aus die Zufahrt im Auge behielt. Er erwartete zweifellos einen Besucher, der jetzt eingetroffen war. Tait fuhr sich mit der Hand über das Kinn, das sich jäh verspannt hatte.

Er wusste nämlich, wer diese Person sein würde.

Und was noch wichtiger war: Er wusste, warum sie kam.

Mit Bundy und Dusty im Schlepptau verließ er den Schuppen und durchquerte den nackten Garten. Bella, Annes blauer Hütehund, kam um die Ecke der Veranda geschossen, und Dusty und der Welpe stürmten los, um sie zu begrüßen. Tait stieg die hinteren Stufen hinauf und blieb stehen, um sich zu sammeln, ehe er die Küche betrat. Anne und Connor saßen am

Tisch, vor ihnen stand ein Weidenkorb. Sobald Anne ihn entdeckte, stand sie auf. Ihre Augen waren feucht. Sie breitete die Arme aus und schloss ihn in einer festen Umarmung ein. Er stand still, ehe er ihre Schultern umfasste. Emotionen rannen durch ihren schmalen Körper. Sie trat zur Seite und griff tief in den Korb, um einen verbeulten schwarzen Werkzeugkasten zum Vorschein zu bringen.

Er schwieg, während seine eigenen Gefühle ihn zu überwältigen drohten. Ohne ein Wort zu sagen, presste sie ihm den Kasten in die Hände.

Paiges Stiefel waren im Flur zu hören, ehe sie mit einem Stück Papier in der Hand in die Küche humpelte. »Dad, war das Anne, die ich eben...« Ihre Stimme erstarb, als sie sah, wie Anne sich mit einem kleinen weißen Taschentuch die Augen wischte.

Im Nu war Paige an ihrer Seite und legte den Arm um die ältere Frau. »Anne, was ist denn los?«

Wiederum betupfte die Bibliothekarin sich die Augen. »Ich hoffe, gar nichts.«

Paige starrte ihren Vater an. »Was geht hier vor?«

»Setz dich hin. Du wirst schon sehen.« Connor sprach zu seiner Tochter, aber sein Blick wich nicht von Tait.

Paige tat, wie ihr geheißen, und legte das Papier, das sie bei sich getragen hatte, vor sich auf den Tisch. Sie betrachtete den Blechkasten, den Tait in den Händen hielt und noch nicht zu öffnen versucht hatte. Er brauchte noch ein wenig Zeit, um sicherzugehen, dass seine Finger ihm gehorchen würden.

»Was ist das?«, fragte sie. »Es sieht aus wie ein verbrannter Werkzeugkasten.«

Endlich fand Tait seine Stimme wieder. »Das ist es auch.«

Er hob den Kasten an sein Ohr und schüttelte ihn vorsichtig. Kleine, harte Gegenstände klapperten darin. Dann stellte er die Kiste auf den Tisch und öffnete vorsichtig den durch Feuer verbogenen Deckel. Eine Sammlung metaller Spielautos und -traktoren lag darin. Die heimelige Wärme der Küche von Banora Downs verschwand, und er war wieder ein kleiner Junge, der auf dem Boden des Musikzimmers spielte, während seine Mutter ihm vom Klavier her zulächelte.

Paige trat zu ihm, um den Inhalt der Kiste zu betrachten. Ihre Schulter streifte die seine, als wollte sie ihn wissen lassen, dass sie für ihn da war, wenn er sie brauchte.

»Anne«, fragte sie leise, »woher hast du die?«

»Ich habe sie nach dem Brand auf Killora Downs gefunden.«

Anne griff in den Korb und zog diesmal einen großen weißen Umschlag heraus.

Taits Herzschlag hämmerte in seinen Ohren.

»Es ist nicht das Einzige, was ich gerettet habe.« Sie hielt ihm den Umschlag mit zitternder Hand entgegen. »Das hier ist für dich, Tait.«

Er bewegte sich nicht. »Warum jetzt?«

Röte stieg in Annes Wangen. »Sei mir nicht böse. Ich habe meine eigenen Nachforschungen angestellt. Deine Muttergesellschaft, Rural Gro Investments, zieht auch ausländische Investoren an. Aufgrund der Trockenheit werden mehr und mehr Farmen in der Gegend von Konsortien aus dem Ausland aufgekauft, und die Anzahl dieser Aufkäufe ist ein Anlass zu wachsender Sorge. Ich musste also sichergehen.«

»Inwiefern sichergehen? Dass ich nicht noch einmal alles wegwerfen würde?«

»Nein. Sichergehen, dass du Killora Downs für dich selbst, als dein Zuhause haben wolltest, nicht als Finanzinvestition.« Sie sah Paige an, die aufrecht und schweigend an seiner Seite stand. »Jetzt bin ich mir sicher.«

Noch immer konnte er sich nicht rühren.

Sie hielt ihm weiter den Umschlag entgegen, und die Hoffnung in ihren Augen verblich nicht. »Wie hast du es herausgefunden?«

»Das habe ich nicht. Nicht vor heute Morgen auf Killora Downs. Three-M steht für Milly, Molly und Mandy Pastoral Unternehmen, nicht wahr?«

Anne nickte und drückte ihm den Umschlag in die Hand. »Bitte nimm die Papiere an dich. Ich habe Killora Downs nur gekauft, um es an dich weiterzugeben. Ich wusste, eines Tages würde Lillians Sohn seinen Weg nach Hause finden.«

Seine unsicheren Finger schlossen sich um den Umschlag. »Danke.«

Er zog sich den nächststehenden Stuhl heran, setzte sich und betrachtete den Umschlag eine ganze Weile, ehe er ihn öffnete und die Dokumente herauszog, die bewiesen, dass Killora Downs tatsächlich ihm gehörte.

Er blickte zu Anne auf. Er konnte seine Dankbarkeit nicht in Worte fassen, nur hoffen, dass sein Gesichtsausdruck genug sagen würde. Sie lächelte über das ganze Gesicht und betupfte sich dabei mit dem Taschentuch die Augen.

Paiges Hand berührte seine Schulter, ehe sie sich entfernte, um das Papier zu holen, das sie mit in die Küche gebracht hatte. »Ich nehme an, das hier werden wir dann nicht mehr brauchen. Ich habe mich für so schlau gehalten, weil ich den Brief gefunden habe, in dem die Einzelheiten über die Person aufgelistet sind, an die wir uns wenden sollten, falls uns ein Problem in Killora Downs auffallen würde. Ich war sicher, das würde uns zu dem mysteriösen Eigentümer führen.«

»Es tut mir leid, Paige, aber es hätte nichts genützt.« Anne nickte in Taits Richtung. »Ich musste auf Nummer sicher gehen, dass unser entschlossener Geschäftsmann hier drüben keine Spur bis zu mir verfolgen konnte. Ja, hätte es ein Problem gegeben, hättest du jemanden erreicht, der mich angerufen hätte, doch ansonsten hätte die Spur sich als Sackgasse erwiesen.«

Connor stieß sich mit dem Rollstuhl vom Tisch zurück. »Ich weiß nicht, wie es um euch bestellt ist, aber ich brauche jetzt etwas Stärkeres als Kaffee. Und zufällig ist mir gerade in den Sinn gekommen, wo eine sehr schöne alte Flasche Rotwein verborgen ist.«

»Mich müsst ihr entschuldigen, Dad«, sagte Paige mit ernster Stimme und legte das Papier wieder auf den Tisch. »Ich gehe Gidget füttern.«

Das Fliegengitter der Küchentür fiel hinter ihm zu, und Tait machte sich auf den Weg hinüber zu Gidgets kleiner Koppel. Die Größe von Annes Geschenk und das halbe Glas Rotwein wärmten ihn, und doch konnte er eine innere Kälte nicht abschütteln. Eine Person saß nicht am Küchentisch, um zu feiern. Er hatte es aufgeschoben, nach Paige zu sehen, solange sie das Pony fütterte, wohlwissend, dass sie zurechtkommen würde. Vor ein paar Tagen hatte er mehrere Behälter zu vierundvierzig Gallonen vor das Tor der Koppel gerollt und sie mit Kleie, Luzerne, Spreu und Weichfutter gefüllt, die das Pony brauchen würde. Selbst mit ihrem gebrochenen Zeh würde Paige in der Lage sein, das Futter in einen Eimer zu schöpfen und ihn hinüber auf die Koppel zu ziehen.

Gidget, die die Nase in ihrem Futtereimer hatte, bewegte die Ohren in seine Richtung, doch bis er seine Arme neben Paige auf das Tor stützte, schien sie seine Gegenwart nicht zu bemerken. Ihr Kopf schwang herum. Ihr flüchtiges Lächeln enthielt eine Mischung aus Vorsicht und Argwohn.

»Gidget hat Hunger«, sagte er in das unbehagliche Schweigen, das sich zwischen ihnen ausbreitete.

»Ja, den hat sie.«

In Paiges Stimme lag eine neue Art der Zurückhaltung. Obwohl sie ihm in der Küche beigestanden hatte, kam es ihm vor, als hätte sein Betrug letztendlich doch noch einen Zaun zwischen ihnen errichtet.

Sie warf ihm einen raschen Blick zu. »Danke dass du Gidgets Futter in die Behälter gefüllt hast. Das macht es so viel leichter.«

»Keine Ursache.«

Das Pony hob den Kopf, und noch immer kauend kam es herüber zu Tait. Es hängte den Kopf über den Zaun. Er lächelte und kraulte ihm den Hals. Mit einem Seufzen beugte es sich noch weiter vor.

»Unglaublich. Gidget, die erklärte Männerhasserin, die keinen Jungen auf sich reiten lassen wollte und höchstens Dad tolerierte, kommt zu dir, um sich streicheln zu lassen.«

»Was soll ich sagen? Anders als Miss Princess Polly, die es nie lassen kann, mir einen Stoß verpassen, weiß Gidget eben, was gut ist.«

Er hörte auf, Gidget zu kraulen, und sie entfernte sich wieder, um die Nase von Neuem in ihrem Futtereimer zu versenken. Statt sich länger auf das Tor zu stützen, schloss er die Hände um Paiges Taille und hob sie auf den großen Futterbehälter, der neben ihm stand.

Ihre Finger lagen fest auf seinen Schultern, doch als er sie auf dem Deckel des Behälters niedergesetzt hatte, lockerte sie ihren Griff. Ohne sich darum zu scheren, dass sie so steif wie altes Leder war, benutzte er seine Knöchel, um die Krempe ihres Akubra-Hutes höherzuschieben, damit er ihr Gesicht besser sehen konnte. Dann schlang er die Arme um sie. Obwohl ihre Lippen fest verschlossen blieben, drückten sich ihre Schenkel an seine Hüften, als er näher an sie heranrückte.

Der Blick ihrer braunen Augen, der den seinen festhielt, blieb reserviert.

»Bist du noch böse auf mich, weil ich nicht der bin, für den du mich gehalten hast?«

Sie schüttelte den Kopf, und ihre Finger verschränkten sich in ihrem Schoß. »Ich verstehe, warum du das Gefühl hattest, du könntest uns ... mir ... nicht die Wahrheit sagen, aber ...«

»Aber?«

»Aber es scheint immer etwas zu geben, was du mir nicht erzählst.«

»Es war ein mörderischer Tag, aber es gibt jetzt nichts mehr, das du von mir nicht weißt.«

»Nichts?«

Er schüttelte den Kopf und tat sein Äußerstes, um seine Emotionen zu zügeln. Es war keine allzu gute Idee gewesen, Paige auf das Futterfass zu setzen, um besser in ihrem Gesicht lesen zu können, denn sie tat das Gleiche. Und es gab doch etwas, das sie noch nicht wusste. Eine einfache und unausweichliche Wahrheit. Er liebte sie. Er blickte hinüber zu Gidget, die mit dem Huf aufstampfte, um eine lästige Fliege zu bekämpfen. Paige diese Wahrheit zu sagen war etwas, von dem er noch nicht wusste, wie er es anfangen sollte. Abgesehen von seiner Mutter hatte er die Worte »Ich liebe dich« noch nie zu einer Frau gesagt.

»Hier bin ich also«, sagte er. »Mit meinen sämtlichen Schrunden und alledem und endlich frei, um dir die Welt anzubieten.«

Auf Paiges Gesicht erschien jedoch kein Lächeln, um ihre Anspannung zu mildern.

»Hast du gestern Nacht ein bisschen nachgedacht, wie ich dich gebeten habe?«

Sie schluckte, nickte und blickte dann auf ihre verschränkten Hände, an denen, wie er nun sehen konnte, die Knöchel weiß hervortraten. Die Kälte, die ihn im Griff hielt, wurde stärker. Dieses Gespräch nahm nicht den Verlauf, den er sich erhofft hatte.

»Und?«, forderte er sie mit enger Kehle auf.

»Und...« Der Schmerz in ihren Augen verriet ihm, was sie entschieden hatte, noch ehe die Worte über ihre Lippen kamen. »Und ich dachte, dass ich es könnte. Aber ich kann nicht.«

»Was kannst du nicht?«

»Ich kann nicht...« Sie vollführte eine Geste zwischen ihnen. »Das mit uns kann ich nicht.«

»Warum nicht?«

Sie blinzelte.

»Warum nicht?«, fragte er noch einmal. »Weil ich nicht mehr als ein Liebhaber für eine Nacht war?«

Schmerz verdunkelte ihre Augen, und er zwang sich, sanfter zu sprechen. »Warum nicht? Weil du vorhast, mit dem Postboten durchzubrennen? Oder weil du noch Zeit brauchst, um über alles nachzudenken?«

Sie zögerte. »Ich brauche mehr Zeit.«

»Kein Problem. Da ich ja nun hierbleibe, haben wir jede Menge Zeit.«

»Hierbleiben?« Ihre Augen weiteten sich, und die Beine, die seine Hüften umklammerten, spannten sich an. »Aber du hast doch gesagt, in drei Tagen triffst du dich mit Cheryl, und das ist morgen.«

»Das war mein Plan, aber nach dem heutigen Tag ist das nicht mehr nötig. Außerdem wollte ich nicht nach Sydney fahren, sondern Cheryl wollte nach Glenalla kommen, um mir beim Detektivspiel zu helfen. Ich wollte nicht abreisen, ohne noch einen letzten Versuch zu unternehmen herauszufinden, wem Killora Downs gehört.«

»Tait, du brauchst nicht hierzubleiben. Du hast deine eigenen Angelegenheiten zu regeln. Erst recht jetzt, wo Killora Downs dir gehört.«

»Das stimmt, aber ich werde dich mit der Aufgabe, Banora Downs am Leben zu halten, nicht alleinlassen.«

»Ich bin nicht allein. Dad und Anne sind hier.«

Er lächelte, als hätte er nicht gemerkt, dass Paige keine Freude darüber gezeigt hatte, dass er bleiben würde. »Bis dein Zeh geheilt ist oder es regnet, reise ich nicht ab.«

Noch immer löste keine Freude die Spannung auf ihrem Gesicht. Sie starrte ihn einfach an, als hätte er auf einmal zwei Köpfe.

Er hob sie von dem Behälter herunter. Er war ein geduldiger Mann. Er hatte lange darauf gewartet, dass Killora Downs wieder ein Teil seines Lebens sein würde, und er würde auch zweimal so lange warten, um die Frau, die er liebte, nicht zu verlieren.

»Also, meine äußerst wichtige Prinzessin, fang an, glücklich auszusehen. Du hast mich am Hals.«

Doch während Paige zurück zum Farmhaus humpelte, ballte sich Panik in seinen Eingeweiden. Was, wenn sie nie damit zurechtkommen würde, dass er ihr über seine tatsächliche Identität nicht die Wahrheit gesagt hatte? Was, wenn sie ihn nicht wollte? Er erhaschte einen letzten Blick auf ihre schlanke Gestalt, ehe sie in der Küchentür verschwand. Ging sie mehr als nur ins Haus zurück? Ging sie aus seinem Leben? Er wusste, dass sie Gefühle für ihn hatte; doch was, wenn sie mehr Zeit zum Nachdenken bekam und noch immer keine

Zukunft für sie beide sehen könnte? Seine Geduld mochte ihrer Dickköpfigkeit nicht gewachsen sein.

Er stopfte sich die Fäuste in die Hosentaschen. Er konnte nicht einen Traum erfüllt sehen, während der andere ihm geraubt wurde. Killora Downs zurückzubekommen war nicht genug. Er musste das Farmhaus, das er wieder aufbauen würde, mit Gelächter und Liebe füllen.

Sein Mund wurde trocken. Ohne sein schönes, eigensinniges, selbstloses Mädchen vom Lande würde Killora Downs nie ein Zuhause sein.

Dass Tait noch länger blieb, war Paiges schlimmster Albtraum. Gestern früh waren ihr Herz und Verstand sich einig gewesen. Jetzt nicht mehr. Es spielte keine Rolle, wie sehr ihr Herz sie drängte, ihre Bedenken herunterzuschlucken, sich nicht länger wie eine Prinzessin zu betragen und ihm zu sagen, was sie empfand. Ihr Verstand argumentierte dagegen. Ehrlichkeit war das Rückgrat jeder Beziehung, und er war nicht ehrlich zu ihr gewesen. *Wieder nicht.*

Sie sank auf ihr Bett nieder und unternahm zwei Versuche, sich ihrer Stiefel zu entledigen. Sie würde duschen, das Dinner essen, das Connor für sie aufgehoben hatte, und dann hoffen, dass der Schlaf ihre Verzweiflung milderte. Den ganzen Tag über hatte sie das Pulsieren ihres Fußes ignoriert, der ihr sagen wollte, dass sie nicht fahren und nicht auf die Koppeln gehen sollte. Den ganzen Tag über hatte sie die Gedanken an Tait verdrängt. Sie hatte bis zur völligen Erschöpfung gearbeitet, und doch wusste sie, dass sie nicht genug getan hatte.

Sicher, Tait mochte sich von Chris so sehr unterscheiden wie die Nacht vom Tag, aber dieser Unterschied garantierte ihnen kein märchenhaftes Ende. Sie hatte gesehen, wie Taits Kiefer sich angespannt hatte und wie er den Blick von ihr abgewandt hatte, als er zu ihr gesagt hatte, es gäbe jetzt nichts mehr, das sie von ihm nicht wüsste.

Es stand noch immer ein Geheimnis zwischen ihnen.

Sie massierte sich die schmerzende Stirn. Es gab einen Teil von ihm, den er weiterhin vor ihr verbarg.

Sie erinnerte sich, wie ihre Mutter ihr von dem Augenblick erzählt hatte, in dem sie erfahren hatte, dass Connor sie liebte. An einem Frühlingstag, als die Osterglocken blühten, hatte er sie gebeten, im Garten mit ihr spazieren zu gehen. Sie hatten sich auf die Bank unter dem alten Gummibaum gesetzt, und er hatte ihr endlich anvertraut, wie seine Kindheit verlaufen war und warum er Schwierigkeiten hatte, seine Gefühle zum Ausdruck zu bringen. Ihre Mutter hatte gesagt, weil Connor sie in seine Welt gelassen und ihr erlaubt hatte, sein wahres Ich zu sehen, habe sie solches Vertrauen in ihn gewonnen, als hätte er ihr gesagt, dass er sie liebte.

Paige kämpfte ihre Traurigkeit nieder. Tait vertraute ihr nicht. Nicht, was seine wahre Identität oder seine Schuldgefühle betraf. Nicht, weil er seine Mutter enttäuscht hatte und genauso wenig mit etwas anderem. Er hatte ihre Hilfe nicht gewollt, um herauszufinden, wem Killora Downs gehörte. Seine feste Stimme und die Art, wie er ihre Hand von seiner Brust entfernt hatte, hatten ihr ohne jeden Zweifel klargemacht, dass er ihr nicht erlauben würde, seine Last zu teilen, von seiner Welt ganz zu schweigen.

Sie war keine Frau, die Risiken einging. Liebe ging Hand in Hand mit Verwundbarkeit, und ihre Liebe zu ihrem Country Boy reichte nicht aus, um sie wieder in diese Achterbahn zu bekommen. Heiße Tränen stiegen in ihr auf. Sie konnte an dieser Fahrt nicht teilnehmen.

Connor saß in der Dunkelheit der Küche. Um ihn war alles still, bis auf das Knirschen des Blechdachs, das in der Nachtluft auskühlte, und den Schlag seines Herzens, während er sich seine Niederlage eingestehen musste.

Er hatte versagt.

Er hatte Paige im Stich gelassen. Molly im Stich gelassen. Und Tait im Stich gelassen.

Sein Plan, den Kuppler zu spielen, war nicht nur eine dumme Idee gewesen, er war in tausend Stücke zerbrochen, die der trockene Sommerwind davontrug. Er hatte die Kontrolle übernehmen und Paiges Zukunft sichern wollen, sodass sie ein Leben führen konnte, das von der bitteren Einsamkeit, die er als Kind durchlebt hatte, unberührt blieb. Er hatte verzweifelt gehofft, zwischen Tait und seiner Tochter würden sich heftige Gefühle entwickeln. Er hatte sogar geglaubt, Banora Downs und Killora Downs könnten als eine Einheit operieren und das Gelächter einer neuen Generation könnte die Wunden der Vergangenheit heilen.

Aber er war nichts als ein törichter alter Mann gewesen, der in einer Fantasiewelt lebte. In der realen Welt war sein geliebtes einziges Kind wiederum zu einem Schatten seiner selbst geworden. Paige kam ins Haus gehumpelt und humpelte wieder hinaus, ihre Augen waren trübe und ihr Mund angespannt, während sie tat, was sie konnte, um Tait aus dem Weg zu gehen. Und in der realen Welt erschien der auf einmal schweigsame Tait nicht weniger entschlossen, sich im Schuppen zu vergraben, um Paige nicht zu begegnen.

Sein Plan mochte zwar Paige und Tait unter demselben Dach vereint haben, und Molly mochte der Ansicht gewesen sein, sie würden perfekt zueinander passen, doch jetzt besaß er nicht die Macht, die beiden willensstärksten Menschen, die er kannte, dazu zu bringen, miteinander zu reden. Connor hegte keinen Zweifel daran, dass das, was Paige für Tait empfand, so tief ging wie das, was Tait auch für sie empfand, aber er konnte sie nicht dazu zwingen, einander ihre Gefühle einzugestehen. Er rieb sich das Bein, das ihm seit Tagen nicht mehr zugesetzt hatte. Wie Anne es gesagt hatte: Der Rest lag jetzt bei Paige und Tait. Er hatte es nicht mehr in der Hand. Es gab nichts mehr, das er tun konnte.

Durch das Küchenfenster sah er hinaus in den schwarzen, sternenlosen Himmel.

»Molly? Wir brauchen ein Wunder.«

23

Zum Teufel nochmal! Sie hatte verschlafen.

Paige strampelte sich aus den Shorts, die sie als Pyjamahosen trug, und schlüpfte in ihre Jeans. Sie mochte nicht mehr als zehn Minuten zu spät zur Fütterung der Rinder kommen, aber diese zehn Minuten konnten darüber entscheiden, ob sie die Aufgabe allein erledigen konnte oder Tait mitnehmen musste.

Ein Klopfen ertönte an ihrer Schlafzimmertür.

Ihre Finger erstarrten am Knopf ihrer Jeans.

»Ich komme in einer Sekunde, Tait!«, rief sie und zog sich ihr Oberteil über den Kopf.

Aber entweder hatte er sie nicht gehört oder er gab einfach nichts darauf, denn die Tür schwang auf, und er marschierte ins Zimmer, als gehöre es ihm. Hastig zerrte sie sich das Oberteil wieder über.

»Tait, was zum ...«

Der Glanz in seinen blauen Augen warnte sie, dass sie das Pyjama-Oberteil nicht schnell genug hinuntergezogen hatte, doch ihr Instinkt sagte ihr, dass sie ganz andere Sorgen hatte als das, was er gesehen haben mochte.

»Die Rinder sind gefüttert.« Er schürzte die Lippen. »Aus unerfindlichen Gründen bin ich früh aufgewacht.«

Noch immer ging er auf sie zu wie ein Pirat, der ein zu plünderndes Schiff entert. Sie trat einen Schritt beiseite, dann blieb sie stehen. Was immer er vorhatte, sie würde es ihm nicht erlauben.

In einem Abstand, in dem er sie hätte küssen können, blieb er stehen, spannte die Kiefer an und spreizte die Beine weit.

»Da ich dich gestern weder gesehen noch gesprochen habe, wusste ich nicht, ob du vorhattest, die Rinder zu füttern oder nicht.«

Sie reckte ihr Kinn. »Ich war beschäftigt.«

»Beschäftigt, mir aus dem Weg zu gehen?«

»Ja.«

»Ich dachte, du hättest gesagt, du läufst nicht weg.«

»Das mache ich auch nicht. Warum bist du ...«

Doch was immer sie hatte sagen wollen, verlor sich unter seinen Lippen. Obwohl ihr Selbstschutz aufbegehrte, warf sie ihm die Arme um den Hals und erwiderte seinen Kuss. Sie hatte geglaubt, sie hätte bereits die ganze Palette seiner Küsse genossen. Zärtlich. Begierig. Hingebungsvoll. Aber dieser Kuss war nichts davon. Drängend. Wild. Zornig. Seine Arme zogen sie an sich, als würde er sie nie mehr daraus entlassen. Es war, als würden all seine aufgestauten Gefühle in ihren Sinnen explodieren und damit ihre eigene Frustration wegsprengen. Seine Hand glitt unter ihr Oberteil und umfasste ihre Brust. Der Rahmen ihres Bettes presste sich von hinten in ihre Knie, sie fiel hintüber und riss Tait mit sich.

Voller Begierde brachte er seinen Körper über ihren und starrte auf sie hinunter. Sie bog sich ihm entgegen, ihre Hände rissen ihm das Hemd aus der Jeans, als sie darum kämpfte, die glatte, geschmeidige Haut auf seinem Rücken zu spüren.

»Tait!«, rief sie außer Atem und wollte mehr. Brauchte mehr.

Doch noch immer starrte er auf sie hinunter und unternahm keinen weiteren Versuch, sie zu küssen.

»Du willst zwar nicht mit mir reden, aber Gott sei Dank will es dein Körper«, sagte er, und seine Stimme war rau.

»Ist es das, worum es hierbei geht?«, brachte sie heraus, als er endlich den Kopf neigte und ihren Hals mit den Lippen liebkoste, bis er von Neuem den empfindsamen Punkt hinter ihrem Ohr entdeckte.

»Darauf kannst du Gift nehmen.«

»Du bist nicht fair.«

»Das bist du auch nicht. Ich muss wissen, wo ich stehe.«

»Ich ... denke noch nach.«

»Du meinst, du zerdenkst alles. So schwer ist es doch nicht. Ja, wir sind zusammen. Oder nein, wir sind nicht zusammen.«

»Es ist nicht ... nicht so ... so einfach.« Aber sie hatte Probleme, ihren Satz zu beenden, während seine Finger zwischen ihre Körper glitten, ihr Oberteil in die Höhe schoben und die empfindsame Haut auf ihrem Bauch und ihrer Hüfte entlangfuhren.

»Oh doch, das ist es. Und ich muss es wissen.«

»Ich dachte, du wolltest mir Zeit lassen«, sagte sie mit atemloser Stimme, die nicht wie ihre eigene klang.

»Nicht mehr. Nicht nach dem Tag und der Nacht, die ich hinter mir habe.« Sein Blick wurde sanfter, als er die schwarzen Schatten unter ihren Augen streichelte. »Und bei dir war es ja nicht besser. Ich gebe dir noch vierundzwanzig Stunden. Mehr nicht.«

»Und was ist, wenn ich mich weigere, so ein Ultimatum einzuhalten?«

»Du wirst dich nicht weigern.« Ein hinterhältiges Grinsen spielte um seinen Mund. »Weil du mir nämlich versprechen wirst, dass du bis dahin eine Entscheidung triffst.«

»Nein, das werde ich nicht tun.«

Doch als sein Mund den ihren traf, wusste sie, dass sie verloren war.

Unter seinen Lippen murmelte sie: »Also schön. Vierundzwanzig Stunden.«

Das warme, harte Gewicht seines Körpers rollte von ihr herunter. Er lächelte. »Siehst du, das war doch gar nicht so schwer, oder?« Er beugte sich zu ihr, um ihr einen schnellen, hitzigen Kuss zu geben. »Vierundzwanzig Stunden, keine Sekunde länger.« Und mit einem weiteren Lächeln war er verschwunden.

Paige stützte die Hände auf das Steuerrad des Lieferwagens und verfluchte sich für ihre Dummheit. Wie hatte sie sich dazu verleiten lassen können, ihm zu versprechen, dass sie bis morgen früh entscheiden würde, wohin sie steuerten? Doch der jähe Sprung, den ihre Sinne vollführt hatten, als sie sich daran erinnerte, wie Taits Mund sich auf ihren gelegt hatte, verriet ihr genau, wie clever er mit seinem Frontalangriff gewesen war. Er hatte gewusst, wenn sie ein Versprechen erst einmal gegeben hatte, würde sie es auch einhalten.

Der Schlüssel steckte in der Zündung des Lieferwagens, aber sie machte keine Anstalten, ihn herumzudrehen. Sie konnte nicht einmal entscheiden, was auf der Farm als Nächstes zu tun war, geschweige denn, was sie wegen Tait unternehmen sollte. Ihr Herz und ihr Verstand blieben im Kriegszustand. Draußen vor dem offenen Fenster auf der Fahrerseite lachte ein Kookaburra, ohne eine Spur Mitleid zu zeigen. Auch wenn sein Schrei mitten am Tag nicht wirklich Regen verkündete, warf sie aus Gewohnheit einen prüfenden Blick in den Himmel. Tatsächlich, ein paar dünne Wolken hatten sich dort versammelt, doch in einem halben Jahrzehnt geplatzter Hoffnungen hatte sie gelernt, dass solche Wolken sich auch wieder teilen und verschwinden konnten, statt sich zusammenzuballen. Auf der Ladefläche des Lieferwagens fiepte Bundy, und Bella und Dusty bellten. Sie warf einen Blick in den Rückspiegel und sah die erwartungsvollen Hundegesichter.

»Okay, okay«, sagte sie und drehte den Zündschlüssel. »Wir fahren ja schon.«

Sie würde jetzt erst einmal arbeiten und später nachdenken.

Doch als sie in dieser Nacht ins Bett fiel, war sie zu müde. Sie tastete nach ihrer Uhr und stellte sich den Wecker. Auf keinen Fall würde sie morgen wieder verschlafen. Sie würde früh aufwachen, sich in der morgendlichen Stille auf die Veranda setzen, zusehen, wie die Dämmerung heraufzog, und überlegen, was sie Tait sagen sollte, bevor das Ultimatum abliefe.

Ihr Wecker musste kaputt sein. Statt des elektronischen Piepens, das in ihre Träume drang, ertönte ein Klopfen, dem schnell ein weiteres folgte. Dann ertönte das Klopfen noch einmal. Dieses Mal hätte sie schwören können, dass jemand Golfbälle auf das Blechdach prasseln ließ. Entweder das, oder es fing an zu ... *regnen.*

Sie saß sofort aufrecht, sprang aus dem Bett und warf ein Fenster auf. Wind stob in ihr Zimmer, warf die Fotorahmen auf ihrem Frisiertisch um und brachte den Duft eines Sturms mit. Sie lief los, humpelte ein Stück und rannte dann wieder aus der Tür hinaus.

»Tait!«, rief sie und glitt auf dem Hintern die Stufen hinunter. »Dad! Anne! Es regnet!« Ihre Stimme brach. »Es regnet wirklich!«

Sie warf die Vordertür auf. Inzwischen hatten sich die vereinzelten Regentropfen zu einem tosenden Trommeln auf dem Dach verdichtet. Sie überquerte die Veranda und wäre um ein Haar über Bundy gestolpert, der aus seinem Bett gesprungen war und ihr folgte. Der Bewegungsmelder ging an, als sie die Stufen hinunterhinkte. Bundy schoss an ihr vorbei, und als er die letzte Stufe überwunden hatte und draußen im Regen stand, blieb er stehen. Mit schiefgelegtem Kopf schnappte er nach dem Regen, als wollte er versuchen, die fallenden Tropfen aufzufangen.

Paige kitzelte dem Welpen die Ohren und lachte. »Das ist Regen, Bundy. Keine Fliegen. *Regen.*«

Sie lief ein Stück weit in den Garten und wandte mit geschlossenen Augen ihr Gesicht dem Sturm zu. Das lebenspendende Wasser stürzte auf sie nieder, durchnässte und reinigte sie. Sie öffnete den Mund, um seine Reinheit aufzufangen und sich zu überzeugen, dass sie nicht träumte. Der Niederschlag wurde noch stärker, und jeder Regentropfen brachte einen winzigen Stich mit sich. Die Tropfen fielen auf ihren Kopf, auf ihre Wangen und auf ihre Schultern. Ihre Knie gaben nach. Sie sank auf die nasse Erde.

Salzige Tränen mischten sich mit der Süße der Regentropfen auf ihren Lippen, als sie um all die Tiere wie Bundy weinte, die nie zuvor die Chance gehabt hatten, Regen zu erleben. Sie weinte um all die Familien, die den Regen auf ihren Dächern in der Stadt hören würden, statt auf denen der Farmhäuser, die sie hatten verkaufen müssen. Sie weinte um all die Witwen und trauernden Eltern, für die der Regen zu spät gekommen war.

Und wie der Sturm, der über ihrem Kopf niederging, machte auch der Sturm in ihrem Innern keine Anstalten, sich zu beruhigen. Die Entscheidung, ob Tait gehen oder bleiben würde, war ihr nun aus der Hand genommen. Er hatte gesagt, er würde bleiben, bis ihr Zeh geheilt war oder es regnete. Sie mochte vielleicht sein letztes Geheimnis nicht kennen und nicht wissen, ob er sie liebte oder nicht. Eines aber wusste sie genau: Er würde sich daran halten und tun, was er gesagt hatte.

Sie schlang die Arme um sich. Sie konnte ihn nicht gehen lassen. Ohne ihn würde in ihrer Welt eine ewige Trockenheit herrschen. Es konnte keinen Regensturm geben, der sie wieder zum Leben erwecken konnte. Sie wischte sich mit zitternder Hand das Haar aus dem Gesicht. Ihr Verstand konnte so lange mit dem Fuß aufstampfen, wie er wollte. Ihr Herz hatte gewonnen. Sie musste das Risiko eingehen, sich darauf einlassen, verwundbar zu sein, und an das Märchen glauben. Sie musste Tait sagen, dass sie ihn liebte. Ein Schluchzer entwich ihren Lippen. Wenn es noch nicht zu spät war.

Taits warme, starke Finger packten plötzlich ihren Arm und zogen sie auf die Füße. Der Wind zerrte an ihr, und sie musste die Hand ausstrecken, um das Gleichgewicht zu halten. Sie landete auf seinem festen, nackten Bauch. Sie stand da, und ihre Hand glitt seinen regennassen Brustkorb hinauf. Seine Arme umfingen sie, und er zog sie dicht an sich. Der kalte, nasse Denim-Stoff seiner Jeans presste sich an ihre Beine und ließ sie schaudern.

Sie sah in sein Gesicht. Mit dem Licht des Bewegungsmelders im Rücken bestanden seine Züge nur aus überschatteten Flächen und schweren Linien.

»Es regnet, Paige.«

Seine vom Sturm übertönte Stimme bot keine Erleichterung, seine verspannten Muskeln signalisierten keine Freude.

Ihre Hoffnung stürzte bis hinunter zu ihren Zehen. Es war zu spät. Er würde zu seinem Wort stehen und abreisen, wenn es regnete.

»Die Zeit ist uns beiden davongelaufen«, sagte er mit so leiser Stimme, dass sie ihn kaum hören konnte. »Zwischen uns darf es keine Geheimnisse mehr geben.«

Er nahm ihre Hand in die seine und legte sie auf sein Herz.

Sie konnte spüren, wie der Schlag seines Blutes dagegendrängte, und fühlte den Druck seiner Emotionen.

»Paige, ich liebe dich. Ich muss wissen, ob du dasselbe fühlst.«

Der feste Boden unter ihren Füßen geriet ins Schwanken. *Das* war sein Geheimnis? Er liebte sie? Die Wahrheit war in jede schmerzhaft verspannte Linie seines Gesichts eingegraben.

Sie ließ sein Hemd los und fuhr der harten Linie seiner Lippen mit zitterndem Finger nach. Er erlaubte ihr, in sein Leben einzutreten, und teilte sich selbst mit ihr. Und nun hatte sie dasselbe für ihn zu tun.

»Ja, das tue ich.« Sie sorgte dafür, dass ihre Worte stark klangen und dass kein noch so heftiger Regen und Sturm die kostbare Botschaft in ihnen auslöschen konnten. »Ja, ich liebe dich auch.«

Der Mund unter ihren Fingern verzog sich, ehe seine Lippen die ihren mit einer Zärtlichkeit und einem Verlangen suchten, die ihr ein Leben voller Ehrlichkeit versprachen.

Als sie sich endlich trennten, um nach Luft zu ringen, wusste sie nicht, in wessen Augen die Liebe heißer brannte. Der Donner polterte, und dann glomm ein Blitz auf und teilte den tintenschwarzen Himmel über ihren Köpfen. Tait hob sie auf seine Arme und trug sie auf die Veranda. Behutsam stellte er sie auf die Füße.

»Keine Geheimnisse mehr.« Seine Finger streichelten ihre Wange.

Sie schüttelte den Kopf und schlang ihm die Arme um den Hals. »Nur neue Anfänge.«

Eine Silhouette wurde in der Tür erkennbar. Sie blickte über Taits Schulter hinweg und erkannte ihren Vater und dann Anne, Seite an Seite, wobei Anne ihn stützte, sodass er ohne seinen Gehstock stehen konnte. Freude leuchtete in den Augen ihres Vaters auf, doch er sah sie und Tait an, nicht den Regen, der das Leben zurückbrachte.

Mit übervollem Herzen erwiderte sie sein Lächeln. Worte waren nicht nötig. Connor und Anne waren nicht die Einzigen, die unter dem Himmel des Outbacks ein neues Glück gefunden hatten.

Die Community für alle, die Bücher lieben

Das Gefühl, wenn man ein Buch in einer einzigen Nacht verschlingt – teile es mit der Community

In der Lesejury kannst du
- ★ Bücher lesen und rezensieren, die noch nicht erschienen sind
- ★ Gemeinsam mit anderen buchbegeisterten Menschen in Leserunden diskutieren
- ★ Autoren persönlich kennenlernen
- ★ An exklusiven Gewinnspielen und Aktionen teilnehmen
- ★ Bonuspunkte sammeln und diese gegen tolle Prämien eintauschen

Jetzt kostenlos registrieren: www.lesejury.de
Folge uns auf Facebook:
www.facebook.com/lesejury